王者荣耀战场开启,
稳住,我们能赢

有爱的青春陪伴者

时光已情深

蝶之灵 著

·完结篇

贵州出版集团
贵州人民出版社

图书在版编目（CIP）数据

时光已情深：完结篇/蝶之灵著. -- 贵阳：贵州人民出版社，2019.4
ISBN 978-7-221-15057-8

Ⅰ.①时… Ⅱ.①蝶… Ⅲ.①长篇小说—中国—当代 Ⅳ.①I247.5

中国版本图书馆CIP数据核字(2019)第005862号

时光已情深·完结篇

蝶之灵 著

出版统筹：	陈继光
选题策划：	大鱼文化
责任编辑：	唐　博
特约编辑：	廖晓霞
装帧设计：	Insect
封面绘制：	容　境
出版发行：	贵州人民出版社（贵阳市观山湖区会展东路SOHO办公区A座 邮编：550081）
印　　刷：	长沙鸿发印务实业有限公司（长沙黄花工业园三号 邮编410137）
开　　本：	880×1230毫米 1/32
字　　数：	297千字
印　　张：	10.5
版　　次：	2019年4月第1版
印　　次：	2019年4月第1次印刷
书　　号：	ISBN 978-7-221-15057-8
定　　价：	38.00元

版权所有　盗版必究．举报电话：策划部0851-86828640
本书如有印装问题，请与印刷厂联系调换．联系电话：0731-82755298

目录/contents

前言	001
第一章/集训	004
第二章/战队日常	020
第三章/春节	030
第四章/豪华车队	051
第五章/晋级之路	067
第六章/进军KPL	092
第七章/全队集结	112
第八章/质疑	130
第九章/首次胜利	143

目录/contents

第十章/征战天桓	164
第十一章/第一射手	178
第十二章/告白	203
第十三章/陆青羽	225
第十四章/决赛	242
第十五章/重返巅峰	271
番外一/度假	282
番外二/重返校园	299
番外三/婚礼	305
番外四/师徒情深	309

前言

本文基于手游《王者荣耀》创作,网络连载于2018年2~6月,文中所有比赛赛制、英雄阵容、战术分析,均以S9~S11期间的游戏资料作为参考标准,如果官方改动英雄、赛制后与文中描述不相符合,并非文中的错误,而是赛季不同所致,望周知。

【英雄介绍】

坦克:皮糙肉厚、防御力强,作为团队的保护性角色。如张飞、庄周、东皇太一、刘邦、牛魔、刘禅、梦奇、白起、夏侯惇等。

战士:近身作战能力出色,可冲到敌方阵营打开缺口。如曹操、达摩、程咬金、关羽、花木兰、老夫子、刘备、吕布、哪吒、雅典娜等。

刺客:突进、收割、爆发能力强,可在团战时刺杀对方关键人物。如阿轲、李白、韩信、娜可露露、兰陵王、橘右京、孙悟空等。

法师:法术输出主力。如诸葛亮、貂蝉、周瑜、扁鹊、妲己、安琪拉、王昭君、甄姬、高渐离、小乔、嬴政、钟馗等。

射手:物理输出主力。如孙尚香、马可波罗、虞姬、狄仁杰、李元芳、百里守约、后羿、鲁班、黄忠、成吉思汗等。

辅助:控制为主,可以给队友加增益状态,给敌方削弱型状态。如鬼谷子、大乔、太乙真人、蔡文姬、张飞、姜子牙、扁鹊、孙膑、庄周等。

【涉及的游戏术语详解】

TGA大奖赛、KOC城市赛、QGC赛区和WGC微信赛区,王者荣耀的四个次级联赛项目名称。TGA大奖赛是腾讯举办的大型综合赛事,其中包括王者荣耀项目;KOC城市赛以全国各大城市为赛点,本市玩家可自由组队报名,分市赛、省赛、国赛;QGC是QQ赛区,WGC是微信赛区;民间高手可以通过以上四个赛事,晋级到职业联赛当中。

KPL, King Pro League 的缩写,是"王者荣耀职业联赛"的简称。

蓝领打野:
一支团队可以获得的经济有限,正常来说,打野位置的英雄应该享受野区的经济,但蓝领打野并不吃团队经济,而是把大部分野区的资源让给队友,像是保姆一样协助队友迅速发育。

趁乱偷塔:
趁着其他人在一边打团战,混乱局面没人注意到自己,就从另一条边路去偷偷摧毁对方防御塔的一种机智的战略。

偷家:
趁对手不注意,带着一条路的兵线直捣黄龙,去偷袭对方的基地。

输出:
输出,就是用技能攻击对手。疯狂输出,就是以最快的速度迅速攻击,短期内打出极大伤害。

蛇皮走位:
走路的姿势像是一条蛇一样弯弯曲曲呈S形,通常形容选手走位技巧极高,嬴政的大招是持续发射,当选手S形走位时,大招也可以S形范围扫射,让对手无处可躲。

复活被动:
英雄苏烈的被动技能:苏烈在濒临死亡时周围会出现3盏烽火台,队友可通过触碰烽火台来点亮烽火为苏烈回复生命值。

战队后援组老大：
玩笑话，时颜相当于是啦啦队队长，专门组织粉丝们给AIM战队助威，所以大家都叫她战队后援组老大。

范围嘲讽：
英雄白起的大招技能"傲慢嘲讽"，可以向指定的位置跳跃，造成大量伤害并嘲讽周围的敌人，被嘲讽的敌人无法做出任何动作。这是一个强力的群体控制技能。

奶量：
对队友的治疗量，治疗高的回血更多，能提高团队生存率。

张飞变大：
张飞开大招时，体积会变得格外庞大，并且获得等同于自身生命值40%的护盾。

露娜断大：
英雄露娜，普攻、1技能和大招都可以在目标的身上打出月亮形状的标记，她能在有标记的敌人间快速移动，而不会让大招陷入冷却，称为"月下无限连"。断大，就是标记中断，没办法继续移动，属于操作失误。

大招避免选中：
英雄李白开启大招时会进入"避免被选中"状态，也就是说此时的李白，无法被敌人、小兵、防御塔等任何攻击技能选择，相当于短暂的无敌。

第一章/集训

【1】

今天是战队全员到齐的第一天，符音也不想那么早回学校，吃过午饭后，她就留在基地跟大家一起开会。这也是目标战队成立以来的第一次正式会议。教练肖明轩组织这次小会，主要是想给大家说说接下来的计划。

《王者荣耀》的次级联赛包括TGA大奖赛、KOC城市赛、QGC赛区和WGC微信赛区。四大赛区都有两个出线名额可以进入KPL预选赛，这也是新队伍进入KPL职业联赛的唯一途径。

大家的小号都在微信区，所以肖明轩的意思是直接选WGC微信精英赛。这个赛区是线上赛，决赛之前真人不用到达比赛现场，时越、陆青羽、叶枫的身份就不会太早曝光。

符音好奇地问了一句："WGC赛区我记得是按周赛、月赛的方式一路晋级的对吧？"

肖明轩点头："嗯，海选出来的96支队伍随机分成三个组，每组32支战队，三十二进十六、十六进八都是一局定胜负，八强开始是三局两胜的淘汰制。赛程有两个月，每个月的月赛决出冠亚军，最后共四支战队进决赛轮，获得决赛冠亚军就能晋级KPL预选赛。"

刘思源插话道："也就是说，我们要打的比赛并不多，周赛拿个冠军，月赛拿个冠军，总决赛再拿个冠军就可以了对吧？"

众人："……"

小源想得可真美。陆青羽忍着笑道："你说得就跟切菜一样轻松，一路拿冠军就可以了，别人听见肯定想打死你。"

刘思源红着脸挠了挠头："要是WGC都拿不到冠军的话，KPL还怎么打啊？"

他说得也有道理。队里有时越、陆青羽这样的大神，要是在WGC都翻车，那他们也不用混了。

肖明轩见大家都没意见，便说："下一届WGC会在四月份正式开始比赛，我们的时间还很充裕，过完春节后，我们就按照KPL职业选手的标准进行训练。"

叶枫有些苦恼地皱着眉："那岂不是还要半年！"

陆青羽道："你以为呢？自己组队的话就得按官方的规矩来，从次级联赛从头开始打。"冒着如此大的风险跟时越组队，光是晋级赛就得打几个月，他也觉得自己挺有勇气。

肖明轩拍拍叶枫的肩膀道："别担心，你可以照常直播。"

叶枫道："我不是担心这个。"

符音看出了他的想法，似笑非笑地说："我看叶枫是想明天就去打KPL，有点迫不及待。"

叶枫耳朵一红："你别直接拆穿我，难道你不想吗？"

符音认真地说："我觉得还是慢慢来吧，心急吃不了热豆腐。我们刚组成战队，彼此还不熟悉，配合也不够默契，这样的状态去打KPL的话感觉会输得很惨。"

叶枫有些不好意思地抓抓头发："也是哦。反正时间还多，我们把各种阵容体系都练好，等出现在KPL的赛场上时，就可以让联盟那些战队大吃一惊！"

时越不爱说话，但队友们说的时候他也一直在听，最后才一句话总结道："大家不用心急，春季赛我们已经赶不上了，那就做好一切准备，一口气拿下明年秋季赛的冠军吧。"

不愧是队长，一开口就是拿冠军，比刘思源还想得美。不过听他这么一说，众人倒是信心满满，肖明轩微笑着伸出手道："大家加油！"

众人配合地将手叠在一起："加油！"

开完会后，肖明轩又单独把符音叫到一旁，给她发了张清单，上面是要求她必须尽快练会的英雄，以及联盟比较出名的边路选手。

明神真是个负责的教练，居然帮她整理好了全部资料。

比如，荆棘战队的九天是国服第一老夫子，闪现开大总能精准地绑住对方的主力输出位；比如，龙族毅哥的关羽是所有后排脆皮（血量不高，比较容易打死的英雄）的噩梦，骑着马拿着大刀四处冲撞，能瞬间打乱敌人阵型……

符音看着大神们的资料，心里升起了一丝久违的热血。

将来在赛场上，她也要打出自己的风格，让以后的选手们提到目标战队的符音，不会只记得她是个女生，还要记得她会用的英雄，以及她的打法风格。

想在联盟占有一席之地，她要学的东西还有很多。

符音将教练给的资料仔细地收好，认真地看着他说："明神放心，我考完试之后立刻投入训练当中，我不会拖你们后退！"

肖明轩对上她坚定的目光，微笑着拍拍她的肩道："我相信你能做到。加油吧。"

离开基地时，时越主动开车送符音回了学校。

一路上，时越专心开车，符音也没说话，而是低头看手机。时越在红灯路口停下车子，疑惑地问："你在看什么，这么认真？"

符音道："我在看关羽的攻略。"

时越了然："是师父让你练关羽吗？"

符音点头："嗯，还有老夫子、铠、哪吒、杨戬、梦奇等等，反正所有可以拿来打上单的英雄我都得练。"

时越道："职业选手的英雄池确实要深一些，关羽你得好好练，因为这个英雄在职业联赛的赛场上几乎是必选，他对团战的干扰能力太强。"

符音笑着说："骑着马拿着大刀的关二爷很威风，我也蛮喜欢他的。教练说毅哥被称为国服第一关羽，我回头去看看毅哥的比赛录像，说不定能学到些技巧。"

时越问道："将来你会跟很多像毅哥这样凶悍的战士对线（指与每条线路上的人进行对战），怕吗？"

符音果断摇头："我为什么要怕？"

时越淡淡道："如果在线上被对方压着打甚至被打崩，你会很难受。尤其是队友不在身边的时候，万一你被对面战士单杀，对信心的打击是非常严重的，那种感觉你现在还没有体验过，职业联赛其实远比你想的要残酷。"

符音沉默了片刻，才轻声说："我知道，所以我要尽快变得强大起来，尽量别让对手把我打崩。"她回过头，认真地看着他说，"一支队伍如果有明显的短板，就很容易被针对，我不想成为目标战队的短板。"

她清澈的眼睛里，满满的都是坚定。她就这样认真地望着自己，时越能看见她眼中自己的缩影。那一瞬间，时越突然心跳如鼓，整颗心脏剧烈地跳动着，就好像里面有什么东西在胡乱冲撞——原来"小鹿乱撞"这个词是这种感觉。

面前的女孩长得很好看，跟她对视时，自己的心跳和呼吸似乎都不受控制。

整个脑子里，就只剩下她那双明亮的眼睛。

好像一眼，就看到了心底深处。

时越怔怔地看着符音，直到耳边响起刺耳的喇叭声，他才蓦地回过神来。

路口绿灯，他还停在原地不动，后面的司机不耐烦地按喇叭催他。整条路上都被喇叭声给淹没，不少司机在骂他，还以为他是个刚拿到驾照的新手司机。

时越的耳根微微发烫，立刻将视线从她身上移开，踩下油门启动了车子。

符音也没说什么，继续看手机里的攻略。

时越微微侧过头就可以看到她白嫩的耳垂，她的耳朵上戴了一对蓝色耳钉，是海星的形状，简单又可爱。

时越一路心猿意马地将符音送回学校。道别之后，他又开车回了基地，走路的时候脚步都像是飘着一样。

一进屋，他就拿出手机，想着会不会有这丫头的微信，结果还真有一条符音发过来的消息："安全到达了吗？"她果然还是关心他的。

时越嘴角一扬，打字道："放心，我开车技术很好。"紧跟着又来一句，"你最近要考试，游戏可以先放一放，考完之后再练英雄。时间还很充裕，别给自己太大压力。"

符音发来一个微笑的表情："知道了队长大人，我先把这个学期的课全部考完再说。"

时越提醒道:"还有,休学申请的审批会比较麻烦,需要找学校好几个部门签字盖章,你最好提前做准备。"他说着就给符音发过去一个文档,"我当年写的休学申请表,还有办手续的流程,你可以参考一下,有不懂的再问我。"

　　三秒后,他又发来一行字:"必要的时候我可以出面说服你们领导,以你队长的身份。"

　　符音的心头微微一暖:"谢谢越哥。"

　　时越秒回:"跟我不需要客气。"

　　符音看着他打来的一段又一段的文字,心里有些好笑。

　　高冷的越神怎么这么多话?要是被粉丝们看见这段对话,肯定不敢相信。

　　"越哥,我先去复习,明天还有考试。"符音这句话是语音说的,后面接一个挥手再见的表情。

　　时越听到耳边响起她的声音,心跳再次失控。尤其是"越哥"这个称呼真是听着顺耳,柔软的声音,就像是猫爪子在挠他的心尖。

　　不知道为什么,最近看她越来越好看,声音也特别好听,想到接下来的几天她要忙着考试,不能再见到她,心里就莫名地有些空落。要不,等她考完之后好好地请她吃一顿大餐?就去上次去的那家西餐厅好了,记得她很喜欢那家的糕点。

　　时越心里暗暗打着主意,完全没意识到,他距离跟陆青羽打赌吃辣酱已经越来越近了。

【2】

　　期末考试安排在一月中旬,考试的这一周符音戒掉了游戏,专心复习功课。

　　她从开学初就做好了学习规划,所以复习起来也相对轻松。

　　这个学期的每一节课,她都会认真听讲,并且把老师讲的重点知识写在本子上,课本上也用不同颜色的笔做好了标注。

　　考试之前,她再照自己的笔记和课本标注一起复习,整个学期的重点知识就会在她脑海里形成清晰的脉络,所以对即将到来的考试,她胸有成竹,一点也不慌张。

至于口语、听力，这些都要靠平时的积累，临阵磨刀效果不大。

她平时每天都会背单词，看文章，还经常听法语原版的新闻，语言类的科目，只要基础打得好，考试自然不用担心。

一周之后，期末考试结束，符音从考场下来也顿时松了口气。

她发挥得还不错，好几门课应该都能拿90分以上。

让她意外的是，刚考完试，她就收到时越发来的消息，简单的一句话："考完了吗？我在你宿舍楼下等你，带你去吃好吃的。"

符音立刻打字回复："你怎么知道我今天考完？"

时越道："找颜颜打听的。"顿了顿，他又补充道，"身为队长，关心一下队员的学习情况。"

符音嘴角一扬，飞快地收拾好东西回到宿舍，果然在楼下看见那辆熟悉的车子，还有站在车旁身材挺拔的男人。

时越靠在车旁站得笔直，路过的不少女生都在偷偷瞄他，他的脸上却冷冷淡淡没有任何表情。他上身穿着一件黑色的毛呢大衣，脚上是擦得一尘不染的皮鞋，往那儿一站，简直像都市偶像剧的霸道总裁男主角，跟周围热热闹闹的学生完全不是一个画风。

符音忍着笑朝他走过去，道："你没发现所有人都在看你吗？"

时越疑惑："看我做什么？"

符音笑着说："你长得太帅了呗！"

被她夸帅，时越心情颇好，故作严肃地问："你觉得我很帅？"

符音点头："当然，你在联盟也算是颜值担当了吧。"

其实以前也有不少人夸他帅，包括很多女粉丝还有记者，他都没往心里去，他总觉得皮相是天生的，是来自父母的基因遗传，只要不是太难看到影响市容，长得帅不帅都无所谓。但是今天，对上她笑盈盈的眼睛，听她亲口说"你长得帅"，他还真的挺开心的，突然觉得，自己这容貌能得到她的欣赏，回头应该好好感谢一下父母的遗传。

时越的目光不由自主地温柔下来，嘴角难得浮起个微笑："谢谢夸奖，作为奖励请你吃午饭。"说着就很有风度地拉开车门，请符音坐进副驾，再体贴地帮她关上门。

符音一边系安全带一边问："去哪儿吃饭啊？"

时越道："就去上次去过的那家西餐厅吧，听说最近新推出的芝士蛋糕特别好吃，带你去尝尝。"

符音兴奋地点头："太好了。最近为了准备考试，我天天在学校食堂吃，今天一定要好好吃一顿。"她把自己的包顺手放去后座，紧跟着又回头问，"话说，你老是请我吃那么贵的西餐，我挺不好意思的，不如这次你请客，我买单吧？"

时越道："哪有让女生买单的？我赚的钱一直没处花，请你吃顿饭而已，不用客气。"

符音只好不再客气，跟着他一起去了西餐厅。

还是上次那个靠窗的位置，点的东西却完全换了样儿。因为时越想让她尝点别的，符音跟着他品尝了很多新推出的精致糕点。

吃饱喝足后，时越便开着车顺路回了战队基地。

其余队员也刚吃过午饭，不过他们吃的是阿姨做的菜。见时越把符音妹子带回来，大家立刻站起来打招呼。

叶枫关心地问："小音你考完试了吗？考得怎么样？"

刘思源道："我音姐肯定没问题的！"

陆青羽也微笑着道："考完就好，以后没有了学业的压力，你也可以安心跟我们一起训练。这几天我们四个一直抽签去双排（两人一起打排位赛），先互相了解，就等你正式入队后大家开黑（指玩游戏时，可以语音或者对面的交流）五排。"

符音笑着说："谢谢大家，我考得不错，可以正式入队了。"

肖明轩道："既然小音已经考完试，那我们就开始集训吧。正好我约了一支民间战队，晚上跟大家打一场正式的训练赛。"

众人听到这里都有些好奇，民间战队？明神到底把谁约来了？叶枫是那种憋不住心事的急性子，立刻问了出来："什么战队啊？"

肖明轩神秘兮兮地凑过来，压低声音跟大家道："TZ战队。"

叶枫知道这支队伍，说："我记得他们五个人的ID前面都有个TZ的前缀，这支队伍在WGC表现很好，还拿到了这一届预选赛的门票。"

肖明轩点头："嗯，我和他们教练正好认识，主动去给他们当沙包，他们教练没理由不同意，正好在我们身上实验一下战术配合。"

陆青羽笑眯眯地说："对方教练肯定不知道您这新战队里到底有什么人，还以为全部是明神从网游里找来的新人。"

肖明轩递给他一个"你真聪明"的眼神，道："只有这样，他才能同意跟我们打训练赛，要是他知道队里有时越、青羽这些KPL的大神选手，他哪敢把队员们送上来挨刀子？"

时越却道："我们不一定能赢。对方即便是三流战队，也是一起训练、磨合过很长时间的队伍。"他的神色自始至终都很冷静，总是一句话指出关键。

听到队长这话，众人也总算从即将打训练赛的兴奋中回过神来。

肖明轩赞同地点头："没错。越高端的赛事，大家的个人水平差距就越小，能不能赢，关键还是看团队配合。"

符音用拳头支着下巴思考了片刻，道："上次我们在网游里赢下TZ战队，这么说，那一场比赛他们都没好好打？"

时越道："嗯，他们应该在磨合扁鹊体系，只是随便打并没有认真。"

叶枫玩笑道："那场比赛，好像是符音带我们躺赢的。"

刘思源是符音的头号迷弟，立刻点头道："我音姐花木兰666（溜的谐音，形容厉害）！"

符音微笑着说："今天比赛大家都认真打，正好找找我们配合上的弱点。"

肖明轩赞赏地看了她一眼，道："大家都来训练室吧。"

教练发话，众人立刻紧跟在他身后。

陆青羽走在最后，跟时越并肩，凑到时越耳边轻声问："刚才午饭时间，你说去接小音，顺便接她去吃糕点了对吧？"

时越挑眉："你怎么知道？"

陆青羽指了指自己的鼻子说："我鼻子灵，你俩身上一模一样的抹茶蛋糕味。"

时越无语地看着他。

陆青羽拍了拍时越的肩膀："表现还不错，继续加油。"

时越白了他一眼，懒得理他，跟在他身后进门。

训练室里有整齐的座位，中间有一张长桌，桌上放着倒好的茶水。

众人在桌子一侧坐下，最左边是符音，时越坐在她旁边，然后是陆青羽、叶枫和刘思源。

肖明轩道："我给大家几个小号，你们先披着马甲用小号训练，名字自己随便改一个。"

众人立刻登录小号改名。符音改了个ID叫"渔舟唱晚",时越改了个英文ID叫"SSY",这两个名字还算比较正经。叶枫则改成"射手好难玩",陆青羽紧跟着改成"中单不容易",刘思源改名"辅助好辛苦"。

符音有点无语,你们能不能稍微有点大神的样子?这是什么画风啊?

下午三点,TZ战队的选手准时上线,肖明轩将他们拉到自定义房间,客气地跟对方教练打了个招呼。

对方陈教练礼貌地道:"这就是明神的新队伍啊?"他看着一大堆奇奇怪怪的ID有些想笑——中单不容易、辅助好辛苦,这都什么乱七八糟的人?

肖明轩谦虚道:"队里都是些新人,还请陈教练多多关照。"

陈教练说:"客气了。咱们友谊第一,比赛第二!"

TZ的队长兽神忍不住皱眉:"教练,明神不会是来逗你玩的吧?射手好难玩、中单不容易,这取名的画风有点'谜'啊!"

队里的上单选手也笑着道:"我刚查了下,五个都是钻石段位,胜率还不到60%。教练,你确定约你的人是明神?不是有人冒充的吗?"

陈教练挠着头道:"他有我的QQ号,直接联系我的,应该不是冒充。"

训练室内,做好准备后,时越便问道:"这局走什么阵容?"

肖明轩道:"鬼吹灯组合,苏烈加鬼谷子,时越拿苏烈去打野(通过击杀野怪作为主要提升等级的方式)。这局保射手和中单,时越把经济分出来让给中路和下路,保护好野区。我们试试看在没有越神的打野主动带节奏的情况下,能不能打开局面。"

陆青羽了然:"教练是怕时越一旦回到KPL,会被对手往死里针对?"

肖明轩无奈点头:"阿越的打野实在是太有名气,所以我们得提前准备。一支战队不能只有一个输出核心,在阿越被彻底针对的时候,青羽、叶枫,你们两个输出位就得立刻站出来。还有小音,你必须跟阿越一起面对压力,扛住线上和野区。辅助小源死保射手,明白我的意思吗?"

众人都干脆地点头:"明白!"

肖明轩道:"那就开始吧。第一局我们先禁英雄,一号位小音,禁掉你最爱的花木兰。"

这相当于自断右臂!

明神居然用这样的方式给符音压力,直接不让她用花木兰。不过,符音一点都不怕,因为她知道,目标战队真正的集训,已经从这一刻正式开始了!

【3】

符音坐在一号位,禁选将阶段是由她来选择,明神让她连禁花木兰、达摩、关羽三个上单英雄,这样就会导致符音原本就不太深的英雄池更加捉襟见肘。

选将阶段,肖明轩问道:"小音会玩老夫子吗?"

符音知道他是要考验自己,便说:"那就拿老夫子吧。"

于是,符音首抢老夫子。对面1楼、2楼先后拿下了边路英雄曹操、边路英雄铠。

曹操加铠的这种双边路战术也曾在联赛里出现过,被称为"砍刀组合",两个人同时冲上去拿刀砍人,两刀砍死一个脆皮。而且曹操不怎么吃经济,带线能力极强,铠开了大招之后又特别肉(扛揍),两条路都是可进可退、能抗能打的战士。

肖明轩道:"把苏烈、鬼谷子拿下。"

陈教练见对面这么选,便道:"选张飞,中单扁鹊。"

轮到肖明轩,他毫不犹豫地道:"中单拿嬴政,射手孙尚香。"

嬴政是陆青羽比较擅长的法师,孙尚香是叶枫的本命英雄,既然这一局要苏烈蓝领打野让出经济,那两个输出位可以放一些需要经济的核心英雄,前期保住野区,后期让法师、射手站出来Carry全场(控制全场)。

陈教练看见对面这个阵容,心里不由得疑惑:"这是孙尚香打野?自由人体系吗?"

TZ的队长兽神道:"也可能是苏烈打野,孙尚香走下路吧。"

陈教练摸着下巴想了想:"那我们的打野拿阿轲,盯着嬴政和孙尚香杀。"

选将完毕,比赛正式打响。

双方颇有默契地同时入侵蓝Buff(增益状态,获得后可每秒回复法理值并减少技能冷却时间)野区,结果却完成了蓝区的互换。

苏烈是不怎么吃经济的打野,所以时越将Buff(野怪)打到最后一滴血的那一刻突然停手,让中单嬴政拿到第一个蓝。然后,他来到己方红Buff(增益状态,获得后攻击敌人可对其造成减速效果)区域将Buff打到最后一滴血再次停手,让孙尚香拿到第一个红。

肖明轩忍不住感叹:"阿越是第一次玩辅助型打野吧?"

时越点头道:"嗯,刚才差点就手痒把Buff拿下,幸好及时忍住了。"

众人齐齐笑出声来。

陆青羽道:"谢谢打野爸爸。"

叶枫也道:"谢谢打野爸爸。"

时越挑了挑眉:"你俩带着Buff在线上要是还打不出优势,今天晚上就一起洗碗。"

陆青羽和叶枫立刻打起精神,打野爸爸连一红和一蓝都大大方方地让给他们,他俩要是还被对面杀的话就太对不起越哥了!

时越按照教练的要求,当起了"养父"角色,把中单和射手慢慢地拉扯大。

这种战术,跟时越以前的野核打法完全不同。

以前他拿李白、玄策一类的野核英雄时,队友会自觉地给他让出野区经济,整个团队都围绕着他来打,团战的时候也会优先保护他。

但是,今天他拿了苏烈打野,不需要带节奏去杀人,他要做的是保护好野区赶走对面的入侵者,让野怪的经验和经济全部落到我方法师和射手身上,后期等着法师和射手站出来打团,经济高的双输出位可以在团战时打出更好的效果。

由于我方主动避战保后期,前期阿轲的几波抓人都没有成功。

比赛时间超过4分钟,双方居然还没有爆发人头。

TZ的队长兽神皱了下眉头，道："这么下去不是办法，扁鹊、曹操、张飞配合我，我们强推上路！"

　　上路，符音正操作着老夫子跟对面的曹操单挑。

　　张飞悄悄地从草丛绕后，一个大招怒吼将老夫子晕住，扁鹊紧跟着在老夫子脚下放了个毒圈，剧毒迅速叠加到五层，然后阿珂入场，一招暴击收掉老夫子的人头。

　　——First Blood！第一滴血！

　　上路老夫子送出一血，外塔即将被拆。

　　符音开口道："不好意思，上路守不住。"

　　时越看了眼上路的战况，道："没事，对面四个人抓你，神仙都守不住。"

　　再厉害的大神在赛场上也会被抓死，在时越看来，符音刚才被抓死很正常，他观察了一下全场局势，道："下路强推。"

　　下路叶枫听到队长指令立刻从草丛跑出来将兵线清掉。对方铠见他居然敢出来，果断开大招上前打他。叶枫蛇形走位躲技能，苏烈和鬼谷子从侧方草丛隐身加速冲出来，苏烈一个大招直接将铠击飞到空中，同一时间孙尚香一个翻滚暴击，果断拿下铠的人头。

　　时越道："漂亮！"

　　叶枫嘿嘿笑："快推塔推塔！"

　　三人带着兵线推掉下塔。

　　我方上路外塔，换对方的下路外塔、内塔，不亏。

　　肖明轩看到这一幕心中不由得赞赏，时越在赛场的冷静还有对全局的掌握确实很强，他总能抓住机会挽回我方劣势，而一个优秀的指挥，对全队的作战能力都是巨大的提升。

　　符音此时在基地等待复活，但她看着屏幕上连续弹出"我方摧毁防御塔"的消息，心里也不禁升起一丝热血。

　　队友们真是太给力了，她没有白死。可以说，这一波能连推两座外塔，她起到了"祭品"的作用，吸引住对面的四个人，给队友创造了机会。

　　符音道："我继续在上路带线，打牵制行吗？"

　　时越点头："可以。"

老夫子在某些阵容里的作用就是牵制、带线、阵型拉扯。经过刚才那一波团战后，符音也察觉到这一点，所以才做出单独带线牵制的决定。

比赛进行到10分钟，对面五人在中路逼团，我方四人应战。

一波团战打了1分钟，最后，我方嬴政、孙尚香在辅助的保护下撤退，双方二换二，人头虽然持平，可我方中路外塔被推，似乎有点吃亏。

但紧跟着，大家的耳边就响起亲切的系统提示：你的团队摧毁了敌方防御塔！

众人抬眼一看，就见符音的老夫子带着一波兵线，趁刚才中路打得不可开交时，她居然一路推塔，偷偷推掉了对方上路的高地！

叶枫忍不住道："小音666！"

陆青羽也笑了起来："机智的小音。"

这样一来，这一波团战我方就完全没有吃亏。

时越心里也很赞赏符音的牵制做法，高地塔的作用远远大于其他。因为一旦高地被破，我方就会派出超级兵，对方的兵线压力就会很大，尤其是上路已经被推掉高地的情况下，他们得随时防着老夫子趁乱偷塔。

又过了3分钟，时越主动寻找机会在主宰附近逼团，对方五人迅速赶了过来，双方彼此拉扯，打了半天没分出个胜负。

结果就是符音又一次带着兵线上了高地。

——我方水晶正在被攻击。

听到这个提示，对面队长头都要炸了，立刻说道："老夫子偷家，曹操回去守！其他人拖住！"

曹操迫不得已回城守家，然而符音见他回城，立刻开着2技能跑路，曹操守住了家，可惜正面主宰处的团战剩下的四人却没能拖住。

苏烈的强开团实在可怕，尤其是时越所操控的苏烈，每次大招都能让大家就地飞升成仙。

一个大招砸起来三四个人，再接上1技能、2技能，到处冲撞打乱阵型，苏烈一身防御装顶在前面，这就给了嬴政、孙尚香这两位英雄绝佳的输出环境，这两人装备起来后输出太吓人，团战根本打不过。

TZ队长兽神无奈地道："撤退！撤退！"

时越带着队友趁机拿下主宰。

此时，双方的经济差距已经拉开到5000。

三路主宰先锋压境，兵线全部带出去之后，时越召集大家再次在中路逼团。

对面不得不防守中路，一直带线的符音也终于参与到团战当中。

双方在内塔处拉扯，一波团战从最开始的5V5打到3V3，双方各死两人，局面陷入胶着状态。然而下一秒，TZ战队众人的耳边再次响起熟悉的系统警报——我方水晶正在被攻击！

队长兽神简直想爆粗口："老夫子又在偷家！"

扁鹊有些抓狂："对面的上单，就这么爱偷家吗？"

张飞也道："赶紧回，赶紧回！"

这时候还活着的铠和扁鹊立刻开始往回赶，但鬼谷子和孙尚香不会放过他们。鬼谷子从侧面绕过去干扰他们走位，孙尚香在旁边疯狂输出，铠和扁鹊被打得烦不胜烦，恨不得穿过手机屏幕捏死这两个人。

——我方水晶正在被攻击！

——我方水晶正在被攻击！

系统警报不断，符音正带着一条主宰先锋爆手速打水晶。

铠和扁鹊终于艰难地回到基地，然而等他们赶回基地的那一刻，看到的却是水晶炸裂的画面。

——胜利！

屏幕上弹出熟悉的金色大字。

叶枫一拍大腿，赞道："小音666，这波偷家真是6到爆！"

陆青羽道："干得漂亮！"

刘思源笑道："我音姐就是机智。"

时越没说话，看了她一眼，发现她额头都是薄薄的汗，显然刚才的那一刻她也特别紧张。突然，他很想握住她的手说"你做得很好"，但想到她是个妹子……还是算了吧。

肖明轩走了过来，微笑着道："怎么想到去偷家？"

符音深吸口气稳了稳失速的心跳，说："刚才强推中路很难推进去，我见上路兵线过来，就从侧面草丛绕过去，带着兵线试着看看能不能偷掉水晶。"她看了明神一眼，笑道，"到现在还有点紧张，手心里一层汗，要是偷不掉，估计大家又得重新来一波团战。"

肖明轩赞道："想法不错。"他没想到，这妹子不但能凶悍地用花木兰跟人打正面，还可以机智灵活地用老夫子上演偷家战术。她在最恰当的时机做出了最聪明的选择——出人意料，直袭对方基地！

这说明她思维灵活，并不会局限于"我必须跟队友一起行动"的模式。想到这里，时越也难得微笑起来，看着她道："你的老夫子玩得不错，虽然死了一次，这局也没拿到人头，但对兵线的运营帮了团队的大忙。以后比赛你也可以试着打牵制。"

符音被夸得有些不好意思，挠挠头道："其实，我老夫子用得还不是特别熟，对参团不是很有信心。"

这妹子也太耿直了吧？居然老实交代自己没信心打团。

同一时间，TZ战队基地，众人看着屏幕上的"失败"字样一脸茫然。

兽神道："这个队伍有些厉害啊！那个叫'射手好难玩'的孙尚香，从头到尾一次都没死，输出爆炸！叫'中单不容易'的嬴政，每次开大扫射都能把我们集体扫残……这还好难玩、不容易？我看他们不是来搞笑的，是来嘲讽的吧！"

陈教练若有所思地摸了摸下巴："这支队伍应该有个非常厉害的指挥。"

兽神道："会是明神吗？"

陈教练摇头："不是他，我觉得是那个玩苏烈的打野。"他仔细回想了一下刚才的几波团战，"玩苏烈的这个人操作技术一流，对全局的掌控也非常强，几波团都是他找的机会，而且每次都能砸中好几个人，打出压倒性的优势。这个人有点厉害，我们得多留意。"

整场比赛对方战队没有过明显的失误，每一次开团的时机都掌握得恰到好处。显然，这支战队拥有几位个人能力比较强的选手，再由一位厉害的指挥带领，在比赛时做出正确的指令。

其实，越高端的比赛，选手的个人实力就会越接近，但能纵观全场的厉害指挥却不多见,一支队伍,如果几个选手的实力都不弱,再加上一个厉害的指挥,五个人就能在瞬间凝成一股绳,在关键时刻打出压制性的团战。

　　陈教练的脊背突然升起了一丝凉意。

　　这个战队,实在是有点可怕。

　　如果他们参加下一届WGC的话,整个微信赛区估计要彻底洗牌!

第二章/战队日常

【1】

训练室内,肖明轩让时越把刚才比赛的录像通过软件投放到屏幕上,给大家复盘。赛后复盘环节,就是以"上帝视角"观察整场比赛的录像,再加上教练详细、专业的分析,选手会看到很多自己在比赛过程中没有发现的东西,找出自己的缺点,也更加熟悉队友们的想法和操作。也正因此,第一次复盘环节大家都听得特别认真。

复盘结束后,肖明轩紧跟着安排了训练计划:"以后的训练咱们分两个阶段,第一阶段是每天下午两点到六点,小音和时越双排,青羽、叶枫和小源去三排,单纯练英雄、练操作,位置可以互相换着玩。晚上八点开始我们就集合五排,练习团队战术。"

符音有些疑惑,忍不住问:"那上午呢?"

诸位男生面面相觑。肖明轩也怔了怔,然后就摸着鼻子笑了起来:"小音啊,我们电竞选手没有上午。"

符音道:"你们几点起床?"

陆青羽微笑着说:"我一般十一点起床吃午饭。"

叶枫道:"我当主播的话中午开播,差不多十二点起床吃午饭。"

刘思源有些脸红,道:"我……我跟羽神差不多,十一点起床先给猫喂点吃的,然后直接吃午饭。"

符音问:"那早饭呢?"

三人异口同声:"我们不吃早饭。"

所以你们这群宅男都是什么乱七八糟的生活习惯?

符音紧跟着又看向时越。

队长大人一脸严肃地道:"我比他们起得早。"

符音还以为他跟别人不一样,微笑着问:"你几点起床?"

时越道:"十点半。"

符音的笑容蓦地僵在了脸上。早半个小时也没好到哪里去吧！她决定不跟他们纠结早饭的问题，无奈地问："那晚上通常几点睡？"

这次的回答倒是非常一致："两三点吧！"

符音轻轻揉了揉眉心，看着周围一脸无辜的男生们，道："你们是晚上比较精神，所以必须大半夜训练吗？"

肖明轩笑着解释："电竞选手大多是夜猫子，上午睡觉、晚上出动，所以大家都随波逐流。各大战队晚上训练结束后，选手们还会自己开黑玩个几局，熬夜很正常。"

叶枫插嘴道："主播也差不多，大部分主播都晚上开播，还有一些凌晨直播的。"

众人给符音科普了一下电竞圈的生存现状，见妹子脸上神色复杂，教练肖明轩主动开口道："这样吧，你是女孩子，没必要陪我们熬夜，晚上完成训练任务后，十二点之前你就去睡觉。"

一直沉默的时越开口道："其实我也觉得经常熬夜对身体不好。"

众人疑惑地回头看他。

时越道："良好的作息才能保证身体健康，精力充沛。不如我们也调整一下作息，每天早上八点起床，晚上十二点之前睡觉，大家觉得呢？"

众人："……"

这是为符音妹子集体改作息的意思？队长你这样好吗？

符音听出他的意思，耳根微微一红，道："没事，你们玩你们的，我早点睡。反正集合训练的时间是一样的，教练您看行吗？"

"没问题。"肖明轩紧跟着问，"小音你什么时候搬过来？"

"晚上回去收拾行李，明天上午搬吧。"

次日上午九点，时越的车准时停在宿舍楼下，并给符音发消息："我到了。"

符音收到消息的时候还不敢相信，站在阳台往外一看，果然看见了那辆熟悉的黑色路虎。她提着行李迅速下楼，问道："你不是十点半才起床吗？今天怎么这么早？"

时越打了个呵欠，说："师父让我早点来接你。"

打着呵欠的越神褪去了高冷的外壳，反而显出一丝可爱。符音看着他迷迷糊糊的样子，忍着笑道："你是多久没呼吸过早上的空气了？"

时越轻咳一声，似乎有些不好意思，移开视线道："在战队的时候作息都是这样，一时很难调整过来。"

符音坐进副驾驶座，道："要是太困，不如先睡会儿？"

时越道："放心，我只是打呵欠而已，脑子很清醒。"

他说着就发动了车子。刚要走，却听车窗外响起拍打的声音，他摇下窗户，居然是妹妹时颜。

时颜满脸兴奋地道："哥，你要接小音去战队基地吗？我也想去，带我去你们基地逛逛呗！我还没去过呢！"

时越点头："上车吧。"

时颜坐在后排看着两人，笑嘻嘻地道："哥，小音可是我最好的闺蜜，以后你得罩着她，知道吧？"

时越淡淡地"嗯"了一声，心想，还要你提醒？她是我队友，我自然会罩着她。

上午十点，时越的车终于抵达基地。

时颜看着面前的大别墅，不由得惊叹："哇，你们战队挺有钱的，租这么高档的别墅小区？"

时越主动帮符音提起行李箱，淡淡道："走吧。"

时颜进屋后就好奇地四处参观，意外地发现别墅里居然空无一人。她有些困惑地挠了挠头，回头问时越："哥，你们战队的队员呢？都没搬过来吗？怎么一个人都没有，安静得就像是一所空房子。"

时越道："还在睡觉。"

时颜平时也喜欢睡懒觉，对此倒是不惊讶，理解地"哦"了一声，道："小音你宿舍是哪间，带我去看看！"

符音说："我的宿舍在三楼，我们上去的时候脚步轻点儿，别把睡虫们吵醒。"

两人走在前面，时越就跟在身后帮符音提箱子。

来到三楼将箱子放在她宿舍后，时越才自觉地退了出去，道："你收拾吧，我先下楼了。"

等他走后，时颜才在屋子里转了一整圈，竖起大拇指道："环境不错,真是公主待遇!"

符音笑道:"不,是女皇待遇。"

时颜哈哈笑:"没错没错,你住在最高层,有种登基为帝的感觉。"说着就凑到符音耳边,压低了声音,"说起来,楼下住着的四个小鲜肉长得都挺帅的,你有没有看中一个?"

时颜只是随便开了个玩笑,符音的耳朵却瞬间红了。

时颜见她脸都红了,不禁瞪大眼睛:"还真有啊?你看上谁了?"

符音没回答,咳嗽一声道:"我先收拾行李。"

时颜自然不依不饶,拉着她的手臂:"快说,你到底看上谁了?"

符音被她缠得没办法,只好随口敷衍:"反正不是你的羽神。"

时颜见她死活不说,也就没再逼问下去,心里琢磨着,符音会看上谁呢?温和如兄长的明神?阳光帅气的叶枫?可爱的小奶狗刘思源?反正不可能是自家那个高冷脾气差的哥哥。

帮符音把衣服挂在衣柜里,时颜这才下楼。

结果,她一走到二楼,就看见一个男人从宿舍出来。那人头发凌乱,只穿着短裤和白色背心,露出结实的小腿、手臂以及大片蜜色的胸膛,他显然刚起床不久,还没整理好外表,就这么随意地从卧室走了出来。仔细一看,才发现他的五官十分俊美,尤其是那双眯起来的桃花眼,特别有辨识度。

居然是她的师父陆青羽!

时颜整个人被雷劈一样傻在原地。

刚起床的男人,这半遮半掩的慵懒模样真是荷尔蒙爆棚,对时颜来说,简直就是毁天灭地一样的冲击,她差点当场流下鼻血。

而且,陆青羽的声音也带着刚起床后性感的沙哑,抬头看见她,有些意外,但很快就冷静下来,微笑着道:"颜颜?"

听他用这种低低的、沙哑的声音叫出自己的名字,简直要命。时颜的心"扑通扑通"跳个不停,她强忍着扑倒他的冲动,道:"咳,师父早上好。"

陆青羽微笑起来:"你怎么过来了?让我猜猜,是跟小音一起过来参观我们基地的?"

时颜立刻点头如捣蒜:"嗯嗯嗯。"

陆青羽道："那你先去找小音玩，我洗个脸。"

他顶着乱糟糟的头发去了卧室对面的洗手间。

时颜看着他的背影，心跳如鼓，深吸口气让自己平静下来，这才飞快地跑回三楼，对符音道："我……我刚才看见我师父了，他他他……"

听闺蜜激动得连话都说不利索，符音忍不住疑惑："难道你看见他没穿衣服？"

时颜差点被口水呛死，白了符音一眼，道："也没那么夸张，就是，咳，刚起床的样子被我看到，觉得他特别性感。"

符音"哦"了一声，笑道："他目前还单身，你可以尽管去追。"

时颜嘿嘿笑："那当然，你顺便帮我把好关，别让其他女生捷足先登。"

符音道："放心，包在我身上。"

话音刚落，就听身后响起陆青羽温柔的声音："你们在聊什么？"

时颜心头一跳，立刻笑道："没什么，师父你不是去洗脸了吗？"

"已经洗完了啊。"似乎觉得徒弟的这个问题十分愚蠢，陆青羽那双桃花眼微微眯着，笑着看向时颜。他已经洗漱过，头发很整齐，身上也没了刚才那种慵懒的气息，恢复了风度翩翩的形象。时颜被他看得心跳越发剧烈。

陆青羽见她半天不说话，还以为她不信，便用手轻轻揉了一下脸，道："确实洗完了啊。我们男人洗脸很快的，一分钟就搞定，不像女孩子还要涂一层一层的面霜。"

符音严肃解释："并不是一层一层的面霜，是爽肤水、精华和面霜。"

陆青羽一脸愣住，听起来好复杂的样子。

时颜轻咳一声，问道："其他人都起床了吗？"

话音刚落，就听耳边突然传来音量超大的声音，听着像是明神："全体成员请注意，全体成员请注意，已经十一点了，十一点了！请马上起床，用最快的手速洗漱，十分钟内到训练室集合！迟到的在群里发两百块钱红包！"

时颜愣了愣："明神是在拿喇叭喊吗，声音这么大？"

陆青羽轻笑："不，这是他提前录好的叫醒闹钟，每天十一点准时响。"

时颜和符音面面相觑。

看来，目标战队以后的生活会很精彩，连早上的闹钟，画风都这么清奇？

【2】

传遍别墅每一个角落的叫醒闹钟果然效果惊人，十分钟内，目标战队的队员们就迅速来到训练室集合。

刘思源和叶枫刚洗完脸，表情还有些没睡醒的迷茫，肖明轩给他俩一人递过去一粒话梅，两人迷迷糊糊地接过来吃下去，立刻酸得整张脸都皱成了包子。

陆青羽幸灾乐祸："你俩现在清醒了吧？"

叶枫面如菜色："我最讨厌吃话梅！"

肖明轩笑容温和："要是还没清醒，我可以再给你吃一袋子。"说着就晃了晃手里装满话梅的塑料袋。

叶枫立刻坐直身体，道："报告教练，队员叶枫已彻底清醒，请安排训练任务！"

时颜看到这一幕特想笑，强行忍住，捂着嘴拼命咳嗽。肖明轩回头看她一眼，道："颜颜是来参观的吧？你稍等一下，我这边安排好了再带你好好逛逛我们基地。"

时颜立刻说道："好的，明神，您先忙！"

肖明轩让五位队员依次登录游戏，便接着说："距离午饭时间还有一个小时，小音和阿越去双排，另外三个人去三排，随便练英雄，谁要是输了，群里发红包。"

叶枫忍不住问："那要是我们都赢了，教练发红包吗？"

肖明轩回头看向他，微微一笑："你说呢？"

叶枫立刻缩着脖子认怂："当然不用，您是教练嘛，哈哈哈，我们都赢了证明您教得好！"

肖明轩给了他一个"你很识相"的眼神，低头看了眼手表道："现在是十一点十分，练到十二点半，准时去餐厅吃午饭。"

众人齐声应道："是！"

肖明轩走出训练室,大家便开始了日常练习。

符音按照教练的要求练了一个多小时关羽,时越一边教她一边低声鼓励道:"你的关羽掌握得不错,但团战入场的时机还要多些实战练习。"

符音认真地点头:"嗯,下次五排我再拿关羽试试。"

时越点头:"你尽量多换些英雄,用不同的英雄来融入队伍的战术体系。"

符音微笑道:"我也这么想。"

会议室内很安静,两个人在聊英雄、聊战术,气氛格外温馨和谐。

而另一边的训练室里,陆青羽他们却是另一种画风——

叶枫吐槽道:"对面这个老夫子有点凶,每次都大招闪现绑住我,他ID叫'九月九的酒',该不会是九醉吧?"

刘思源立刻精神起来:"我觉得对面打野特别凶,鬼鬼祟祟,这名字该不会是老鬼吧?"

陆青羽道:"中单霜满天,应该是荆棘战队的霜华同学。"

叶枫开始嗷嗷号叫:"大清早的怎么就撞到了荆棘战队,简直是见了鬼!还是最擅长偷袭的老鬼!"

刘思源道:"真的是荆棘战队吗?我有些激动!"

陆青羽道:"淡定,小心草丛。"

结果话音刚落,叶枫就被草丛里突然冒出来的阿珂一套秒杀。叶枫直接在公屏打字:"鬼神,鬼爸爸,我是你的粉丝,别这样杀我好吗?"

陆青羽无奈扶额:"你能不能有点节操?"

叶枫苦恼道:"我不想输了发红包。"

对面的老鬼并没有理他,又蹲在草丛偷袭杀了他两次。

叶枫都被杀出了心理阴影,刘思源也深切地意识到,联盟一流打野可怕的压制力。

没有越神在场,他们三排意外撞车冠军队的三位大神,野区直接被老鬼全面打崩。

——失败。

看着屏幕上的两个字,叶枫立刻退出房间,道:"我们假装这局不存在,不要告诉教练!"

刘思源用力点头:"嗯嗯,我们并没有遇到老鬼,并没有输过。"

陆青羽直接在战队群里发了个红包,道:"输一场发200红包。"

叶枫怒:"羽神你这个叛徒!"

陆青羽轻轻挑了一下眉:"坦白从宽,懂吗?你当明神是傻的不会查战绩?还假装这局不存在?"

叶枫立刻怂了,耷拉着脑袋在群里发了个红包:"输了。"

刘思源年纪最小,两位大神都这样做,他也只好乖乖发红包。

符音和时越刚打完一局,看见群里冒出来这么多红包,自然是不客气地去抢。今天她手气不错,分别抢到88块、108块和98块。

要是天天这样发红包,她每个月能抢到不少零花钱呢!

作为队友,符音还是关心了一下情况:"你们三排居然会输?这是撞到大神了?"

时越也很疑惑,毕竟陆青羽指挥能力出色,叶枫个人实力很强,刘思源虽然是个新人,但意识很好,又特别听话。这都能输?

陆青羽打字解释:"撞车遇到荆棘战队。"

时越用助手查了一下他们几个小号的战绩,很快了然:"老鬼、九醉和霜华?"

陆青羽直接开语音回复:"老鬼在野区打压制,我们这边的野区全面沦陷,疯子被他强杀了三次,经济根本起不来,加上阵容问题,后期团战没法打。"

时越点头道:"输给他们倒是正常。"

上赛季的总决赛,龙族VS荆棘之所以在决胜局翻车,就是因为老鬼躲在草丛里抓死了对面的法师,团战5打4,一波推掉高地。

肖明轩正带着时颜参观基地,看见群里的红包及众人聊天的内容,便说道:"人家冠军队,刚拿完冠军不久都在三排训练,你们也要抓紧哦。"他顺手抢了这三个红包,然后笑眯眯地说,"下局还输的话,红包翻倍,发400块。"

教练,你该不会是想靠抢红包来发家致富吧?

【3】

叶枫在群里开玩笑:"我不想跟他们三排,我要跟小音双排,女神带我飞！"

陆青羽："加我一个。"

刘思源："我也想跟音姐双排，教练要不要调整一下组合？"

符音发来个微笑的表情："我要抱紧越哥的大腿，这样就可以一直抢红包。"

时越看见这话，心情颇好地弯了弯嘴角："没错。"

叶枫偷偷跟陆青羽说："他俩是不是有情况？"

陆青羽道："某人还没开窍，我们可以适当地助攻一下。"

叶枫了然点头："明白，最后请越哥给我们发个最佳助攻奖，这红包可就不止200块了。"

两人笑得极为奸诈，刘思源在旁边看得头皮发麻："你们又在算计谁啊？"

两人异口同声："算计你！"

刘思源吓得打了个寒噤，立刻逃出训练室，把自己的猫抱在怀里平复一下心情。

厨房那边传来饭菜的香味，张姨已经做好午饭，正把一盘盘菜往餐桌上端。时颜在旁边帮忙，见大家出来立刻招呼道："大家辛苦了，快来吃午饭吧！"

今天的午饭非常丰盛，因为时颜来参观，肖明轩还特意让张姨多做了几个菜。

众人围着餐桌坐好，一边吃一边聊。

时颜赞道："你们战队伙食真不错，还缺不缺人，我想来打杂。"

陆青羽开玩笑道："你想当拇指姑娘给大家铺床吗？"

时颜没敢回答这个问题，因为，她确实很想给师父铺床。

陆青羽见她不说话，还以为她不高兴了，忙说："开玩笑的，来，吃块排骨。"

时颜夹起他递来的排骨，假装不经意地问："天天宅在基地训练，你们怎么找女朋友啊？"

陆青羽笑着说："手机就是我们的女朋友啊。"

叶枫插话道："作为一个射手，我的女朋友就是可爱的红Buff！"

刘思源道："我的女朋友就是防御塔！"

这两人每次一插话，画风立刻突变。

符音知道时颜是在拐弯抹角打听羽神的感情状况，便顺水推舟地当了次助攻："羽神好像还单身吧？喜欢什么类型的女孩子？"

陆青羽想了想，说："关键还是看感觉，我不想给自己限定某种类型的女生，万一将来找的女朋友跟提前设想好的类型不一样，那样岂不是特别打脸？对吧，越哥？"

"嗯？"时越的注意力正放在面前的食物上，陆青羽突然将话题转向他，他不由得皱了皱眉，"关我什么事？"

陆青羽笑了笑说："随口问问。你喜欢什么类型的女生？"

时越道："没想过。"

陆青羽意味深长地说："有空可以多想想。"

时越白他一眼："吃你的饭，哪那么多话。"

陆青羽笑眯眯地低头吃饭，符音和时颜也没再问下去。

那天之后，符音就在基地住了下来。她每天早上八点多起床时其他人都在睡觉，她会先下楼跟张姨一起吃早餐，然后去外面跑个步，回来再单排练英雄。每次她练到十一点，耳边都会响起明神录制好的叫醒闹钟。

等队友们全部起来后，她跟时越一起双排，两人配合越来越默契，倒是一把都没有输过。

而陆青羽、叶枫和刘思源三人，胜率虽然也维持在80%以上，但由于三排的匹配机制更容易撞到职业战队，三人倒是时不时地翻车在群里发红包。符音仔细地算了算，这段时间光是抢红包，她居然都抢到了近一千块……

发家致富指日可待啊！

第三章/春节

【1】

转眼就到了春节,符音跟队友们告别,坐高铁回老家过年。

每年大年三十,符音一家都会回爷爷奶奶家一起吃团圆饭,在本地的两个叔叔也会带孩子们回来,一家人难得团聚,气氛格外热闹。

符音是符家的大姐,几个弟弟都对她很是敬重。

不过,往年家族聚会的时候,吃过午饭长辈们就会打麻将,男孩子们聚在一起玩游戏,符音不会玩,只能在旁边看。今年也是如此,长辈们吃完午饭就凑了一桌麻将和一桌斗地主,她百无聊赖之下去了书房,想看看两个弟弟在玩什么游戏。

结果一推门进去,她就听小弟符明在那里叫:"撤退撤退撤退!别送了!符恒你送了八个人头你好意思啊?"

旁边的符恒苦着脸道:"对面阿珂太厉害,我一直被抓,这还打什么啊!"

符音走到他后面看了一眼屏幕,轻轻笑了笑说:"这局稳输。"

符恒快速敲着手机,道:"姐,你瞎说什么呢,我们还可以抢救一下……"

话音未落,屏幕上就弹出一条消息:阿珂击杀了主宰。

没过一分钟,对方就带着主宰先锋一波推上高地。

——失败!

看着面前灰掉的画面,两人的神色都有些沮丧。

符音微笑:"你们在玩《王者荣耀》对吧?"

符明诧异地瞪大眼睛:"姐,你居然知道《王者荣耀》?你不是只会玩'连连看'吗?"

符音道:"我上大学之后学会玩了,要不要我带你们赢几局?"

符恒笑得拍桌子:"哈哈哈,姐你别开玩笑!就你,还能带我们赢？"

符明也笑得肚子痛："这游戏可没连连看那么简单，姐，你打过排位赛没？青铜还是白银？"

符音道："我，荣耀王者。"

"哈哈哈，我就知道你是青铜……"符恒说到这里，猛然回过神来，脸色瞬间变得极为精彩，"你刚才说什么？什么王者？"

符音重复道："荣耀王者。"

两人面面相觑，片刻后又同时笑出声来：

"姐，你真幽默。"

"姐，你知道荣耀王者什么意思吗？全区排行前一百名才叫荣耀王者！可不是'王者荣耀'倒过来写就叫荣耀王者了。"

符音微微一笑："不信？那你俩继续打吧，这局输的原因是你们家打野不知道抓人，反倒是你们下路被对面阿珂给抓崩了。"

听她说得头头是道，符明立刻精神起来："姐，你真会玩？不是在逗我们玩吧？"

符音耸了耸肩，当着他俩的面拿出手机登录账号，然后把手机摆在两人面前："自己看。"

符恒和符明两颗脑袋凑过去仔细看了看，立刻瞪大眼睛。

符恒："居然是真的？我没眼花吧？"

符明："荣耀王者！厉害了我老姐！"

符音微笑："要我带吗？"

两个人差点给她跪下："求带飞！"

由于荣耀王者跟钻石没办法组队，符音换了平时在战队随便训练用的星耀小号，加了两个弟弟好友。两人将信将疑地将她拉进排位赛房间。

比赛一开始，符音就在1楼秒选了花木兰。

开局不到6分钟，她在上路一挑二连续收下4个人头，上路迅速打通关，然后频繁入侵野区单杀对面射手，节奏快得飞起，两个弟弟都没反应过来怎么回事，花木兰就已经是"8杀0死"的战绩了。

符恒整个人都有点蒙："这……这还是我姐吗？"

符明也是双眼呆滞："我姐不是只会玩'连连看'吗？"

符音看着胜利的画面，微笑道："继续，我难得有时间带你们。"

两人立刻激动地将她拉进排位赛房间继续下一局。

连胜四把，段位提升，抱住金大腿的感觉就是这么爽。不过这金大腿居然是曾经只会玩"连连看"的堂姐，这让两个小少年一时都没法接受。

他们都说，荣耀两大坑，一是小学生，二是女大学生。

姐就是女大学生，怎么能厉害成这样？

符音带着弟弟们一直打到下午四点多，一口气将两个弟弟带上钻石I，这才揉了揉脖子，道："休息几分钟。"

两人现在完全是双眼冒星星的小迷弟状态，立刻跑过来帮她捏肩、捶背。正好这时候符音的手机响了，是时越发来的微信："我们回老家过年，你家好像没人？"

符音怔了怔，问道："你跟颜颜都回来了吗？"

时越回："嗯，我爸临时决定的，今年回爷爷家过节。"

小时候，时越家和符音家住在对门，后来他们全家搬去了上海，那栋老房子就由时越的爷爷奶奶居住。前几年春节，他们都会把爷爷和奶奶接去上海，没想到今年全家又回南京过年。时越大概是去对面敲门找符音，结果没人开，这才发了微信。

符音道："我在爷爷家，明天才回去。春节快乐，替我跟叔叔阿姨爷爷奶奶问好！"

时越道："方便的话，我改天以队长的身份去你家拜个年，这是师父交代的。"

符音道："初三以后吧，我还没跟我爸妈说。"

时越道："可以，时间你来定。"

两个弟弟见姐姐手指飞快地打字，立刻凑在一起八卦起来。

符恒："她是不是在跟男朋友发消息？笑得那么开心？"

符明："我姐那么漂亮，肯定很多人追她！不知道这位帅不帅？"

符音发完消息，见两个家伙鬼鬼祟祟地凑在一起咬耳朵，不由得咳嗽一声，道："你俩说什么悄悄话呢？"

两人迅速立正站好："没什么！"

符音伸出手揉了一下他俩的脑袋："平时在学校是不是天天玩游戏，不写作业？"

符恒立刻举手:"报告,我作业写完才玩游戏,不然我爸会打死我!"

符明点头如捣蒜:"没错,高中生压力超大。我们班的同学平时也就休息时间开个黑玩游戏,要是自习课玩,被老师发现了手机会被没收,还要请家长喝茶。"

符音道:"游戏只是闲暇时间放松心情用的,千万不要本末倒置,耽误了学业。你们现在才读高中,好好准备高考才是最重要的,明白吗?"

两个弟弟都表示明白。

符音自己想当职业选手,关键是因为她有这方面的天赋,两个弟弟就算了吧,意识不行,随便乱打,她这才会叮嘱一下他们,让他们把游戏当成消遣,别因此耽误学业,得不偿失。

游戏里,时越突然给她发来组队邀请,在房间频道开口道:"我看你下午一直在玩游戏,还带着两个小号,是怎么回事?"

由于符音没戴耳塞,两个弟弟同时听到一个低沉的男人的声音透过手机麦克风传来。两人的八卦之魂瞬间燃烧,符恒小声凑到符音耳边:"这人谁啊?"

符明也插嘴:"姐,他管你干吗?不会是你男朋友吧?"

符音白了他俩一眼,开麦跟时越解释道:"我在爷爷家过年,长辈们都去打麻将了,我闲着带两个堂弟打了几局荣耀。"

时越道:"两人都是你弟弟?"

符音道:"对,一个叫符恒,一个叫符明。"

时越道:"跟他们问声好,我先去忙了,拜拜。"

他就这么问候了一下,然后闪人了。

两个弟弟立刻开始逼问符音:

"姐,老实交代,他是不是你男朋友?"

"声音挺好听的,而且大过年问你在干吗,对你挺关心嘛!"

"嘿嘿,姐姐你是不是有情况啊?"

符音头疼地道:"他不是我男朋友,是我们队长。"

两人对视了一眼,同时问:"队长?"

符音轻咳一声,将门反锁好,小声说道:"实话告诉你们,我其实加入了一支电竞战队，成了职业选手，刚才的这个男人，就是我们战队的队长。"

两人："……"

姐姐你厉害了啊！

【2】

晚饭时间，长辈们全部停下娱乐活动，姐弟三个也放下手机来到餐厅，大家围成一桌边吃边聊。

年夜饭极为丰盛，吃了两个小时才结束，吃过饭后，符音自觉地跑去厨房帮忙洗碗。

妈妈刘欣兰微笑着问道："小音，上大学之后有没有找男朋友啊？"

符音低着头说："还没有。"

刘欣兰说："高中的时候，我跟你爸管你管得很严，不让你早恋，但现在你已经上大学了，遇到合适的男孩子可以试着谈个恋爱，免得将来毕业后走上相亲这条路。你不知道，隔壁王伯伯家的女儿前几天回家，一个月相亲相了十几个男的，唉……"

符音抬头笑了笑，道："妈，您别操心了，我自己的事我心里有数。"

刘欣兰八卦地凑过来问："那你有喜欢的人吗？"

符音道："有一个，要是将来他成了我男朋友，我肯定带他回来见您。"

刘欣兰这才放下心来，笑眯眯地道："你的眼光这么挑，能看上的肯定很帅，那我就等你带男朋友回家了。"

符音想了想时越的模样，确实挺帅的，当年喜欢时越的时候他就是个帅气的少年，现在的时越已经是男神级别了。不过，她的变化也很大，从一个小胖妹变成了现在的苗条女生。

想起中学时下定决心减肥的那段日子，符音不由得弯起了嘴角。

那时候的她有一百三十多斤，班里的同学都不相信她能减肥成功，但她就是坚持了下来，甩掉一身肥肉，整个人都变得干练了很多。只要是她想做的事，她绝对会坚持到底。学古筝、减肥，每件事都成功了。时越是她从年少时就放在心里的一份执念，她一定会把他追到手。

也不知是不是心有灵犀的缘故，她正想着他，结果时越就给她发来一条消息："春节快乐，新的一年心想事成。"祝福的后面还跟着一个88.88元的红包。

符音擦干净手，拿起手机一看——心想事成？

她的新年愿望有两个，第一，是跟随目标战队拿下冠军；第二，就是成为时越的女朋友。

越哥能让她两件事都心想事成吗？

符音微微笑了笑，迅速回复道："谢谢越哥，也祝你新年快乐，大吉大利。"

她又发回去66.66元的红包，图个吉利。

时越见她把红包发了回来，干脆给符音转了2000块钱，紧跟着打来一行字："给你的压岁钱，过年买新衣服穿。"

符音受宠若惊："这也太多了吧！"

时越解释："我也给了颜颜两千，女孩子不要亏待自己。"

符音迅速打字道："颜颜是你妹妹，你给她压岁钱很正常，给我做什么？"

时越道："你也算我妹妹。"

我才不想当你妹妹，这家伙到底有没有"情商"这个东西？朋友的朋友可以是朋友，但妹妹的闺蜜不一定就是妹妹，这不能随便画等号的好吗？

看着这一笔压岁钱，符音哭笑不得，最终只好无奈收下。她一边恨得牙痒，一边回复："谢谢哥。"

她没叫"越哥"，直接叫"哥"，时越也觉得有些别扭，道："还是叫越哥吧。"

符音翻了个白眼："你不说我是你妹妹吗，那我应该叫你哥哥。"

时越道："随便你，你高兴就好。"

符音真想从手机里爬过去打死他！

大年三十晚上八点，目标战队的群里出现了第一个红包，是教练肖明轩发来的200块钱大红包："大家节日快乐，新年新气象！"

众人立刻爆手速抢红包，然后又纷纷发回来。大家一边看春晚，一边在群里聊天，符音也挺开心的。一直到凌晨00:00的那一刻，所有人都在群里冒出来说新年快乐。

肖明轩道："希望新的一年我们都能实现自己的愿望，拿个冠军回来！"

众人纷纷排队加油，几个夜猫子居然当场就三排开黑去了……

符音没法跟他们开黑，因为爷爷奶奶叫她去打牌。

她陪着精力旺盛的爷爷奶奶打牌打到凌晨三点，次日一直睡到中午才起来。

大年初一吃过午饭后，符音就跟爸妈一起回了自己家。刚回到家便收到时颜的消息，说想去中学看看，叫符音一起去。符音下楼找到时颜，没想到时越也在。

他今天穿着一件崭新的黑色长大衣，戴着格子围巾，双手塞在口袋里，完全就是偶像剧里走出来的男主角，英俊得让人移不开目光。符音也穿了大红色修身毛呢大衣，配一双黑色高跟皮靴，长发利落地扎在脑后，简直像商场里海报上的模特。

时越打量她一眼，评价道："衣服很好看。"

时颜在旁边吐槽："哥你会不会说话，你应该说小音很好看。"

时越淡淡地"嗯"了一声，道："小音穿什么都好看。"

符音的耳朵有些发烫，被他注视着，听他说出这句话，心跳根本就没法控制。

时越拿出手机，问道："你们要打车去吗？"

符音道："学校离这儿不远，我们还是走过去吧。"

三人一起往前走，时颜一路上叽叽喳喳问了不少学校里的事情，比如班主任张老师还带不带课、那个特别漂亮的英语老师是不是调走了，符音很耐心地回答着。时越比她俩高两届，没什么共同话题，便保持沉默听她俩聊天。

来到学校后，由于现在放假，校门被锁，三人进不去。时颜笑嘻嘻地去跟门卫说情，也不知她说了什么，最后那门卫居然真的给他们开了门。符音竖起大拇指道："颜颜你嘴巴真甜，能哄得门卫给我们开门。"

时颜笑道："那是！门卫让我们半个小时内出来，快走吧！"

来到母校，脑海中立刻浮现了很多年少时的回忆。

时颜跟符音一个班，而且还是同桌，两人一边逛一边聊着中学时代的趣事。时越表情冷淡地跟在她俩身后，看着符音脸上淡淡的微笑，他的记忆里也恍惚中出现了年少时的她，一个胖胖的女孩儿，天天跟妹妹黏在一起形影不离。

都说"女大十八变"，符音的变化实在太大。记忆里的女孩跟现在的符音唯一的共同点，大概就是那双明亮又坚定的眼睛吧。

三人来到操场，符音不由得扬起嘴角，回头看向时越道："我记得那时候每周一的早上，全体学生在操场上集合升国旗，然后有五分钟的国旗下演讲，越哥经常被叫到主席台演讲。"

时越抬头看了眼远处的主席台，淡淡地道："每次轮到我们班，班主任就让我去。我当时并不想去，但没办法，班主任安排下来的任务必须完成。"

符音道："你每次的讲稿都写得特别好，而且声音也好听，那时候有好多学妹崇拜你。"这其中也包括她。

每次他站在主席台上的时候，她就在人群里仰起脸看着他，听着他好听的声音通过麦克风的放大传遍整个操场。那时候的他还在变声期，声音带着少年的青涩，不像现在这样低沉。他的演讲内容她在心里反复地回味，回头还按照记忆专门找个本子默默地记下来。

年少时暗恋他的那种心情，如今重回校园，居然又清晰地浮现在了心头。

那时候，她从没想过，有一天自己可以和他走得那么近。

看着身边面容英俊的时越，符音的眼眶微微有些发热，她很快眨了眨眼，强忍住眼底的酸涩，转移话题道："我那时候特别胖，成绩也不怎么好，我一直想着，要是有一天我能去主席台演讲就好了。可惜直到毕业，这个心愿都没能实现。"

时越看着她失落的表情，心头微微一软，道："没关系，年少的时候谁都会留下遗憾，那些记忆之所以珍贵，正是因为它的不完美。"

符音回头看向他，对上他难得温和的目光。

她忍不住问："那越哥你呢？中学的时候有没有什么没完成的心愿？"

时越沉默了片刻，才说："我的话，大概是没能加入校篮球队吧。我那时候很喜欢打篮球，一直想加入校篮球队，但当时学业压力太重，父母希望我能考上重点大学，给我买了很多复习资料，我每天做试卷都做不完，就没空去打球了。"

符音道："但上大学之后，你还是遵从了自己的意愿，成了电竞选手。"

时越微笑起来："嗯，中学时没那么大的胆子跟父母作对，但长大以后，我想选择自己最喜欢的路，这次就没再犹豫。"

符音朝他竖起大拇指，道："我也会向你学习，过几天我就跟爸妈说清楚，到时候还要你帮我说服他们。"

时越点头："没问题。"

三人在学校逛了一圈便打道回府。

来到校门外的时候，时颜去买烤串，时越突然想起一件事，指着前面的路口道："小音，你当时就是在那里摔倒的吧？"

符音点了点头："嗯。"

她在路上扭伤了脚，时越骑着单车送她回家，她第一次感觉到心跳失速，并发现自己喜欢上他，从此便万劫不复。

过了好几年，这里变化太大，路口那家精品屋换成了理发店，她最爱吃的那家小餐馆也不在了，真是时过境迁。

但让她庆幸的是，她喜欢的人，此刻就在身边。

【3】

符音回到家后，一直在想该怎么和父母摊牌。正好大年初三那天两位叔叔来家里拜年，符恒和符明这两个堂弟也会过来，符音提前跟他俩打好招呼，让两个弟弟到时候帮她说话。

吃过午饭后，符音便找了个合适的时机开口："爸、妈，我有件事情想跟大家说。"

爸爸符常则立刻将电视的声音关小："什么事这么严肃？"

符音清了清嗓子，认真地说："我在大学的时候，学会了玩一个游戏，现在已经达到了非常专业的水平，正好几个朋友要建支战队去打游戏比赛，我就加入了他们的队伍。"

几位长辈对视了一眼，都不太懂她的意思。刘欣兰笑着说："我当是什么大事儿呢，你去打个游戏，没必要跟家里人汇报吧。"

符常则微微皱眉："是不是不单要打游戏啊？"

符音点头："嗯。我们战队过完春节就要参加WGC精英赛，如果能顺利出线的话，就可以进入KPL职业联赛。简单说吧，就像爸爸您喜欢看NBA职业球赛一样，KPL也是游戏里的职业联赛，我打游戏不是随便玩玩，而是要当职业选手。为了专心打比赛，我必须跟学校休学两年，所以要征得家里人的同意。"

长辈们都很茫然，似乎没听明白。

怎么打个游戏还要休学？还能跟NBA职业球赛扯上关系？

符音向两个弟弟使了个眼色。

符恒立刻会意，笑嘻嘻地道："大伯伯，电竞选手其实就跟NBA职业球星一样的性质，球星签到不同的俱乐部，靠打篮球赚钱，电竞选手也会签不同的电竞俱乐部，靠打游戏赚钱。目前国内的电竞选手，年薪随随便便超过六位数，豪门俱乐部的选手年薪都有七位数了，比好多人的薪水都高！"

符明立刻点头附和："没错，我姐超厉害的！大年三十那天她带我俩打排位，连续赢了一个下午，她玩的花木兰……呃，就是游戏里的一个英雄，是国服水平，也就是全国最强的！全国哦！"

长辈们最开始并不理解，但两个弟弟这么一吹嘘，符常则也觉得自家闺女听起来有点厉害啊，还全国最强？

他严肃地看向符音，道："你那个什么战队可靠吗？"

符音道："当然可靠，几个队友都是特别厉害的大神，我们战队有实力拿下冠军。"

符恒弟弟立刻说道："我记得上个赛季，冠军的奖金超过一百万，我姐要是能拿到冠军，都可以首付买套房子了。"

刘欣兰震撼地看向符音："这么厉害吗？"

符明继续点头附和："没错，我姐到时候就是大明星，肯定会有很多粉丝。"

听他俩一唱一和越说越离谱，符常则皱了皱眉，道："你俩是不是提前对好台词的？你姐给了你们什么好处？"

符恒:"带我们上星耀!"

符明:"我想上星耀!"

两个人异口同声。

符常则道:"果然!你俩是被你姐给收买了吧?"

两人立刻垂下脑袋,假装自己不存在。

符音白了一眼这两个猪队友,回头看向爸爸道:"爸,他俩的话虽然有点夸张,但也差不多。现在电子竞技已经被国家体育总局批准成为正式的比赛项目,据说连亚运会都有电竞比赛呢。您不玩游戏,大概不知道,电竞选手就跟体育明星一样,靠打比赛赚钱,完全可以养活自己。"

刘欣兰担心地看着她:"但我听说打游戏的都是男孩子,你一个女生去打游戏合适吗?"

符音道:"没关系,队友都对我很好,我们的战队基地就在上海,我住单独的房间。妈,您不放心的话,我可以把整个宿舍拍视频给您看。我们教练是个特别温和的人,也很照顾我。休学申请我都已经写好了,希望爸妈能支持我的决定。"

符常则的眉头皱得更紧:"休学?会影响你毕业吗?"

符音很坚定地说:"不会,我先休学两年,学校会保留我的学籍,等两年之后我再回来继续读书,到时候我一定会用功读书顺利拿到学位证的,只不过延迟两年毕业而已。"

符常则这才松了口气,语重心长道:"你现在年纪还小,想去玩两年游戏赚点零花钱爸爸倒能理解,但我还是希望你顺利拿到毕业证。游戏这个东西,总不能打一辈子,你得为自己的将来考虑啊。"

符音立刻点头:"我知道,我也不可能打一辈子的游戏,就是正好有个机会摆在我的眼前,遇到了几个特别好的队友,我想去试试看。"

刘欣兰不敢相信:"你的水平真的能去打职业级别的比赛吗?"

符音微笑着说:"当然了,妈妈,我没开玩笑。"

符常则道:"你说,要从那个什么联赛出线之后,你们才能打职业对吧?"

符音点头:"是的,WGC算次级联赛,出线后才能打KPL职业联赛。"

符常则仔细想了想,道:"这样吧,你先跟着战队打一段时间比赛，等打进职业的再说。别到时候休学手续办了下来，结果打比赛输掉没办法去职业联赛，那岂不是白白浪费时间？等你真的去到职业联赛的赛场了，爸爸肯定会支持你的。"

爸爸的顾虑也有道理，反正符音对目标战队很有信心，便干脆地点头答应："没问题。等我晋级职业联赛之后，我会第一时间告诉爸爸。要是没办法晋级，我就老老实实回去上学，可以吗？"

符常则点了点头："这还差不多。"

两个叔叔也很赞同。

二叔道："年轻人想拼一拼很正常，不过小音你得把握好分寸，毕业证不能不要。你当时那么努力，好不容易考上大学，可别轻易放弃。"

三叔也道："没错，现在这个社会本科生都很难找到工作，你要是不读完大学，只拿个高中毕业证的话，等有一天你不能打游戏了，将来的日子怎么过，你可得考虑清楚。"

符音知道家人是在关心自己，便微笑着说："我心里有数。当初报的法语专业我一直很喜欢，等我打完这两年比赛，我会继续上学，将来可能去做翻译。"

长辈们都知道小音的性格，她从小就很有主见，而且做什么事都能坚持到底，父母和叔叔们对她挺放心的，听她这样保证，大家也就不再提出反对意见。

两个小迷弟高兴坏了，积极地凑过来找符音要签名。

符恒："姐，你要是真去了KPL，那你就是全联盟唯一的女选手，帅爆了啊！"

符明："突然觉得好骄傲！我姐一定会变成联盟女神，姐给我俩多签一些明信片吧，到时候挂在网上卖！我们俩要靠卖你的签名发家致富！"

符音："你们够了啊！"

符恒和符明齐声道："签名！签名！"

长辈们被逗得笑出声来，虽然不太懂他们年轻人玩的游戏，但符音能打到什么"国服最强"水平，还要去当职业选手，将来说不定就变成明星了，长辈们心里也挺为她高兴的。

符音见气氛融洽，便说："对了，我们队长想来我们家拜年。爸，您看什么时候方便？"

符常则道："不如就今天吧。"

符音看着满屋子的人，脸色有些尴尬："这么多人，让他来合适吗？"

符常则笑道："有什么不合适的，你两个弟弟也会玩这个游戏，让你们队长过来聊聊。况且，我们都已经同意你当电竞选手了，又不会为难你们队长。就让他过来一起吃晚饭吧，你妈做了很多好吃的。"

符音只好硬着头皮给时越发去条消息："你今天方便吗？"

时越很快回复："方便。"

符音道："那你过来我家吃晚饭吧。"

下午四点左右，时越提着两瓶好酒和一些礼物敲开符音家的门。刘欣兰好几年没见过他了，看见面前身材高大的英俊青年一时没敢认，疑惑地道："你是……"

时越礼貌地朝她鞠躬："阿姨，我是时越，战队的队长。"

小音所说的战队队长居然是住在对门的时越？

刘欣兰原本还不太放心，但看见时越后她立刻放下心来，因为时越从小就是好孩子，在学校门门考第一的学霸，既然连时越都去打游戏比赛了，那自家女儿跟着他，肯定靠谱。

刘欣兰想到这里，立刻笑眯眯地把时越请进屋："原来是阿越！几年不见我都快认不出来了。你这么客气干什么，老邻居，随便过来玩就行了，还带这么多礼物。"

时越礼貌地说："我是代表战队来给叔叔阿姨拜年的，阿姨过年好。"

刘欣兰笑眯了眼睛，越看越觉得他顺眼，热情地招呼："来来，快进屋坐。"

时越一进门就怔住了。这阵势也太大了吧？客厅里坐满了人，就像开家庭会议似的。

符音听他进屋，立刻站起来跑到门口给他拿了一双拖鞋，轻声道："家里人有点多，正好我两个叔叔都来拜年了，不好意思啊……"

时越看着俯身给自己拿拖鞋的女孩，目光不禁温和下来："没事。"

符音带着他来到客厅，笑着打招呼道："爸，这就是我们目标战队的队长，时越。"

符常则愣了愣，问道："是对门的那个时越？颜颜的哥哥？"

符音点头："没错！"

时越礼貌地打招呼："符叔叔，过年好。"

符常则乐道："几年没见，变帅了啊！不过，你怎么成了小音的队长？"

符音解释："因为越哥也在打这个游戏，我们组了个战队。"

符常则难以置信："我记得，时越不是考去了科大？"

时越道："是的，叔叔，但我现在是电竞选手。"

符常则心情复杂，现在的年轻人，真是想法新奇！

符音主动给时越介绍道："这是我二叔。"

时越："二叔好。"

符音道："这是三叔。"

时越："三叔好。"

众人："……"

怎么跟介绍女婿似的！符音给他介绍什么，他就叫什么。长辈们要不要给他个红包？

符音也觉得有点别扭，耳根微微发烫。回头看着两个瞪大眼睛、张大嘴巴、满脸呆滞的家伙，符音又无奈地介绍道："还有这两个，是我堂弟符恒、符明。"

符恒率先回过神来，激动地走到时越面前："你是不是越神？天桓战队的越神啊？"

符明道："我没眼花吧？姐，他是不是越神啊？"

两个小兔崽子真是给她丢脸……

符音揉了揉太阳穴道："你们能不能淡定一点？他就是时越。"

符恒立刻跑过来伸出手道："越神，我是你的脑残粉，我超爱你的李白，能握个手吗？"

符明一屁股把他挤去旁边，道："我才是越神的头号粉丝，我超爱你的玄策！"

时越被这两个家伙逗得微笑起来，伸出手跟他俩握了握，道："你们好。"

两个小家伙激动得手舞足蹈。

刘欣兰看见这一幕，也觉得不太对劲，忍不住问："小音，看来时越还挺出名的啊？"

符音还没说话，符恒就主动解释道："伯母，您不知道，他是'越神'，人气超高的，微博的粉丝有几百万！"

符明点头："没错，没错，越神在联盟每次人气投票都稳居前三名的！"

前段时间刚学会玩微博、粉丝只有10个的刘欣兰惊了一下："真的啊？上百万粉丝？"

粉丝比老婆还少两个的符常则也面带惊讶："看来小音没骗我们，时越是队长的话他们战队的实力应该挺强的。几百万粉丝，这都跟明星差不多了吧？小音，你跟着时越好好干，说不定打完比赛，你也能有上百万粉丝。"

符音不由得微微笑了笑。粉丝什么的，她完全不介意，但父母对时越的认可，还是让她很开心。看来家里这边是成功通关了，父母一向开明，加上两个小迷弟的助攻以及时越的亲临现场，这次摊牌，可比她想的要容易许多。

刘欣兰叮嘱道："阿越，小音毕竟是个女孩子，以后在战队多照顾她一些啊。"

时越回头看向符常则和刘欣兰，道："叔叔、阿姨，放心吧。你们把小音交给我，我不会让你们失望的。"

众人："？"

说的这是什么鬼话？你来上门提亲的吗？让我们把小音交给你？

符音的脸一红，道："我们队长的意思是，他会带着我拿下冠军，不让大家失望。"

时越脸色平静："嗯。"

他本来就是这个意思，不然呢？

被长辈们疑惑的目光齐刷刷地盯着看，时越这才察觉到刚才的那句话有点歧义，他的脸色也微微变了变，冷静地解释："请叔叔阿姨放心，我们战队虽然只有符音一个女孩儿，但我一直把她当亲妹妹看，我不会让任何人欺负她的。"

符音扶额，你还不如别打这个补丁了。

什么叫亲妹妹？时越你有本事一直当我是亲妹妹。

【4】

晚饭过后，符音送时越出门，刚从家出来，正好碰见上楼的时颜。

时颜一脸震惊："哥，你怎么去小音家了啊？"

符音解释道："越哥是代表战队来我家拜年的。"

时颜恍然大悟："那你爸妈什么态度？同意了吗？"

符音微笑："完美解决。"

时颜也高兴起来，抱住符音道："太好了。以后你们打比赛我一定去现场给你们加油！"她接着又拿出手机给符音看了条微信，"对了，初五那天初中同学聚会，你去吗？"

符音点头："去。好久没见过这群同学，还挺想他们的。"

时越听到这里，不由得插话："同学聚会可能会被敬酒，你们两个记住不要喝酒。"

时颜道："我酒量好得很，他们不可能把我灌醉！"

时越根本没担心她，目光看向符音，道："别喝醉，知道吗？"

符音点头："嗯，我不喝酒。"

时越又叮嘱道："聚会完了早点回来，太晚路上不安全。"

时颜疑惑地看了他一眼，道："哥，我们去参加同学聚会而已，哪来那么多不放心。"

可他就是不放心。万一符音去参加同学聚会被人灌酒怎么办？

这种担心一直持续到大年初五那天时颜出门的时候。

时越低声叮嘱妹妹："你酒量大，但小音不会喝酒，你记得别让同学们给她灌酒。"

时颜困惑地挠了挠头："哥，你干吗这么关心小音？"

时越心头微微一跳，故作平静地说："我是她队长，她要是出什么事，我得负责任。"

时颜"噗"的一声笑了出来："当队长的还管队员聚会喝不喝酒？

你这队长是不是管太宽了啊?要是将来小音交了男朋友,去外面看场电影,是不是也得跟你这个当队长的报备?"

时越脸色僵硬地转身走了。

时颜笑着给他敬礼:"放心吧,队长!"

同学聚会定在学校附近的一家酒楼的大包间,来了二十多人。由于今天聚会有不少女生,班长也没逼大家喝酒,不喝酒的女孩子可以倒上果汁。

今天的气氛很好,所以饭局结束后,符音和时颜又跟着大家去了KTV。到了KTV自然要玩游戏,最流行的就是KTV自带的游戏转盘。转盘上有很多项目,比如唱一首歌、喝一杯酒、跳过惩罚,或者跟指定的异性拥抱等等。有班长主持大局,游戏很有秩序地进行着,大家都很配合,玩得特别开心。

轮到时颜的时候,时颜闭着眼睛祈祷:"天灵灵地灵灵一定要让我转到跳过惩罚!"她念完后,用力拨动转盘。

转盘在飞快运转了好多圈后,指针居然真的停留在了"跳过惩罚"这一项上。

周围响起热烈的掌声,符音也很是佩服:"颜颜,你念咒还挺灵的嘛!"

时颜嘿嘿笑:"心诚则灵。下一个到你了!"

符音也学着她的样子,闭上眼睛双手合十,祈祷自己转个简单的。结果她一转,指针居然停留在了一个高亮的红色惩罚选项上——找一位异性告白。

周围同学们集体哄笑,都等着看好戏。班长鼓励道:"小音,现场所有帅哥排队任你挑选,你要是实在选不到人,就选我吧。"

旁边还有男生起哄:"选我,选我!我绝对配合!"

符音脸颊发烫,虽然同学聚会玩这种游戏很常见,可她还是没办法彻底放开,毕竟告白这事挺难为情的,哪怕只是"大冒险"游戏,她也不好意思说出口。

时颜见她为难,立刻仗义地帮闺蜜解围:"惩罚只说找异性告白,没说一定要从现场找,也可以打电话吧!"她给符音使了个眼色,凑到符音耳边道:"给你爸打电话,说你爱他。"

符音差点被闺蜜的机智感动哭了,结果班长突然说:"不能找你爸!"

周围同学都笑出声来,有个女生提醒:"找异性告白得找同龄人,不然这个游戏就没意思了,以后,谁抽到这个惩罚,都要找爸爸妈妈、爷爷奶奶的!我们这是同学聚会,可不是亲子家庭聚会!"

众人立刻附和:

"没错没错!"

"打电话要放免提,让所有人听见。"

时颜见场面无法控制,只好给符音丢去个爱莫能助的眼神。

符音深吸口气,道:"我先去趟洗手间,待会儿再惩罚好吧。"

班长道:"你这肯定要找人串通,不行不行!"

符音笑:"没有没有,我是真的内急。"

她厚着脸皮逃去洗手间,拿出手机想找人求救,正好手机弹出一条消息:"我这几天在南京,小音什么时候有空出来喝杯咖啡,顺便聊聊战队接下来的安排。"

是教练明神。

符音双眼一亮,如同抓住救命稻草,迅速打字道:"明神,我在同学聚会现场,抽到'大冒险'惩罚,能帮我个忙吗?"

肖明轩发来个微笑表情:"告白?还是打电话找人借钱?"

符音:"第一个,你怎么知道?"

肖明轩道:"KTV常见的玩法,我当年也玩过。"

符音:"那我待会儿打给你,你就配合下!"

肖明轩:"好的。"

符音从洗手间出来后,周围的同学们默契地安静下来,连KTV唱歌的声音都全部关掉了。

班长笑道:"你串通好了没啊?快打电话!"

符音故作平静地道:"我才没跟人串通,我现在就打电话。"她把手机放在桌上,拨通了肖明轩的电话。包间内安静得落针可闻,"嘟嘟"两声后,电话被接通,一个低沉、温和的男人的声音透过免提外放清晰地传了过来:"喂,小音?找我有事吗?"

符音硬着头皮道："新年快乐。"

肖明轩的声音里也带着暖融融的笑意："嗯，你也新年快乐。"

符音玩笑道："我挺喜欢你的，我现在跟你告白的话，你愿意接受吗？"

肖明轩只是笑，没说话。他此时正和时越坐在一起喝咖啡，商量战队报名参加WGC联赛的事情。符音提前给他发了消息，说要给他打电话玩"大冒险"，他也开了免提，好让时越听听。

坐在对面的时越，将符音的这句话一字不漏地听进了耳里。他脸色瞬间僵硬下来，那表情就像是喂他吃了一个他最讨厌的酸橘子。

整个人都要酸得冒烟儿。

肖明轩忍着笑看向时越，捂住手机的通话听筒，轻声说道："小音打电话说喜欢我，你有什么想法？"

时越黑着脸道："她怎么可能喜欢你？"

肖明轩笑眯眯道："怎么不可能？我对她挺关照的，女孩子都喜欢我这种温柔型的暖男，说不定小音真对我动心了。"

时越的脸色更加难看："你自己的感情问题都没处理好，别去招惹符音。她不是那种能随便玩玩的女生，希望你尊重她。"

肖明轩看着徒弟严肃又冰冷的脸色，终于没忍住，笑出声来："看把你紧张的，她同学聚会在玩'大冒险'而已，她提前跟我打过招呼才打来的电话，她怎么可能喜欢我，你是不是傻？"肖明轩很想说：她喜欢的是你这个笨蛋！

时越听到这话，脸色有些尴尬。他刚才确实太紧张了，要是符音真的喜欢上师父，他不知道该怎么办，只是内心极度排斥，他不希望符音喜欢上任何一个男人，因为他觉得别的男人根本不适合当她的男朋友。

肖明轩松开手机听筒，轻笑着朝符音道："小音，抱歉，我有喜欢的人了，而且，你越哥也不同意你喜欢我。"

手机里很快就传来时越冷若冰霜的声音："符音，你刚才说什么呢？"

符音整个人都傻了，反应过来时越就在肖明轩旁边，她立刻认怂，笑着解释道："越哥怎么也在？咳咳，我在玩'大冒险'，不要当真！"

时越冷冷道："'大冒险'为什么不打给我？"

符音心虚地说:"因为我怕吓到你,你又不是爱开玩笑的人……"更关键的原因是,打给你,那就不是"大冒险",而是"真心话"了。

时越淡淡地道:"下次可以打给我。"

周围的同学面面相觑,完全没想到,符音玩个"大冒险"居然炸出来两个帅哥。第一个接电话的声音温和,听上去跟符音只是单纯的朋友,第二个接电话的,声音冷淡,话里似乎还带着一丝奇怪的……醋味?

这是怎么回事?同学们集体茫然脸。

符音满脸通红,道:"知道了,我下次一定打给你,拜拜。"

时越道:"别玩太晚,结束后给我发消息,我去接你。"

符音道:"不用,我跟颜颜一起打车回……"

时越低声打断了她:"过年期间不好打车,地址发我,我待会儿去接你。"

同学们都在看符音,符音神色尴尬地结束了通话。班长这才笑着说道:"这位是不是小音的男朋友?好像吃醋了呢!"

旁边跟符音比较好的一个女同学也起哄道:"小音快老实交代,你是不是我们班第一个脱单的?"

符音故作平静地说:"不是我男朋友,他是颜颜的哥哥,一个从小一块长大的发小,对吧颜颜?"

时颜立刻帮她说话:"没错没错,是我亲哥!"

大家相信了两人的解释,"大冒险"算是勉强过关。

玩到晚上十二点,众人才决定散伙。符音和时颜一起走出KTV的时候,意外地看见路边停着一辆黑色的路虎,正是时越的车。

看见她俩,时越便下车快步朝两人走来。

他将手里拿着的围巾递给符音,低声说道:"晚上冷,围上吧。"

符音穿着件大衣,确实一出门就感觉到冷,尤其是脖子上凉飕飕的。她很想围上这条围巾,但周围所有的同学都在看她,她真的不好意思当着老同学的面围上他递过来的围巾。

时越站在她面前,目光难得温和。见她没反应,他便主动伸出手,仔细帮她围好了围巾。发现她的耳朵都冻红了,他还体贴地把围巾往上拉了拉,帮她遮住红红的耳朵尖。

符音僵在原地被他照顾着,这下连脸都红了。

周围同学的目光让她头皮发麻,其中不乏女生羡慕或是嫉妒的目光——这么英俊的男人,大半夜亲自开车来接她,还亲自给她戴上保暖的围巾,大部分女生都会羡慕吧?

符音围着围巾,脖子和耳朵都变暖了,心里也暖洋洋的。明明不是男朋友,却做着比男朋友还体贴的事情,时越的情商到底是低还是高,她有时候也挺茫然。

对上他关心的目光,符音只好微笑了一下,跟周围的同学们介绍道:"大家别误会,这是我哥。"

时越心里突然堵得慌,怎么就成哥了?

时颜也是一脸困惑,你俩变成亲兄妹,那我是什么啊?

符音看着时越难看的脸色,心里有些好笑——你之前说我就像亲妹妹的时候,我也是这种心情。原封不动地还给你,你也体验一下。

时越脸色一阵青一阵白,片刻后才沉着脸道:"走吧,我送你们回家。"他终于察觉到,自己并不想当她的哥哥。因为,在她给别人这么介绍的时候,他居然有些生气,胸口像是被石头压住了一样闷得难受。

既然不想当哥哥,那想当什么?

为什么她"大冒险"打电话给师父告白的时候,自己会那么紧张?

为什么不希望她跟任何男人在一起,只想亲自照顾她?看到她冻红了耳朵就心疼,想到她这么晚不回家就着急,跑来KTV门口等了半个小时,等到她出来才终于放下心?

这种牵肠挂肚的感觉,可不是对妹妹。

他心脏猛地一跳,脑海里突然想到陆青羽的那句话——要是有一天你喜欢上她,你就在百万观众面前直播吃辣酱。

他为什么要跟陆青羽打这个赌?是脑子坏掉了吧!

第四章/豪华车队

【1】

时越从来没喜欢过一个女生,所以他也不太确定自己对符音的感觉到底是不是喜欢。晚上将符音送回家后,他在卧室里坐立难安,主动给陆青羽发去了一条消息,硬着头皮问道:"你当初为什么那么确定我会喜欢符音?"

深夜十二点半,陆青羽听见微信提示音,拿起手机看了一眼,真是又好气又好笑:"你发消息给我做心理咨询呢?怎么,是不是对她动心了?"

时越严肃道:"还不确定,有待考证。"

陆青羽一边笑一边迅速打字:"还考证?我当初为什么敢跟你打赌?就因为你的表现特别明显!你还记不记得,以前有个大美女记者请你带她打几局游戏,你的反应是什么?直接跟人家说,抱歉,我没空。"

那位女记者在圈里挺出名的,长得漂亮,性格又开朗大方,难得主动约他,居然被他用一句"没空"给拒绝了。因为这件事,陆青羽可没少吐槽他,说他不解风情。

陆青羽接着说:"但你对符音特别不一样,青铜局的小白菜鸟(新手)你都乐意带。你堂堂越神什么水平?那种低端局你打着有意思吗?要不是喜欢跟她在一起,你会陪她去匹配局练英雄?还亲自教她怎么玩花木兰?别逗了,说你对她没感觉,鬼都不信。"

陆青羽很擅长察言观色,怪不得当初要跟他打赌,显然他没意识到的事情,陆青羽这个旁观者早就看了出来。照陆青羽这么说,他确实对符音很有好感。这段时间总想跟符音一起玩,教练将他俩安排到一组的时候心里特别舒服,原来是因为自己喜欢她?

想通了这一点,时越豁然开朗,同时又觉得自己特别可笑,整天跟符音说什么"我把你当亲妹妹",自断后路,以后要是想追符音,她来一句"哥哥"就能把他堵死。

时越有些头疼地揉了揉额角，躺在床上翻来覆去地睡不着。

认识符音以来的点点滴滴在脑海里不断地回放。这个女孩儿确实从一开始就吸引着他的目光，从小白菜鸟到如今的电竞选手，她一路走来所经历的成长，还有不懈的努力，他全都看在眼里，记在心里。

他一直很关心她，也想好好地守护她。如今她成为目标战队的一员，以后可以和她并肩作战，他觉得特别庆幸。

就在这时，陆青羽一条煞风景的消息弹了出来："想通了吗？什么时候吃辣酱？"

时越的脸微微一僵，但很快就干脆地打下一行字："愿赌服输。"

陆青羽发来一排特别讨打的笑脸表情包，道："喜欢香辣的还是麻辣的，我给你买？"

时越最讨厌吃辣，但他还是故作淡定地道："随便你安排。"

"那这样吧，等我们晋级KPL之后咱们全队不是要跟鲸鱼直播平台签约吗？你的主播首秀现场，你当着观众们的面吃完一整瓶辣酱，我就算你过关。"陆青羽很期待那个场面。

时越硬着头皮道："可以。"

陆青羽又发来一排大笑的表情包，让时越很想揍他。

时越冷着脸皱了皱眉，道："你别高兴得太早，你等着，看你哪天栽在我手里。"

陆青羽自信地道："不会有那一天的。"

符音和时越次日一起去见了肖明轩。

肖明轩这次来南京正好是走亲访友，约两人喝咖啡，也顺带说说战队报名的事。由于WGC联赛四月份才开始，目标战队二月底就要集训，也就是说，在正式开赛之前他们还有一个月的时间用来训练。

肖明轩道："现在你们的个人水平已经达到了职业选手的要求，但战队的阵容体系还没有成型，五个人一直打荣耀局排位的话提升并不大，我得想办法约一些职业战队跟你们打训练赛，但我又不想太早曝光咱们战队的成员。"

时越想了想，提出一个建议："师父还记得'荣耀大师群'吗？"

肖明轩眼神一亮："是汇聚了大部分战队高手的微信私群？"

时越点头："KPL大部分战队的主力选手都在这个群里，大家无聊的时候经常在群里叫人开黑。"

"你的意思是，直接从这个群里叫人开黑训练？"

"嗯，叫一些大神过来，发点红包，大家肯定会感兴趣。"

"这办法不错。"

符音听到这里，忍不住插话："你们说的那个群里，有毅哥、老鬼、幻月这些大神吗？"

时越当下就拿出手机，打开名叫"荣耀大师"的微信群给符音看了一眼。符音在群成员里看见了很多熟悉的ID，不禁兴奋地道："这个群真是大神云集啊！"

时越点头："这群是私下建的，天天都有人叫大家去三排五排。"

他话音刚落，就见群里出现一条邀请，是LY战队的队长幻月发过来的三排游戏邀请。

LY幻月："下午的车队有人来吗？三排，王者局小号。"

毅哥："不来，跟你三排只会翻车。"

LY幻月："别逗，跟我组队你只需要负责躺赢。"

九醉："幻幻拉我，我来给你打辅助！"

LY幻月："饶了我吧！你的辅助有毒，天天抢人头，你还是老实打你的边路去。"

众人在群里聊得很欢快，符音看着不禁有些羡慕，她也好想加这个群啊！

肖明轩拿出手机看见群里的消息，微微笑了笑，说："就按阿越说的办，我到时候从这个群里拉些人来跟我们打训练赛，小音你也好提前了解一下联盟这些大神的水平和风格。"

符音立刻点头："好的！能不能把毅哥约来？我想见识一下他的关羽。"

肖明轩还没说话，时越却道："没问题，还有谁是你想见的，我都帮你叫来。"

这话真是够霸气，联盟所有大神只要有符音想见的他都直接叫来。

符音心里期待极了，她还没晋级KPL联赛却有机会提前接触《王者荣耀》最顶尖的高手，也多亏有越哥这个金大腿。

接下来的几天，由于战队还没集训，符音继续自己单排练英雄。直到元宵节过后她才跟家人道别，准备回战队基地。

时颜因为学校还没开学，打算在南京多待几天再坐高铁回去，符音便跟着时越一起出发。时越正好开着他那辆黑色路虎，带符音一起走高速回上海。南京到上海走高速并不远，两人早上开车出发，符音坐在副驾驶座上，偶尔拿出手机刷微博，笑得挺开心。

密闭的车内只有他们两人，她就坐在身旁，时越看着她微笑的模样，心跳有些快，但他还是冷静地控制住心猿意马，专心开着车。

过了片刻，符音突然惊讶地道："联盟转会窗已经开了啊！"

时越道："转会窗一般都是下赛季开始之前，各大俱乐部把适合转会的选手挂出来。你看看有哪些人？"

符音翻了翻新闻，道："好像都是些替补选手和训练营新人，没有大神……等等，洛水？这不是天桓战队的林洛然吗？"

时越对此并不意外："洛然的合同按整年算，正好还差几个月，不能像我这样直接走人，必须跟俱乐部提交转会申请，天桓趁着转会期想从他身上赚一笔也很正常。"

符音对林洛然那个安静内向的男生挺有好感的。会有别的战队花高价买他过去吗？如果没有，他岂不是要继续留在天桓？

她查了一下新闻，双眸瞬间瞪大："我的天！有八卦说，天桓居然给林洛然开出了500万的高价！"

时越说道："这只是底价。联盟转会窗开启之后会有五天的公平竞价期，俱乐部给需要转会的选手开出一个底价，其他俱乐部想要这位选手的话，就要公平出价。林洛然最后的成交价格应该不止500万。"

符音都快惊呆了："这不就像拍卖一样？选手都变成了商品？"

时越回头看她一眼，低声解释："这也是职业联盟正规化的地方。转会期有联盟统一管理，会避免俱乐部之间暗箱操作对选手不公平。想要转会的选手可以跟俱乐部提交申请，然后靠自己的实力在转会窗争取到一个高额的转会费。这笔转会费用俱乐部拿一部分，选手自己也会得到一定比例的分成。所以，价格开得越高，你应该越为林洛然高兴才是。"

符音愣了愣:"是这样吗?"

时越点点头,耐心地解释:"实力差的选手挂在转会窗几万块钱都没人要,但实力强的几百万都有俱乐部抢着要。电竞选手的转会费越来越高,其实是好事,这也说明各大俱乐部对选手的重视。洛然那边你不用太担心,天桓开这么高的价格,自然会赚得盆满钵满,但林洛然自己也能分到很大一笔钱,转会窗的交易有联盟监管,他不会吃亏的。"

符音讪讪地摸摸鼻子,放下心来:"听你一说我倒是明白了,能在转会窗开出高价,本身就是对选手实力的认可。那你跟羽神直接自己组战队岂不是很亏?你们俩要是挂在转会窗的话,起码也能拿到几百万的转会费吧?"

"我们俩都不缺钱,我们缺的是冠军。"

时越用一句话解释了一切。

如果时越主动提交转会申请,以转会的方式去别的战队肯定能分到一笔高额的转会费。但是那样一来,他就要去别的战队听别的教练的指挥,那支队伍不一定是他喜欢的,也不一定能夺冠。所以他才做出这个在很多人看来特别可笑的决定,放下自己的高额身价,直接跟天桓俱乐部解约,然后从头开始。陆青羽肯跟着他一起干,也是够有勇气的。

他们对冠军的执着让符音震撼,也让符音欣赏和敬佩。

能跟他们成为队友,对她来说是一种荣幸。

符音回头看着时越英俊的侧脸,坚定地说:"你们付出这么大的代价成立新队伍,我一定努力不拖你们后腿。"

对上她认真的眸子,时越的嘴角微微扬起:"我相信,你会是我们最好的队友。"

两人相视一笑。

符音想,她能给他的最好的礼物,就是陪着他一起拿下这个KPL的总冠军。

陪伴才是最长情的告白。

她喜欢他,所以,她愿意陪着他经历接下来的一切。

【2】

转会窗结束,林洛然以800万天价签约龙族战队,成为龙族主力中单。天桓战队原上单选手大罗、辅助选手无畏均宣布退役,赵教练又从训练营换上来一批新人,至此,天桓战队曾经的主力一个都不剩了。

林洛然加入龙族,上赛季在总决赛失利只拿到亚军的龙族即将以全新的面貌备战今年的春季赛。同时,荆棘、LY、ICE、POT等豪门队伍在经过休赛期的整顿之后,都紧张地投入到了春季赛的准备阶段。从预选赛选拔上来的三支新战队也让观众们充满了期待。

KPL春季赛即将在三月份正式开始。

而目标战队,却才迈开了冲向KPL的第一步。

符音和时越到基地时,正是午饭时间,其他队友和教练也全都到了,就连张姨都提前给大家准备好了丰盛的午饭。教练肖明轩主动给每人包了个新年红包。听说符音说服了父母,队友们都替她高兴,这样一来,她就可以毫无负担地跟大家一起训练。

晚上七点钟,肖明轩将大家叫到训练室集合,笑眯眯地道:"我跟时越给你们约来了一队超级大神,你们猜猜有谁?"

符音期待地猜测道:"是不是有林毅?"

她之前专门提出来想看看龙族队长林毅的国服第一关羽。果然,肖明轩点头道:"嗯,我把他给叫来了,他卖了我一个面子。"

陆青羽有些疑惑:"明神,你跟他们说了战队的事情?"

肖明轩道:"我没曝光你们的身份,就只说我找了几个新人投资了一支战队,想打次级联赛,新人们想见识一下大神们的技术。"

叶枫的好奇心被彻底勾了起来,一脸诚恳地看着肖明轩:"教练,你就别跟我们卖关子了,请来的除了毅哥之外还有谁啊?"

肖明轩微微一笑,清了清嗓子道:"今晚过来跟你们打训练赛的,包括龙族战队的队长林毅、LY战队的队长幻月、荆棘的队长老鬼、ICE的队长冰雨,还有Dream战队的队长南柯。"

教练如此神通广大,居然一次性约了五个战队的队长?

肖明轩接着问:"这五个人你们应该都认识吧?"

陆青羽道:"当然。联盟的中单法师里,对线压制力最大的选手,一个是林洛然,一个就是幻月。幻月特别擅长游走,是目前KPL排前三的法师。"

叶枫紧跟着道:"Dream的队长南柯是联盟第一射手,我记得一年前射手很强势的那个赛季,有一局比赛Dream战队的队友全部死光,对方四个人抱团推水晶,南柯操作着马可波罗灵活走位,开大招直接在水晶反杀了对面四人!"

那一局比赛符音也看了,常规赛中的经典翻盘局,全靠南柯一人力挽狂澜。当时,公孙离还没出,是马可波罗和孙尚香特别强势的版本,南柯的射手是真的厉害,几乎每一场都能拿下MVP(全场表现最佳选手)。

刘思源道:"冰雨的辅助也特别出名,他的东皇太一胜率都超过80%了。"

这三人已经是KPL联盟的一流大神,更何况还有荆棘的队长老鬼。老鬼的打野是出了名的猥琐,被他的刺客暗杀的联盟高手排队可以绕峡谷一圈。而林毅的上单也是真凶,团战时横冲直撞,简直不跟人讲道理。

这五个人组成的豪华车队,光是听着都心惊胆战。

符音忍不住问:"那我们有希望赢吗?"

肖明轩笑着摸鼻子:"你们想听实话吗?"

众人齐齐点头。

肖明轩道:"胜算不足三成。"

倒不是肖明轩想长他人志气,灭自己威风,而是这支豪华车队在KPL的历史上都难得一见。五家俱乐部的顶梁柱选手,聚在一起成立一支临时的队伍,全明星级别的豪华战队,只要大家别瞎打,有人统一指挥,那绝对是神挡杀神、佛挡杀佛的节奏。

肖明轩之所以把这群大神约来打战队赛,主要是想让目标战队的符音、叶枫、刘思源这三位没参加过KPL联赛的队员好好感受一下被联盟一流大神所支配的恐惧。

被这么厉害的大神队给虐过,那以后不管遇到多强的队伍都不怕了。

晚上七点半,肖明轩先登录游戏,开了个自定义王者峡谷5V5征召模式的房间。然后从好友列表里将林毅等人邀请进房间,紧跟着把目标战队的小号也加进来,十个人的位置很快坐满。

见五个ID都非常陌生,林毅便主动打字问道:"明神,这些都是你的队员？"

肖明轩道:"没错，其中还有一位是你的粉丝。"

他指的自然是同样玩上单位置的符音。

符音立刻冒出来道:"毅哥好，我最喜欢你的关羽！"

林毅客气地道:"谢谢。"

时越看见这话有些不高兴，挑了挑眉，低声问道:"你不是最喜欢我的李白吗？"

周围的队友们默契地假装没听见。

符音轻咳一声，笑道:"我只是嘴上客气一下，先跟他学学技术，以后到了赛场，我再砍死他的关羽。"

妹子你好有志气！

时越听到这话不禁扬起嘴角:"想单杀他的关羽，难度可不小。"

众人聊天的这段时间，其他几个大神也在房间打字，纷纷跟肖明轩问好。大家来这次训练赛主要还是看在明神的面子上，毕竟肖明轩作为天桓的第一任队长，也算是联盟的传奇人物，又是大家的前辈，即便跟他没太多交情，这个面子还是得给的。更何况这几人的心里其实也很好奇明神组了支什么样的队伍，想看看这支新队水平如何。

冰雨道:"训练赛，大家还是认真一点打吧。"

南柯问:"认真打的话，你们谁指挥？"

幻月:"我不知道怎么指挥，毅哥来。"

林毅:"我懒。冰雨你来，打辅助的好指挥。"

冰雨:"还是老鬼来吧！"

老鬼:"不不，我一指挥的话整支队伍都要变猥琐了，不符合各位大神的气质。"

五个大神踢皮球似的踢了一轮，结果谁都不想接下这指挥的担子。

在他们自己的战队他们当然是毋庸置疑的赛场指挥，但如今，跟同级别的大神们组在一起，谁也不想出这个风头。赢了好说，万一不小心翻车输掉，那丢脸可就丢大了。

于是，林毅很果断地道:"那就开语音吧，注意信号提示！"

临时组起来的队伍没有教练安排的固定战术，开语音也可以，该撤一起撤，该打团迅速集合，他们都是意识一流的选手，只要有人提醒，打一场训练赛不成问题。

肖明轩道:"准备吧。"

众人迅速按下准备,比赛正式开始。

第一局,大神队在蓝色方,先禁先选。由于他们对明神的队伍并不了解,所以他们很默契地直接放Ban——也就是不禁英雄,这在职业联赛的赛场上几乎不可能出现,因为每一个Ban位都是针对选手或者阵容的关键。但是今天,大神们礼貌性地放Ban,肖明轩也紧跟着放Ban,这也就意味着,《王者荣耀》所有的英雄全被放了出来,任凭大家挑选。

林毅先选,秒锁本命英雄关羽。

目标战队这边1楼是符音,她选了最擅长的花木兰;2楼时越没选打野位,而是先帮陆青羽抢下中单诸葛亮。

大神队的2楼幻月选了貂蝉;3楼辅助,也选了本命英雄东皇太一。

目标战队这边暂时没选,肖明轩仔细想了想,道:"叶枫,你要继续拿射手吗?"

叶枫点头:"嗯,我想拿孙尚香。"

肖明轩道:"那就拿下张飞和孙尚香。"

对方紧跟着拿了射手马可波罗和打野阿珂。

目标战队还差一个打野没有选。

肖明轩道:"阿越你想选什么英雄?"

时越看了看对方的阵容,道:"我选达摩,走蓝领打野路线。"

职业联赛在选择阵容的时候需要考虑经济的分配,所以时越才选达摩这种不是很吃经济的打野,保孙尚香进入后期,顺便让一些资源给上路的花木兰,让花木兰更方便切对方后排。

叶枫听到时越的这句话心情挺复杂的,忍不住道:"越哥,我最近正在练战士,等到了联赛你想打野核的话,我也不一定非要拿射手,其实很多战士我也会玩。"

为了照顾他的射手,时越经常拿一些让资源的战士打野,这可不是越哥的风格。越哥的刺客也绝对有Carry全场的能力,叶枫不能这么自私,总是让别人为了他而改变。

时越坦然说:"没关系,以后的阵容还可以再调整。"

叶枫点头:"嗯!"

大家都是为队伍考虑，战队的阵容体系自然是越丰富越好。肖明轩听着他们的对话，欣慰地笑了笑，拍拍手掌道："好了，比赛马上开始，都打起精神来，可别被对面的大神队捶成皮皮虾。"

这一定是个假的教练，怎么能这么说自家队员？

我们怎么会被捶成皮皮虾呢！

【3】

大神队的阵容有东皇太一，在所有的辅助当中一级打团最强的就是东皇太一，有东皇太一的队伍一般都会在开局的时候入侵对方野区。时越冷静地分析过后，立刻做出指示："下路去干扰蓝区，小音上路清兵，我去反红。"

队长一声令下，众人立刻开始行动。

下路刘思源的张飞和叶枫的孙尚香抱团进攻对方蓝区，老鬼见对方双人入侵，便没有恋战，立刻撤退。不过，他很机智地撤到侧面，一直观察着蓝Buff的情况，直到蓝Buff还剩900左右的血量时，他突然从侧面草丛绕过来，一个惩击直接收掉蓝Buff，然后转身逃跑。

老鬼这抢蓝也是抢出经验来了，不愧是"猥琐流"的鼻祖。

张飞和孙尚香打了半天，结果最后还是被对面的打野收走，两人心里都有些郁闷，只好回头去清掉一只小野怪。好在他们的干扰起到了一些作用，正好给时越争取了时间。时越独自一人迅速收掉对面红Buff和路口的小猪，然后利用草丛的掩护撤回自家红区，清掉一波野怪，并且把自家的红让给了孙尚香。

这样一来，时越不能第一时间到4级，对方阿珂也不能第一时间到4级，两边互换红、蓝Buff，都没死人，算是谁都不亏的正常开局。

肖明轩看到这里心中不由得欣慰——多亏时越预判准确，才能及时止损。

换成一般的指挥，要是硬着头皮去守蓝，可能被对面东皇太一直接打崩；要是去反蓝，也不一定能在老鬼手里抢到蓝。时越机智地转移战场偷到一个红，可以说，他对大局的判断非常清晰，并且思路灵活。

接下来，各路英雄开始冒头清兵发育。

符音的花木兰面对的是东皇太一、狄仁杰两个人，一打二根本没戏,她只能认尿乖乖缩在塔下,等兵线过来后迅速1技能上去来回穿梭清掉小兵。

平时玩上单,她也会前期认尿缩在塔后,后期站出来教脆皮做人。但是今天,她却感受到了极大的压力——东皇太一预判太准,动不动就朝她砸几颗球,两个人就这样不断消耗,上路才清完三波兵线,花木兰就被打成了一丝血皮。

眼看第四波兵线就要进塔,符音只好撤退。

因为她有种预感,第四波兵线进塔后,对方肯定会强杀她。

然而,她只料到开头,却没有料到结局——她正在塔后的草丛里回程,结果侧面的草丛突然杀出来一个关羽。关羽骑着赤兔马,手持大刀,威风凛凛地一个冲刺,居然直接越塔强攻,一刀将残血的花木兰给劈死!

——First Blood!

正好这时候兵线进塔,东皇太一、狄仁杰配合关羽三人拆塔,瞬间就将上路外塔给拆掉。

符音死在原地清楚地看见了这一幕,心中不由得震撼!

大神们的意识真是太可怕了,刚才毅哥敢越塔强杀,显然是判断好了伤害和血量,一刀带走花木兰,全身而退。

时越见小音被杀,便提醒道:"关羽从下路跑上路跑了一整张地图,小源你没看到他吗?"

刘思源愧疚地说:"阿珂和貂蝉刚才来下路抓我们,我在保护枫哥。"

中路陆青羽道:"我在打蓝,迟了一步。"

对方显然是利用这个时间差直接破掉上路外塔。

上路的外塔一破,对面把兵线带过去,关羽回下路守塔,阿珂回野区发育,其他三人抱团来骚扰中路。

中路的陆青羽头都要大了。

他跟幻月的貂蝉单挑的时候勉强还能打个平手,但是现在,联盟第一辅助冰雨和射手大神南柯都来支援,他一打三,那是连塔都不敢出。

符音在上路清兵,刘思源和叶枫被关羽牵制在下路,时越只好赶去中路帮忙,和陆青羽一起守塔。

或许是对方刚才杀符音杀得太过顺利,有些轻敌,以为明神的战队都是些新人，于是东皇太一在兵线进塔时发起强攻，直接咬住了陆青羽的诸葛，貂蝉和狄仁杰立刻疯狂输出。

就在这时，时越的达摩从侧面绕出来，一个大招拳击，将貂蝉和狄仁杰一拳轰到了墙上！

达摩祖师玩得好不好，关键就看这个大招。在王者峡谷里，达摩是当之无愧的近战拳王，他的技能有个特点，大招可以一拳击退范围内敌人，如果碰触到地形的边缘（如墙壁），则会将敌人晕眩。

中路塔的旁边正好有一面墙，时越就是利用了这处狭窄的地形，一拳上墙，将貂蝉和狄仁杰全部晕住，紧跟上一套大连击！

——Double Kill！双杀！

达摩在塔下拿到双杀。

东皇太一的强控技能正好结束，陆青羽的诸葛亮被解放，立刻1、2技能贴脸释放刷出被动，环绕周身的五颗钻石一颗不漏地朝东皇太一砸去，东皇太一闪现后撤，陆青羽紧跟上闪现接大招，直接收下东皇太一的人头。

陆青羽和时越配合二打三，完美反杀对面三人！

肖明轩赞道："漂亮！"

如果对面的冰雨、南柯和幻月知道他们所面对的是天桓的越神和GT的羽神，那他们绝对不敢这么越塔强打。显然，他们三个是有些轻敌大意，结果被时越的达摩一拳教做人。

幻月主动在公屏打来一行字："达摩玩得溜。"

被赞的时越礼貌地回了两个字："谢谢。"

幻月看见这句话，莫名地有种很奇怪的感觉，心里不由得疑惑，这个打野，到底是谁？

中路，时越和陆青羽带出一波小节奏。

但是下一刻，耳边却传来系统音效——叶枫的射手孙尚香，居然被关羽给单杀！

林毅对峡谷地形的掌握那就跟对自己家里一样熟悉。他故意绕开辅助的视野，从我方红Buff野区侧面杀过来，正好孙尚香残血在塔下补兵，他直接冲到塔下一刀劈砍，将脆皮的孙尚香瞬间带走。

叶枫终于感受到了联盟所有后排脆皮对林毅大神的怨念。在塔下都能被关羽越塔强杀，还能不能给我们脆皮一点生存空间啊？

叶枫打下一行字："毅哥，我叫你'毅爸爸'好了，能不能给条活路。"

林毅发来个微笑的符号："叫爷爷也不能！"

叶枫发了个郁闷的表情过去。

时越看见叶枫郁闷的表情，淡淡地道："你要珍惜被他强杀的机会，因为到了真正的比赛，面对龙族战队，没有人敢放关羽。"

就像很久以前面对天桓的时候，所有教练都不约而同禁李白一样，曾经时越的李白让不少战队闻风丧胆。同样，林毅的关羽也是很多战队脆皮选手的噩梦，面对龙族的时候，教练首禁一般都会禁掉关羽。

能把一个英雄玩上Ban位的选手，都是值得尊敬的。

叶枫在被关羽连续强杀两次后，他见到关羽直接翻滚接闪现跑去老远，林毅看着孙尚香滚走的背影忍不住想笑：对面这个萌新射手，看来是被自己杀怕了，跑得贼快。

倒是上路的花木兰挺刚的。

林毅正好跟队友换去了上路，跟花木兰单挑，花木兰不但没跑，反而主动冲过来，一套连招打出沉默（令英雄无法施放技能）。

符音手速飞快，打出沉默后秒切重剑1技能连续拍，重剑2技能反推，迅速将关羽给打残。但林毅的操作技巧也不是吹的，开大招触发冲锋状态，看似是要逃跑，结果跑出去几米又回头一刀劈砍将花木兰也劈残，紧跟着一个跳跃，赤兔马一脚将花木兰踩晕，再跟上大刀横扫，将符音的花木兰打成一丝血皮。

这一套操作行云流水，简直是关羽跟人单挑的完美教学。

眼看花木兰就要被单杀，结果达摩突然从草丛冒出来，一个大招将关羽轰上了墙。

砰砰两拳，拳拳到肉，关羽被达摩反杀。

时越的支援非常及时，被救下的符音忍不住道："谢谢越哥。"

时越说："没事，你先清这波兵。"

他转身走了，将兵线的经验全部让给符音。符音心里有点暖，越哥的蓝领打野真是溜，不但能支援队友，还让出大量经济。

同一时间，大神队的语音频道，林毅笑着说："老鬼，你看看人家的打野，知道帮花木兰，你就在旁边打小怪也不来帮我，有没有一点队友爱？"

老鬼凉凉地开口："我又不是你队友，哪来的队友爱？看见你的ID不杀你就不错了。"

幻月说道："其实我也想杀老鬼，你以前蹲草丛杀我不下十次！但看见老鬼之后，我发现怎么不能攻击啊？居然是我队友，没法杀。"

冰雨无奈道："你们不要内讧行不行，对面中单和打野都挺厉害，输了就丢脸了啊！"

南柯平静地说："不理他们，冰神你帮我，我们去入侵一波野区。"

趁着达摩在上路，冰雨和南柯两人去下路野区刷了波野怪，顺势推下路内塔。还好刘思源在下路，张飞开大招将对面的两人吼出去，惊险地守住了内塔。

但紧跟着，野区的暴君就丢了，阿珂游走过来收掉暴君。

双方的经济差在不知不觉中拉开到5000。

我方孙尚香几乎成了移动的提款机，被关羽强杀，被阿珂蹲守，作为一个脆皮射手，叶枫表示心好累，他真的被捶成了皮皮虾！

上路的符音也没好过多少，时越救她一次，但不能次次救她。花木兰的经济实在是落后关羽太多，加上她意识比不上打过三届联赛的大神林毅，一不小心就被对方反蹲……

后期主宰处的团战根本没法打，关羽骑着马横冲直撞，瞬间冲散阵型。幻月大神的貂蝉走位极为灵活，开着大招来回飘；狄仁杰侧面疯狂输出，阿珂蹲草丛伺机收割残血。

我方前排完全顶不住，开着大招的张飞居然在几秒就被强杀，花木兰也被貂蝉黏住追死，诸葛亮被东皇太一给咬死，孙尚香再次成为老鬼的刀下亡魂。时越的达摩被对方五人围殴，最终也无奈牺牲。

——团灭！

看着灰下来的屏幕，大家的脸色都有些尴尬。

叶枫挠了挠头，干笑道："我根本没法发育，经济只有5000，对面射手经济都8000了。"

刘思源一脸愧疚："对不起啊枫哥，我也保护不了你，对面老是越塔强杀，我的大招刷得又没那么快……"

符音开口道："我也很惨，上路开局就被打崩，连塔都守不住。"

肖明轩微笑着安慰大家："没关系，你们要知道对面可是全明星豪华车队，而且四个大神都拿到了本命英雄，输在他们手里并不丢人，这样的队伍和阵容在KPL都见不到。"

听到这话，刘思源不由得疑惑："四个大神拿了本命英雄？还有一个没拿吗？"

陆青羽微笑着解释道："林毅的关羽，幻月的貂蝉，冰雨的东皇太一，老鬼的阿珂，都是他们最喜欢的本命英雄，在联赛中也经常拿出来，但是南柯大神今天并没有拿本命英雄。"

叶枫叹了一口气，道："没错，南柯大神最擅长的射手，其实是百里守约，他要是拿了百里守约，我估计我们崩得更快。"

陆青羽道："没错，南柯是联盟公认的'狙神'，他的百里守约一枪一个脆皮人头，上赛季常规赛，他的百里守约几乎是每一场都被对手禁掉，今天他没拿，大概是给我们战队一点面子，不想打得太凶，才拿了狄仁杰。"

众人："……"

南柯大神没拿本命，他们都被捶成了皮皮虾。

可想而知，南柯要是拿出百里守约，他们会不会被捶成一团虾肉？

众人你看看我，我看看你，面面相觑。

时越倒是非常淡定："不用灰心，我说了，真到了联赛他们的本命英雄一般都很难拿到，今天就当是一次豪华版的被虐体验。"

豪华版的被虐体验？越哥还挺会说冷笑话！

符音听他这么说，不由得笑了起来："我刚才大着胆子跟毅哥单挑两次，没打过他。"

时越记得她正面跟林毅打的那一幅画面，挺有勇气的，他的目光不由得温和下来，道："你打不过林毅，主要是经济差太多。"

符音道："不用给我找借口，打不过就是打不过，就算经济持平我也打不过他，他的关羽操作实在是太强了。"

能坦然承认对手的强大，这也是符音的大气之处。

时越赞赏地看她一眼:"没关系,你现在还没打过正式联赛,还有很大的进步空间,等真正到了联赛阶段,你再试试跟他单挑。要是打不过,还有我帮你。"

符音心头一暖,道:"嗯,我一个人打不过,我们就二打一!"

其他队友的心里都在吐槽,你俩这么夫妻档联手虐单身狗,真的好吗?

训练赛打完后,大神们跟肖明轩道别,并且礼貌性地夸了几句明神战队的选手都不错。实际上大家心里很清楚,他们夸的是中单和打野,其他三个位置,从职业选手的角度看,水平比较一般。

叶枫挺有自知之明,虽然在主播界他很火,但主播和职业选手还是有一定差距,职业选手都经历过正规训练和无数大赛的洗礼,他这主播却天天打水友赛,意识自然跟不上。

刘思源的想法差不多,自家射手多次被单杀,他这个当辅助的也得承担大半责任,以后还得多去看冰雨大神的直播,学学辅助的打法。

肖明轩发现,大家输掉比赛后并没有气馁,反而各个斗志满满。

看到大家越挫越勇,他这个当教练的心里也颇为欣慰。

肖明轩打开手机微信群,道:"平时你们排位输了,自觉发红包,今天战队输了,教练也有责任,给大家发红包。"

他很豪爽地连续发了五个大红包,大家立刻爆手速开始抢。

目标战队输掉比赛的画风很不一样,别的战队输了肯定要自我检讨、开会批评,这边输了却欢欢乐乐地抢起了红包。

符音很喜欢队内的氛围。

但她也清楚地知道,距离联盟一流大神,他们还有很大的差距,接下来的训练,可绝对不能松懈。

第五章/晋级之路

【1】

接下来的时间,目标战队进入了正式的训练阶段。

每天的训练都超过八个小时,有时候甚至超过十个小时,但都没人喊累。整支战队气势高涨,符音、叶枫和刘思源三个新人都进步飞快。每天晚上战队集合打荣耀局的时候,大家便按照教练的指导进行禁选将,练习一些阵容的配合,彼此之间也越来越有默契。

转眼到了三月下旬,春季赛正式开幕。

这一届比赛官方调整了赛制,以前是十二支战队分成A、B两个小组进行组内循环、组外循环,比赛的主场城市只有上海一处。但今年,分成了上海主场的东部赛区和成都主场的西部赛区,每个赛区六支战队,采用主客场赛制。

赛前禁选也有了很大的改变,以前是双方各禁掉三个英雄、选五个英雄,但这一届比赛,禁选将被分成了两个阶段,第一阶段双方各禁两个英雄,各选三个英雄;第二阶段,双方再各禁两个英雄,各选两个英雄。

把禁将阶段分成两次进行,在战术上的博弈会比以往更加复杂,教练必须随时根据对方的禁将来调整阵容。

这个规则一出,Dream战队快要头疼死了,他们一直是南柯一个核心,上赛季南柯大神就面临被对方教练禁掉三个射手的窘境,这个赛季更可怕,要是对方教练够狠,直接把李元芳、百里守约、马可波罗、公孙离全部禁掉,他只能用虞姬或者孙尚香去打野了。

南柯在微博发了个微笑的表情,道:"实在不行,我拿蔡文姬打野。"

粉丝们都在安抚他。

肖明轩看见这条微博也有些心疼他,不过,被教练针对到这个地步，也足以证明南柯的射手实力之强。他现在担心的是，等目标战队到了KPL，时越的打野会不会被禁个干净。

还好他有两手准备，目标战队的队员们练了这么长时间，英雄池都特别深，你把时越的野核禁干净，我就让叶枫打自由人；你把自由人体系废掉，我就让时越和青羽中野联动；什么？你要禁我们青羽的中单？没事，我们上单符音还可以去带线打运营！

反正我们会的英雄特别多，八个禁不完。

新赛季的常规赛如火如荼地进行着，肖明轩每一场比赛都会认真看，从各队教练那里学习技巧，新的禁选将规则对教练也是个考验，稍微不小心，就会被对方给套路。

常规赛进行了三周，WGC次级联赛也终于在四月份正式开始。

肖明轩早已报名确认过资料，选手们的名字前缀都带着AIM的标志。

在游戏里的小号陆青羽他们取的是"中单不容易""射手好难玩"的名字，但正式的比赛不能这么取，会被粉丝骂死，所以几个队友也难得保持队形，正经地取了个俩字的ID：AIM-音符，AIM-时间，AIM-青山，AIM-风华，AIM-源泉。五个ID排在一起特别整齐。

结果，叶枫突然吐槽："我发现，AIM很像是ATM，会不会有粉丝骂我们是ATM自动提款机？"

比赛的时候只有被对手打爆，才会被网友戏称为移动的"ATM提款机"，对手可以随时杀你拿钱。见所有人都看向自己，叶枫立刻做了个在嘴上拉拉链的动作："当我没说！我们的战队名字特别有气质，特别有冠军相！"

肖明轩这才满意地笑了笑，道："好了，第一周的周赛很快就要开始，大家做好准备。这次可不要再被打成皮皮虾。"

教练你能不能别乌鸦嘴？

由于职业联盟更改了赛制，次级联赛的赛制也随之变化，队员们都挺激动，周三下午18:00比赛，大家兴奋得连晚饭都没吃，提前一个小时坐在训练室里做好准备。

32进16的周赛并没有官方解说直播,巧的是,有个主播正好闲着解说这周的WGC比赛,而且还是个粉丝破百万的知名主播,叫米琪,叶枫也认识他。

此时,目标战队的人还不知道他们比赛的画面正在被上百万的粉丝观看。

米琪分析道:"ATM战队的阵容拿得好!姜子牙辅助可以提升整支队伍的升级速度,达摩可以大招开团,哪吒到4级后大招全地图迅速支援。嬴政是手最长的法师,百里守约是手最长的射手,4级开大招远距离消耗,能把对面的头都打炸了!"

粉丝提醒:"人家才不是ATM提款机,人家是AIM,英文'目标'的意思!"

"我也看成了ATM,我还想着哪个战队这么逗,居然取名叫自动提款机!"

"你们都近视吗?明明是AIM!"

"AIM-音符,我喜欢这个名字,不知道是哪个帅气的小哥哥!"

米琪没看见弹幕,继续说:"对手无畏战队的阵容非常肉(指特别多扛揍的角色)!张飞、曹操、老夫子都很抗揍,打野杨戬很皮厚,中单诸葛亮位移多不容易死。四个战士一个法师,正面很能抗。但也有个很大的缺点,手特别短!"

比赛正式开始,叶枫的百里守约进了野区。这也是目标战队在赛场上第一次尝试自由人体系,将打野的任务交给叶枫。

符音的哪吒走上路,时越的达摩走下路,开局双方互换蓝,谁也不吃亏。由于辅助姜子牙的经验加成,目标战队全员提前到4级,时越打下信号:攻击敌方防御塔!

一声令下,姜子牙、达摩、百里守约三人抱团杀掉暴君并迅速在下路防御塔集结。

此时,对方下路只有曹操一人防守。

百里守约远距离狙了曹操两枪,曹操残血。

达摩直接闪现加大招越塔,一拳将曹操轰上墙秒杀!

三人一鼓作气拆掉下路的外塔、内塔,这拆塔的速度,快得简直像拆迁小分队。

解说米琪忍不住赞道:"这一波节奏太棒了!姜子牙体系就是打快攻,前期推掉的防御塔够多,拉开的经济优势越大,就越容易赢!达摩刚才的操作得赞一下,一拳上墙毫不犹豫,直接秒了守塔的曹操!"

开局不到4分钟,目标战队就占了两座塔的优势。

紧跟着,达摩带领队友转战中路。

四人抱团推塔,对面迫不得已,五个人集体防守中路。

因为下路已经被破,中路再被破的话他们的防线会全面崩溃。

结果,陆青羽的嬴政一个大招远距离剑雨扫射,团战还没开打,对面的四个战士就已经被集体扫成了残血。这就是嬴政的优势,在开团之前的消耗,直接废掉了对方的作战能力。

米琪忍不住道:"666!这嬴政蛇皮走位啊!大招全部命中!"

弹幕区也刷了满屏的"666"。

叶枫的百里守约猥琐地蹲在草丛,偷偷瞄准其中的一个残血,一枪射去,收掉对面曹操的人头。

见时机差不多,时越再次闪现过去开大招,这一拳,直接将对方的三个战士全部轰到中塔侧面的墙壁上!

符音在上路将兵线带到塔下,然后开着大招飞到中路团战点——乾坤·天降!

只见哪吒踩着风火轮从天而降,手中三尖枪范围横扫,一枪一个残血,越塔强杀根本不和你讲道理。

Double Kill!双杀!

Triple Kill!三杀!

符音直接塔下三杀!

对面五人转眼间就死了四个,只剩一个位移多的诸葛亮用2技能加闪现逃跑。然而,符音并没有放过他,踩着风火轮奋起直追,根本不顾防御塔还在打她。

看直播的观众们都有些震撼:

"这哪吒好刚啊!"

"开始看他一直认怂在塔下清兵,还以为是个废包,结果打团的时候这么拼!"

"切入时机太好,达摩一拳上墙他马上飞来支援,这默契也是没谁了！"

"他再追下去，要被防御塔打死吧！"

转眼，哪吒就被防御塔打成了一丝血皮。看直播的网友也在吐槽：

"太冲动，拿下三杀直接撤不好吗？"

"头铁！估计是热血上头了！"

"追诸葛亮不明智啊！"

然而下一刻，所有网友集体闭嘴。

因为王者峡谷中，突然响起了尖锐的枪声。

砰——百里守约远距离开枪，一枪爆头，诸葛亮毙命。

几乎是哪吒被防御塔打死的瞬间，百里守约利用哪吒所提供的视野一枪狙死了诸葛亮。

米琪看到这一幕画面，心头无比震撼。沉默片刻后，他才说道："这哪吒不是热血上头，而是冷静得可怕！诸葛亮逃跑后只有百里守约的千里神狙可以解决，但是百里守约看不见诸葛亮在哪里，哪吒飞得快，他追上诸葛亮给百里守约提供视野，百里的枪法只要够准，以现在的装备，绝对能一枪狙死半血的诸葛亮！"

事实证明，符音相信叶枫可以做到，叶枫也果然没让她失望。

哪吒牺牲换来的却是对面团灭，嬴政和百里守约可以直接推到高地，完全不亏！

叶枫激动地道："谢谢小音！太棒了！"

他能狙死诸葛亮，符音提供的视野功不可没。没想到妹子在打比赛的时候居然如此冷静。不对，她不是妹子，她是目标战队的女神。

叶枫特别欣赏这位队友，不管前期多尿，一旦打团，她绝对不尿，该上就上，二话不说给队友创造机会。

这波1换5的团战对战队士气的提升无疑是巨大的，经济差距太大，对面根本就没法打团。后期，符音的哪吒一开大，那冷冷的双眸在所有人的头顶出现，对方打都不敢打，直接吓得逃跑。

米琪忍不住笑道："哪吒已经打出了威慑力！被他开大招盯着，对面根本就不敢上。"

直播平台有不少粉丝道：

"哪吒小哥哥好帅啊！"

"这支战队有点厉害啊！"

"嬴政蛇皮走位特别溜，达摩一拳上墙从没放空过，哪吒支援很及时，百里守约一枪一个小朋友！"

米琪作为专业主播，也觉得这支ATM战队有些厉害。

不对，他仔细看了看，才发现这战队名字是AIM，意思是"目标"？

他们的目标是什么呢？

这局直接把对面按住揍，基地都不敢出，确实打得漂亮。

最后一波带走主宰先锋三路推进，达摩又一次完美开团一拳捶晕三个人，配合嬴政、百里守约的压塔和哪吒的大招收割，对面溃不成军，基地瞬间爆炸。

AIM战队获胜，成功晋级周赛小组16强。

这队伍到底是哪儿的？

米琪有些疑惑，但他也没多想，毕竟这只是次级联赛的周赛，并不能证明什么。

这一天，百万粉丝的直播间见证了目标战队建队以来的第一场比赛，大家只觉得他们打得挺好，却没有任何人想到，周赛阶段随机播出的一局比赛中，出现的一支名不见经传的队伍，将会成为未来的KPL赛场上，最可怕的黑马。

【2】

比赛结束后已经是晚上六点半，肖明轩主动做东请大家出去吃海鲜大餐。

这是目标战队第一次胜利，也该值得庆祝。

饭桌上，叶枫打开微博正刷着网页，突然大叫一声："我去！我们今天的比赛有主播解说，视频都被录下来放在了网上！"

陆青羽好奇地凑过去看他的手机："主播米琪解说的WGC周赛？"

叶枫点头："嗯，米琪这个家伙我也认识，平时闲着没事干，很喜欢去解说一些次级联赛，我们今天的比赛正好被他抽到，做了解说。他还把视频录制下来放在了微博，我刚刚看了看微博下面的评论，很多人说我们AIM战队很厉害，还有一大批女粉在说音符的哪吒帅爆了，名字又好听,肯定是个很帅的小哥哥,不知道有没有女朋友。"

众人面面相觑。片刻后,肖明轩终于忍不住笑出声来:"看来,我们符音还没正式在KPL露面,就已经收获了一批想嫁给你的女粉丝。"

符音尴尬地摸了摸头发:"到时候知道我是个女的,她们可能会粉转黑吧。"

陆青羽道:"我觉得不会,更可能会路人粉变成死忠粉,毕竟KPL目前还没有一个女选手,你的出现帮很多妹子实现了梦想,你会成为很多女孩子的偶像。"

叶枫附和:"没错!音符不是小哥哥,而是小姐姐,到时候估计很多人会大跌眼镜!"

刘思源紧跟着道:"我音姐是帅气的女神。"

符音微笑道:"到时候我希望大家能认可我,而不会因为我是女生就质疑我。"

陆青羽笑眯眯地说:"别怕,我被网友们叫'花瓶'叫了好几个赛季,他们说我金玉其外、败絮其中,技术不行,只能靠脸来拉拢粉丝,我还不是照样厚着脸皮继续打比赛吗?"

时越也看向符音,温言道:"你是KPL第一位女选手,肯定会面临各种质疑的声音,但不用介意。职业选手不可能得到每个人的喜欢,嘴上解释再多也没用,你要是担心别人质疑你,那就在赛场上证明自己,让那些人闭嘴。"

他就是这么做的。曾经他的阿珂被人骂提款机,走到哪儿都给对手送钱,但后来他用阿珂在决胜局翻盘证明了自己。

职业选手只要打好比赛,外界的评价并不需要介意。

听着队友们的宽慰,符音心头暖洋洋的。她其实也不太在意别人的看法,只是担心因为她这个女选手的存在而影响到目标战队。好在队友们都很支持她、信任她,那她也绝对要以最好的状态回报大家,绝不能变成战队的拖油瓶。

32进16的比赛结束后,次日晚上又安排了16进8的比赛。

依旧是一局定胜负的淘汰赛,目标战队这次拿出了野核体系,时越选用了韩信,并完美地上演了韩信核心的教学式比赛。

整场比赛完全被韩信掌握在手中，队友们也终于意识到越神可怕的大局观——他总能找到机会去偷塔，对兵线的预判和评估都极为精确。这样的战术，虽然不像5V5正面硬拼那样激烈，却处处透着细节。

目标战队赢下这局比赛，成功晋级周赛8强。

8强阶段开始，赛制变成了三局两胜。

周五晚上，目标战队在八进四的比赛中2∶0横扫对手。

周六晚上，四进二再次2∶0横扫对手。

第一周的周赛，目标战队毫无疑问地连胜拿下冠军，直接进入月赛轮。

月赛轮的比赛安排在四月最后一周的周六晚上，毫无疑问的是，目标战队再次2∶0拿下，以全胜的战绩成为四月冠军。

月赛冠军会直接进入总决赛，他们距离KPL又近了一步。

已经拿到了决赛门票，接下来的一个月他们就不需要再参加周赛，正好KPL春季赛如火如荼地进行着，每天的比赛大家都会坐在训练室一起观看，一边看一边讨论。

时间过得飞快，转眼就到了六月份。KPL常规赛进行到一半，联盟给选手们放了几天假，而WGC也进入了最激烈的总决赛阶段。

决赛是线下赛，选手必须到主办方指定的比赛场馆现场比赛，官方也将全程现场直播。今年的WGC总决赛比赛场馆定在深圳，肖明轩提前给大家订了机票，集体来到深圳的酒店入住。带大家到酒店后，他先简单开了个会，让大家注意比赛的一些礼节，还将早就制作好的队服发给大家，让大家明天比赛的时候统一穿上。

AIM战队的队服是经典的红黑搭配，红色象征热血，黑色的寓意为黑马战队。因为是夏天，队服是短袖，穿着会比较凉快，还有一件外套可以秋天的时候再穿。

次日一大早，时越在自助餐厅看见穿着队服的符音，差点没敢认。

蓝色牛仔裤让她的一双腿显得又直又长，脚上穿着白色平底运动鞋，上身是黑红配色的AIM战队队服，头发被简单的皮筋利落地扎起了一个马尾，平时那个温婉的淑女形象消失不见，反而显得干练又利落。

几个队友也非常惊艳，叶枫先赞道："以后拍战队宣传片的时候你就这么穿，我们的队服周边肯定能多卖掉几千套！"

刘思源道："我音姐穿什么都好看。"

陆青羽也赞赏地说："确实不错。"

时越看了她一眼，没多说话，只觉得心跳有些快——能把简单的队服穿出模特效果，符音真的是气质独特。

符音大大方方地走过来跟队友们坐在一张桌前，道："大家穿得一样，感觉更像是一个团队了，今天的比赛要加油！"

肖明轩提醒："你也得做好心理准备，这可是你第一次在公众面前露脸。"

符音笑着说："音符小哥哥变成了音符小姐姐，我已经能猜到观众们会疯狂刷弹幕说我。"

时越道："别担心，有我在。"

音符怔了怔，回头看向他，时越忙改口道："我的意思是，我会帮你。"

越哥你就别解释了，解释就是掩饰！

晚上大家准时来到现场，几万人的场馆座无虚席，不少游戏粉丝来到今天的现场观看比赛，观众们热情高涨，还有一些举着应援牌子给自己喜欢的选手助威。

在后台准备区，肖明轩看见了这次半决赛的对手RS战队，便礼貌地走过去跟对方的教练打了个招呼："你好。"

对方教练客气道："明神！没想到你会重出江湖！"

陈教练表面上恭维着，实际上却并不惧怕，所谓"术业有专攻"，职业选手改行当教练不一定比得上专业教练。况且他们RS战队实力强劲，他对今天赢下对手还挺有信心的。

正好这时候符音走了进来，叫道："教练，场控那边叫你过去。"

看她穿着AIM的队服，陈教练便赞叹道："你们队的领队还挺漂亮的啊！"

肖明轩回头了眼符音，微微一笑，说道："她不是领队，她是我们的上单选手。"

陈教练的一口茶差点喷出来。

这妹子居然是上单？

旁边RS的队员们听到这话也是神色震惊：

"找个妹子打上单？他们是来搞笑的吗？"

"可能是主力生病，临时找的替补？"

他们的对话符音也听到了，她没多说什么，叫上教练一起去了准备室。

等两人走后，陈教练才笑道："本来这场比赛只有六成胜算，现在看来有八成。居然找个妹子来凑数，他们的主力肯定是临时有事没法上场。待会儿比赛的时候，你们就针对边路打，直接把她那一路给打爆！"

有人道："这么欺负妹子，不太好吧？"

旁边队友笑道："万一妹子哭了怎么办？"

陈教练道："这是比赛，赛场上对敌人仁慈，就是对自己残忍，不要看她是个妹子就客气，明白吗？"

众人立刻点头："明白！"

那时候，他们还完全没想到，他们自己会被这个妹子给打爆。

【3】

晚上18:30，比赛准时开始。

RS战队在WGC联赛中也算是颇有名气的队伍，五位选手的资料分别出现在大屏幕上，迎来观众们热烈的掌声。

男解说道："接下来让我们介绍一下AIM目标战队。这支战队在四月份的比赛中打出了全胜的战绩，战队教练肖明轩曾用ID'明天'，是天桓战队第一任队长，重出江湖后亲自组建了一支队伍，我想很多老粉丝对他应该都有印象！"

女解说笑着说："至于AIM战队的主力队员，我看到的时候反正是吓了一大跳！我就不剧透了，大家自己看吧。"

话音刚落，导播就将镜头切到了AIM战队所在的位置。

此时五位队员已经在各自的座位上坐好，正在认真地调试语音通道的耳机。坐在最左边ID叫"AIM-音符"的人，居然是个扎着马尾辫的妹子！

大屏幕中清晰地放大了她的脸，她五官清秀，皮肤特别白皙，即便没有化妆也是个大美女，但这样的素颜美女突然出现在电子竞技的赛场上，跟周围的环境明显格格不入。

观众们都有些蒙，还以为她跑错片场。

弹幕区更是疯了一般开始刷屏：

"我的音符小哥哥呢！"

"音符居然是妹子？该不会临时换人了吧？我对她的哪吒塔下三杀印象挺深刻！"

"怎么会有妹子？这战队是在搞笑吗？"

"哇，女选手！居然有女选手！"

"还是个美女哦！不知道打比赛水不水，反正冲这颜值先不黑她！"

"呵呵，这妹子有钻石段位吗？"

有惊讶的、看好戏的，也有嘲讽的，各种言论瞬间将直播屏幕给淹没。符音倒是神色平静，看见摄像头过来还礼貌地跟观众打了个招呼，淡定得好像坐在自己家里一样。

紧跟着，大屏幕中出现了一张英俊的脸，男人五官精致，只是表情一如既往的冷漠，刚刚因为目标战队有个女选手而惊讶的观众们这下又一次爆炸了：

"天啦，这个是越神吗？"

"怪不得面熟，这是天桓的时越吧！"

"我的天！越神！销声匿迹大半年的越神居然在打WGC！这保密工作也做得太好了！"

时越的粉丝集体打了鸡血，现场的粉丝顿时爆发一阵尖叫。

没过几秒，弹幕区的画风又一次变了：

"羽神？"

"真是羽神！"

"还以为他不打比赛了，怎么也跑去打WGC！"

陆青羽的粉丝也激动了，争相转告，纷纷打开直播间。

两位巨神的出现，加上联赛第一次有女选手露面，WGC半决赛的观看人数在短短半分钟内直接翻了三倍。

刘思源出现的时候观众们没太大反应，只觉得小少年脸圆圆的挺可爱。

叶枫出现的那一刻，弹幕区又一次爆炸：

"这是唱歌很难听的那个主播吗？"

"就是他！怪不得最近直播时间越来越短，原来去打比赛了？"

等五位队员全部在镜头面前过了一遍，弹幕区已经彻底疯了——越神、羽神联手，还找个妹子队友，这战队是要上天吗？

目标战队全员正式露面，微博的热门话题迅速被顶到首页，引起了不少正在放假的KPL职业选手们的关注。

大神们看到这个，也挺震惊的！

群里不少人冒头：

"越神和羽神组队在打WGC，你们知道了吗？"

"我在看呢，居然还有个妹子！"

"妹子颜值不错，水平怎么样？时越不是最讨厌带妹子吗，这下倒好直接来个妹子队友！"

"哪里哪里？我也去看看直播。"

就在这时，林毅突然说道："前段时间明神约我们打训练赛，说他建了支新队伍，队里都是些新人，你们还记得吗？@幻月 @南柯 @老鬼 @冰雨。"

打过那一场训练赛的大神立刻出来站队。

冰雨说道："新人个鬼！我看，当时的五个人，就是今天的这五位了。"

老鬼道："那天的打野是时越吗？怪不得，我总觉得我的野区有一种奇怪的凉意。"

幻月道："我中路也觉得对手有点熟悉，居然是陆青羽哎！"

南柯突然道："毅哥，我记得当时那个玩花木兰的上单特别拼，正面跟你怼，哈哈，是个妹子哦！"

那天追着他的关羽打了一路的花木兰居然是个妹子！林毅轻轻抽了抽嘴角，道："先看比赛吧，有时越和陆青羽在，目标战队很可能会晋级KPL。"

一句话让大家的注意力不约而同地转移到了直播间。

直播间内，禁选将阶段已经开始，目标战队首抢英雄花木兰。

解说诧异地道:"花木兰应该会给到上单位置,也就是说,由音符妹子使用?"

这话一出,弹幕又开始嘲讽:

"花木兰这么难的英雄妹子会玩吗?"

"居然敢拿花木兰,妹子真有勇气!"

"可别把这个强势的英雄玩成自动送钱的提款机!"

由于直播屏幕正在播出比赛画面,没有人看见,在选定花木兰时,符音的嘴角扬起了一个自信的笑容。

姐来展示一下高端操作——这是花木兰的台词,也是她想说的话。

她知道肯定有很多网友在刷屏嘲讽她,也有不少大神在听到时越、陆青羽重出江湖的消息后打开直播间观看这场比赛,在这样重要的比赛中,她拿出本命英雄花木兰,就是因为,职业选手不需要用嘴巴去辩解,只需要用比赛来证明自己。

她要亲自证明,她的花木兰,是当之无愧的国服水准!

在观众们疯狂的刷屏中,WGC精英赛的半决赛终于正式开始。

陈教练一见目标战队的选手里居然有时越和陆青羽这两位巨神,心里就有些慌。考虑再三后,他直接禁掉百里玄策这个目前版本强势的野核,显然是对时越的野核十分忌惮。

肖明轩紧跟着禁掉杨玉环,这位英雄可控制、可加血,打团的时候特别烦人。陈教练第二个禁掉边路霸主梦奇,肖明轩第二个禁了关羽。

双方前三选,RS战队选了苏烈、鬼谷子要开团体系配中路法师嬴政,目标这边选的是花木兰、老夫子双边路加辅助太乙真人。肖明轩没在第一阶段选打野和中单,这似乎在告诉对手——我们家时越和陆青羽都不怕针对,你继续!

RS的教练头都大了,第二阶段开始疯狂禁野核,露娜、娜可露露全都送上Ban位。打野英雄被禁三个,但时越英雄池太深根本禁不完,直接秒选了达摩打野。

接下来陆青羽选中单,在无数强势中单在场的情况下,他拿了本命英雄诸葛亮。

目标战队的五人阵容中没有射手,是花木兰、老夫子双边路加达摩打野。

经常看叶枫直播的粉丝有些意外：

"疯子不是痴迷射手一百年吗？怎么不拿射手？"

"他用战士到底行不行啊？以前看过他的直播，战士玩得挺一般。"

"上路妹子的花木兰，下路疯子的老夫子，感觉双边路要雪崩！"

"我堵五毛钱，不出6分钟双边路崩盘！"

观众们对符音的花木兰、叶枫的老夫子都很不看好，总觉得目标战队这么选，时越和陆青羽压力会很大。

比赛开始，符音操作着花木兰来到上路清兵线。

4级之前的花木兰是非常弱的，武器不能切换，只有双剑技能，1技能伤害低、位移短，2技能伤害更低，只有个减速控制。没有重剑霸体状态的花木兰非常脆皮，而且今天，她面对的是前期非常凶悍的边路战士苏烈，被苏烈抡起棒子捶得怀疑人生。

开局两人互相消耗了几波，花木兰只剩不到1/4血量，苏烈却还有半血。

观众们忍不住道：

"这花木兰也被打得太惨了吧！"

"心疼妹子，为什么要想不开去打比赛，这颜值当个主播绝对能火！"

"对面选手一点都不怜香惜玉，居然打得这么凶，可怜的妹子估计要挂了！"

兵线进塔，对方苏烈直接带着小兵逼塔，符音只好后撤到草丛里回家。

见花木兰回家，不明真相的观众还在笑，不少人觉得花木兰特别厌，这才开局1分钟，就被苏烈打回家？

倒是有一些理智的看官说道："木兰前期就是弱！回家正常，总比送人头好！"

前面几波兵线因为没有炮车，想靠一波兵线拆掉防御塔是很难的，所以，花木兰回家补满血量，再次回到防御塔下时，防御塔只被对方苏烈磨掉了三分之一的血。

满状态的花木兰又开始跟苏烈打正面，这时候她是满血，苏烈半血，但她依旧没有出塔去打，因为她看了数据面板发现对面的自由人打野李元芳已经4级了，4级的李元芳绝对会来支援，而她所防守的上路，肯定是RS战队首先要攻破的重点，不出意外的话，李元芳应该就藏在侧面草丛里，她出去绝对会被围殴。

上帝视角的观众们确实看见李元芳正在上路蹲花木兰。

然而花木兰特别厌，几乎要跟自家防御塔重叠在一起，一步都不迈出来。

那就只能等兵线进塔之后再杀她，苏烈迅速把兵线顶出去清掉，让自家小兵慢吞吞地来到防御塔下。

花木兰这时候才3级，战斗力很弱，不可能迅速清掉兵线，就在她用1技能清小兵的那一刻，李元芳突然从草丛里杀出来，在防御塔下放了一个大招，螺旋的飞镖不但能造成范围伤害还会减速对手。

花木兰被螺旋飞镖给转得瞬间残血，苏烈紧跟着往前推，想将花木兰推出防御塔的范围让李元芳击杀。

结果就在这一刻，花木兰突然反向闪现，一段瞬移恰到好处地避开了苏烈的强推技能，并闪现到防御塔的后方。她只剩1/5左右的血皮，血量岌岌可危，只要李元芳给她上一个飞镖的标记再随便打一下，她是必死无疑的。

李元芳也知道这一点，立刻2技能位移跟了上来。

就是这一刻！

藏在防御塔侧方草丛的达摩突然闪现，再接上霸气一拳，只听砰的一声巨响，苏烈和李元芳全部被他一拳捶到了墙上！

短短1.5秒的晕眩，时越反应飞快，刷新大招紧跟着输出。

苏烈和李元芳越塔强杀花木兰，本就被防御塔攻击，达摩这一拳上墙让两个人瞬间残血，这时候，刚才闪现逃跑的花木兰居然又杀了个回马枪，给塔下丢了个2技能范围减速。

李元芳被达摩击杀，苏烈也被打出了复活被动，达摩迅速普攻收掉他的人头。

时越的达摩在上路拿下双杀，花木兰拿了两个助攻，这才淡定地在草丛里回程。

看到这一波精彩的配合，解说也忍不住赞道：

"妹子的反应很冷静啊！她是看见越神的达摩在蹲草丛，故意残血闪现把对方两个人给引过来！"

"没错，要不是她残血闪现逃跑，李元芳也不会用2技能跟上来。那样的话，达摩就没那么容易击杀掉李元芳了！"

虽然时越的个人实力毋庸置疑，可这一波他能拿下双杀，花木兰确实得记上一份功劳。

之前嘲讽她的观众们开始渐渐改口：

"虽然尻了点儿，但演技还不错嘛！"

"知道配合越神，这女选手的意识还行吧！"

"勉强能看。"

拿下两个助攻的花木兰到了4级。

对花木兰来说，4级是一个质的飞跃，有了大招，多了双剑、重剑两个形态，相当于一下子学会了六个技能，完全可以来回切换武器，秀一波操作。

上路苏烈死了一次，但他觉得，刚才那一波只是意外，正好达摩在蹲才会被反杀。

但是现在，达摩在下路露脸，没办法赶来帮忙，他完全可以单杀掉这个只会认尻的妹子。

苏烈这时候也4级了，蹲在草丛里等花木兰出来，提前读条开大招。在花木兰出现的那一瞬间，他立刻释放大招将花木兰给击飞，同时反向推，把花木兰给推到了河道中间！

苏烈的大连招伤害非常高，花木兰此时又是双剑形态，根本扛不住。符音只好1技能迅速后撤，同时放出2技能减速，她丢出来的飞剑位置相当巧妙，正好减速到苏烈，苏烈还想追，结果下一刻花木兰突然1技能又反打了他一套，秒切大招迅速打出沉默！

同一时间，草丛里冒出来一个诸葛亮，1、2技能连招，迅速刷出被动，周身环绕的钻石砸得苏烈瞬间残血。

花木兰切重剑猛地一砸，直接收掉苏烈的人头！

看到这里，解说忍不住道："今天这局比赛，前期的几个人头都是在上路拿的，全都围绕上路在打啊！"

"妹子应该是队里重点保护的对象，打野刚帮完，中单又来帮，越神和羽神轮流帮她，待遇真是太好了！"

解说这样一说，观众们还以为时越和陆青羽两位巨神，因为她是妹子就对她多了些照顾，甚至有不少粉丝酸溜溜地说："要是越神和羽神这样的队友轮流帮我，我也能超神！"

"妹子这人头捡得不错。"

"有越神和羽神在，我也能赢。"

这时候，还没有人意识到，时越和陆青羽之所以乐意帮她，是因为相信她后期可以对团战做出极大的贡献。

RS在上路连续吃亏，立刻改变策略，转战下路去推老夫子守的那条线。一时间，下路硝烟四起，我方老夫子、太乙真人、达摩、诸葛亮，对方苏烈、鬼谷子、嬴政、李元芳展开火拼，上路的花木兰突然变得无人问津，符音就美滋滋地清线发育。

RS战队四人抱团推下路，将另一位边路战士哪吒放在上路守塔，可以大招随时支援。哪吒清完一波线之后果断飞去下路打团，符音悄悄地从草丛里出来，去对面野区偷掉了几只小野怪，并等兵线过来继续推塔。

下路五打四，塔下一团混战，最后AIM老夫子、太乙真人阵亡，RS战队也牺牲了鬼谷子、苏烈，算是2换2。

好在下路外塔被拆，这波也不算太亏。

但紧跟着，他们的耳边就响起系统提示"我方防御塔被摧毁"。

这花木兰居然悄悄推掉了上路外塔！

RS战队的队长很想吐一口血，他突然发现他有些拿这个妹子没办法。叫队友去包夹吧，人家有越神、羽神两个超级保镖护着，想强杀她没那么容易。丢下她不管吧，她又一个人悄悄地带着小兵偷塔——趁下路打团打得激烈，花木兰依靠清兵快的优势，一路推掉了两座塔，直接把上路给打通关！

观众们看到这里，也不禁赞赏她的大局观。这样一来，目标战队在防御塔就占据了优势。

随着时间渐渐过去，时越依靠敏锐的嗅觉多次反野侵蚀对方资源，经济差渐渐地拉开了。

比赛进行到12分钟时，双方进入胶着期，AIM主动在主宰处逼团。

逼团的方法很巧妙，时越先去打了主宰两下，这样的话对方就会从地图上看见打主宰的光效，但他其实只是假装打，并没有真打，目的就是把对面给引过来。

主宰在前期对兵线的拉扯是非常重要的，看见对面在打主宰，RS战队自然不可能不管。

五人立刻集结来到主宰处，想将AIM战队逼退。

有鬼谷子的大招加速，众人来得飞快，团战一触即发，嬴政在远处扫射雨，李元芳在侧面输出，双方打得极为激烈，转眼间，目标战队前排就被这两个手长的英雄给打残。

就在这时，躲在侧面草丛里的花木兰找到了机会。

嬴政攻击距离远，自然也站得远，这样就会让他和前排有一定距离的脱节。符音瞄准他的位置，双剑形态一套连招迅速打出沉默，秒切重剑闪现过墙！

"啪"的一声巨响，嬴政还没反应过来是怎么回事，就直接被秒杀！

——花木兰击杀了嬴政！

正好李元芳和嬴政站得不远，紧跟着，符音又让花木兰调整角度再次释放重剑1技能！

又是"啪"的一声巨响，李元芳瞬间被砸掉半血！

花木兰这两连"啪"，秒杀嬴政，打残李元芳，瞬间就将团战的局面给扭转。李元芳见状立刻2技能逃跑，花木兰再切换回轻剑，预判他的走位，在他逃跑的落点上丢了一个2技能减速。

被减速的李元芳行动慢如蜗牛，花木兰迅速追上去，双剑形态下1技能来回切，如同灵活的刺客，直接将残血李元芳给切死。

——Double Kill！

花木兰团战侧方切入，强杀对方法师和射手！

RS战队两个主力输出瞬间阵亡，彻底失去了战斗力。

目标战队乘胜追击，迅速秒掉对面前排。陆青羽的诸葛亮刷新大招，对方又全部残血，一路追击，直接将对面追了个团灭。

观众们看着这一幕，都瞪大双眼说不出话来。

这个花木兰强得有些可怕啊！混乱的团战中，突然闪现过墙，直接一套爆发秒掉对面的后排两人，帮队友彻底打开了局面？

这个花木兰，居然是由妹子来操作的？

前期一直尿在塔下被对面打得毫无还手之力的花木兰，中期悄悄带兵偷塔一直不跟团的花木兰，在关键的这一波团战中，就这样让人猝不及防地站出来扭转了局面？

观众们的心情久久不能平静，而现场的解说却激动地道："花木兰这波操作简直溜爆了！我的天，瞬间秒了对面的两个核心输出，这样的花木兰，完全可以称为团队金大腿！"

"这花木兰国服水准没得跑，妹子操作的花木兰，居然也能这么霸气！我算是服了！"

两位解说激动不已，直播屏幕中，愣神片刻的观众们也终于反应过来，刷了满屏的"666"。

还有不少之前一直在看她表现的女粉丝们站出来力挺符音：

"音符小姐姐帅爆了！"

"音符小姐姐还缺不缺腿部挂件？会给你加油的那种！"

"女神威武！谁说妹子不能打比赛？这下打脸开心吗？"

"哈哈哈，女选手直接秒了两个大老爷们，之前瞧不起妹子的那些'直男癌'丢不丢人！"

比赛场上，时越的嘴角轻轻扬起一个微笑，道："漂亮。"

符音神色平静："多亏你们前期帮我，我的装备起来了才好打团。"

接下来，AIM战队彻底打开局面，依靠三路主宰先锋连续推塔，对方几乎是没有还手之力就被破掉水晶。

比赛结束后的结算画面，符音拿到了全场最佳MVP。

弹幕区一团乱麻，微博更是炸开了锅。

一个妹子在WGC半决赛拿MVP？这放在以前，大家想都不敢想！

但是今天，这位叫音符的清秀女孩，却在电子竞技的赛场上，写下了全新的篇章。

【4】

半决赛的第一局，AIM战队毫无疑问地拿下胜利。

第二局对方教练并没有禁掉花木兰，毕竟当前的版本强势英雄太多，花木兰的禁用优先级没那么大，况且他认为这位女选手刚才的发挥只是巧合，嬴政和李元芳站位比较集中，她才能拿下双杀。

对方教练没禁这个英雄，符音当然再次选用花木兰上场。

第二局赢得比第一局还快，只用12分钟就推上高地，这一局是羽神的中单诸葛亮拿下MVP，团战刷出大招一波四杀，符音的花木兰2杀0死10助攻，人头拿得不多，但一次都没死，可见符音逃跑起来有多灵活。

打完比赛后，众人回到后台等待。

一开始因为她是妹子而质疑她的RS战队选手们，见她走进休息室里，个个神色尴尬，尤其是被她绕后秒杀的嬴政、李元芳两位选手，更是面红耳赤，低着头不敢看她。

被妹子强杀，他们觉得有些丢脸。

符音倒是镇定自若，跟队友们坐在一起认真地观看第二场比赛。

第二场半决赛的胜者是TZ战队，这支战队的教练肖明轩也认识，之前还跟他们在网游里约过一场训练赛。

对方教练看见明神，脸上的表情极为复杂："你还说你队里都是些新人，取的ID都是射手好难玩、中单不容易的，我还真信了你！"

肖明轩笑道："我没告诉你，是想等WGC决赛遇到的时候再给你个惊喜。"

对方教练狂翻白眼："惊喜个鬼！是惊吓才对吧？"

完全没想到，当时在网游里组织的那场训练赛明神队伍里的"中单不容易"正是堂堂羽神，"射手好难玩"是国服第一射手知名主播叶枫，那个随便取的"SSY"英文名是时越大神，名字最正常的上单选手，居然还是个妹子！

这真的不是惊喜，而是惊吓。

晚上九点，总决赛开始。

WGC赛区的冠军、亚军都可以进入KPL预选赛，但走到这一步，自然谁都想拿冠军。不过，TZ的教练很清楚，遇到AIM这匹黑马，他们夺冠的可能性微乎其微。

第一局时越拿到了百里玄策，这场比赛几乎是百里玄策的野核教学,前期经济优势太大,玄策走到哪里杀到哪里,几乎杀得对方毫无还手之力。

第二局对方教练立刻禁了玄策,时越改用蓝领打野,将带节奏的任务交给叶枫。

符音依旧选了花木兰。观众们忍不住开始刷屏:

"她今天已经连续四把花木兰了!她对花木兰这个英雄是真爱啊。"

"女神的花木兰确实玩得好,在决赛选择自己顺手的英雄也很正常!"

"对面教练怎么不禁花木兰呢?"

"大概是觉得她的花木兰威胁没有越神的野核那么大吧!"

连续四局花木兰,符音确实越打越顺手。

第一局她绕后双杀拿下MVP,第二局和第三局表现比较一般,但是第四局,她再次在团战时打出了精彩绝伦的操作!

这局时越的野核被禁,所以用的是蓝领打野苏烈,下路张飞加孙尚香,走传统辅助保射手稳后期的体系。

前期,AIM战队一直避战,三路都无法推进,双方战况一直胶着。

比赛拖到后期,孙尚香做出了核心装备,终于可以参团。

AIM战队在暴君处逼团,双方阵容彼此拉扯,都在寻找机会。

就在这时,时越点下发起进攻的按钮,几乎是下一刻,陆青羽的嬴政就在远距离直接开启了大招!

嬴政的剑雨大招伤害极为可怕,脆皮被扫两下绝对毙命,更何况嬴政到了陆青羽的手里,蛇形走位,大招曲线扫射,简直让人避无可避,TZ战队的前排瞬间被扫掉半血,后排也狼狈地走位躲避他的大招。

这个大招并没有拿到什么人头,效果却很显著——逼走位,压血线!

嬴政在团战中非常灵活,大招在开团之前放,能在打团之前压低对手血量废掉对手一半的战斗力。要是在开团的中途放,则能收割残血。陆青羽这次选择的是在开团前放大,主动帮队友打开局面。

时越的意识自然不用多说,趁着对方凌乱走位躲嬴政的大招,他将苏烈藏在草丛里,提前读条一个大招直接摇起来三个人。

张飞在侧面大招怒吼,将对方要逃跑的人吼回来,孙尚香侧翼翻滚疯狂输出。

这一波强开团开得太过完美,每个人分工合作,几乎是打出了压倒性的优势。

花木兰在做什么?

此时,符音的花木兰正在侧面草丛里伺机而动。

嬴政大招扫射,孙尚香翻滚暴击,苏烈的推,张飞的吼,对方五个人集体残血!

也该是她补足伤害的时候了!

符音瞅准了对面后排逃跑的路线,从草丛里读条重剑1技能,预判对方走位,"啪"的一声砸下去,一招一个人头!

重剑1技能命中后会立刻刷新,短期内还能再次使用,眼看对方法师闪现过墙逃跑,符音毫不犹豫,紧跟上闪现,又是"啪"的一声巨响,法师也被秒杀!

——Double Kill!双杀!

在侧面连收两个逃跑的敌人,满状态的她切换成双剑形态,再次杀入团战中心。

2技能减速,1技能来回切,瞬间打出范围沉默,被沉默的对手无技能可用,只能慢吞吞地往前挪步。花木兰的技能冷却时间特别短,追击能力自然也极强,追着对手一通猛砍,居然霸气地将对面防御最高的坦克给砍死!

——Triple Kill!三杀!

对面有两个血量很残的选手转身逃跑,时越就在附近,见状立刻抡起锤子将他们推回到花木兰面前。

符音果断一套连击将两人全部杀掉。

——Quadra kill!四杀!

——Penta Kill!五杀!

这一波五杀,直接让所有观众惊呆了,看直播的网友们掉了一地的眼珠子。

五杀在游戏里可遇不可求,首先要队友们把对面全部打成残血,自己再入场收割,一般能拿五杀的都是刺客类英雄,比如阿珂、玄策、露娜这种能秀操作的刺客，看见残血可以一路追杀到底。

花木兰拿五杀，本来就很罕见。

更何况，今天是一个妹子操作的花木兰拿下了五杀！

当然，时越故意把对手推到她面前，正好给她创造了拿下五杀的机会，但不管怎么说，她这一波操作真的可以用"行云流水"来形容——切重剑爆发秒人，闪现过墙追死残血，切回双剑入场打出范围沉默，连招击杀三人，简直无可挑剔。

解说间内，男解说有些不敢置信："我的天，五杀花木兰！"

女解说也激动得声音发颤："音符妹子真的太帅了！比赛结束后我要找她要个签名！"

如果说，第一局符音的花木兰绕后秒脆皮只是因为对手站位集中的巧合，那么这一局，团战切入、五杀收割的花木兰，完美地给大家呈现了，什么叫女战神。

——这不是巧合。

——而是她的花木兰本来就这么强！

直播间内已经被"666"的弹幕所淹没，很多看比赛的女孩子差点激动到流泪，平时她们只能为那些男选手的精彩操作而喝彩，但是从今天开始，她们有了一位女神，身为女子却同样能够在赛场上拿下五杀！

很多路人也开始关注"AIM-音符"这位女选手，正好时越的微博关注里有"音符"这个ID，万能的网友立刻顺藤摸瓜找到了符音的微博。一时间，符音的微博粉丝数量疯涨，在经过WGC决赛后，她的人气迅速突破了六位数。

本场比赛的MVP毋庸置疑又是花木兰。今天四局比赛，她拿了两局MVP，别说是拖累队友，这简直是带飞队友！

所有人都没想到，女选手符音的花木兰，成了这一届WGC比赛中最大的亮点。

赛后，官方记者本想采访符音，却被符音婉拒，她不想太高调惹人反感。今天的五杀，关键还是队友们把对面全部打残，她入场的时机选得好，功劳又不是她一个人的。第一次采访，还是让越哥去比较合适。

时越也没反对她的建议，作为AIM的队长接受了记者采访。

记者问道:"越神突然加入一支新队打次级联赛,保密工作做得这么好,是为了低调地杀回KPL吗?"

时越点了点头:"嗯,之前一直在安心训练,不想被外界打扰,所以队伍的名单也一直没有公布。"

记者道:"你们队里除了几个大神之外,还有一位女选手,这可是联赛中从没出现过的。女选手非常厉害,今天的比赛也让观众们大开眼界,能跟大家介绍一下她吗?她是怎么加入你们队伍的呢?"

提起符音,时越的表情难得温和了些,微微笑了笑道:"她确实是个很优秀的选手,在打游戏上非常有天赋,打比赛也很果敢和细心,当时她单排打到荣耀王者,在全区排在前十名,花木兰也打到了国服,我们教练才批准了她的入队申请。"

记者震惊地道:"单排打到荣耀王者?那确实厉害!不过,她一个女孩子,在战队会不会不方便呢?"

时越道:"不会。忽略性别的话,她是一位值得我们信赖的队友。"

队长时越对符音赞赏有加,不少路人也对符音产生了一些好感。

符音的微博下面顿时热闹起来,大部分留言都是:

"女神厉害!当之无愧的国服花木兰!"

"给五杀小姐姐点个赞,今天开始做你的死忠粉!"

"太帅了,真给女生长脸!"

当然,还有一些键盘侠喷她"女人打什么比赛",立刻被人怼了回去:"你是男人又怎样?她一个女生能杀得你出不了水晶!"

符音登录微博后,看见自己最新的那条微博下面吵了上万条评论,一时愣住。

叶枫见她愣愣地看手机,不禁好笑:"小音,你红了!"

符音摸摸鼻子,问:"那我要回应吗?"

叶枫道:"网友吵架最好别理,但你可以发条微博表明下态度。"

符音觉得有道理,便编辑发送了一条微博:"WGC联赛顺利收官,但这只是目标战队征程的开始,我们进入了KPL预选赛,希望到时候依旧有好运气,目标战队加油!"

这条微博一发,留言瞬间破万。大家意外地发现,这妹子不刻意卖萌，也不故作高冷，给人的感觉就是挺严肃、挺认真的一位电竞选手。本就喜欢她的粉丝们对她更有好感，想方设法黑她的也挑不出什么错来。

没过半分钟，她的这条微博就被时越转发，配一条评论："加油。KPL再见。"

自从离开天桓后，时越已经有好几个月没有露面，一出现就直接转了符音的微博，可见他对这位女队友的认可。

微博下面立刻冒出大批粉丝的尖叫：

"期待你们重返KPL！"

"下一届KPL，我就押你们夺冠了，竞猜币已经准备好！"

此时，目标战队的众人正在返回酒店的车里。

连赢两场比赛拿到WGC总冠军，大家心情都特别好，叶枫哼着难听的歌，刘思源抱着手机看比赛录像，陆青羽面带微笑回复颜颜的祝贺微信，时越表情平静，回头看向坐在窗边的女孩。

她正低头拿手机刷着微博评论，嘴角微微弯起，显然很开心。

因为微博下面的大部分评论都是对她的认可和鼓励。

不用多说废话，五杀的花木兰，就是最好的实力证明，她果然做到了。

想到她发的那条正经严肃的微博，时越的心底微微一软——其实网友们猜得不对，她只是面对比赛的时候才会认真严肃，平时是个很有亲和力的女孩子，脾气温柔、知书达理，还有一手好厨艺。

她那么好，时越真想把她藏起来，不让任何人发现她。

但想到以后能和她并肩而战，一起去实现梦想，心里又涌起了一丝奇妙的暖意。

时越想，他应该是真的喜欢上了符音，光是看见符音的笑容，他的心情就好得不像话。这样的好心情，不仅是因为战队拿了WGC的冠军，更重要的原因是，她终于证明了自己，他为她感到骄傲。

她不仅是粉丝们所崇拜的女神，也是他心里最珍爱的女神。

第六章/进军KPL

【1】

WGC精英赛落下帷幕,AIM战队斩获冠军,并且出现第一位女选手的消息,很快就登上了各大电竞网站的头版头条。

一时间,几乎所有关注《王者荣耀》赛事的网民都知道了AIM战队的厉害之处,有时越、陆青羽两位从KPL出走来到次级联赛的顶尖大神,有个没什么名气但挺可爱的小少年辅助,还有百万粉丝大主播叶枫,以及一位长得很清秀漂亮的小姐姐。

这支战队还没晋级KPL,就收获了大批粉丝,AIM战队的官方微博粉丝也在短短几天内突破了三十万。

只是叶枫这几天有些苦恼,他最近为了备战WGC决赛已经停播一整个星期,粉丝们都快爆炸了,几个粉丝群里天天有人找他,问他什么时候恢复直播。

如今比赛打完,战队暂时也没有安排训练任务,叶枫便发了条微博,解释道:"我并没有忘记大家,只是之前备战决赛,队友们都在训练,我不能开直播,请大家谅解。最近两天会恢复直播的,等我跟教练那边协调好训练的时间就回来看你们!"

这条微博一发出来,粉丝们立刻激动了:

"好久没听你唱难听的歌,突然觉得生活有点空虚!"

"疯子,我专门为你买的隔音耳塞,你居然不唱歌了?"

"欢迎知名歌唱家主播回归鲸鱼!"

刚开始的评论还比较正常,都是粉丝们在开他玩笑。但渐渐地,评论区的画风就有些跑偏了:

"能把AIM-音符请来吗?想看她玩花木兰。"

"你跟音符关系怎么样啊?请女神来双排!让我们瞻仰下女神!"

"能把你队友叫过来不？"

"能不能把越神叫来，我是越神的粉！"

"你单排多没意思，你现在已经是AIM战队的选手了，要有'队友爱'。"

叶枫看到这些评论有些为难，他知道粉丝们只是好奇想看看自己的几位队友，但时越和陆青羽从来不开直播，他不好意思去请他们，至于符音，更不好意思叫来，总觉得那样的话是在利用她作为卖点帮自己拉人气。

正犹豫不决，结果吃晚饭时，肖明轩突然宣布了一个好消息："我们因为拿下了WGC的总冠军，鲸鱼直播平台想提前跟我们战队签约，我跟他们老板谈过了，全队打包签约到他们平台，他们会给一些优惠条件，提高礼物分成比例。"

叶枫听到这里，双眼蓦地一亮："我的合同也能提高分成比例？"

肖明轩道："没错，所有人的合同都有优惠，你的合同也可以跟平台重新签。"

叶枫感激地看着教练。其实国内可选择的直播平台非常多，教练之所以选鲸鱼，完全是为了叶枫考虑。

肖明轩接着道："接下来我们还是训练为主，但每天得抽一到两个小时直播打水友赛（朋友、网友之间的非正式比赛），一个月全队五个人凑够200小时的直播时间就可以，并不会影响训练，而且还能通过直播的方式吸引一些粉丝，对大家来说都是好事。"

时越不喜欢直播，但既然是师父的决定，他也只好遵从，点点头说："好吧。"

陆青羽笑眯眯地说："我没问题。"

刘思源对直播没什么概念，反正教练让他干吗他就干吗。

叶枫是最激动的一个，毕竟他是主播出身，很久没开直播，粉丝们非常不满，如今可以光明正大地开直播，还能跟队友在同一个平台，对他来说可是两全其美的好事。

肖明轩见符音没有表态，不禁问道："小音，你对开直播有什么想法？我提前跟你说，因为你是女选手，开直播的话会引来很多人的围观，这其中肯定有人刷屏骂你，某些网民可能会骂得很难听。"

符音笑道:"无所谓,刷屏骂我的那些话我可以自动屏蔽。放心吧,教练,我会完成任务。"

肖明轩松了口气:"那就好。"

直播的时间定在6月20日这天,正好是周六晚上八点,网站流量最高的时候。鲸鱼平台提前开放了AIM战队直播专区,并且提前在首页打出了宣传海报,五个直播间并排摆在一起:AIM-音符,AIM-时间,AIM-青山,AIM-风华(疯子),AIM-源泉。

其中,AIM-风华的后面有个"(疯子)"。

符音看着那个小括号有些想笑,忍不住道:"叶枫你为什么要取这样的名字,感觉官方在骂你似的。"

叶枫挠挠头:"我当时也没想到自己能火,随便瞎取的。"因为他小时候特别调皮,小区里的小伙伴都叫他"疯子"。

肖明轩问大家:"第一次直播,平台帮我们做了大规模宣传,还没开播,直播间的关注数量这几天一直在涨,周六晚上八点大家一起上线,在这之前可以先登录上去熟悉一下直播间该怎么用。"

符音问:"教练,我们到时候是直接五排吗?"

肖明轩想了想,道:"最好不要五排,那样容易曝光配合跟战术。分成两个组吧。"

时越道:"那就按平时的训练,我跟小音一组,另外三个人一组。"

话音刚落,却听陆青羽突然说:"我想跟越哥一组。"

时越怔了怔,回头看他:"你什么意思?"

陆青羽道:"你好像忘了你要吃辣酱的事情?我跟你一组,好监督你吃辣酱啊。"

见陆青羽幸灾乐祸笑眯眯的样子,时越很想飞起一脚将他踹出门去。

符音听到两人的对话,疑惑地看向时越:"什么吃辣酱?越哥你喜欢吃辣酱吗?"

陆青羽忍笑忍得胃疼。

时越脸色平静,淡淡地说:"没什么,我跟青羽之前打了个赌,要是输了就直播吃辣酱。"

符音笑道:"你们真是童心未泯,还打这种赌。"

童心未泯是好听点的说法,难听点说就是幼稚。

——两个大神打赌吃辣酱,听起来确实非常幼稚。

时越理解了她的意思,脸颊忍不住微微发烫,咳嗽一声,道:"那就这样吧,我跟青羽双排,你们三个组队。"

其他人自然没什么意见。

陆青羽轻笑着凑过来,道:"我记得你最讨厌吃辣,所以我帮你买了正宗的重庆辣酱,最辣的那一款。"

时越瞪了他一眼。这个王八蛋真是越看越欠揍?自己当初到底是怎么跟他变成好朋友的?

AIM战队全员将在6月20日晚上20:00准时开启直播首秀,开播之前,时越、陆青羽这两位KPL大神的直播间关注人数双双突破百万,叶枫的直播间粉丝数本来就有上百万,经过网站宣传后已经突破了两百万大关。

这三人本来就有大量的粉丝基础,直播关注破百万并不奇怪。

让人没想到的是,符音的直播间关注人数居然也有八十万之多,要知道,鲸鱼直播平台关注超过五十万的都是大神主播。

符音以前没什么名气,也就这次在WGC崭露头角,短短一周内居然吸引了这么多网友的注意,这关注数甚至超过了鲸鱼平台原来的几位《王者荣耀》美女主播,显然"职业选手"的金字招牌为她吸引了无数慕名前来的观众,如果直播的时候反响不错,她的人气还能更高。

符音登录后台,看见八十多万的粉丝数也被吓了一跳,忍不住悄悄问叶枫:"这么多粉丝,待会儿刷屏的话我要怎么屏蔽弹幕?要是有人对我进行人身攻击,我可以将他们踢出房间吗?"

"这些不用你操心,有专门的场控和房管,我教你怎么弄。"叶枫耐心地教她用直播软件,还教了她在直播的过程中怎么跟粉丝互动,开通抽奖频道回馈粉丝等等。

符音跟着叶枫学了半小时,总算把直播平台的各种功能都给学会了。

她对第一次直播非常重视,希望能给大家留下个好印象。吃过晚饭后,符音就提前在房间里调试好摄像头,穿了一身比较端庄的浅蓝色连衣裙坐在桌前,登录后台试着连上直播软件。

时间还没到,她看见直播间内已经有不少小伙伴在反复刷屏:

"主播怎么还没来啊?"

"音符小姐姐今晚会准时来吗?"

"官方说了20:00,她应该不会迟到吧!"

符音点进队友的直播间,发现其他几人的直播间也全是催促的评论,显然网友们都有些迫不及待。

AIM战队群里,叶枫提醒道:"@全体成员 大家记得提前调试好摄像头,把光线调亮一点,那样播出效果会更好!"

陆青羽问:"你们那边开始了吗?"

叶枫道:"还没组队,刚开直播的时候,得先跟网友们打个招呼吧?总不能一上来就直接打游戏。"

肖明轩点头赞同:"你们先各自和网友们聊个十分钟,然后再组队进游戏,到时候拉个语音群,打游戏的时候在群里交流。"

大家都打字表示知道。

此时,符音、刘思源和叶枫都在自己的房间里做直播前的最后准备。陆青羽却在时越的房间,因为,他正将一罐辣酱送给时越。拳头大小的罐子里装满了红彤彤的辣椒,一打开盖子,时越就闻到一股浓郁的辣味。

陆青羽道:"这辣酱挺出名的,据说可以直接下饭吃,你要不要先尝尝?"

时越眉头紧皱,一看那红油他就心里发毛,但他还是硬着头皮接过陆青羽递来的勺子,舀起一勺尝了一口。

陆青羽微笑着问:"味道怎么样?"

一看时越那纠结的脸色,陆青羽就知道他肯定是辣得不想说话。

陆青羽轻轻拍了拍他的肩膀:"谁让你当初跟我打赌的,我从小到大打赌从来没输过。"

时越白了他一眼,接过辣酱罐子放在桌上,淡淡地道:"我会吃完的,你不用在旁边监督,回你自己的宿舍去。"

陆青羽笑眯眯地说:"待会儿我开个小号看你直播,你加油。"

送走陆青羽后，时越脸上保持的平静才终于崩溃，他忙拿起桌上的水杯猛灌了几口，嘴里的辣味辣得他几乎找不到自己的舌头在哪儿，一想到待会儿要吃完一整瓶辣酱，他就觉得头皮一阵发麻。

当初到底为什么要脑子进水跟陆青羽打这种赌？

算了，自作孽，不可活，谁让他喜欢上符音来着？

20:00整，AIM战队五个人的直播间先后亮了起来，等待已久的粉丝们立刻刷出一大排鲜花和掌声。

符音的直播间内，她一出现，数不清的弹幕差点把直播软件给刷死机。最多的是"女神来了""音符小姐姐我是你的脑残粉"，其中也夹杂着一些质疑的声音，但很快就被大量的"欢迎女神"给淹没。

符音微微笑了笑，说："谢谢大家。今天第一次开直播，我也不太懂直播行业的规矩，跟队友约了十分钟后一起组队打排位，大家有什么问题可以问我，我会挑着回答的。"

她穿的衣服不像大部分女主播那样暴露，很简单清爽的浅蓝色连衣裙，长发在脑后扎成了马尾，看上去特别干练，说话也不会刻意卖嗲，微笑的样子落落大方。

很多错过WGC直播的观众第一次看见她的脸纷纷表示小姐姐长得真好看。她没有那些网红脸的尖下巴，没有浓妆艳抹，素净的一张脸上，五官精致清秀，声音也很清朗，完全是个素颜女神。很难想象，就是这样的一个妹子，在WGC比赛场上用花木兰拿下了五杀，凶得吓人。

观众们纷纷开始提问题："小姐姐为什么想打电竞呢？"

符音道："因为我觉得电竞比赛非常热血，我很想参与其中。"

有人问："花木兰是你本命吗？"

符音道："是的，我最喜欢的英雄就是花木兰，操作起来虽然复杂，但玩得好的话可以很秀。"

"女神是在战队基地的卧室里吧？看见你粉色的窗幔了，公主风的圆床好美啊！"

符音微笑着说："是的，战队给我准备了单独的卧室，我很喜欢这里。"

"几个帅哥队友，你觉得哪个最帅啊？"

符音道："大家都很帅。"

正挑着回答问题，突然弹幕频道刷出了无数条奇怪的消息：

"女神知道越哥为什么吃辣酱吗？"

"你们战队不安排晚饭的吗？越哥一个人在吃辣酱！"

"越神在直播吃辣酱你知道吗？他为什么要吃辣酱啊？"

整个直播间都被"辣酱"刷屏。

之前陆青羽提起过时越要在直播的时候吃辣酱，说是打赌打输了，但具体什么原因她还真不知道。见直播间内不少观众问，符音也有些好奇，说道："我不知道队长为什么吃辣酱。"

她一边回答，一边开了个小号，在电脑里打开了时越的直播间。

她也想看看时越直播吃辣酱的表情。

时越在KPL的人气从来没掉出过前三，哪怕沉寂了一段时间，重新回来的他依旧吸引了大量粉丝。他的直播间内，在线人数已经超过了百万，弹幕多得几乎要糊满整个屏幕。

视频里，越神正坐在桌前，脸色平静地跟粉丝们打招呼："大家好，我是AIM战队的时越，今天是第一次直播，十分钟后再打游戏，我先吃一罐辣酱。"

堂堂越神居然直播吃辣酱？

这个消息惊呆了无数现场观众，大家奔走相告，时越的直播间在线人数开始疯涨。不少新来的粉丝看他表情淡定地一勺一勺吃辣酱，差点惊掉了眼珠子：

"越神这是什么操作？"

"变成美食主播了吗？"

"打排位之前吃辣酱会更容易赢？还是有什么讲究？"

"你们战队不管晚饭的？越神可怜巴巴地拿辣酱当晚饭？"

大家心中充满了各种疑惑。

符音也看见了这一幕，视频里，容貌英俊的男人捧着一瓶辣酱一勺接一勺地吃下去，神色无比平静。符音的心里也很疑惑：他不是最讨厌吃辣的吗？今天居然吃这么多辣椒，真是难为他了。

陆青羽开着小号看直播，看到这一幕，心里忍不住赞道：好定力！

时越肯定辣得怀疑人生，或许整个嘴巴都麻了，但在公众面前他居然能忍得住，以至于粉丝们误以为越神很喜欢吃辣。

他居然就这样，在上百万观众的面前，平静地吃完了一整罐辣酱？

实际上，时越脸上故作平静，心里却恨不得把陆青羽抓过来大卸八块——这辣酱实在太辣，他整个口腔都被辣得彻底失去了知觉。

好你个陆青羽，这么整我，这个仇我可记下了！

时越艰难地吃完一瓶辣酱，然后说："待会儿再打排位，我先去下洗手间。"

直到这一刻，他的神色依旧很平静，淡定得好像吃的不是辣酱，而是一罐子冰激凌。

可一离开直播屏幕来到洗手间，他终于忍无可忍，拿了瓶矿泉水就开始疯狂漱口，整张脸都快皱成了包子！

同一时间，符音的直播间内，她朝观众微笑着说："大家稍等一下，我和枫哥、小源一起组排，先去倒杯水马上回来。"

她离开了卧室，观众们也不知道她去了哪里。

其实符音来到了二楼，果然见时越正在洗手间漱口。

毕竟一起长大的，她很清楚时越最讨厌吃辣，每次时家的人吃火锅都要点鸳鸯锅底，时越只吃清淡的那一边。今天在直播间吃了整整一罐辣酱，他肯定辣坏了吧，眉毛都拧了起来，一脸"生无可恋"的样子……符音有些好笑的同时，又有点儿心疼。

"很辣吧？"符音问道。

听见身后传来符音的声音，时越微微一僵，立刻调整好表情，故作平静地道："还行。"

符音笑着说："还行什么呀？我知道你最不能吃辣。这杯橙汁可以缓解一下嘴里的辣味，拿去喝吧。"

她将刚才走出卧室时顺手拿的一杯新鲜橙汁递给了他。

本来她榨的这杯橙汁是打算待会儿自己喝的，但现在，明显他更需要。

时越接过玻璃杯，看着透明杯子里色泽鲜艳的橙汁，心里微微一暖，道："谢谢。"

"不客气。其实我也很好奇你跟羽神打的是什么赌，能告诉我吗？"符音一脸困惑。

时越心头一跳，耳根微微发红："这个，暂时还不能告诉你。"

符音耸了耸肩："好吧，那我先去直播了，橙汁要慢一点喝，别喝太急了，免得胃疼。"

直到她的背影消失在楼梯口，时越才回过神来。

他捧起杯子喝了一口她榨的橙汁，嘴里变甜了，心里变得更甜。

抱歉，暂时还不能告诉你我们打的是什么赌。总有一天你会知道的，我吃这辣酱，其实是为了你。

时越微微笑了笑，端着橙汁回到直播间。

同一时间，符音也回到了摄像头前。

网友们没人想到，在刚才两个人同时离开的短暂时间里，他们在二楼有过简短的对话。越哥手里的橙汁，就是贴心的符音女神送的。

【2】

时越的直播间内刷了无数弹幕：

"越哥，辣酱好吃吗？"

"越神很厉害，吃个辣酱都这么清醒脱俗，一次吃一整罐！"

"越神喜欢吃辣酱吗？我老家正好四川的，我们家乡的辣酱辣味特别足，要不要给你寄一箱过去？"

"免了，好意心领。粉丝们的玩笑时越没再理会，他一脸严肃地道："我跟羽神开始双排，大家想看我用什么英雄？"

这个问题刚一出口，直播间就刷出了无数的"李白""用李白，你李白贼溜""越神给我们秀一下李白"。

刷玄策、露娜、韩信等打野的也有，还有一些乱入刷蔡文姬的，但刷李白的弹幕以压倒性的优势淹没了其他。

时越道："那我就选李白吧，等我拉一下青羽。"

他登录了游戏，建了个组队房间，顺便给陆青羽发去条好友邀请。

粉丝们见组队房间里出现一个ID叫"中单不容易"的人，纷纷开始吐槽：

"羽神真不要脸！"

"他说中单不容易，那我们玩中单岂不是难如登天！"

"你们战队的画风有点迷，我同时开着几个直播间，看见隔壁疯子的ID叫射手好难玩,小源ID叫辅助好辛苦……"

"看来战队就音符女神比较正常,小号ID叫渔舟唱晚!"

陆青羽的直播间内也被大量的吐槽淹没,但他依旧笑眯眯地说:"小号名字当然是随便取的,大家想看我玩什么英雄?"

刷诸葛亮的最多,毕竟是陆青羽本命,他也答应大家玩诸葛亮。

隔壁,符音、刘思源和叶枫也开始组队排位。

符音的直播间内很多粉丝都在刷"女神秀一局花木兰""想看你第一视角的花木兰""女神教我玩花木兰"……

满屏的"花木兰"三个字刷得符音眼睛都疼了,粉丝们如此期待她的花木兰,这也说明她之前在WGC联赛上的五杀花木兰给大家留下了很深的印象。符音心里挺高兴的,点头道:"没问题,我选花木兰,给大家讲一下花木兰的操作技巧。"

AIM战队这天晚上的直播,除了时越吃辣酱的小插曲之外,接下来都很顺利。

符音和叶枫、刘思源三排连续赢了五局,这才集体下播。

粉丝们依依不舍,纷纷在直播间里问:

"女神下次什么时候直播?"

"我就靠你学花木兰了!"

"以前觉得花木兰这个英雄很难,看了女神的操作之后大概明白了技能机制,我也去买个花木兰练练!"

符音道:"下次直播的时间我会在微博预告的,大家可以关注一下我的微博。"

粉丝们紧跟着问:"你下次还是跟疯子和小源三排吗?"

符音道:"不一定,看队友谁有时间,我就跟谁一起排,也有可能去单排。"

有眼尖的粉丝看见她卧室里摆着一架古筝,忍不住问:"音姐会弹古筝?"

"我也发现了,床边摆着一架古筝,音姐小号的名字渔舟唱晚也是一首古筝曲!"

符音回头看了眼自己的古筝,说:"没错,我学古筝学了很多年,手速就是靠它练的。"

有人好奇地道:"你古筝多少级?"

符音道:"考了演奏级的证书。"

女神你还能更厉害一点吗?

话题立刻开始跑偏:

"女神来弹一首呗!"

"弹一曲啊,好想听!"

"别急着下播,弹一首古筝听听吧,好想听你弹!"

粉丝们太热情,符音也不好拒绝,便将摄像头拿到旁边,坐在了古筝前戴上指甲,道:"我小号的ID是'渔舟唱晚',那就弹一首《渔舟唱晚》吧,大家看行吗?"

粉丝们立刻刷来一排"可以可以"。

符音也没看乐谱,轻轻拨动了一下琴弦,试了试音色,便开始熟练地弹奏起来。

这首曲子并不算难,但符音弹出来特别好听,每一个音符和节奏都把握得相当精准,简直就像是教学视频一样,《渔舟唱晚》后半段的快板节奏会慢慢提速,最快的那一段,符音的手指飞快地拨动琴弦,就像在琴弦上跳舞,让观众们看得眼花缭乱。

楼下宿舍,时越听见熟悉的古筝曲,忍不住开了个小号到符音的直播间看情况。

一进直播间,果然看见符音在粉丝们的央求下弹奏起了古筝,直播间内正在弹幕轰炸:

"女神太美了!"

"怎么会有这样才艺双全的妹子,我都有点心动了!"

"女神有男朋友吗?"

"我音姐游戏打得好,古筝还弹得这么好!"

"我音姐这么美,我突然很嫉妒AIM战队的几个男人,天天都能看见我音姐!"

时越微微扬了扬嘴角,心道:那你们就继续嫉妒吧,我天天都能看见她,我手里还有她送的古筝视频珍藏光盘随时都可以听。

等符音弹完一整首《渔舟唱晚》,直播间内已经彻底沸腾,鲜花、巧克力各种礼物刷了满屏,还有不少土豪送500块一艘的宇宙飞船——她才第一次直播,这人气,就已经能跟专业的女主播相比。

符音有些受宠若惊,忙说:"大家不用送礼物,你们让我弹我才随手弹的,不是为了礼物。"

粉丝们道:"女神太耿直了,送你礼物也是我们的心意!"

符音本以为自己第一次直播会遭到大量的质疑,却没想到直播的效果这么好。

看着满屏的礼物,她心里暖暖的,再次感谢了大家,这才关掉直播间。

手机突然弹出一条微信,是时越发来的:"今天直播效果不错,为你高兴。"

符音回道:"大家对我好像挺包容的?"

时越道:"那是因为你的花木兰太厉害,之前骂你的那些人,看见你操作那么厉害,还讲了很多花木兰的技巧,他们也服气闭嘴了。"

符音恍然大悟:"看来,一切还是得靠实力说话。"

大家之所以接受了她这位女选手,除了她在WGC的五杀之外,今天的直播中连赢五场,每一把花木兰都表现出色,埋伏草丛单杀脆皮的精彩操作上演了无数次,只要不是眼瞎,自然都能看出来她的花木兰是当之无愧的国服水准。

可能还有不少网友会觉得别扭,但至少,她想象中的谩骂已经渐渐变少,取而代之的是更多人的认可。

时越接着发来消息:"这样的开始挺不错,但也不能高兴得太早,毕竟现在接受你的只是一些喜欢看直播的粉丝,真到了KPL,你想获得大量电竞粉的认可,还得继续努力。电竞圈的粉丝们为了各大战队的胜负经常互撕,可没直播圈这么和谐。"

符音认真地打下一句话:"我知道。"

她顿了顿,又问道:"你好些了吗?"

时越:"什么好些了?"

符音:"吃了那么多辣酱,你的嘴巴好些了吗?[微笑]"

她发来的是最近很流行的表情包,刘思源收集的,全是各种猫,她发的这个表情,也是一只雪白的猫咪在捂着嘴笑眯了眼睛。时越看到这可爱的表情,不由得微笑起来,道:"好多了,谢谢你的橙汁。[微笑]"

同样的表情包,时越直接复制发送过去。

符音愣了愣——越神,你也用"猫咪的微笑"当表情,这合适吗?

怎么觉得,越哥的性格好像越来越不高冷了呢?

【3】

目标战队的选手们每天按时训练、直播,就这样忙碌了两周,很快就到了七月份,KPL春季赛进入到紧张激烈的季后赛阶段。

联盟划分了东、西部赛区后,季后赛也分两个赛区进行,先按双败淘汰制决出分赛区的冠军,然后东、西部对决再决出总冠军。

符音跟队友们一起全程观看了季后赛的直播。最终龙族夺冠,LY战队拿下亚军,上届冠军荆棘只拿下季军,第四名被ICE收入囊中。

联盟开始放假,但目标战队的选手却进入最后的冲刺阶段——因为,下个赛季的预选赛很快就要开始了。

进入预选赛的战队共10支,加上这一届春季赛从KPL淘汰下来的3支队伍,预选赛总共有13支战队,但晋级的名额只有3个,竞争依旧相当激烈。

预选赛分为两个阶段,第一阶段是积分循环赛,13支队伍进行一轮大循环,每支战队都要和其他的12支战队交手,三局两胜的赛制,按照胜场数获得积分,最后以积分排名。积分排在第一名的队伍会直接获得晋级资格,第二名到第五名则进行一轮淘汰赛,第二名VS第五名,第三名VS第四名,胜者晋级。

肖明轩将预选赛的规则发给大家仔细阅读,并叮嘱道:"预选赛的这些队伍都是从各大赛区选拔上来的尖子生,循环赛阶段我们尽量能拿一分是一分,能2:0结束的局就不要拖到2:1,大家集中精神,每一局都好好打,千万不能因为我们是WGC赛区冠军就轻敌大意。"

众人都认真地点头表示明白。

预选赛的地点安排在上海,这对大家来说倒是件好事,可以住在基地,直接坐车去比赛现场。

第一阶段的循环赛为期九天,AIM战队的赛程安排得特别密集,前三天都是每天打两场,后面的六天是每天一场,如此密集的赛程也更加考验选手的心理素质，尤其是一开始如果连续输掉几场，心态很容易崩。

符音倒是一点都不紧张，反而有些激动——因为她距离KPL又近了一步！

预选赛在7月31日正式开始。

第一场，他们面对的就是从KPL淘汰下来的战队，实力比次级联赛的队伍强许多。

双方进入禁选阶段，对方教练拿到优先权。

然而让所有人意外的是，对方教练第一个禁掉的不是时越的野核，不是陆青羽的中单，而是符音的花木兰。

看见花木兰被禁，符音怔了怔，一脸的不敢相信。

肖明轩说道："对方教练是在对你的五杀花木兰表示敬意，你应该感到高兴才对。"

符音摸了摸耳侧的头发："是吗？"

所以，她是把花木兰给打上了Ban（禁选）位吗？

突然觉得自己好像有点厉害，居然被对面的教练给针对了！

不去针对越哥和羽神，针对她？

她真是受宠若惊啊！

对方教练的想法肖明轩很快就明白了，符音的五杀花木兰让人印象太深，而且她在WGC决赛轮连续四局都使用了花木兰，对方教练理所当然地以为符音玩得最好的只有花木兰这个英雄，其他英雄水平一般，只要把花木兰给禁了，那符音的上路就会成为AIM战队的短板，完全可以围绕上路打开局面。

这个思路没错，可惜他的想法却大错特错。

肖明轩嘴角扬起个笑意，道："小音你想拿什么英雄就拿什么英雄吧，让对面看看你的英雄池。"

符音点了点头，选了达摩走上路。

这个选择让对方教练十分意外，妹子还会玩达摩？对方教练的心中不禁有些质疑。

开局2分钟，对方打野游走到上路，三个人抱团强推塔，符音的达摩这时候还没到4级，缩在防御塔下不肯出来，三人见她这么尿，更是信心倍增，玄策大着胆子一个钩子甩过去，直接越塔强杀了达摩！

——First blood！

指挥这次进攻的队长忍不住笑了，道："这妹子达摩果然不行。"

然而话音刚落，埋伏在侧面草丛的杨戬突然出现——只见一只凶猛的哮天犬猛地朝玄策扑过来，咬中玄策后立刻接上1技能第二段，直接秒了被防御塔打残血的玄策。紧跟着，杨戬一套2、3技能连招，追着猛砍，凶得不行，将另外的两个人全给杀了。

——Triple kill！三杀！

本来觉得杀掉达摩，拿到第一滴血还挺赚的，结果头还没回就被对面杨戬拿了三杀。

三人很想吐血，忍不住道："越神在这里藏了多久啊！"

"看来他要帮上路，我们接下来小心些。"

比赛进行到5分钟，上路外塔已破，达摩的发育空间严重受限，对方再次抱团来到上路，想将上路打通关。

依旧是和刚才相似的剧本，达摩一个人守塔根本守不住，三人越塔强杀。

然而，这次的结局却和刚才不一样，达摩1对3，没有后撤不说，反而很凶地冲上来，一个大招，一拳将两个近战给捶到了侧面的墙上。

几乎是同一时间，杨戬从草丛杀了出来，再次放出那条凶悍的哮天犬。

——Double Kill！Triple Kill！

又一次送了三杀！

至此，针对上路的战术彻底失败。

打野一直帮上路，他们只杀了达摩一次，杨戬杀了他们整整六次！

这还打什么？

这妹子的达摩也是凶得不跟人讲道理，大招一拳上墙，放得特别准，再配合杨戬的爆发伤害，上路推掉一座防御塔却赔上了六个人头，简直血亏！

比赛在12分钟时，目标战队推掉了对面水晶。

达摩这局的战绩是3杀1死10助攻，虽然不像花木兰的五杀那样亮眼，可她跟时越配合着在上路反杀对手的那一波操作也极为精彩，而且在团战的时候,她总能侧面绕进战场,一拳将对手的阵型给分割开来,方便我方射手输出。

这妹子的达摩也很可怕啊!

对方教练有些头疼了,想针对上路,看来并不容易。

第二局方教练干脆把花木兰、达摩全给禁掉,这是要针对符音到底的节奏。

然后,符音直接首抢了萌萌的梦奇。

梦奇这个英雄很受女孩子们的喜欢,因为它的外形就像是一只大耳朵兔子,而且粉色的那套皮肤特别少女心。

符音的梦奇让对面的教练体会到了噩梦。

由符音操作的梦奇,外形看着挺萌,打架却超凶,爪子直接往人的脸上挠,挠两下,再开个护盾跑,对面打她不掉血,简直绝望!

团战进行到中期后,双方阵型拉扯之间,梦奇突然找到机会,一个远距离大招瞬移入场击飞对方后排,直接打散了对面阵型。

时越和陆青羽趁机输出,一波团战0换4为AIM战队奠定了胜局。

——2:0!

循环赛的第一场,AIM战队遇到从KPL淘汰下来的队伍,赢得非常干脆。

预选赛的热度毕竟不如KPL职业联赛,看直播的观众并不多,倒是联盟有不少职业选手都观看了这一场比赛。

大部分人看这场比赛,不是为了看时越、陆青羽,而是为了看AIM的这位女选手。

林毅、南柯、老鬼这些各大战队的大神心里其实挺好奇,想知道音符的英雄池深浅,刚开始大家都以为她只会玩花木兰,所以第一局对方教练禁掉花木兰的时候,大家都觉得,AIM的上路很可能会被打崩。

可看着看着……怎么有点不对啊?

反倒是对面被打崩了?

这妹子达摩超凶!

这妹子的梦奇也是只霸王兔!

两局比赛,她没用花木兰,分别用达摩、梦奇打上单,效果居然都不错。

看来她比大家想象中还要厉害很多，不但花木兰是国服水平，别的英雄也都不弱。

众人纷纷在群里议论起来——

老鬼先冒了出来，道："循环赛第一场你们看了吗？妹子的花木兰被禁，但还是超凶。"

南柯冷静地说："她会的英雄应该蛮多的，不然明教练也不会批准她加入战队吧？"

冰雨有些无语："一场预选赛的循环赛，居然这么多人都在看啊？"

幻月发来一排笑脸："都在看妹子是吧，毕竟她是KPL唯一的女选手，你们一群单身狗该不会对人家有什么想法吧？"

这话只是开开玩笑，没想到却把AIM的队长时越给炸了出来。

时越冷冷地问："又在议论我们家音符妹子？"

一向神经大条的龙族队长林毅冒出来道："我挺喜欢音符妹子！她有男朋友没？你把她微信给我，我约她双排，顺便教教她该怎么玩关羽[哈哈大笑]。"

时越道："滚，她怎么玩关羽不需要你教。"

林毅发来一排问号："为什么？看不起我的关羽？"

时越道："我会教她，她的达摩就是跟我学的。"

林毅恍然大悟："怪不得，一拳上墙的操作跟你如出一辙。话说，她到底有男朋友没？"

时越挑眉："关你什么事？"

林毅哈哈笑道："妹子颜值在线，打游戏又这么厉害，错过这村可就没这店了。她喜欢什么类型的，你去问问看。咱们KPL帅哥也不少啊，幻月、南柯这些人不都挺帅的吗？你家妹子要是有兴趣，我可以牵牵线，成就一段好姻缘也不错。"

时越冷冷地道："她的事你就别操心了。"

时越平时冷冷淡淡的，在群里很少跟其他大神吵架，这次居然当面把毅哥给怼回去，真是难得一见。

幻月察觉到不对，立刻站出来澄清："毅哥好意心领了，我不喜欢音符这种类型的。"

南柯也澄清:"我对音符妹子也没什么想法,不熟。"

他们明显察觉到时越在护着符音,所以才赶忙站出来以示清白。

林毅挠了挠头发,有些疑惑,他只是开个玩笑而已,为什么时越要怼他啊?他对音符这位选手确实很欣赏,但也只是欣赏,觉得她打比赛干脆爽利,但要说让她当女朋友,他却没这个念头,他还是更喜欢那种身高不到一米六的娇小姑娘。

百思不得其解的林毅,回头问林洛然:"洛洛,你说为什么我开个玩笑,时越要怼回来?"

林洛然不爱说话,平时在群里也是潜水窥屏,刚才的对话他也看见了,听林毅这么问,便说:"因为他在护短。"

林毅终于恍然大悟:"哦,怪不得!"

看来以后还是少在群里说符音,不然时越每次都要跳出来护短。

符音并不在大神群里,因此也不知道越哥在群里护短的事。

随着循环赛的进行,AIM战队毫无疑问地在积分榜占据了第一名的位置。

而各大战队的教练也惊讶地发现,符音的英雄根本就禁不完——除了花木兰,她的达摩和梦奇都很凶,曹操也玩得特别熟练,还拿出过老夫子、苏烈等等上单,能随时根据队伍的阵容调整英雄。

这个女选手,或许被大家低估了。

很快到了循环赛的最后一轮。

符音拿出曹操打上单,充分发挥出曹操这个英雄的特色,走兵线牵制运营战术;第二局她又拿出了苏烈这个肉盾型的上单,在打团的时候抗伤害保护队友。

连续两局,都是时越的野核在带节奏,符音的发挥虽然不是MVP级别,但也可圈可点。

伴随着屏幕上出现2:0的比分,现场解说激动地道:"恭喜AIM战队获得本场比赛的胜利,同时也要恭喜他们顺利晋级KPL!"

"没错,他们将以12场比赛全胜的战绩,以预选赛霸主的身份晋级到KPL的秋季赛!"

"这支战队从WGC拿下冠军开始就备受关注,有越神、羽神两位

KPL一流选手坐镇,能晋级也在大家的预料之中!但让很多人意外的是,AIM战队的女选手音符英雄池也特别深,预选赛的十二场比赛中,她拿出了共计九个上单英雄,每一个都玩得不错!"

"到了KPL之后面对的对手会更强,比赛的节奏也更快,作为KPL的第一位女选手,希望音符妹子能顶住压力啊!"

"让我们期待AIM战队在秋季赛上的表现!"

一时间,各大电竞网站铺天盖地的全是关于AIM晋级的消息。

"AIM战队成功晋级KPL""KPL史上第一位女选手横空出世""AIM王者归来,即将征战秋季赛"……

几乎所有关注KPL的人都知道了,下个赛季KPL将加入一支全新的队伍,这支队伍叫AIM目标战队,队里有曾经的超人气选手时越、陆青羽,有第一位女选手音符,有知名主播疯子,还有个乖巧可爱的少年辅助,这支战队的教练,是天桓第一任队长肖明轩。

关于AIM战队的讨论如洪水一般涌向微博,官博下面除了大部分祝福、加油的评论外,果然出现了不少质疑声——

"女选手打什么KPL?"

"一个女的跟一群大老爷们一起打比赛这合适吗?"

"她也就在次级联赛表现一下,到了KPL有她哭的!"

"不看好你们队,居然混进来一个妹子,感觉像是杂牌军!"

这些评论,符音看在眼里,却没有放在心上。

意料之中的事。

符音并不想跟他们争辩,她只想做自己喜欢的事,走自己选择的路。

当晚,音符的微博就发布了一条消息:"祝贺AIM成功晋级KPL。秋季赛我会继续努力,职业选手,不多解释,拿成绩说话。"

一句"拿成绩说话"让不少粉丝纷纷点赞,觉得音符女神就是这么霸气!

但也有不少人冷嘲热讽,"我看你能打出什么成绩""吃瓜看戏,坐等打脸"……

时越转发了她的微博:"一起加油。"

KPL其他战队的各路大神也纷纷转发:

"赛场等你们哦!"

"恭喜回归,赛场见!"

符音关掉微博,心情很好地和队友们一起去吃饭庆祝。

肖明轩提前订了餐厅,还带了珍藏多年的一瓶红酒,给队员们满上,微笑着说:"来,祝贺我们距离冠军又近了一步!"

众人纷纷举杯相碰,清脆的碰杯声,似乎将几个年轻人的心也紧紧地连在了一起。

回去的路上,符音将这个好消息告诉了父母:"爸,妈,我们战队晋级KPL了,以后我就是正式的职业选手了!"

父母收到消息,很为女儿高兴,纷纷发红包表示闺女真是争气。

二老还很时髦地转发了她的微博道:"女神加油!"

符音看着这条转发,笑得越发开怀。

时越看着她灿烂的笑容,心里不由得蔓延开一片柔软。

当初离开天桓的时候,他豁出一切,背水一战,他对重回KPL充满了信心,但他没想到,这一路上会有符音的陪伴。

KPL才是他们真正的舞台,符音一个女孩子出现在KPL的赛场,肯定会引来各方质疑。

但没关系,还有他这个队长在。

他一定会护她护到底。

第七章/全队集结

【1】

目标战队成功拿下KPL的名额,符音的父母听到这个消息也发来祝贺。爸爸说:"这只是第一步,我可等着闺女拿个冠军回来,加油!"

妈妈道:"我看网上很多人都在叫你女神,你可不能让粉丝们失望哦!"

符音心里暖意融融,直接拨通爸爸的电话,问:"爸,按照之前的约定,只要我们能打进KPL,我休学的事,爸妈就不会反对了吧?"

电话那头的父母齐声说:

"不反对,你先去打比赛!"

"就是,我闺女可厉害了,我看你微博粉丝数量每天都在涨!"

能得到家人的支持,符音心里的石头总算落地,将这个好消息告诉了时越。

正好肖明轩给大家放了一周的假,时越便说:"这几天我陪你回一趟学校,把休学手续办好,以后你就能专心训练了。"

他能陪在身边,符音自然求之不得。

次日一大早,两人便出发回到学校。休学申请书符音早就在时越的指导下写好,之前也跟辅导老师那边打过招呼。

两人来到办公室说明了要打比赛的原因,时越还以队长的身份担保:"老师,小音她休学只是为了专心准备职业联赛,打完比赛后,她会回来继续上课的。"

辅导老师很温和地说:"符音的成绩一直很好,真的决定要休学吗?现在突然休学的话,你不觉得太可惜了?"

符音微笑着说:"不可惜,对我来说,打职业联赛的机会只有这一次,一旦错过,这辈子都不会再有了。但学业暂时搁置一两年,以后还可以补上,我只是休学,不是退学。"她的目光非常坚定,认真地看着老师说,"老师,我已经考虑过了,也得到了家里人的支持,希望学校能够理解,批准我的休学申请。"

辅导老师见她态度坚决,只好叹气道:"你这种情况太少见,这样吧,我先给你签字,你把申请表拿去教务处,跟教务处的老师再好好谈谈。"

从办公室出来后,符音心里没底。通常提出休学的学生都是因为身体原因回家治病,或者心理出现问题不适合继续读书,像她这种为了打比赛休学的,在她们学校大概是第一例,她很担心学校不会批准。

时越看出她的顾虑,轻轻拍了拍她的肩膀,低声道:"别怕,只要你的理由合情合理,学校一般不会为难你的。再说,有我在,我是你的队长,我会帮你说服老师。"

符音点了点头,原本非常忐忑,生怕这个环节会出问题。可因为时越在身边,几句安慰的话也让她安心了许多。

辅导员就像是高中的班主任,负责她们专业,对符音的情况比较了解。教导处管理整个学院,学生数量太多,符音突然提出要去打比赛休学,教导处的老师都很茫然,皱眉看着申请书:"打比赛休学?这种理由还是第一次看见。"

时越准备得很充分,直接把目标战队的合同拿给老师,还给了老师一个U盘,道:"老师,我是目标战队的队长,符音是我们战队的签约选手,我们打比赛不是去随便玩的,而是正规的职业联赛,这个U盘里面有我们比赛的视频,希望学校领导能够认真考虑,同意符音同学的休学申请。"他看了符音一眼,紧跟着说,"如果符音不能参加比赛,我们整个队伍的成绩都会受到影响,符音也是出于认真、负责的态度,想和队友们一起拿个奖杯回来。"

符音立刻开口附和:"没错,老师,我们的队伍实力挺强的,我很有信心取得好成绩。学业问题,也请学校领导放心,我一直很喜欢自己的专业,绝对不会放弃好不容易考上的大学。等打完比赛,休学时间一到,我保证会按时回来继续上课!"

教务处的负责人也没法直接给出答复,便扣下了符音的申请表,道:"好吧,你的情况我大概了解了。你先把申请表和资料留下,顺便留下你父母的联系方式。我会在下周把你的休学申请拿到校务会上,跟主管领导讨论，等有了结果，我再通知你。"

符音和时越对视一眼，见对方点头，她便朝老师鞠了个躬，礼貌地道："谢谢老师，那我回去等通知，老师再见。"

离开教务处后，符音还是放不下心："万一不批准怎么办啊？"

时越安慰道："放心吧，我U盘里准备的资料非常充足，校领导都是通情达理的人，不会故意为难一个学生。接下来，教务处应该会打电话和你的父母交流，只要你父母知情并且同意，学校这边也就是走流程而已，很快就能批下来。"

当初，时越办休学的时候麻烦多了，父母不同意，时越态度坚决，学校也十分为难。后来时越做了很久的思想工作，父母那边才松口，用了一个学期才把休学手续批下来。

相对来说符音这边要简单得多。首先，她的父母很支持她的决定，她的成绩足够优秀，也没有心理健康方面的问题，申请表上写得清清楚楚，暂停学业去打职业联赛，打完就回校读书，并不是直接放弃学业，学校也没有理由故意卡着她不放。

时越猜得果然没错，一周后，符音接到学校电话通知，让她回校正式办理休学手续。

辅导老师把盖满印章的申请表递给她，还给了她一张学校下发的"关于批准符音同学暂时休学的通知"。这通知一下来，她的学籍资料就会自动停在法语系一年级，所有科目的考试都不会再有她的名字。等她回来之后，学校会再发一份"符音同学复学通知"，激活她的学籍，让她继续从大一的下半年开始上课。

手续办得很顺利，除了学校通情达理之外，时越准备的材料也非常关键。

符音心里非常感激，要不是越哥帮忙，她一个人可能要费好多唇舌，还不一定说得动领导，还是越哥考虑得周到，把签约合同、比赛视频都拿去给领导看，让校领导也意识到了符音在打比赛方面的天赋，欣然同意申请。

休学申请办下来的事几个队友知道后都很为符音高兴，纷纷在群里祝贺符音能成为正式的职业选手,还每人给她发了一个66.66元的红包。

符音开心地收下,既然成了正式的职业选手,她一定会尽最大的努力,和队友们打好每一场比赛,不能辜负队友、父母还有学校对她的信任。

教练肖明轩道:"小音能确定下来真是太好了。不过,我们战队现在人手太少,我想再招一个财务、一个女领队,还有五个训练营选手。昨晚我起草了一份招聘广告,你们也帮忙参谋参谋,我下午再把广告发出去。"

符音和时越对教练的想法都表示赞同,财务当然是不可或缺的,有领队姐姐的话以后大家外出打比赛就方便多了,训练营的新人也可以慢慢培养起来。

当天下午,AIM战队官博突然发布了一条招聘广告,广告写得很详细,包括各职位的要求、薪资待遇、面试时间地点。

这则广告一发出来,顿时炸出无数网友。肖明轩的邮箱一天之内收到上千封信件,很多粉丝发邮件表示可以来给大神们做饭、扫地、洗衣服,弄得肖明轩哭笑不得。

但大量的邮件中也有不少是正式填写的报名表,他经过初步筛选,回复了一些符合要求的邮件。

两天后,肖明轩、时越和符音三个人组成的临时面试官,面试了来自全国各地的应聘者。

第一次当面试官的符音有些紧张,她发现来应聘的除了财务年纪略大之外,其他电竞选手、领队都跟她年龄相仿。

财务很快就确定下来,是一位戴着眼镜面相斯文的男人,叫张义佳,名校会计学专业毕业,有三年公司财务从业经验。他说年轻的时候很喜欢电竞,想当电竞选手,没当成,现在来电竞战队当财务也算是间接实现了梦想。

训练营招了五个新人,擅长的位置正好能组一支训练队,这样也方便主力队平时和他们进行战术上的模拟训练。

应聘领队的人是最多的,招聘要求写的是女士优先,来的也全是女生。

各种漂亮的女生让符音都快看花了眼。她正从资料里翻看简历,突然有个穿着衬衫和西裤,脚踩黑色高跟鞋的女人走进了面试办公室。

女人身材高挑,一身衬衫、西裤的职业化装扮衬托得她越发精明干练,她脸上戴着一副银边眼镜,气质从容,目光平静,走路的姿态优雅又挺拔,完全是一副都市女白领的形象。

肖明轩礼貌地道:"请介绍一下自己。"

对方神色坦然:"大家下午好,我叫秦茹,是科大数学系的博士。"

符音听见这个介绍差点当场跪下——博士姐姐?这么厉害!

符音迅速从一堆简历里翻出她的那一份,履历果然非常辉煌,名校数学系博士毕业,在校期间获过不少奖。这样的高才生,为什么会来到他们这支刚打进KPL的小战队呢?

符音百思不得其解。

下一刻,肖明轩也问出了这个问题:"为什么会选择来我们战队?"

秦茹目光平静地看着三人,说:"因为我相信你们可以夺冠,而我只想成为冠军队的一员。我除了担任领队之外,还可以兼职你们战队的数据分析师。"她说罢就从包里拿出一份表格,递给肖明轩,"这是AIM战队所有选手在预选赛12场比赛中的详细数据分析报告。"

面试领队,送一个分析师?这是买一送一?

符音立刻给教练投去"我好喜欢这个姐姐"的眼神。肖明轩也没再犹豫,当场说道:"好吧,那就欢迎你加入目标战队。"

女生微微一笑,站起来跟三人分别握手。

在和符音握手的时候,她温言说道:"音符,我很欣赏你的勇气,希望以后相处得愉快。"

符音笑着点头:"茹姐客气了,以后还请多多关照。"

女博士如今已有29岁,符音叫她一声"茹姐"确实不过分。

符音将面试的结果发在战队群里,立刻得到小伙伴们的鼓掌祝贺。

这支战队从最开始可怜巴巴的六个人,渐渐地发展、壮大,符音相信,他们目标战队,一定会以最好的面貌,出现在KPL的赛场上。

【2】

面试通过后,肖明轩很干脆地和大家签下合同,并让大家尽快搬到战队基地。

新人们来基地报到的那天,正好陆青羽他们也休完假回来,基地立刻变得热闹起来。几个刚通过面试的训练营新人看见羽神、越神都是满脸的崇拜之色,见到符音也很恭敬地叫她音姐。

肖明轩将隔壁那栋三层楼的别墅也租了下来,财务还有五个训练营新人都被安排在隔壁住。领队兼数据分析师秦茹被安排在了符音的宿舍对面。

秦茹今天没穿西装裤和高跟鞋,只穿着简单的牛仔裤和短袖衬衫,脚上一双白色运动鞋,戴着银边眼镜的女人全身上下透着一股子利落。符音特别崇拜她,她一来,就积极地跑过去帮她搬行李:"茹姐来了,我带你去宿舍看看!"

宿舍只摆了床、衣柜等家具,因为装修的时候还不确定是男生还是女生住,家具的风格都比较中性化,墙壁也被刷成了清爽的蓝色。

秦茹对房间挺满意,将行李箱放在一边,回头,就见肖明轩站在门口,摸着鼻子轻咳一声,道:"床单、被子那些还没买,让小音陪你去买吧。"

符音点头:"没问题,我陪茹姐去买。"

正聊着,外面突然传来个雀跃的声音:"师父,听说你们战队来了个女博士当领队啊,好厉害!"

紧跟着是陆青羽带着笑的声音:"没错,还要兼职担任数据分析师。颜颜你今天怎么有空过来?"

"你们不是还在放假吗?今天正好周末,我也放假,就来看看大家,我买了好多水果犒劳大家!"其实时颜是假借看新人的名义来看陆青羽的。

陆青羽显然没有察觉,微笑着接过来道:"太客气了,买这么多。"

符音和秦茹下楼后,时颜立刻双眼发亮,走过来伸出手:"你好,你就是小音说的那位博士姐姐?"

符音介绍道:"这是我闺蜜,也是越哥的亲妹妹,叫她颜颜就好。"

秦茹平静地点了点头，伸手跟时颜握了握："你好。"

时颜一脸崇拜："姐姐你好厉害啊！我的数学特别差，上学期高数差点挂科，你数学居然能读到博士！"

秦茹道："大概是我对数字比较敏感。"

正好这时候时越下了楼，符音便问："越哥你有空吗？能不能送我跟茹姐去一趟超市，我陪茹姐去买床单、被子之类的生活用品。"

符音开口，时越自然不会拒绝："好，我去车库开车，你们在外面等。"

时颜积极地道："我也去，帮拿东西！"

四人买完东西回来的时候已经是晚饭时间，张姨做好了丰盛的饭菜，今天刚入职的新人们也聚集在餐厅，肖明轩主动开了一瓶珍藏的红酒，给大家都倒上，微笑着说："来，干一杯，庆祝我们战队的规模再次壮大！"

大家激动地举杯相碰，时颜作为"战队后援组老大"也跟着沾了一次光。

周一开始，AIM战队再次进入紧张的集训阶段。

已经是七月底，距离九月份的秋季赛开幕还有一个半月的时间，官方正好在此时进行了一次版本更新，调整了不少英雄的数据。

让大家惊喜的是，数据分析师秦茹姐姐在官方进行了调整之后很快就制作出一张表格发给了大家。这张表格中详细地分析了每一个英雄调整后的数据。

肖明轩将队员们聚在一起，按照秦茹的数据分析表，让大家将最近进行过调整的英雄从头练一遍，所有人每天都要额外增加三个小时的时间，专门攻克英雄。

而晚上的时间，依旧是每天的重中之重，训练营的五个小少年会过来和他们一起打训练赛，教练会试验各种各样的阵容体系，看效果、找思路，在这个过程中，大家也不断地磨合着彼此之间的默契。

在日复一日枯燥的训练中，大家几乎都忘记了日期，感觉自己快要变成机器人。

时间如流水，转眼就到了八月底，联盟开始了新赛季的宣传，AIM战队要拍摄一部宣传片交上去让联盟播放。肖明轩正为这件事发愁，结果，秦茹已经提前联系好了一家广告公司，做了两套宣传方案拿给大家看。

　　符音赞道："茹姐真是有效率！"

　　秦茹的脸色始终很平静，看了她一眼说："你们只管操心比赛，其他的交给我就行。确定用哪套方案，告诉我，我再跟摄影团队那边联系好时间。"

　　最终投票的结果，大部分人都喜欢第二套方案。

　　这套方案的设计比较有意思，最终会拍摄出未来科技感的效果。

　　队员们都穿上科幻电影里那种特工服饰，先在一个类似科幻空间的电梯里一同出场，五个主力队员每个人都有一段镜头，最后在广场上会集，天空中会出现"AIM"的酷炫字符，五个人一起抬头看向队徽，视频的最后会打出战队的宣言——我们的目标，只有冠军！

　　方案定下来之后，秦茹很快就联系好了广告公司，三天后去摄影棚拍摄。

　　服装都已经按照大家的尺码提前准备好了，符音要穿的是一套黑色的紧身皮衣，头发扎起来，女特工的造型非常利落。她一做好造型，全场惊艳，就连拍广告的导演都感叹道："符小姐，你这都可以直接演电影女主角啦！有没有兴趣拍一些平面广告？"

　　符音礼貌地笑了笑，说："谢谢，我还是专心打比赛吧。"

　　其他几个队员也相继从化妆间出来，导演的眼珠子都要掉了，回头看着秦茹："秦小姐，你不是说这是一支电竞战队吗？怎么一个比一个帅，你们这是靠脸拿冠军的节奏啊！"

　　众人哄笑，秦茹也难得微笑了一下，道："我们的队员不但颜值在线，技术也全部在线。"

　　导演感叹："看着真是赏心悦目。"

　　时越一身纯黑色西装，表情冷淡，脸上戴了一副墨镜。

　　他一从化妆间出来，众人都被吓了一跳，男人面部轮廓英俊硬朗，墨镜遮住眼睛，只露出紧紧抿着的嘴角，有点像是科幻电影里冷冰冰的反派Boss（首脑）。

符音走到他旁边道:"你就不能笑一下吗?你这样冷着脸很像个反派啊!"

时越听话地扬起嘴角,朝她笑了一下:"这样还反派吗?"

符音满意地点头:"好多了!"

高冷越神居然这么听话?队友们集体呆住,尤其是训练营来看热闹的小少年们满脸的不敢置信,还以为自己看到了一个假的越哥。

导演很满意:"时队长,待会儿拍摄的时候你就用这个表情,太帅了,你的粉丝一定会激动得尖叫。"

众人按照剧本拍摄各自的镜头。

虽然他们长得都不错,可毕竟不是表演专业毕业的,难免会紧张尴尬,被卡了很多次。尤其是时越,每次面对摄像机都笑得很僵硬,倒是符音在旁边逗他的时候,他才能笑得自然。

于是,导演把符音抓过来当苦力,工作就是:专门逗你们队长笑。

符音接下这个任务,拍摄过程立刻变得顺利许多。

AIM战队的人面面相觑——明明只是拍个广告,为什么觉得好像被塞了满嘴的狗粮?

三天之后,满怀期待的众人终于收到了广告公司后期处理过的成品视频。

刘思源兴奋地道:"我们的宣传片好酷!"

叶枫看着屏幕里的自己,厚着脸皮说:"以后退役了,可不可以进军娱乐圈?我觉得我这么一打扮挺像偶像剧男主角的。"

陆青羽笑眯眯道:"我也觉得,我们一起去吧。"

时越皱眉:"你俩稍微要点脸吧,自恋成什么了?"

符音开口道:"大家都挺帅的,队长最帅。"

还是小音最明智。时越心情大好,也就不去理会陆青羽和叶枫的自恋。

联盟宣传周正式启动,AIM战队的宣传视频果然大受好评,粉丝们疯狂转发,评论中最多的声音就是"长这么好看还打什么电竞,去拍电影算了""这支战队有毒,怎么能全都这么好看""你们是想靠脸碾压对手吗""明明可以靠脸吃饭,偏偏要靠手指"……

当然,其中也夹杂着不少嘲讽的声音,很多人说新队就想拿冠军,太过狂妄。但大部分网友都表示,不想拿冠军的战队不是好战队,目标战队打出"我们的目标是冠军"这种鼓舞士气的口号,没有任何问题。

然而冠军只有一个,到底花落谁家,只能各凭本事。

随着十二支战队的宣传片播放结束,KPL联盟官方开始新一波的联赛造势。

这一届依旧分为成都的西部赛区和上海的东部赛区,在赛制公布后,官方紧跟着公布了分组名单——这才是所有职业选手最关注的内容。

AIM战队基地在上海,联盟那边体谅他们是新队伍,就没让他们集体搬家,将他们分在了东部赛区。

同样被分在东部赛区的,还有传统豪强LY蓝月战队和ICE战队,这两支都是季后赛四强的常客,综合实力强劲。血色战队、RF战队的实力在联盟处于中游水准,最后的CPA战队则是这一届预选赛刚刚晋级的新队。

西部赛区,有龙族、荆棘两支季后赛常客,Dream战队射手体系被针对之后上赛季没能进季后赛,这个赛季还不确定;天桓战队在换人之后早已跌落神坛,JZ战队实力一般,HUG战队是新晋级的队伍。

东西部赛区的实力相对比较均衡,两边都有强队、弱队。

目标战队想要获得东部赛区的冠军,除了要战胜几支实力一般的队伍之外,LY蓝月和ICE都是两块超级难啃的硬骨头。

分组名单刚刚下来的第二天,肖明轩的邮箱里就收到了秦茹发来的数据分析表。

这张表格里汇总了东部赛区的其他五支战队在过去的比赛中所有选手擅长使用的英雄、单场评分、每个英雄的胜率等等,对任何战队来说,这都是无比珍贵的资料。

秋季赛很快就要开始,而东部赛区的第一场揭幕战,就是目标战队与LY蓝月战队的对决——这可是一场硬仗!

【3】

九月中旬,伴随着新一届的大学生入学,KPL官方秋季联赛终于正式开始。

符音跟着队友们来到赛场,从后台看见黑压压的观众席,心中很是激动。去年这个时候,她还在青铜段位摸爬打滚,是个不折不扣的菜鸟,当时她暗自下定决心要成为电竞选手,但那时候梦想距离她还很遥远,经过她坚持不懈的努力,如今,她终于成功了。

她站在了KPL的最高舞台上,成了KPL有史以来的第一位女选手!

符音穿着队服在后台出现,立刻引来不少工作人员的注意。很多人是早就知道她的,纷纷跑过来要签名或者合影。虽然被围观的感觉有些不舒服,但符音还是很礼貌地和周围的人打招呼。

跟着队友们来到休息室,肖明轩主动朝大家伸出手道:"来,今天是常规赛的第一场,大家不要紧张,尽力就好,加油!"

众人先后将手伸出去叠在教练的手上,齐声喊道:"加油!"

很快,秦茹就进来了,走到肖明轩面前说:"做好准备,五分钟后入场。"

肖明轩点了点头,招呼大家道:"该上厕所的赶紧去,说不定待会儿有膀胱局!"

所谓膀胱局,就是比赛拖到二十五分钟甚至超过三十分钟,选手们都想上厕所的那种大后期的对局。众人听到教练这话,纷纷往洗手间跑去,生怕自己打比赛打到一半突然内急影响发挥。

解说间内,七少、大米、柚子三人组并肩站着。

开幕赛的第一场,三位解说显然也非常重视,穿得都很正式,男解说还打了领带。这三人中,七少是上赛季的解说,风格犀利冷静;大米是从次级联赛调上来的,说话比较幽默;柚子是个小美女主播,喜欢扎双马尾,也有不少粉丝。

七少道:"今天第一场比赛是LY战队与AIM战队的对决,两位觉得双方胜算各有几成?"

大米微笑着说:"我的竞猜币全部投给LY,毕竟这是上赛季总决赛一直打到决胜局的战队,老牌劲旅,几个选手实力都非常强,我觉得他们有六成以上的胜算!"

柚子却提出了不同意见:"我的竞猜币押了AIM,因为押目标队的赔率比较高,要是押对了能赚很多。这支战队虽然是新队伍,可在预选赛创下了全胜的战绩，我很看好他们！"

七少冷静地说："两位都有道理，那么接下来，就让我们有请双方战队的参赛选手入场！"

伴随着震耳欲聋的欢呼声，双方选手来到大舞台上，各自走进了隔音房，开始做赛前的最后调试。

在清一色的男选手中，那个扎着利落长马尾的女孩子格外地引人注目，导播也很机智地将镜头对准了她。符音清秀的侧脸被放大在了大屏幕上——哪怕被近距离放大，她的脸上依旧看不到明显的瑕疵，皮肤光滑白皙，一双眼睛漆黑明亮，看上去特别水灵。

此时，她脸上的表情很平静，在镜头移过来时，朝着观众们微笑着打了个招呼。

现场顿时爆发一阵尖叫。

柚子道："哎呀，女神一微笑，现场的观众们就坐不住了，看来音符小姐姐的迷弟迷妹还不少！"

大米玩笑道："毕竟是我们KPL的第一位女选手，我都忍不住想变成她的小迷弟，待会儿一定要找她要个签名。"

七少倒是始终很冷静，道："音符作为第一位女选手，备受各界关注，但同样也要承受巨大的压力。据我所知，AIM战队还没开始比赛，就有不少人在质疑她的水平，希望她能稳定好心态，发挥出自己的实力。"

大屏幕上放出了LY战队的信息，七少话锋一转，道："比赛很快就要开始，让我们先看看双方战队今天的出战名单。"

LY战队今天的出战选手是中单幻月、打野刺骨、边路狂人和冬至、辅助夕阳，其中幻月是目前KPL排前三的中单，刺骨也是排前五的打野，双边路实力强劲，辅助意识一流，由于这五个人已经并肩征战了两个赛季，整支队伍的配合非常默契。

AIM战队的主力当然是参加次级联赛时的五位选手，也早已被众人所熟知。时越、陆青羽本就粉丝众多，叶枫主播转职业之后也带来了大批粉丝。符音、刘思源作为第一次参加KPL的新人，知名度没那么大，尤其是不关注次级联赛的观众，看见音符、源泉这两个ID都觉得很陌生。

有人在看见音符是个女生之后疯狂在直播间刷屏：
"为什么会有女的混进来？"

"这妹子是走错片场了吗?"

但很快,就有网友给新来的观众科普,说音符小姐姐是国服花木兰,曾经在WGC拿过五杀。

众人带着好奇和期待的心情盯着比赛直播。

17:00整,双方进入第一局禁选阶段。

这个赛季常规赛改成五局三胜,所以第一局一般都是试探为主。两边各自禁掉版本强势的战士,对方针对时越又禁了两个打野。

最后选出来的阵容,LY是双边路战士达摩、老夫子加中单貂蝉、打野苏烈、辅助鬼谷子的体系,AIM则是双边路战士花木兰、刘邦和中单嬴政、打野娜可露露、辅助东皇太一。

阵容一选出来,解说间内七少就说道:"LY的阵容,苏烈配合鬼谷子加速强开团,貂蝉输出,达摩控场,老夫子秒核心,团战要是开得好,完全可以打出碾压效果。"

大米紧跟着道:"AIM这边,东皇太一明显就是为了针对貂蝉的,刘邦的支援速度很快,可以上兵线运营,花木兰切后排的能力很强,这三人在团战时可以作为干扰打乱对面的阵型,输出的任务就留给嬴政和娜可露露。"

柚子总结道:"两边的想法都不错,就看谁能打出优势!"

随着激动人心的音乐响起,KPL秋季赛常规赛东部赛区第一场AIM对阵LY的比赛正式打响!

东皇太一在1级的时候非常强,所以这局时越带着大家去对面反野,但幻月那边也很机智,直接来反蓝。双方互换蓝Buff,一级团根本没有打起来。

苏烈打野的好处就是蓝Buff完全可以让给自家貂蝉,有了蓝的貂蝉对线的时候能迅速清兵支援,而且拿了第一个蓝的貂蝉会比嬴政更早到达4级。

幻月一到4级就直接去了上路,苏烈和达摩也提前做好了准备,貂蝉绕到防御塔后方,苏烈和达摩联手将花木兰逼退,就在那一刻,貂蝉突然从草丛绕出来,直接塔下开大连招疯狂输出,瞬间就将花木兰给爆死。

——Frist Blood!

幻月拿下一血，三人顺势推掉上路外塔。

这一波小节奏让解说七少不禁感慨："幻月这位选手打游走特别厉害，他应该是从小地图判断出娜可露露不在上路，立刻把握机会召集队友来了一次强攻。这也不能怪花木兰，三个打一个，貂蝉技能命中后还会被减速，神仙也跑不掉。"

上路外塔被破的结果就是符音的发育空间大大受限，时越立刻做出决定："小音和阿枫换路。"

刘邦防御能力更强，大招全图传送支援的速度也比花木兰要快，所以时越果断让两人换了位置。

但是接下来，幻月似乎是盯准了花木兰这个点，一看花木兰换到下路，他又召集队友抱团来到下路，嗅觉敏锐的陆青羽也立刻赶过去。

苏烈、鬼谷子、貂蝉，与东皇太一、花木兰、嬴政对决，3V3。

由于东皇太一的强控非常克制貂蝉，而且是在塔下打，这一波小团战其实AIM战队有一定的优势。

陆青羽的嬴政在远处放大招，蛇形走位将对面打残，刘思源立刻让东皇太一上前将貂蝉给绑住——然而上帝视角的观众们都发现，东皇太一这个大招距离此时的花木兰有点远，花木兰的输出还没来得及跟上，就被隐身的苏烈和鬼谷子给推出了塔外。

结果就是，东皇太一和貂蝉单独在草丛旁边捆绑在一起，队友嬴政和花木兰被苏烈给推出去，和他脱节。

打团的时候"站位脱节"是个很严重的问题，控制住对面，但队友输出跟不上那就相当于白控。刘思源刚才就是犯了这个错误，急于控住貂蝉，没注意队友的位置。

陆青羽只好边撤边打，符音的花木兰也切成轻剑模式，两人合力将鬼谷子给打死。

但对面貂蝉解除控制之后，果断秀起操作，强杀了东皇太一。

苏烈将两人逼出防御塔，正好兵线进塔，下路外塔也被迅速拆除。

——这场比赛比以往的任何比赛都要难打，符音很快就发现了这一点。

LY战队的五个人虽然在不同位置，但默契程度简直就像一个人一样，队长一声令下，总能以最快的速度集结，上路强杀花木兰拆塔，下路杀掉辅助拆外塔,每一波节奏都卡得特别准,而且正好卡在时越在野区收野怪这个时间段。"

开局8分钟,AIM战队的两条边路外塔被拆,团队经济正在渐渐拉开。

后台看比赛的肖明轩皱了皱眉,说道:"应该是幻月在指挥,刺骨在随时报野怪刷新时间,他们对时越的习惯太了解。"

秦茹没说话,只是目光平静地看着大屏幕。

肖明轩侧头看见她冷漠的侧脸,轻咳一声,问道:"从你专业的角度看,这场比赛,我们获胜的概率多大?"

秦茹淡淡地道:"不足四成。"

"理由呢?"

"首先是默契,LY战队五位选手的默契,很多时候都不需要用语言来沟通,光是看队友的行动就知道怎么配合。"秦茹顿了顿,目光依旧放在屏幕上,"其次,我给你的数据中显示幻月是目前综合能力排联盟前三的选手,加上他对目标战队的了解,比赛一开始,他已经迅速找出了目标战队的弱点。"

肖明轩赞同地点头:"节奏卡得特别准,每次都是阿越进野区的时候他们突然袭击边路。小音的抗压能力虽然不错,但也扛不住对面以多打少,况且幻月的个人技术太强,以小音目前的水平,单挑都打不过他。"

秦茹回头看向对方:"这一局不出意外要输了,下一局你怎么打算?"

肖明轩神色轻松:"没关系,预选赛连赢十多场从没输过,今天干脆让他们输个够。"

第一局,由于前期在防御塔上落后太多,AIM战队最终还是没能翻盘。

看着屏幕上弹出"失败"的字样,刘思源有些难过地垂下头:"对不起,我都没能发挥出作用……"选东皇太一本是为了针对貂蝉,结果他这局并没有限制住对面的貂蝉。

坐在旁边的叶枫拍了拍他的肩膀:"不全怪你,我刘邦也没发挥出作用，打得有点蒙。"

符音道："我花木兰也没发挥出作用，一个后排都没切死。"

时越平静地说："不用自责，这局是节奏的问题，回去再总结，先调整好心态好好准备下一局。"

第二局，AIM战队改变了策略，采用自由人打野体系，把叶枫放去野区。

前期发育还算顺利，可中期团战的时候，对面打野专门盯着射手杀，叶枫的输出环境受到极大干扰，比赛一直拖到20分钟的大后期，一波团战5换4，AIM团灭，对面只活着一个刺客，他带着主宰推上高地，锁定胜局。

这是AIM战队第一次在比赛中团灭。

听着团灭的系统音效，看着集体黑下来的屏幕，几个新人的心里都有些难受。

陆青羽道："第一次团灭，这是我们值得纪念的一刻，大家快截屏留个纪念。"

众人哭笑不得："羽神，你还有心情开玩笑？"

时越皱眉道："还是节奏的问题，我们的节奏被对方了如指掌，他们比我们更快。第一局他们利用时间差强推边路，这一局也是抓时间差入侵野区。"

时越顿了顿，道："别被他们的节奏带着走，下一局，所有人都无视对面，按照自己的想法打。就算是输，我也不希望目标战队输得太难看。"

没错，就算是输也要输得漂亮，不能被对方牵着鼻子走！

第三局，时越直接拿了前期节奏极强的韩信。

在当前这个版本拿出野核韩信，观众们都很不看好，甚至不少人开始刷屏。

"这局0：3，大家都押0：3吧！"

"看来AIM只能在次级联赛逞威风，来KPL就不行了！"

"前两局打得莫名其妙如同梦游，还说想拿冠军？是在搞笑吗？"

竞猜通道很多人在猜AIM会被0：3剃光头，就连解说七少也不怎么看好韩信打野，忍不住道："越神的韩信确实不错，但这个版本用李白、韩信之类的脆皮刺客很容易被针对。韩信要是没了蓝，那就很难发挥出效果。"

韩信是特别需要蓝Buff加持的打野，有蓝和没蓝完全是两个英雄。所以这局比赛一开始，幻月就带着全队去守蓝，因为他们猜测时越肯定会来反蓝。

结果时越偏偏反其道而行，并没有去对面反，而是先拿到自己家的蓝，再去下路收了红Buff。双Buff在手的韩信迅速到达4级，直接去对面野区蹲守，抓死了对面的打野。

韩信是前期节奏最快的打野英雄之一，时越在这局选出韩信也是想抢回主动权打前期，一旦拖到后期的话韩信伤害量不够，打团没什么作用，所以这局比赛必须在15分钟内结束战斗。

队长打得这么主动，大家的热血也被调动起来，符音上路相当凶，跟对面一流边路选手单挑也丝毫不惧，她把对方拼成残血，等时越过去拿下人头。下路也是同样的策略，我方边路和对面边路互相换血，等双方都残血后，呼叫越哥过去帮忙收割。

韩信连续拿经济，发育速度极快，经济差很快就形成了滚雪球效应。

比赛进行到15分钟时，AIM战队利用经济优势强行逼团，时越先秒了对面的核心法师，紧跟着五打四将对方逼回高地，通过兵线运营连破三路高地。

结局不言而喻，AIM战队在0∶2落后的情况下，居然扳回一局！

七少忍不住道："可以看出，这支战队其实很有潜力，时越在指挥策略上的调整也非常快，知道对面在控节奏，所以主动抢了一局节奏，打得对方猝不及防。"

然而，LY战队的教练也非常机智，第四局直接拿出辅助姜子牙。

你要抢节奏？我来个节奏更快的姜子牙速推。

对付速推体系的策略，一是跟他们抢快，二是硬着头皮顶住对方前期的强势，拖到后期一举翻盘。肖明轩选择了后期阵容，想撑到所有人15级（满级）的时候再反打。

但LY战队没有给他们拖后期的机会。

在比赛进行到14分钟时，LY战队锁定了胜局。

大屏幕上弹出比分——3∶1。

五局三胜的赛制，率先拿下3分的战队就会直接获胜。

LY战队的选手主动走过来握手，符音也礼貌地站起来和他们依次握手。

第一回近距离接触符音，LY的队长幻月温和地笑了笑，道："今天没发挥好吧？"

符音客气地道："幻月大神你们节奏太强了。"

幻月道："以后恶战还多着呢，期待你下一场的表现。"

他跟符音简单说了两句，走到时越面前的时候，却伸出双臂，跟时越轻轻拥抱了一下，笑道："今天输得服不服？"

时越淡淡地道："等着吧，季后赛我再把你们打崩。"

幻月挑眉："行啊，我等着。"

陆青羽也站了起来，拍拍他的肩，笑眯眯地道："每次看见你的貂蝉，都想把貂蝉按在地上揍一顿，太烦了。"

幻月道："你的诸葛亮也特别烦，季后赛再拿出来跟我PK（挑战），加油吧。"

他说这话，显然对AIM战队进季后赛充满了信心，时越和陆青羽其实也很有信心。这场比赛输掉早就在他们的预料之中，所以两个人脸上的表情一直很平静。

来到后台时，肖明轩微笑着鼓励大家："没事，第一场而已，遇到的又是东部赛区最强的队伍，输掉很正常。回去再总结。"让他欣慰的是，在0：2士气极度低迷的情况下，时越力挽狂澜直接拿韩信抢节奏扳回一局——这就是AIM的队长，关键时刻能给队员们找回一些自信。

虽然最后1：3输掉，但比预料中的0：3还是好一些的。

在面对有夺冠实力的队伍时，从没参加过KPL还很稚嫩的目标战队起码扳回了一局。等以后这只小猫长成大老虎，那就不是扳回一局这么简单了。之前的次级联赛对手都比较弱，今天跟KPL的一流队伍对决，正好可以找出自身的缺点。只有充足的大赛经验积累，才能成就一支不畏任何强敌的铁血之师。

他们距离那一步，还有很长的路要走。

第八章/质疑

【1】

回去的路上,符音拿出手机看了看官博下面的评论,果然有不少网友在骂他们。

骂她的最多,分成了两派,要么是质疑她女选手的身份,"女生跑来瞎凑什么热闹""一个女生出现在赛场,画风跟整个KPL格格不入";要么就是质疑她的水平,"国服最强花木兰居然这么弱""人气都是炒作出来的吧"。

符音刷完微博,淡定地放下手机。

她早有预料,看见这些嘲讽的评论,她的内心也非常平静。

当晚回到基地后,肖明轩召集大家来到会议室进行赛后复盘,从第一局开始详细讲解,秦茹也很快做出了四局比赛的详细数据表发给大家。

从数据上能直观地反应出来,AIM赢下的那一局比赛,时越一个人输出超过40%,可以说是时越抢节奏带着队友躺赢。而输掉的几局比赛,花木兰的经济占比和输出占比不成比例,也就是说,符音并没有发挥出花木兰应该发挥出的作用,她拿了不少团队资源,却没能为团队做出更多的贡献。第四局同样,叶枫拿了团队25%的经济,却只打出不到20%的伤害,这样的数据失衡在清楚地告诉他们,每一局比赛该负责的人到底是谁。

叶枫有些惭愧地垂下头:"我今天确实没发挥好。"

刘思源道:"我也是,连视野都没给大家做好。"

秦茹拿出赛程安排表,道:"下一场比赛依旧是场恶战,我们要在上海主场迎战来自西部赛区的荆棘战队。"

肖明轩道:"今天打LY战队,他们节奏感很强,滚雪球能力相当可怕,但荆棘战队的风格完全不一样,荆棘不喜欢打运营,他们是一支奇兵,老鬼最擅长突袭战,最喜欢草丛埋伏,在对战荆棘的时候我们要注意每一个草丛的位置,每走一步都要小心。"

他看向队里年纪最小的刘思源,道:"尤其是小源,你是辅助,探视野的责任重大,你得帮队友们查探荆棘战队的位置。"

刘思源用力点头:"嗯,我知道!"

肖明轩跟着说:"针对这次复盘时发现的缺点,你们自己也要迅速做出调整。我希望你们每个人都能反省自己的错误,但也不要过于自责,尽快把输掉比赛的低落心情给赶走,更不要去理会网上的那些评价——你们根本没时间去伤心和难过,硬仗还在后面!"

教练一席话,让众人立刻恢复了斗志。

没错,更艰难的挑战还在后面!

一周的时间很快过去,上海赛场迎来西部赛区远道而来的荆棘战队。

以目前AIM选手的整体实力来看,打荆棘其实比打LY更难,后者喜欢兵线运营、积累优势的滚雪球式打法,节奏相对来说比较平稳。但荆棘最擅长的是突袭式打法,几个新选手的反应肯定跟不上老鬼的突击速度,被抓死的次数一多,自然就乱了。

比赛安排在晚上19:30,由于荆棘战队人气极高,AIM战队也有好几位大神选手,比赛现场依旧座无虚席。

第一局,老鬼那边拿出阿珂打野,前期时越在野区对他进行针对,老鬼没占到多少便宜,可一到4级,老鬼就凭借敏锐的嗅觉开始游走。

他第一个抓的就是辅助。

刘思源这局选了张飞做辅助,在积极地给大家探视野。张飞有位移技能,而且皮糙肉厚不容易死,所以刘思源也不是很怕阿珂。

但他没想到的是,阿珂、苏烈两个人居然专门在草丛里蹲他!

这时候张飞才2.5级,阿珂已经4级,在张飞靠近草丛的那一刻,阿珂立刻绕背打出一套暴击,察觉到不对的张飞果断转身跑路,苏烈却蹲在另一个草丛,直接将他给顶回来。阿珂紧跟上2技能输出,连续背刺打出暴击伤害,迅速收下张飞人头。

——First Blood!

老鬼和队友配合的这一波埋伏,解说七少给予了很高的评价:"这是提前占好草丛的位置左右夹击，张飞死得不冤！"

张飞一死，AIM战队丢失野外视野，阿珂更加肆无忌惮地在野区游走突袭。

这种突袭式打法让不少战队防不胜防。虽然这是推塔游戏，但荆棘战队的策略就是让老鬼去野区偷袭杀人，推塔的任务交给队友。

荆棘战队最可怕的地方就在于他们不但打野很强，双边路也超强。

九醉、霜华，都是KPL一流的战士选手，其中九醉是联盟第一老夫子，玩关羽和花木兰也特别厉害；霜华的英雄池比较全面，更擅长坦克型的战士。他们防守的上、下路都很难成为突破口。一旦边路守住了，老鬼在野区的游走就可以变得肆无忌惮。

局面胶着到12分钟，荆棘战队先找到了突破口——

阿珂做出了专门对付坦克的装备，和队友在张飞必经的路上进行了三点埋伏。在张飞路过的那一瞬间，老夫子突然从草丛出来，一个大招绑住张飞，嬴政立刻在大招圈里丢下一排剑雨，阿珂迅速绕后，连续刷出被动暴击迅速收掉张飞人头。

没有前排坦克，团战根本没法打，主宰只能放弃。

目标战队退守高地，但由于人头差距太多，高地没能守住。

陆青羽叹了口气，道："这老鬼真的烦，我以前就被他杀过很多次……"

刘思源红着眼睛道："对不起，我没能保护好大家，最后一波要不是我被秒，团战也不会这样……"

连续被秒两次，他心里特别难受。

但时越知道这局不能全怪小源，自己野区也被老鬼埋伏击杀一回，整场比赛的节奏都被老鬼的神出鬼没给带乱了。

必须稳住！

时越深吸口气，朝肖明轩道："师父，下局我拿李白。"

肖明轩怔住，李白是一个极需要预判意识和大局观的打野，你得算好野区杀几个怪，留哪些小怪，支援边路的时候也得时刻关注野怪的情况……

刚想说要不要换一个，但对上时越坚定的目光，肖明轩还是妥协了："好吧。"

他选择相信时越。

第二局，时越拿出李白，全场观众哑然。

不少人甚至开始刷屏提前预告这局AIM要崩盘。

对面见他拿李白，前期就开始疯狂针对，三个跑来反野。

但没想到的是，目标战队居然五个人都在蹲蓝，时越不杀别人，专门盯着老鬼，所有人一起集火直接把老鬼给秒了。

仇恨值太大了啊！

现场观众也纷纷刷屏：

"很多选手都讨厌老鬼，神出鬼没动不动蹲草丛来一套，是个脆皮都吃不消！"

"越哥干得漂亮！"

有句话说得好——前期射手可以死，法师可以死，边路也可以死，但打野最好别死！

因为打野一旦被杀就会断节奏，节奏反而被对面打野掌握。

时越用李白游走控场，迅速支援，对面老鬼没能发育起来，比分被扳平。

1：1！

这让之前笃定地说AIM肯定要跪的网友哑口无言，没有人想到，在李白被削弱得这么厉害的情况下，越神还能拿李白打出控场的局面。

中场休息，时越回到后台倒了杯咖啡，他想用咖啡来提提神。符音发现他额头渗出一层冷汗，不由得担心地道："越哥？你没事吧？"

时越摇头："没事。"

符音柔声道："要是不舒服，就别强撑着，把压力放一放。"

时越回头看她，就见符音拿出了一张纸巾递给他，微笑着说："你不是一个人在战斗，你还有我们。"

她的话就像是最好的良药，让时越的心里突然间无比温暖。

不管是输是赢，他都不是一个人——他还有队友。

【2】

又是一场1：3的比分。

比赛结束后，老鬼带人过来握手，看着时越道："你今天好像不在状态啊？"

时越说："我要是在状态，输的可就是你。"

老鬼笑了起来，露出一口整齐的白牙："输了还这么嚣张，下回成都见！"

今天荆棘能3：1也是凭借着实力，没什么可说的。时越简单表示了一下祝贺，便带着队员们回到后台。

记者们早已挤作一团，等他们出来立刻将话筒递过来：

"连输两场，越神有什么想跟粉丝们说的吗？"

"从次级联赛突然回到KPL，有没有觉得对高强度的比赛节奏很不适应？"

"今天被老鬼埋伏暗杀那么多次，小源是不是被杀得心态崩了？"

"音符，很多人说你的花木兰到KPL就不顶用了，只能在次级联赛虐虐小朋友，你有什么想法。"

秦茹本来想拦住记者，但今天来的记者实在太多，她一个人也搞不定这么多媒体。

刘思源吓得小脸发白躲在符音后面，符音的脸色也有些尴尬，倒是时越见惯了这种阵仗，表情冷静地说："这两场比赛确实发挥得不太好，我们回去会总结经验，继续努力，谢谢。"

他一句话堵住悠悠之口，紧跟着便带着队员们迅速转身离开。

如果说第一场比赛1：3输掉，还可以用"新队刚来KPL不太适应"来解释，那第二场1：3输掉就不能找同样的借口了。

今天确实是状态不好，被老鬼的突袭给打蒙了。

时越晚上回战队后也主动在微博澄清："今天的比赛是我没掌控好节奏，指挥上出现了失误。都来骂我，别去干扰其他队员。抱歉让大家失望了。"

刘思源微博下面当时已经有不少水军在嘲讽他，说他的张飞还不如一个超级兵，居然会被阿珂秒杀。小源本来就是个新人，加上年纪小，心里正难过呢，结果时越主动把战火往自己的身上引。

骂新人当然不如骂大神过瘾，那些键盘侠立刻一拥而上，去时越的微博各种冷嘲热讽。

刘思源忍不住给符音发了条消息："音姐，越哥主动站出来担责任,其实我觉得我今天责任才最大,我要不要发条微博说明一下?看那些人骂越哥,我心里真的不好受。"

符音回道:"别多想,抱着你的猫来我这儿,我跟你说说。"

片刻后,刘思源抱着三只猫来到楼上,符音见到三只毛茸茸的小猫,立刻露出了笑容,将它们抱过来放在床上。

三只小猫排排坐,朝着符音喵喵叫个不停。

再差的心情,看见它们也会瞬间变好。

符音一边挨个揉着小猫的脑袋,一边对刘思源说:"小源,我知道你最近压力挺大的,KPL比次级联赛节奏快多了,你跟不上这很正常。我也一样,感觉好几次比赛打得都跟梦游似的,还没搞清楚怎么回事,就被对面强杀。"

刘思源点头如捣蒜:"没错!我也是一头雾水,有时候都不知道自己该干吗了。"

符音道:"你有没有想过,我们的对手是谁?"

刘思源怔了怔。

符音道:"荆棘战队,是曾经在决赛翻盘逆袭拿下过总冠军的队伍。老鬼这个人,别说是你,就连KPL最强的几支战队的队长都非常忌惮他。所以,我们输给荆棘,并不丢人。

"蓝月也是同样,上赛季亚军队,五位主力选手都没有换人,配合非常默契,战术体系也非常稳定。而我们呢?战队组建不到一年,在次级联赛也没遇到过强大的对手,大赛经验欠缺,我们能赢LY和荆棘那才是见了鬼。"

听符音这么一说,刘思源心里突然好受多了。

"不用太着急。"符音拍了拍少年的肩膀,"跟那些强队相比,我们的弱点很明显,经验不够丰富,临场反应速度不够快,容易被对方带乱节奏。但我们的优点也很明显,他们那些大神选手实力已经很稳定——而我们,却有着广阔的进步空间。"

被女神鼓励的刘思源激动得脸蛋都红了,低落的心情早已烟消云散,反而充满了斗志:"没错,我的进步空间还挺大的,哈哈哈!"

看着少年兴奋的模样,符音微微笑了笑,伸出手道:"所以,别去理会网友们怎么说,我们一起加油吧。"

两人握住拳头,轻轻碰了碰。

时越本想来看看符音,结果,站在门口正好听到两人的对话。

他本以为符音会心情不好,没想到,她不但心情平静,还反过来安慰比她更小的刘思源。

这个女生的强大,超出了他的想象。

刘思源抱着猫出来的时候就见越神站在门口,他怔了怔,立刻留下一句"音姐在屋里"就机智地跑开。

时越走进房间,目光温和地看着她:"本来想安慰你几句,现在看来不用了。"

符音关心道:"你身体好点了吗?听教练说你下午有点发低烧?"

"没什么,可能是空调温度太低着凉了。"时越说。

符音叮嘱道:"小病也不要大意,身体是革命的本钱。"

"我知道。你早点休息吧,晚安。"

符音并没有早睡,反而去厨房泡了一壶清热的金银花露。这是她小时候发烧或者上火后妈妈泡给她喝的,将金银花的叶子洗净放在碗里加一些水,大火烧开后转小火在锅里蒸十几分钟,然后将茶水滤出来加一点冰糖,放凉了喝,非常有用。

符音煮好茶端到二楼,敲开时越的门。

时越的低烧还没完全退下去,脑袋依旧昏昏沉沉,正打算睡觉,结果符音敲门进来,端着一壶茶放在他床头柜上。她微笑着说:"这是清热效果比较好的金银花露,我自己煮的,你待会儿喝一点再睡。还有退烧药,记得吃。"

时越心里满满的感动。

以前在天桓战队的时候他也生过病,但队友们最多口头上问候一下,哪有人会这么体贴地给他泡茶、送药?

对上符音微笑的眼睛,时越心头一荡,突然很想伸出手抱一抱她,但他的手刚伸出来,她就放下茶转身走了。

时越看着空荡荡的怀抱,有些失落。

端起清凉的金银花茶喝了两口,心里却又泛起一丝甜蜜——小音这是冰糖放多了吧?怎么能这么甜?

晚上睡着后梦里都是符音和清爽的金银花茶，梦境太美好，以至于次日醒来的时候，时越的嘴角都含着笑。头疼的感觉减轻不少，整个人变得神采奕奕，连训练的效率都提高了许多。

肖明轩发现他已经恢复了状态，便放下心来，开始筹备下一场比赛。

下一场，依旧是场恶战——他们即将迎战来自西部赛区的冠军队，龙族！

【3】

这个赛季联盟的赛程安排对AIM战队非常不友好，第一场打LY，第二场荆棘，第三场龙族，简直就是被强队轮番虐的节奏。

比赛开始之前，很多网友都在预测比分：

"肯定又是1∶3！"

"打龙族很难，很可能0∶3！"

由于AIM战队之前连输两场，网友们对这支战队已经从最初的吹捧到现在渐渐失去了信心，也正因此，在赛前竞猜通道居然有90%的网友猜龙族赢。

柚子作为女解说，对符音一直挺有好感的，也对AIM战队充满了期待，但从前面的表现来看，这支战队别说是夺冠，可能进季后赛都危险。但她还是努力帮AIM圆场："AIM毕竟是新组建的队伍，目前的状态不稳定，遇到龙族确实赢面比较小。但支持AIM的粉丝也不用灰心，新队伍，那就意味着无限可能，他们还需要磨炼和成长。"

大米很给面子地附和了一句："没错，我们可以看看AIM战队今天的表现。"

可惜的是，今天AIM依旧没能逆袭。

龙族的打野选手ID高原，老家在大西北，是个很憨厚的男生。本人也姓高，被KPL很多人尊称为"高指导"，因为他对打野的研究非常透彻，很多后来的打野选手都是看他的教学视频学的。

在KPL所有的打野选手中，老鬼是最神秘莫测的一个，特别擅长偷袭暗杀。时越是侵略性最强的一个，擅长节奏比较强的英雄进攻对方的野区。LY的刺骨综合能力全面，喜欢和中单幻月联手打游走，滚雪球。

但说起战士打野，最强的绝对是龙族的高原。

林洛然加入龙族后，输出能力骤增，所以高原更倾向于辅助性打野，将野区经济让给林洛然、林毅这对组合，在打团的时候让他们两个人去输出，高原在旁保护。

得到大量野区经济的林洛然发育得特别舒服，在经济超过陆青羽的情况下，林洛然能迅速清兵跟着上单林毅、打野高原一起去游走，三个人几乎是走到哪儿杀到哪儿，AIM的防线迅速被打崩。

第一局，在12分钟就输掉，上路的符音甚至被连续强杀三次。

直播间不少观众在刷屏：

"花木兰快变成超级兵了！"

"这花木兰连续死三次，是不是心态崩了？"

第二局符音没有选花木兰，选了比较擅长的边路梦奇想尽可能地抗住压力。然而，她在上路抗住了，下路的叶枫却被打崩，AIM战队再次0：2落后。

柚子有些着急，道："毅哥的上单实在是太强了！他不管和音符1V1，还是跟疯子1V1，都有很大的胜算，在这样的情况下，一旦队友过来帮，那是必拿人头的！AIM的双边路根本顶不住……"

边路顶不住压力，野区自然会沦陷，造成的后果就是一连串的蝴蝶效应，整个团队经济迅速被对手拉开。

第三局，AIM调整了策略——他们居然放出了关羽！

教练的这个举措让无数网友质疑：

"敢放毅哥的关羽，教练这是疯了吗？"

"第一局音符被老夫子捶爆，这局要是对上关羽，估计会被打得卸载游戏！"

"心疼音符小姐姐，我们来押注她会被单杀几次？"

符音紧紧咬着牙关。

她知道，教练的做法，是想让她面临最大的压力。

毅哥的关羽她曾经在训练赛见识过，但当时只是训练赛，对方没尽全力。

今天，她有幸见识到赛场上的联盟第一关羽，她必须在有限的时间内从对方身上学到更多的东西，并且在压力极大的情况下调整好心态，别被对面给打崩。

4级之前，花木兰完全打不过关羽，符音甚至都不敢走出防御塔。

关羽骑着马跑速飞快，到处支援，每次关羽离开上路去支援的时候，符音才敢出来清兵线。

开局4分钟，关羽假装去支援，其实在草丛里故意原地跑动，等花木兰出来。

这局辅助用的是鬼谷子，关羽本就跑得快，鬼谷子再来个加速，那简直是踩着油门上了高速公路。

两人趁着符音出塔清兵的瞬间，立刻飞奔过去，鬼谷子一个大招晕眩，关羽开大反向推，将花木兰推出塔外，紧跟着连续冲撞，一口气收下花木兰的人头！

直播间内不少人刷屏"666"，同时也有很多人对符音表示同情：

"真可怜，直接被关羽虐杀！"

"唉，这局看来又要崩。"

"所谓的国服花木兰，跟毅哥的关羽比真是差太远了……"

符音能想象到观众们的反应，她深吸口气，轻轻握了握手指，在复活后继续赶去上路，守塔清兵更加小心。

但是，在这样高端的对局中，不是说你足够小心，就一定不会死。

关羽从草丛绕后，直接将她推出防御塔，正好推到林洛然的攻击范围之内，两人默契配合再次将花木兰强杀。

第二次。

符音咬牙复活站了起来。

上路兵线进塔，她去清兵的时候，关羽骑着马再次冲出来想将她推到塔外。

但这回符音学聪明了，一个走位避开对方的强推，秒切轻剑反手，一套连招打出沉默。被沉默的关羽跑不动，符音趁机切重剑2技能丢过去，连续反推将关羽给推回塔下！

关羽的血量瞬间被打掉一半，沉默效果结束，关羽开大冲锋，一刀劈下来将花木兰砍掉半管血！

观众们都在惊呼——这两个极需操作的英雄单挑，真是非常有看点。

两人在塔下打得异常激烈，最终双双残血，符音的大招差1秒就要好了，只要一个大招的伤害关羽就能挂掉，可惜她没能等到最后1秒，关羽一刀劈砍收掉了她的人头。

直播间内开始新一轮的刷屏：

"毅哥666！"

"这也太不怜香惜玉了，连杀妹子三次！"

"这次还是单杀，毅哥真是一点面子都不给啊！"

"妹子是不是要哭了？"

解说柚子看到这里有些心疼符音，刚才，符音差一点点就能杀掉关羽。但就是差了那么一点点，她被对方反杀。

赛场就是这样残酷。并不是说，你努力了就能获得胜利，因为很多比你优秀的人，也同样很努力。

林毅这样的选手，平时也是从不荒废训练的，所以在刚才的对决中，他依靠丰富的大赛经验算准了装备优势和血量差距，哪怕开局技能放空被符音反打一波，但最终他还是击杀了符音的花木兰。

那一刻，符音心里很难受，倒不是被杀了伤心失落，她还没那么脆弱，她只是难受自己跟一流选手的差距，居然还有这么多。

教练放关羽让林毅选择，就是想让她更加清醒地意识到这一点。

她也确实意识到了。

之前训练的时候只沉浸在自己的世界里，没有强大的对手做对比，她永远都不知道自己训练到什么程度，现在看来，她的水平放在KPL的上单选手当中，也只能勉强拿个及格分吧。

这场比赛毫无疑问地输了，放出林毅的关羽后果有多严重，这局完全就是反面教材。关羽在前期经济起来之后，后期打团一刀劈残一个脆皮，在团战圈内横冲直撞，简直没法玩。

教练被人骂是肯定的，但被骂得最多的绝对是符音。

比赛刚结束，除了寥寥几个死忠粉在符音微博下面留言给她加油之外，大部分路人都是各种冷嘲热讽：

"那个五杀的花木兰水平挺一般嘛！"

"还没我厉害。"

"这样也能去打KPL，真是拉低KPL的水准。"

"被杀那么多次,都快变成提款机了!"

"今天开始,你可以改名叫ATM-音符!"

打完比赛后,龙族的打野高原忍不住挠头:"咱们是不是过分了?把人家小姑娘连杀这么多次……万一她哭了咋办?"

林洛然平静地说:"她不会哭的。"

林毅也笑着拍拍队友的肩膀,道:"我也觉得,这妹子坚强着呢,你看我杀她那么多次,她还能跟我打得那么凶,她哪会哭啊,肯定咬牙切齿想报复回来呢。我估计,他们教练把关羽放出来,就是想让我打击一下她,让她更有动力吧。"

众人收拾好东西去跟时越他们握手。果然,符音别说是哭,脸上的表情平静得好像刚刚打的只是一场网游排位赛。

林毅走到她面前,笑了笑说:"你这眼神,是不是很不服气啊?"

符音盯着他:"没错。"

林毅道:"你不服也没办法,我就是这么强,等你来成都,我继续教你做人,打得你出不了防御塔。"

跟妹子这样说话,怪不得毅哥找不到女朋友,凭实力单身啊!

符音依旧平静地盯着他:"好,我很期待你教我做人。"

林毅耸了耸肩,没再多说,走到时越的面前道:"我可没欺负你家妹子的意思,我都没把她当妹子看,所以就没客气。"

时越点头:"我知道。"

这林毅就是直脾气,时越很清楚他今天只是发挥出自己的实力而已,并没有轻视符音的意思。相反,他是把符音当成一个对手来尊重,所以才会尽全力。如果真的看不起符音,他随便打打就行了,没必要这么认真。

后台,熟悉的几个女领队、女记者还有官方解说柚子都跑来安慰符音,她们都觉得符音在经受这样的打击后会很低落、很难过。然而大家意外地发现,符音的脸上一点都不难过,反而平静得可怕。晚上回到战队,符音拿出手机刷了刷微博。

教练让她比赛期间不要刷微博,但她今天输得这么惨,她还是想看看网友们怎么骂她,这样才能更有动力。

前面都围绕她是个妹子在骂，但有一条嘲讽评论倒是挺有创意。在看到"你还是改名叫ATM-音符"的那条热门评论后，符音不但没生气，反而被逗笑了。她主动发了条微博道："看到一些网友的建议，觉得挺有道理。今天三局比赛，平均每局给对方提供经济约800块，共计死亡12次，我确实是'ATM-音符牌提款机'——但我是一台有理想的提款机，从我头上提走的钱，总有一天，我会追回来！[微笑]"

这微博一发出来，下面立刻冒出不少黑粉，有人说她哗众取宠，有人说她厚着脸皮留在KPL是在拉低联赛水平……有些人骂得特别难听，甚至以最大的恶意揣测她，说她进KPL只是为了炒作，说不定给AIM的老板塞了不少钱。

就连路过的KPL不少选手都有些心疼这妹子。

她是这个赛季开赛以来，被网友喷得最惨的一个。

这条微博下面上万条评论，有一半以上都在骂她，支持她、鼓励她的还不到三分之一。

但符音的微博很快就被时越给转发了，简单的三个字："相信你。"

其实时越这会儿也在风口浪尖上，之前跟荆棘1：3那场他主动背锅被骂得挺惨，如今符音被喷，他又站出来力挺，免不了有很多符音的黑粉会顺着微博摸过来，嘲讽他这个连输三场的目标战队队长。

但时越不在乎。

他只知道，今天这一场比赛，是符音被针对得最惨的一次，也是她战绩最难看的一次。

而这个关键的时刻，他希望自己能给她一点力量，哪怕只是一句话的支持。

他相信她。从哪儿跌倒，她就能从哪儿站起来。

第九章/首次胜利

【1】

目标战队由于前三周连输三场,在小组积分榜上排名垫底。

网上渐渐出现不少质疑声。

在宣传片中,他们可是信誓旦旦地说:"我们的目标是拿下总冠军。"这都小组垫底了,还拿什么冠军?这段宣传视频,被一些黑粉截图做成动画表情包,在各大微信群里流传。

而符音的微博下面更是被骂得不能看,甚至有人恶意揣测,说符音一个女生来KPL是不是有什么不可告人的内幕。

时颜看到之后都快气炸了,当天晚上就给符音发了条消息:"小音,你别理那些人,他们自己也就青铜、白银的水平,还在那里喷职业选手,不去照照镜子!"

符音回道:"没事,我不介意。"

时颜发来个抱抱的表情:"我这段时间课业太忙,都没来看你们,你们好好训练,周末我再来给你们送水果!加油!"

符音心头一暖,回了个拥抱的表情:"放心,我会加油。"

网上闹得沸沸扬扬,符音这几天干脆没上微博,甚至连微信都没登录,她换了个只下载了《王者荣耀》的手机专心训练,除了教练安排的训练任务之外,她还额外加训两个小时,每天的训练时间甚至超过了十二个小时。

秦茹见她目光坚定,就知道这女孩儿的斗志是被彻底激发了出来。

上一场和龙族的三局比赛,毅哥当着数万观众的面,连续杀了她整整九次。她死得确实很难看,还在微博自黑说要改名叫"ATM-提款机音符"。

从那以后,她就开始闭关修炼,每天大清早八点半秦茹起床的时候就见她坐在三楼的阳台上,一边晒太阳一边练英雄。凌晨一点起夜,她的房间还亮着灯,除了吃饭和睡觉之外,她几乎抓住了每一分、每一秒的时间练英雄。

秦茹每次看见她的时候,她的表情都无比认真,目光专注地放在游戏画面上,就连秦茹路过都没有察觉。

——这个女生,确实很坚强。

秦茹特别欣赏这样的女孩,换成一般人被网友们那么骂,肯会伤心难过,脾气暴躁的说不定就参毛跳脚怒怼网友了,符音却表现得格外平静,那些质疑的声音,似乎完全没有影响到她的信心,反而让她更有动力。

林毅这个KPL一流的上单,让符音清晰地认识到了自己的不足。这是好事,但肖明轩还是担心符音的精神太过紧绷,会造成反效果。在极大的压力下,有些选手会被压垮,但有些则能突破瓶颈——他希望符音是后者。

这天晚上,肖明轩叫上时越一起来到符音的卧室。她正坐在屋里的懒人沙发上抱着手机打游戏,怀里趴着一只小白猫,是刘思源送过来陪她的。

肖明轩微笑着走过去道:"小音,这两天状态怎么样?"

正好一局比完,屏幕上弹出"胜利"的字样,符音揉揉手腕放下手机,认真答道:"我感觉状态挺好的,对赛场的观察,还有对危机的嗅觉,都比以前清晰了很多。"

听她这么一说,肖明轩总算松了口气,道:"那就好。对于网上的那些质疑,你别往心里去。"

符音笑:"怎么?他们又在微博骂我?不累的吗?"

这都骂几天了还不消停,网友们也是精力旺盛啊!

时越走过来摸了摸她怀里的小猫,低声说道:"不仅是骂你,我们整支战队都在被骂,大部分人都认为,我们把目标定在总冠军是不自量力,说我们可能连季后赛都进不去,想拿冠军是痴人说梦。你别去看评论,专心备战吧。"

符音能想象到网上的硝烟弥漫,目标战队宣传时打出的旗号确实是"夺冠"。如今小组垫底,全联盟倒数第一的积分也怪不得会被网友们嘲笑。她肯定是被嘲笑得最惨的一个,因为上一场她的表现确实很差劲,被杀成了ATM提款机。

不过，她并不在乎网友们怎么说她。她在乎的是，教练信她，越哥信她，队友们都还相信她。所以她为什么不多相信一下自己，而要去在意那些陌生人的看法呢？

符音抬起头来，目光坚定："放心，我不会理那些负面评论，有那时间去跟网友们较真，我还不如多打两局排位。"

她的心态确实很好，都被喷成这样了还能神色平静。

肖明轩笑了笑，道："你能这么想我就放心了。下一场我们的对手是ICE，这支战队的实力没有龙族和LY那么强，我们可以尽全力试试看，能不能赢回一场。"

符音歪着头想了想，突然说："对了，他们都说我是战队短板，是拖油瓶，教练要不要针对我这个点做一些布置？"

"你是说，拿你当诱饵，围绕上路打开局面？"

"嗯，上一场比赛我上路崩成那样，他们肯定会觉得我的上路最弱，他们有很大的概率围绕着上路打，只要强杀掉我，尽快打通上路，后面打团就会游刃有余。"

"这样吧，明天开始我们进行为期三天的封闭式战术集训，我把训练营的小朋友们都叫过来，和大家一起研究一下战术体系，看看怎么打ICE才更好赢。"肖明轩道。

"好的！"符音用力点头。

看她眼神明亮、兴致勃勃，哪有半点被网友们打击到的样子？这丫头真有种"越挫越勇"的精神，肖明轩当时故意放林毅的关羽，确实没做错。

从符音卧室出来的时候，肖明轩见时越目光温和，不由得微笑着拍了拍时越的肩膀，道："你真有福气。"

时越怔了怔："什么？"

肖明轩想，有这样一个女孩子认真地喜欢你这么多年，你上辈子是不是拯救了地球啊？

不过他答应了符音保密，自然也不好直接说出来。

次日中午，训练营的五个少年准时来到训练室，围着桌子排排坐好。教练让怎么练，他们就怎么练。作为刚跟战队签约的新人，他们虽然不能上场，但这五个少年都是时越、陆青羽这些大神的粉丝，他们也很希望主力队能赢。

训练紧锣密鼓地进行着，每一个人都全身心投入，大家对接下来的比赛也充满了信心。

很快就到了周末。

这一周的比赛，目标战队与ICE战队的对决安排在周六晚上19:00，不但比赛的场馆座无虚席，在线看比赛直播的观众也比往常翻了好几番。

竞猜频道的第一道竞猜题目是：

本场比赛的获胜方，ICE战队？AIM战队？

有95%的网友选择ICE战队，显然大部分支持AIM的路人都已经失去了信心，觉得AIM这支战队实力太差，没有必要继续给他们投注竞猜币了。

相反，ICE是经常进季后赛四强的老牌战队，这几个赛季表现一直很稳定，还有KPL公认的第一辅助——冷静的队长冰雨。

大家都觉得ICE获胜的概率极大，就连解说想圆场都想不到台词了。

柚子看着这个数据，脸色颇为尴尬，但还是努力圆场："AIM之前三连败，两场1:3，一场0:3，确实会让人觉得战队的实力比较弱，但是，他们遇到的三位对手都是非常强的队伍，蓝月上赛季亚军，荆棘去年秋季赛冠军，龙族上赛季冠军……连续遭遇强队，打出三连败，也不能证明他们就没实力进季后赛吧？"

大米赞同："说得没错，经过一段时间的磨炼，这支队伍的水平肯定还会有很大提升。"

柚子道："我觉得，喜欢一支队伍的话，在这支队伍处于低谷的时候不应该放弃他们，因为他们在这个时候更需要鼓励。所以，我希望，现场AIM的粉丝们，给你们喜欢的选手加油，让他们听到你们的声音，好不好？"

在解说的号召下，现场也不知道是哪个妹子，突然站起来大声喊道："AIM——加油！"

导播将画面切了过去，发现这妹子穿着牛仔裤和短袖T恤，一头利落的短发，有种很特别的帅气。她一只手举着"AIM必胜"的灯牌，另一只手还拿着个小喇叭。

她的声音可谓"中气十足",这一声喊,把现场AIM的粉丝们的热血全部调动起了,众人立刻声嘶力竭地呼喊:AIM,加油!

——AIM,加油!

排山倒海一般的助威声,很快就响彻了整个会场。

舞台上,所有的选手都戴着隔音耳塞。但是台下成千上万的声音汇聚在一起,选手们还是能够听到。

刘思源激动地道:"居然有人来给我们加油啊!我还以为我们只剩下黑粉了!"

叶枫拍拍他的肩膀:"虽然成绩不好,但我们有男神在,越哥和羽神的粉丝数量可不是吹的。"

陆青羽微微笑了笑,他听出来了,那个拿着喇叭吼"AIM加油"的,正是徒弟时颜。她没告诉他们今天要来看比赛,所以陆青羽听到她声音的那一刻还挺意外。

真是威武,居然拿着喇叭喊加油。不管比赛输不输,在啦啦队的气势上至少不能输。

符音也朝时越说道:"台下带头喊加油的那个,好像是颜颜。"

时越挑眉:"她这是要成为助威队的队长吗?"

符音扬起嘴角微笑起来。她轻轻握了握拳头,在心里跟自己说:符音,加油!

你闺蜜都专门来现场拿着喇叭给大家喊加油了,你好意思再死成ATM提款机吗?

符音深吸口气,搓了搓有些冰凉的手指,将目光放在了面前的屏幕上。

这一场,她一定要拼尽全力!

【2】

比赛很快开始,AIM今天抽签抽到的是红色方,后手禁选英雄。

第一阶段,肖明轩禁了太乙真人、姜子牙,对方连禁两个战士苏烈、花木兰——这显然是在针对边路,ICE的教练肯定认为符音、叶枫两个人的边路英雄池不够深,才会在第一阶段连禁战士,让他俩选不到擅长的英雄。

果然，首抢的时候他们抢下了关羽，大概是想学毅哥单杀符音的那场比赛，拿关羽来打开缺口。肖明轩直接拿下边路梦奇和辅助东皇太一。

这个选择让解说也大为意外，其实东皇太一的优先级没那么高，一般教练都是先选强势的边路、打野或者法师，辅助都会放在比较后的位置。不过柚子却觉得明神这么做也有道理："毕竟他们的对手是ICE战队，冰雨的东皇太一，可是有着90%的高胜率！他们抢掉东皇太一，也是不想让冰雨选到最拿手的辅助。"

七少却不赞同，摇着头道："冰雨会玩的辅助很多，拿走东皇太一没这个必要吧？"

大米笑着打圆场："我们再看看后面，说不定明神有自己的套路。"

ICE的教练见对方选走东皇太一，只微微怔了怔，很快就调节过来，迅速拿下中单干将莫邪，打野李元芳。

干将莫邪是和嬴政类似的手长法师，特别擅长打远距离消耗。李元芳是自由人体系当之无愧的王牌射手打野，推塔速度飞快。他这样一拿，边路关羽、中路干将莫邪、野区李元芳，直接拿下三个强势的点，整体团战的实力立刻上了一个台阶。

肖明轩见对方选走李元芳，就不想再拿自由人体系跟对面硬碰，他在第三个拿了边路战士：白起。

第二阶段，由于AIM没选打野，对面教练迅速禁掉了裴擒虎和百里玄策，这两个打野是当前版本野核体系比较厉害的，前期作战能力远超过阿珂、娜可露露、韩信这些刺客型打野。肖明轩则禁掉了两个边路。

在选英雄的时候，AIM突然拿出扁鹊。

柚子恍然大悟："多战士体系，配上扁鹊，打团会特别厉害！当然，扁鹊在中路跟干将莫邪对线的话，前期可能会比较吃亏，好在扁鹊清兵线速度很快，只要走位小心一点，别被对面大招打到，倒也可以打个五五开。"

ICE紧跟着选出比较肉的战士刘邦，和有群控、加速的辅助鬼谷子。

目标战队还剩最后一个没有选——正是打野位。

观众们都期待地看着大屏幕，直播间内不少人在讨论：

"越神还要继续打野核吗？"

"有本事拿李白啊！"

"这个阵容拿李白肯定被捶成皮皮虾，对面肉太多，李白根本进不了场！"

"看越神拿什么！"

屏幕上，最后一个选位迟迟没有动静，直到倒计时快要结束的时候，才终于确定——

达摩。

这个人选一出来，全场观众开始疯狂尖叫，很多看直播的网友也开始刷"凉凉"：

"达摩打野？AIM这局要凉！"

"我就说肯定0∶3吧，选的这是什么鬼啊？"

"拿达摩打野核？越神你是在逗我！达摩不是应该走边路吗？"

不管观众们的争议有多大，人选最终还是确定了下来。

一直很喜欢AIM战队的柚子有些担心，达摩打野曾风靡一时，但现在这个版本确实不太吃香，前期伤害跟不上，控制也不太稳定，更关键的是，达摩打野的话要带惩击，不能带闪现，这就没法闪现开大了啊！团战的威慑力也远不如边路达摩。

七少冷静地分析："AIM的这套阵容是四个前排带扁鹊的纯团战体系。梦奇群控，东皇太一硬控，白起群控，达摩也可以一拳上墙打出晕眩……控制太多了，如果在5V5的团战中他们能打出完美的控制链，扁鹊的毒就可以一直毒下去，弥补输出不够的问题。"

大米点头赞同："这在理论上确实是可行的。ICE这边，关羽、鬼谷子的加速体系比较灵活，刘邦非常肉，在这三个人的保护下，李元芳、干将莫邪两个后排可以疯狂输出。从输出上来看ICE是明显超过AIM的，但打团的胜负，还要看AIM那边的控制链能不能打出来。"

比赛开始，AIM战队东皇、达摩和梦奇三个人联手进攻对方红Buff野区。

一般来说，反Buff都是去反蓝，毕竟蓝Buff所在的地形进攻和撤退都比较方便。但这局时越却突然反其道而行，三人集体进攻红Buff野区。

冰雨意识一流，很快就从草丛的动向发现了这一点，召集队友反入侵对面的红Buff。

之所以不回防，是因为梦奇、东皇太一在1级的时候都特别强势，要是正面硬拼肯定拼不过。

这个正确的决策，也让ICE战队开局时没有损失太多的野区经济，时越在反完红区全部的三个野怪后，回到自家蓝区又收了一波野怪，对面的李元芳只少拿了一个小野怪，差距并不大。

此时，上路符音的梦奇，和对面的战士刘邦对线。梦奇打刘邦并不能明显占到便宜，但也不会太吃亏。符音这局发育得还算比较舒服，粉色的胖兔在她的操作下似乎异常灵活，清兵线，偷野怪，不时在草丛里游走探视野。

中路，陆青羽的扁鹊对上ICE干将莫邪。由于陆青羽走位技术一流，对方法师放出来的技能大部分被他躲掉，加上扁鹊可以自己加血，两人打了半天彼此都是满血状态，局面看似五五开。

下路，叶枫这局拿了白起，对上的是关羽。白起清兵线的能力肯定不如关羽，往往关羽清完一波兵跑去支援了，白起还在打小兵，这就造成白起暂时走不开，不能参与到团战中。还好小源的东皇太一一直在下路附近游走，查探视野，避免对面的打野过来抓人。

双方相对平和地发育了一段时间，直到第一条暴君刷新。

职业联赛中，对暴君的重视远远超过了网游里的排位赛，因为职业联赛击杀的人头一般不会太多，大部分比赛都是经济战，暴君能给全团队增加经验和经济，可以说是兵家必争的资源。

除了上路梦奇和刘邦还在1V1之外，中路、下路、野区的人，渐渐开始在暴君处集结。

李元芳已经4级了，达摩也是4级，双方辅助才2级，其他人都是3级左右。不到4级没学会大招，作战能力并不强，这时候打团的话，关键还要看打野的发挥。

双方4V4开始拉扯，谁都没有先动手。

结果就是你看我一眼，我看你一眼，拉扯片刻后两边都撤了。

柚子忍不住道："看来双方都是求稳啊！不想先开这条暴君，因为一旦开打，对面过来抢的话，很可能反被团灭。"

七少点头:"不开是理智的,谁都没有必胜的打算,正好野区小怪刷新了,所以先撤一波继续发育,看看情况。"

第一条暴君孤独地站在自己的坑里,暂时无人问津。

但不打,不代表就会放弃,暴君附近的视野双方辅助都会去看,免得被对面给偷掉。

又过半分钟,野区的小怪全部清完。时越看了眼地图,道:"小音在上路拖住刘邦,这一波兵线清完开暴君,不要真打,把人引过来。"

刘邦没到4级,不能传送支援,这时候4V4开暴君,双方的胜算其实也是五五开。

白起、东皇太一开始朝暴君处集结,两个人在那里假意开打。

对方很快发现了AIM在"偷暴君"的意图,冰雨立刻集结队友过来抢。双方你来我往地交换了一波技能,李元芳、干将莫邪追着东皇太一打,可怜的东皇太一迅速被打死。

就在这时,早已埋伏在草丛里的时越,突然一个1技能接上大招,一拳将李元芳、干将莫邪两个人轰到了墙上!

陆青羽一直观察着战局,几乎在达摩晕住对方的瞬间立刻在两人脚下丢了个毒圈。

达摩大招刷新之后伤害巨高,一套连招将两人迅速打残。而陆青羽手速也是飞快,毒圈叠毒的同时,他还用1技能范围横扫叠了一层毒,紧跟着用普攻迅速往上叠。

转眼间,李元芳和干将两人都被活活毒死!

——Double Kill!

陆青羽的扁鹊直接拿下双杀!

越神和羽神的这一波配合让全场观众激动得尖叫,尤其是他俩的粉丝,之前的三场比赛看得无比憋屈,但刚才这一波配合实在过瘾!

一个辅助换对面双输出,而且对面元芳、干将一死,达摩立刻配合扁鹊抢下暴君,这波团战大赚。

比赛进行到4分半,对方开始主动寻找突破口,他们将突破口选在了符音的梦奇所守护的上路。显然在他们看来,符音是最好对付的一位选手。

兵线渐渐来到防御塔下，鬼谷子、关羽、李元芳三人聚集在上路，抱团强推塔。刘邦被换去下路，因为他可以随时传送支援。

这时候，上帝视角的观众们可以发现，达摩清完野区的小怪，正蹲在侧面的草丛里，而中路的扁鹊也清完兵线开始往上路支援，对方中单干将莫邪清完兵后同样前往支援，这就造成双方即将面临3V4的局面。

三打四，从表面上看是打不过的。

此时，东皇太一正在以最快的速度往上路赶去，白起和刘邦下路还在清兵。

上路兵线进塔！

几乎是同一时间，鬼谷子隐身加速，带着跑得飞快的关羽越塔强开团！

在守塔的梦奇被关羽直接推了出去，李元芳开始疯狂点塔，防御塔的血量转眼间就被点掉一半。

梦奇被关羽、鬼谷子、干将三个人集火，血量哗哗往下掉，眼看就要挂掉，结果这时候符音突然开了个大招——越墙逃跑！

梦奇的大招距离很远，符音这么一越墙，对面自然会追不上。

几乎是她越墙跑掉的那一瞬间，时越的达摩突然从草丛出来，一个大招，一拳将干将莫邪给轰到了墙上！

扁鹊紧跟着爆手速叠毒，转眼就把干将毒成一丝血皮。

——扁鹊击杀了干将莫邪！

柚子看到这里忍不住惊叹："在人群中准确地找到干将莫邪，一拳捶上墙，越神的达摩真是太溜了！"

七少道："东皇也过来了。"

话音刚落，就见小源的东皇太一悄悄地绕到后方，他盯准的是正在全力推塔的李元芳。

东皇太一直接闪现开大，将李元芳绑在了塔下！

这个闪现大招出乎所有人的意料，就连李元芳自己也非常意外。

被东皇太一绑住后，李元芳不能逃跑，扁鹊在他脚下放了个毒圈并迅速普攻，脆皮的李元芳转眼就被毒残了！

眼看李元芳就要挂了，就在这时，刘邦突然从天而降，给他套了个护盾。

刘邦的全图支援速度飞快,李元芳总算保住了一条小命,一个2技能逃回自家塔下。

只剩一丝血皮的李元芳失去作战能力,只好找了个草丛回程。

但他没想到,符音一直盯着他,在他回程的时候,梦奇从两座防御塔之间绕了过去,将只剩一丝血皮的李元芳一巴掌拍死。

——梦奇击杀了李元芳!

这个消息惊呆了全场观众,尤其是台下的时颜,忍不住喊道:"小音厉害!"

被梦奇拍死的李元芳很想吐血!

ICE的这一波进攻不但没有打出缺口,反而损失两员大将。本来他们想越塔强杀符音的,没想到符音的梦奇居然跑得那么快,还机智地回头捡了个漏?

冰雨也大为意外,不禁皱眉道:"撤!"

两个输出已经挂了,对面有扁鹊加血,这一波团战已经没法打赢。

还好李元芳拼死推掉了一座防御塔,死两个人不算特别亏。

然而下一刻,就听到耳边传来声音:"我方防御塔被摧毁!"

是下路,白起趁着刘邦去支援团战的时间,断掉了一波兵线,将下路的塔也给推掉。

这么一对比,这一波团战可算是血亏!

比赛进行到中期,团战在中路彻底爆发!

双方5V5。梦奇走在最前面,不断地丢出大招逼后排走位。

梦奇的大招不一定要全放出来,放一半可以自动打断,打断之后冷却时间变短。符音将大招放在对面后排,逼得李元芳和干将莫邪不得不调整走位,她不全放,总是放一半就收回来,这样的反复消耗让李元芳和干将莫邪烦不胜烦!

当然,对方关羽在前面骑着马横冲直撞,配合鬼谷子的加速,也让我方烦不胜烦。

关羽的意图很明显,他想强杀扁鹊,只要扁鹊一死AIM就没法打团。但时越早已洞察先机,让小音和疯子两个肉盾在前面顶着,小源在后排贴身保护扁鹊——关羽一过来，东皇太一直接大招咬住！

想咬住奔跑的关羽并不是容易的事，但小源还是做到了。

关羽一被咬住，扁鹊和达摩立刻跟上输出强杀关羽。

扁鹊的毒、达摩的拳，一套伤害连招，关羽瞬间被打残。他这局出了肉装，没被毒死，鬼谷子过来救，关羽立刻逃跑。身上带着五层毒，再不跑必死无疑。

但没想到，他才跑出去几米，扁鹊突然闪现跟上，直接一个毒爆将他给爆死！

——扁鹊击杀了关羽！

关羽一死，团战立刻轻松很多，扁鹊又迅速回到后排，在队友的保护之下反复在地面丢毒圈。

前排，梦奇一直放大招骚扰，让李元芳和干将莫邪头疼无比，但这两位毕竟是职业选手，干将又手长，转眼间就把梦奇给联手打残。

李元芳见梦奇只剩最后一丝血量，一个2技能过来，给胖兔丢了个标记。正要继续输出，结果就见梦奇突然一个大招——再次越墙逃跑！

"砰"的一声，身上的标记爆炸了，梦奇被炸得只剩10点血，居然没死？

直播平台很多网友都在笑：

"胖兔好灵活啊！"

"跑得真快！"

"连续两次丝血逃生，这不是巧合吧？妹子的胖兔玩得挺溜啊！"

"感觉她的梦奇也不比花木兰差？"

符音在前排吸收了大量伤害，丝血逃跑将战场交给队友。

这一波拉扯的团战最终以我方零死亡、对方关羽牺牲、其他人全部残血撤退而告终。

观众们震惊地发现，不知不觉间，ICE战队的正面团战居然打不过了？

10分钟左右，主宰处的团战AIM直接打出了碾压性的优势。

符音让兔子躲在草丛里，开了一个完美的大招——粉红色的大圈迅速扩散，在最后一秒，梦奇突然瞬移到大圈的中心，将附近的李元芳、干将莫邪两个人全部击飞!

这一波侧面开大,直接切入了对方后排!

达摩紧跟上控制链,时越和符音联手,连续的控制让李元芳和干将莫邪几乎失去了反抗的机会。

梦奇的爪子不断拍向对方两个脆皮,几巴掌下去,对方就被拍死。

——Double Kill!

凶悍的兔子居然拿下了双杀!

对方迫不得已撤退,符音在他们必经的路上丢了个减速圈,白起一招范围嘲讽,又将逃跑的对方给拉了回来!

0换4!

除了关羽骑着马跑掉,其他的四个人全部死在了野区!

AIM趁机拿下主宰,通过兵线运营,强上高地,一举推掉水晶!

——胜利!

看着大屏幕上的金色大字,时颜激动得泪流满面。她知道小音很不容易,最近网上铺天盖地的质疑声,她看着都生气,何况是被质疑的符音本人?

但是,小音今天丝毫没有受到影响。

她的梦奇,那只萌萌的粉色兔子,在赛场上打出了极为凶悍的气势!

时颜用力握紧拳头,喊道:"女神好样的!"

比赛结束后,本局比赛的MVP居然给到了梦奇。

这一局其实每个人都发挥得很好,尤其是越哥的达摩,每次大招晕人都定得特别准。但是,几波团战能赢的关键,梦奇的作用不可小觑,从赛后数据来看,本场比赛,梦奇承受的伤害居然超过了30%!

柚子看到这个数据不由得瞪大眼睛:"梦奇这是吸收了成吨的伤害啊!"

七少冷静地说:"而且在吸收了成吨的伤害后,每次都能越墙逃跑,让对方前功尽弃,这才是最可怕的。"

那只灵活的兔子,逃跑起来毫不犹豫,大招直接越墙。反打的时候也非常果断,最后一波完美开团简直就是梦奇的教学,一个大招砸起来对面的两个后排，配合队友拿下双杀，凶得不讲道理。

现场观众掌声雷动——这次的掌声，送给这位饱受质疑却发挥出色的妹子。

看到胜利的画面，符音的脸上也终于扬起了一个笑意，搓搓手，拿起水杯喝水。

时越回头看她一眼，目光温柔："你打得很好。"

符音笑着说："是大家配合得好。"

每个人都发挥出了自己的作用，这才是一支好的团队。

以前的几场比赛，她跟疯子、小源总是跟不上节奏，但是今天这一局，由于越神和羽神在前期打开了局面，他们三个在团战中也跟上了配合，所以才能赢下。

这不是她的功劳，是大家一起闭关训练一整周的结果。

听着台下震耳欲聋的掌声，符音微微笑了笑，道："继续加油吧，今天的比赛我们一定能拿下！"

【3】

第二局，对方教练直接禁掉梦奇，显然对符音的表现相当认可。

双方选英雄速度飞快，很快就确定了阵容——ICE是花木兰、夏侯惇、苏烈、李元芳、姜子牙，AIM这边则是白起、达摩、张飞、扁鹊加上马可波罗。

肖明轩本以为对面选苏烈要走边路，但从阵容上看，苏烈应该是打辅助，姜子牙中单，李元芳进野区。

这是非常强势的速推体系。

姜子牙每秒钟给队友加经验，可以大幅度提高队友升级速度，让所有队友优先到4级。

比赛开始，姜子牙的存在让ICE占据了绝对优势——所有人都提前到了4级。

AIM战队理智避战，让掉了第一条暴君。

但让经济形成的滚雪球效应使得对方不但等级领先，装备也开始渐渐领先。

比赛进行到4分半，炮车来到中路塔下，ICE在中路强逼团，冰雨的苏烈从草丛里大招接闪现，一下子捶起来三个人，李元芳在团战中心丢了个大招飞镖，转眼就将AIM战队扁鹊和达摩全部打残。

苏烈在塔下横冲直撞，一口气拿下双杀！

这一波节奏打开了僵持的局面，李元芳开始迅速推塔建立防御塔上的优势，虽然张飞的反手能力也很强，但AIM战队在打了10分钟的防守战之后，对方通过精细的兵线运营把人牵制在下路，利用主宰强行推掉了上路的高地。

高地团战，苏烈再次完美开大，一个闪现大招直接捶起来三个人，锁定了胜局。

符音感叹道："不愧是KPL第一辅助，两波完美开团。"

肖明轩将队员们叫到休息室里，鼓励道："这局不怪你们，是我选将上的失误。姜子牙这种不确定因素就不该放出来，下局禁姜子牙，我们来拿自由人体系，阿越去边路，叶枫你做好准备进野区。"

叶枫点头："明白！"

第三局AIM战队禁掉姜子牙，双方各自拿了一个射手打野，AIM拿的马可波罗，ICE拿了公孙离。

这是自由人VS自由人的对决，辅助方面AIM选了小源比较擅长的张飞，ICE那边拿了冰雨最擅长的东皇太一。

前期双方都平稳发育，到了中期推塔团战的阶段，叶枫一个走位失误，立刻被东皇太一眼明手快地抓住机会一口咬住。

叶枫还没回过神来就被瞬间秒杀，他心里也忍不住震撼于冰雨大神的反应速度。

射手一死，AIM的团战正面直接崩盘被对面一波推了高地。

这是典型的猝死局。

也就是前期非常平稳，中后期一波团战失误，直接猝死送掉比赛，这样的对局在KPL中极为多见。

叶枫非常愧疚，主动跟大家道歉："这局是我的错，我应该注意东皇太一的位置的……"

时越平静地道："没事，下局好好打。"

叶枫道："我还是不拿自由人了，今天玩射手的手感不是特别好。"

肖明轩理解地点头："行，那我们下局继续打野核。"

每个选手在比赛的时候手感确实会变，比如陆青羽，有时候玩诸葛亮特别顺，手热的状态能连续收割拿下三杀。可有的时候怎么也发挥不好，总是各种失误。教练必须根据选手们的状态随时调整策略，既然叶枫今天玩射手不太顺，那就立刻调整打野核。

重担又落在了时越的肩上。

肖明轩把时越叫过去，低声说道："现在的比分是1：2，我们落后，这一局能不能扳回来是关键。你想拿什么英雄？"

时越道："玄策或者老虎，野核的话，这两个前期会比较强势。"

肖明轩没有犹豫："好。"

教练的信任让时越心里一暖，身侧的拳头也轻轻地握了起来。

——他不能让师父失望，更不能让符音，还有队友们，一直面对网友们的质疑。

作为目标战队的队长，这一局，他必须扳回来！

比分2：1，直播间内网友们的弹幕五花八门，大部分都在说"AIM要凉"。

关键的第四局开始。

柚子紧张地道："这一局是ICE的赛点，如果他们能拿下这局比赛，就可以3：1获胜。但这一局同样是AIM战队最后的机会，他们想要赢下今天的比赛，必须扳回这一局，打成2：2平，才能进最后的决胜局！"

双方很快确定阵容，AIM战队居然首抢了裴擒虎。

直播间内又开始刷屏：

"又选赔钱虎，看来AIM要输定了！"

"赔钱虎，这是让我赔钱的意思吗？我全部身价都押了AIM赢，越神你别这样！"

看到这个选择，柚子也忍不住担心起来："其实，裴擒虎这个英雄前期确实非常强势，因为大部分英雄1级只有一个技能，但他在1级的时候相当于三个技能，人形态和虎形态自由切换，输出非常爆炸。但可惜的是，KPL赛场上裴擒虎的胜率并不高。"

七少分析道："这也是因为当前版本的战士大多皮糙肉厚，很难打得死。只要前排保护到位，裴擒虎想要切到后排就没那么容易，而且他手短，这是天生的缺陷，够不着后排的话打团很难发挥出作用。"

因为裴擒虎的胜率太低，被网友们戏称为"赔钱虎"，意思是买这个英雄纯属赔钱。

时越敢在关键的第四局拿出来，真是够有勇气。

双方很快选完阵容，AIM这边时越拿下裴擒虎，符音拿了老夫子，叶枫拿白起，小源拿的鬼谷子，中单陆青羽拿了扁鹊；ICE那边是达摩、花木兰双边路，辅助张飞，中单杨玉环，打野李元芳。

双方中单扁鹊、杨玉环都可以加血，后期团战的容错率会比较高，如果互相拼奶量的话，可能一波团战要打很久才能打出结果。

从理论上来说，ICE的阵容胜算更大，毕竟张飞这个大肉在前面逼走位，可以让李元芳非常舒服地推塔。加上花木兰、达摩都有一定的切后排能力，杨玉环还能群体加血，这套阵容进可攻、退可守，可以说是非常全面。

反观AIM这边，老夫子单控，白起和鬼谷子都有群控，控制技能足够，扁鹊奶量和杨玉环也能打个五五开，但关键在于裴擒虎手短，输出远没有李元芳躲在后面普攻那么方便，所以，一旦打团，AIM这边如果做不到切死对面杨玉环和李元芳，就会越打越难受，裴擒虎甚至会面临无法进场的尴尬处境。

比赛开始，双方前期平稳发育，暴君处的团战也没能打起来。

因为是赛点局，ICE不想浪，AIM自然也想求稳。

暴君2分钟刷新，一直没人打。李元芳、裴擒虎两个打野位的游走也没找到机会。

直到4分半的时候，双方才展开第一波正面团战。

ICE四人抱团来抢暴君，AIM三人防守，看上去4V3似乎很占便宜，但就在双方僵持不下的时候，鬼谷子突然隐身加速冲到人群里，一个强拉，将李元芳和杨玉环两个后排全部晕住，白起紧跟上晕眩控制，扁鹊立刻在他们脚下叠毒。

对方后排血量被压残，就在这时张飞一个大招反吼，将AIM的人全部逼退，杨玉环一个大招又把血量给补了回来。

AIM正面打不过，只好后撤。

但同一时间，上路传来了好消息——符音的老夫子一个大招接闪现直接绑住对面花木兰一顿猛捶，藏在草丛里的裴擒虎变身老虎状态，直接扑向残血的花木兰，将对方一口咬死！

——First Blood！

时越和符音配合，强杀了对面正在清兵的花木兰。

两人杀掉花木兰后立刻带着兵线进塔，推掉了上路的外塔。

虽然丢掉暴君，可时越突然去上路支援配合符音强杀对方花木兰，一座塔加一个人头，换一条暴君，不算亏！

柚子激动道："音符见老虎过来支援，果断上前绑住花木兰，两人这一波配合真是默契啊！"

七少冷静地说："一血被裴擒虎拿到，接下来就看老虎能不能做一些文章。"

上路拆掉外塔，提前解放了符音的老夫子，她只要清掉一波兵线就可以直接支援队友。

时越在中路打下"注意"的信号，意思是可以在中路寻找机会。

符音立刻按照指示让老夫子蹲在中路草丛，这次她没闪现，不能远距离大闪，但她有1技能，可以把杨玉环给勾过来。

时越打下信号：发起进攻！

符音会意，见杨玉环走位靠近草丛，她立刻一个1技能将杨玉环拉过来，紧跟着接上大招，把杨玉环绑在原地。

陆青羽和时越迅速跟上输出，直接将杨玉环瞬间秒掉。

——裴擒虎击杀了杨玉环！

人头又被时越拿到。

这两个人头赚到不少钱，时越给老虎买了一件输出装备，主动在野区寻找机会，小源的鬼谷子则跟在他后面帮忙。两人跑去对面把野怪反了个精光。

片刻后，李元芳和张飞果然过来清野怪，鬼谷子突然加速强拉，直接晕住了李元芳，裴擒虎跟上输出，先用人形态将李元芳打残，在李元芳切换2技能逃跑的瞬间，立刻变身猛虎，越墙弹跳追击，一口咬死了李元芳。

——裴擒虎击杀了李元芳!

之前拼命刷"赔钱虎"的观众们,这下不吭声了。

柚子忍不住笑了起来:"越神这老虎,才有老虎的样子啊!特别凶!"

七少也道:"裴擒虎在野区的作战能力其实非常强,因为他的技能可以在碰触墙壁时进行跳跃追击,只要利用好地形,追杀残血还是相当给力的。"

裴擒虎没有控制技能,留不住人,所以就要靠队友的协助。不管是符音大招绑人,还是鬼谷子大招晕人,只要队友控住对面,时越的裴擒虎就能瞬间秒杀对手。

——你从来不是一个人在战斗。

他突然想到符音的那句话,他的身后还有值得信任的队友!

前期收了三个人头的裴擒虎装备迅速成型,中期团战时,光是人形态的远距离普攻都能打出不少伤害。

更何况,队友们也非常给力。

不断积累的经济优势渐渐形成了滚雪球效应,最终高地团战时,鬼谷子先加速开团,白起紧随其后范围嘲讽,符音的老夫子大招闪现绑住了杨玉环!

柚子忍不住惊呆了:"我的天!音符这老夫子有点溜啊,每次大闪都能绑住对面的后排!"

大米也笑道:"她跟越神的裴擒虎配合,绑一个,死一个,真的厉害!"

符音把杨玉环绑住一顿捶,时越跟上输出,杨玉环先跪了。李元芳想逃跑,裴擒虎果断从人形态化身为虎形态,借助旁边的墙壁跳跃追击。

——双杀!

正面团战,花木兰、达摩、张飞和白起、鬼谷子、扁鹊打得难解难分。

对方花木兰和达摩也很有灵性,直接绕后秒了扁鹊。可惜强杀扁鹊代价惨重,两人都放出了不少技能,符音和时越立刻回头支援!

——发起进攻!

队长一声令下,大家没有一个人撤退,哪怕叶枫的白起只剩最后一丝血,也硬着头皮顶在前面抗伤害。

白起一个范围嘲讽,成功命中,将达摩给强拉回来。

裴擒虎立刻跟上输出将达摩杀掉——三杀!

花木兰杀了丝血的白起,可惜自己也残血,被裴擒虎一口咬死——四杀!

最后只剩张飞变大跑回水晶,时越当然不会放过,直接追到水晶前一招啃咬将张飞也咬死——五杀!

虽然裴擒虎自身被水晶给打死,但在这一波团战中,他杀光了对面的全部对手!

还活着的老夫子、鬼谷子,等兵线过来,一口气拆掉了对方水晶!

——胜利!

全场观众激动得差点从座位上跳起来,看直播的观众们也在疯狂刷屏,尤其是时越的粉丝们,刷得特别解气:

"越神的老虎贼溜!"

"越神的裴擒虎才是真老虎,我的赔钱虎大概是一只病猫!"

"老虎能玩这么凶,越神不愧是越神!"

柚子的眼泪都快出来了:"我的天,五杀!裴擒虎的五杀,由AIM战队的越神所创下的第一个五杀!"

一向冷静的七少看到这里也忍不住赞叹:"其实,英雄强不强,关键还要看是谁在操作。当年,李白被削得很厉害的时候,时越把李白送上了神坛!如今,裴擒虎被大家嘲笑为'赔钱虎'的时候,他又拿这个英雄打出了五杀!"

柚子激动得声音都在发颤:"没错!这就是越神为什么被称为'越神'!优秀的选手,不会因为官方削弱某个英雄就变弱,他们的适应能力绝对是最出色的!最近AIM战队饱受争议,但是在这关键的一局,身为队长的越神终于站了出来!他在队友们的支持和配合下,打出了完美的裴擒虎教学!也创造了KPL的历史上,裴擒虎的第一个收割五杀!"

时颜坐在台下,眼泪不断地在眼眶里打转。

当年哥哥休学去打联赛的时候,她跟父母拼命反对。但是此刻,亲自坐在赛场,她才深切地体会到他的不容易。

在1:2落后的情况下抗住压力扳回一局,这可不是一般人能做到的。

如今，她的哥哥、她的闺蜜、她喜欢的人，都在这个舞台上，她能做的，只有全力为他们喊出一声——加油！

在时颜的带领下，现场"AIM加油"的声音此起彼伏，几乎要冲破场馆的屋顶！

2∶2了，大家加油！

或许是被粉丝们的热情所影响，又或者是越神带着众人在第四局打出了气势，最后的第五局决胜局，AIM战队在短短10分钟内就赢下了比赛！

又是一波猝死团，对方中单一个走位失误被时越抓准机会秒杀，AIM全面追击，直接打出一波0换3，一路推掉了高地。

——胜利！

看着屏幕上的金色大字，符音也有种想哭的冲动。

他们赢了！

打了整整两个小时，五局比赛全部打满。从最开始的1∶0，到后面被对方连扳两局1∶2，再到第四局越神稳住局面将比分追平2∶2，直到最后的决胜局，在无数粉丝的加油呐喊声中，目标战队一鼓作气赢下了比赛！

——3∶2！

在前三周连输三场，被无数人质疑的巨大压力下，今天的目标战队，终于打出了气势，获得了本届KPL的首次胜利！

第十章/征战天桓

【1】

赛后，时越作为全场贡献最佳选手接受了记者简短的采访。

记者问道："目标战队连输三场，今天终于赢了一场，越神现在的心情如何？"

时越道："当然很高兴。"

但他的脸上看不出有多高兴，依旧平静如常。

记者干笑着道："最近网上有很多质疑的声音，尤其对于AIM的女选手音符，很多人说她实力不行，对此你怎么看呢？"

时越道："实力不是靠嘴上说的，她今天的表现，足够证明她是一位非常优秀的选手。以后，她会继续给大家带来更多精彩的比赛，希望网友们不要因为她是个女生就对她心存偏见。"

记者正好也是个女生，听到这里不由得赞同道："没错，我也觉得小音非常努力，她今天的梦奇和老夫子都玩得挺好的。她会玩的英雄是不是很多啊？"

时越扬了扬嘴角："是的，她很努力，会玩的英雄特别多，大家可以继续期待。"

记者发现提到符音之后，越神的表情似乎柔和了许多，忍不住疑惑道："越神跟音符的关系怎么样？"

时越平静地道："她和我们所有人关系都很好，大家都是队友，当然要互相信任。"

这句话回答得模棱两可，记者也不方便多问，只好说道："谢谢越神接受采访，希望AIM战队越来越好，给观众们带来更多精彩的比赛！"

时越点头道："我们会加油的。"

官方记者的采访一般也就提四五个问题，时越回答完问题后，来到后台，正好在过道里遇见肖明轩。

肖明轩微笑着道："打得太漂亮了，不愧被人称作越神。"

时越道："那也是你教出来的。"

肖明轩道："没错，所以我特别自豪。"

师徒两个相视一笑。

教练和队员能互相信任、互相欣赏，这其实很不容易。

肖明轩轻轻拍了拍时越的肩膀："有了这次转机，以后的比赛会好打许多。"

时越点头赞同："没错，LY、龙族、荆棘、ICE，四块硬骨头都啃完了，其他的战队综合实力没那么强，接下来会好打一些，但也不能掉以轻心。"

"不过你的裴擒虎今天拿下了五杀，以后的比赛中可能又会被禁。"

"没关系，我会的英雄那么多，他们根本禁不完。"

正聊着，突然听见一个雀跃的声音："哥，明神，今天赢得太漂亮了！恭喜啊！"

两人回头，果然见时颜站在走廊的尽头朝他们笑得灿烂。

时越知道她今天特地赶来加油，心里微微一暖，道："辛苦你了。"

时颜跑过来，和两人一起走进休息室。

AIM战队的选手们正在休息室里收拾东西准备回去，见三人进来，陆青羽走到徒弟面前问道："颜颜，喊了那么久的加油，你的嗓子没事吧？"

时颜笑弯了眼睛："没事，我特地拿了个小喇叭！"嘴上说着没事，她的声音却明显有些沙哑，显然是刚才喊加油喊得太激动，伤到了喉咙。

陆青羽体贴地拿了瓶矿泉水，拧开瓶盖递到她的手里："啦啦队的队长可不是那么好当的，先喝点水吧。"

师父可真是温柔，给人递水还不忘拧开瓶盖。时颜开心地接过矿泉水喝了两口，道："我以后每一场比赛都来给你们加油。"

肖明轩玩笑道："我记得当年，颜颜好像很反对你哥打电竞？"

时颜厚着脸皮道:"那时候不懂嘛!我现在特别支持你们。对了,我还建了个AIM战队粉丝的群,我是群管,群里已经有三百多人了,我再宣传一下,争取招满两千左右的死忠粉,以后我组织他们做一些灯牌和海报来给你们加油,咱们目标战队也不能输了气势!"

之前的三周比赛,解说每次提到"让我们给AIM加油"的时候,台下响应的人很少,场面一度十分尴尬。AIM这支新队伍成绩还不稳定,支持他们的大部分是时越、陆青羽以前的粉丝,大家并不齐心,如同一盘散沙。

遇到LY、龙族和荆棘的那几场比赛,赛前加油助威的阶段,对方粉丝的加油声几乎要冲破云霄,AIM的粉丝却零零散散,只有几个人喊加油,直接被对面给秒成渣。

但是今天,时颜亲自出马,拿了个喇叭大声喊加油,松散的粉丝被她的热情所带动,总算给力了一回,整齐的呐喊声也喊出了气势。

AIM的表现当然也非常给力,让观众们看见了他们的潜力。时颜趁这个时机建了战队群,不出一个小时就加进来好几百人,她相信,喜欢AIM战队的粉丝一定会越来越多。

看着时颜兴奋的样子,陆青羽第一次觉得这个女孩子挺可爱的。她长得很好看,不像一般的女孩那样清秀,反而有种直爽的帅气。穿着牛仔裤和短袖T恤,跳起来喊加油的时候活力十足,完全就是个热血少女。

跟她哥哥时越的冷漠和严肃截然相反,时颜简直不像是时越的亲妹妹。

旁边,符音也走了过来,时颜立刻热情地扑过去抱住闺蜜,激动地道:"小音你太棒了,还拿了一局MVP!"

符音微笑着拍拍她的肩膀,道:"听你声音哑成这样,下次喊加油的时候可别这么拼,别把嗓子给弄坏了。"

时颜毫不介意:"没事的,回头吃点润喉片就行。"她低头看了看手表,"你们要回基地是吧?那我先打车回学校。"

符音拦住了她:"比赛刚结束,外面很难打到车,正好明天是周日,你学校也放假,要不你跟我回基地住一晚吧。"

时颜有些犹豫:"基地有地方住吗?会不会打扰到你们啊?"

"没关系,你跟我睡,我的床很大。"她回头看向秦茹,"茹姐,让颜颜留宿一个晚上，可以吗？"

秦茹对此也没有反对，点头道："可以。我们快回去吧。"

回到基地后，肖明轩召集大家开赛后复盘会议，符音给颜颜拿了新的牙刷、毛巾，让她先回房间。

时颜完全没想到，他们比完赛回去，这么晚了居然不休息，还要开会。电竞选手真的挺辛苦的，比赛之前开会讨论战术，比赛之后还要分析总结……以前她把打比赛想得太简单，但是现在她更加清晰地意识到，哥哥、小音还有羽神他们有多不容易。

她自己打游戏很菜，她能做的也只有管理好粉丝群，给目标战队一个最坚实的后盾。

以后的每场比赛，只要不考试，她一定要去现场亲自给他们加油！

会议室内，肖明轩打开比赛的视频开始复盘。

总结完今天的比赛后，肖明轩道："下一场比赛，我们必须好好准备。"

他们即将面临的对手是来自西部赛区的天桓战队。

对于这支战队，大家的感情会比较复杂。

这是肖明轩曾经一手组建起来的战队，肖明轩作为天桓第一任队长，曾带着天桓多次闯入总决赛，时越作为第二任队长，可以说，他是在天桓战队成长起来的。

可惜肖明轩离队之后，天桓战队引进了教练赵志成，这个人刚愎自用，总觉得自己的决策才是最正确的，从不把队员们的想法放在心上，甚至因为时越的意见跟他相左而故意将时越丢去冷板凳一整个赛季，让时越对天桓彻底心寒，最终做出了离开天桓重建战队的决定。

如今，AIM战队要跟天桓战队在常规赛对决，肯定会有不少天桓的粉丝骂肖明轩和时越。

符音偷偷看了时越一眼，发现他神色平静，似乎完全不在意。

下一刻，就听肖明轩说："大家都知道，我跟阿越是天桓的第一任、第二任队长，打老东家好像有些为难。但这些顾虑都是多余的，因为现在的我是AIM战队的主教练，而现在的时越是AIM战队的队长。天桓早已和我们无关，所以大家下手的时候也用不着客气！"

教练的这句话让众人彻底放下心来。

时越淡淡地说:"现在的天桓已经不是当年的天桓了。该头疼的不是我们,而是他们。"

自从时越、林洛然先后离开,天桓换上来的全是新人,根本撑不住场面。

东部赛区,AIM连输三场成绩垫底,但今天赢下一场之后,成绩总算是有了回暖,大家也找回了比赛的状态。

而天桓在西部赛区,到目前为止,还没有赢过一场,成绩也是赛区垫底,甚至还不如这个赛季预选赛刚晋级的战队。

时越用裴擒虎拿下五杀。但天桓打野陈星海的裴擒虎,在昨天的比赛中却被对方杀了五次。这对比实在是鲜明。

所以,如时越所说,现在该头疼的不是他们,而是天桓的赵教练。

"由于我跟阿越都是从天桓出来的,这一场比赛肯定会引起大量媒体的关注,甚至会有不少媒体以此为爆点吸引观众的眼球。"肖明轩目光平静地扫过全场,低声说,"我希望我们能打一场漂亮的胜仗,这不是为了报复赵教练或者替时越出气,而是因为,我们是一支崭新的队伍,我们赢下比赛不为任何人,只为自己,只为我们最终的目标——冠军!"

众人听到教练的话,立刻开始鼓掌。

没错,报复赵教练没这个必要,因为那位教练,时越早已不把他放在眼里。

想赢天桓,不是为了打赵教练的脸,而是为了目标战队自己。

他们AIM可是要拿冠军的队伍!他们接下来的每一场比赛,都要打出冠军队的气势来!

【2】

时颜在战队基地住了一晚,次日吃过早饭后她本想直接回学校,但秦茹却将她留了下来,告诉她可以旁观队员们训练。

时颜受宠若惊,忐忑地道:"那样会不会打扰大家啊?"

秦茹说:"不会的,他们训练的时候都很专注,你别出声就好。"

时颜兴奋地留下来当了一天的旁观者,她发现,目标战队的管理非常严谨,每天几点到几点该训练什么项目,都安排得井井有条。秦茹拍了些队员们训练的侧影发到官方微博上，顺便宣传了时颜建的目标战队的粉丝群。时颜这才明白，茹姐把她留下来是要让她多了解目标战队的情况，好让她更好地对粉丝群进行管理。

旁观了一整天的训练，时颜的心里也颇有感触，每一场胜利的背后都是无数人的汗水，哪怕平时总是面带微笑爱嘴贱的师父陆青羽，训练的时候也格外认真，也难怪目标战队能在这么短的时间内成为一支凝聚力极强的队伍。

晚上回到学校后，时颜在粉丝群里号召大家去现场看比赛，有两百多人响应，时颜亲自订制了一些灯牌、海报，写上目标战队每个人的ID，并联系好几个买票买在前排的女生，到时候在现场发给她们，给目标战队加油助威。

时间过得很快，灯牌刚刚制作完毕，这一周的比赛就已经开始了。

目标战队和天桓战队的比赛正好排在周五晚上19：30的高峰期。

众人早早地来到场馆做准备，时颜也跟联系好的几个女生在现场碰面，将灯牌、海报和荧光棒全部发了下去。

19：30整，在全场观众热烈的欢呼声中，天桓战队和目标战队的选手先后来到大舞台。

东部赛区今天的直播解说是柚子和七少两人。

柚子激动地道："欢迎大家来到KPL春季赛的直播现场！今天对决的两支队伍，可以说是冤家路窄，因为目标战队现在的教练明神和队长越神，曾经都是天桓战队的队长！而关注KPL的观众们也知道，越神当初在天桓战队当了一整个赛季的替补，外界一直在传言他状态下滑，天桓的新锐打野星空接替了他的位置成为主力，上个赛季的表现也是可圈可点。新老打野的交锋，应该是这一场比赛最大的看点！"

七少说道："除了打野之外，天桓原中单选手林洛然转会去了龙族，上单和辅助退役。现在的天桓，五位队员全是新选手，平均年龄只有十八岁，可以说是锐气十足的一支战队。这个赛季到目前为止，天桓之前的比赛连输三场，这周三刚刚赢下一场，而目标战队也是输三场、赢一场，双方的胜率一样，今天的比赛对双方而言都极为重要。"

柚子附和道："没错！天桓是老战队、新选手，目标是新战队、老选手，这次的新老交锋，还没开赛就火药味十足！难得一见的是，赛前的竞猜结果支持天桓和支持目标的粉丝数量相近，猜哪边赢的都是50%左右，粉丝们的交锋也很是激烈啊！"

七少道："现场的观众们，来给喜欢的战队一些鼓励好吗？"

天桓战队的粉丝开始疯狂给战队加油，然而，他们的声音刚落，选手们就在隔音房里听到了一声中气十足的呐喊——AIM，必胜！

这显然是时颜，上周喊坏了嗓子，回头吃过润喉片之后如今又是个活力十足的啦啦队队长，在她的带动下，全场数百粉丝齐声喊出"AIM必胜"，那声音排山倒海，气势十足，写着"音符""青山"等等选手ID的炫目灯牌被整整齐齐地举了起来，印着五个主力队员Q版头像的大海报，也在现场高高地拉开。

这一切似乎都在证明——这里，是我们目标战队的主场！

柚子完全没想到，目标战队零零散散的粉丝，居然会有这么强的凝聚力，一时怔住了。

隔音房内，赵志成脸色难看，"AIM必胜"这个口号喊得极有气势，仿佛这一场比赛他们天桓是必定会输一样。

赵志成深吸口气，忽略了现场观众的热情呐喊，淡淡地道："这里毕竟是上海，目标战队的主场，大家别理那些脑残粉，他们嘴上喊着必胜，待会儿把目标战队打趴下，看他们还有没有脸喊出'必胜'这个词。"

陈星海兴奋地搓了搓手，说道："教练，他们前三周的比赛曾经0：3输给龙族，我们打龙族起码打成了2：3，这说明我们的硬实力是比目标战队强的，没必要太担心。"

赵志成点了点头："没错，大家都打起精神，第一场就拿出我们的秘密战术，给他们一个下马威！"

相比起天桓那边打了鸡血一般的教练和队员们，目标战队这边大家的表情反倒非常平静。

尤其是时越，他一边喝水一边听教练的叮嘱，旁边的符音面带微笑，认真调试设备。叶枫和刘思源凑在一起聊天，陆青羽则笑眯眯地折腾他的耳机，众人完全没有"大敌当前"的紧张，反而像是在打一场训练赛一样淡定。

大家之所以这样淡定，也是因为这一周时间准备充分，他们对接下来的比赛很有信心。况且教练都说了他们是要拿冠军的队伍，区区一个天桓，还不至于让他们紧张到冒汗。

比赛很快开始。

主场战队有优先选边权，也就是说AIM可以选择自己成为蓝色方还是红色方。

出人意料的是，肖明轩选了红色方，也就是说，他将蓝色方先禁先选的优势让给了天桓。

这个举动让解说柚子十分费解，忍不住道："明神让先了？这样的话，天桓就可以成为蓝色方先禁先选，抢下自己最擅长的英雄。"

七少道："他大概是想让天桓先选阵容，他在后手进行针对。"

赵志成也有些意外，不过他很快就回过神来，第一个禁掉的就是时越的裴擒虎。

上周比赛，时越拿裴擒虎直接打出五杀，震惊全联盟，几乎所有战队的教练都产生了共识：打AIM必禁裴擒虎。

紧跟着，肖明轩禁掉百里玄策，这是针对天桓的打野。

赵志成接着禁了梦奇，肖明轩禁掉太乙真人。

这样一来，放出的英雄非常多，中单一个都没禁，边路也有大量的强势英雄。

赵志成毫不犹豫地首抢杨玉环，这个可控制、可加血的法师打团非常好用，在KPL的胜率也很高。

肖明轩抢下关羽、姜子牙；赵志成接着拿苏烈、李元芳；肖明轩拿下边路白起。

看到这里，七少忍不住道："看来，明神对打野位的英雄池非常自信，放在最后才拿。姜子牙到底打辅助还是中路目前还不确定。"

柚子道："这样的话下阶段天桓很可能针对中单或者打野禁掉强势英雄。"

果然，第二阶段，赵志成直接禁掉马可波罗、扁鹊，肖明轩则针对辅助位禁了鬼谷子和张飞。

最终天桓选了辅助刘邦和边路达摩，组成的阵容有刘邦、达摩、苏烈三个前排，杨玉环一个奶妈，再加上射手李元芳，整体上看，有肉有控有奶有输出,非常均衡。

但目标战队这边的阵容有些奇怪。

程咬金?

当AIM选出这个英雄的时候,全场观众都在惊呼,直播间内更是刷了满屏的问号。

然而下一刻,直播间内的问号就全部变成了感叹号——AIM最后一手选了露娜。

露娜打野,这都多少年没见过了!

不只是现场的粉丝,两位解说也是面面相觑。

片刻后,七少才冷静地分析道:"这么看来,是程咬金、白起双边路,关羽打辅助,姜子牙中单,露娜打野?这阵容有点奇怪啊。"

柚子咳嗽一声,道:"露娜打野上赛季只出现过不到五次,倒是露娜走边路的情况比较多见。关键原因在于露娜这个英雄没到4级之前根本没有作战能力,而且非常依赖蓝Buff,很好被针对。露娜放在野区的话前期如果守不住,就很容易被对方压制,抢不回节奏。"

七少道:"好在姜子牙可以整体提速。仔细看的话,这套阵容其实很精妙,有姜子牙提速,程咬金可以提前到4级,露娜同样,而4级的程咬金和4级的露娜绝对有二打一的实力。关羽辅助也曾在KPL的赛场出现过,优势在于跑得快,探视野和支援都非常快!"

柚子激动地道:"让我们一起期待接下来的对决!"

赵志成看见这套阵容的时候心里就有点蒙,他以为对面选关羽和白起是走上、下边路的。没想到肖明轩居然拿关羽去打辅助,紧跟着又选了个大肉程咬金出来打上单!

阵容选得很奇葩,但仔细分析的话居然还很好打团?程咬金只要顺利发育,顶在前面那根本就打不动啊?抗压能力不比梦奇差!

赵志成心里突然有种不太妙的预感,但他还是故作轻松地道:"他们的阵容很一般,大家打起精神好好打!"

鼓励完队员后,两位教练来到舞台的中间握手。

肖明轩微微笑了笑,握住赵教练的手,凑过来轻声道:"你猜今天的比分会是多少?"赵志成眉头一皱,还没来得及说话,就听肖明轩笑着说,"我猜是3:0。我们3,你们0。"

赵志成:"……"
这简直是当面嘲讽吧!

比赛正式开始!

露娜前期确实弱,所以AIM战队全面避战,然而姜子牙有经验加成优势,加上这局的姜子牙又是陆青羽在操作,前期想强杀他根本不可能。

开局才1分半钟,时越的露娜就先到了4级,上路程咬金也即将到达4级,时越在暴君处点下集合信号,众人迅速清完兵开始在暴君处占据位置。

这时候,观众们也发现关羽打辅助的好处——跑得贼快!

没有强控技能,想留下骑着马的关羽几乎不可能,而关羽快速跑全场最大的优势就是能帮队友探查到敌军的动向,方便时越做出最准确的指令。

"打!"时越一声令下,程咬金、姜子牙、露娜开始疯狂输出暴君。

这局由于他们是红色方,暴君刷在上方野区,所以符音的程咬金立刻赶来支援。而下路,叶枫的白起正在和对面刘邦单挑,用兵线拖住刘邦。

等李元芳、杨玉环、苏烈和达摩赶来的时候,暴君已经被迅速打成残血。

露娜一个惩击杀掉暴君,全队经验和金钱加成,让程咬金、姜子牙全部升到4级。

等级全面占优,4V4根本不惧。

符音的程咬金开着大招冲在前面,直接往杨玉环的脸上冲。

杨玉环迫不得已闪现后撤,李元芳也用2技能后撤,但符音根本不想放过他们,开着回血大招一路猛追,关羽很机智地从侧面草丛绕后,一个冲撞将杨玉环给推回来。时越的露娜一直在寻找机会,见到这一幕,果断1技能标记杨玉环,大招飞到杨玉环身边,2技能晕眩,紧跟上大招又飞到李元芳的身边,迅速普攻打出标记,再大招飞回来……露娜在杂乱的野区如入无人之境,飞来飞去,一波"月下无限连"将对面后排全部打成丝血。

杨玉环没到4级，根本用不了大招。

苏烈和达摩前来救，被符音的程咬金抡起斧头就是一通猛砍！

露娜用漂亮的"月下无限连"技巧在左右飞来飞去，一口气收掉杨玉环、达摩和苏烈的人头！

——Triple Kill！三杀！

全场观众愣了几秒后，顿时爆出震耳欲聋的掌声，直播间内也被"666"刷得看不清屏幕。柚子激动得声音都在颤抖："我的天！一波0换3，天桓战队前期彻底崩了啊！"

七少道："这真是月下无限连的精彩教学！说露娜打野不行的，看看越神的露娜，大招从来没有断过，在队友配合下连杀三人！"

露娜会玩和不会玩完全就是两个英雄。她的技能非常特殊，1技能、2技能、三次普攻，都可以打出月亮标记，大招位移的过程在经过被标记的目标时不会陷入冷却。也就是说，只要眼明手快，迅速打出标记，大招就不会断，也就是所谓的"月下无限连"。

能在混战的局面中打出无限连，这需要极强的意识和极快的操作手速。比如刚才，杨玉环、达摩和苏烈的站位其实比较分散，时越就利用了无限连的技巧，先用杨玉环做跳板去打达摩，再用达摩做跳板去打苏烈，大招在三人之间来回穿梭，打出了爆炸伤害！

这一波三杀太过精彩，以至于现场天桓战队的粉丝们都有些后悔——早知道跟着越神去支持AIM好了，天桓这打的都是什么鬼？

接下来的比赛，几乎被露娜掌控住了节奏。三杀在手的露娜迅速做出核心装备，打团根本就是碾压。

——胜利！

第一局在10分钟时直接推下高地，前期被打崩的天桓再无还手之力。

第二局，赵志成毫不犹豫地禁掉姜子牙，肖明轩禁了李元芳。这样一来，赵志成还能再禁一个英雄，他郁闷地发现，裴擒虎和百里玄策两个野核都在外面！

他禁掉了裴擒虎，果然，AIM首抢直接拿下百里玄策。

时越的百里玄策那是出了名的霸道，被时越的百里玄策钩中，那就相当于一只脚踏进了死亡地狱。

第二局时越又用百里玄策上演经典教学,对面的野区别说是被他打崩,直接被他给打穿了!

陈星海尴尬地发现,自己到了野区之后,居然没有野怪可以杀,全被百里玄策杀光……

柚子同情地道:"天桓的野区被压得真是惨,时越的玄策和他的李白、韩信一样出名,前期带节奏都特别厉害。"

七少点头:"没错,他是用玄策收割拿过五杀的。只是后来一直被禁,他的玄策也有很久没见到了,如今再次拿出来,还是那么厉害!"

柚子好奇地道:"不知道下一局他会选什么英雄?"

第二局有百里玄策带节奏,依旧赢得很顺利。

赵志成无比头疼,因为他心里知道,时越的英雄池很深,根本就禁不完!

好在第三局他们是先选的一方,姜子牙没必要禁,所以,他还是把玄策和老虎都给禁了,主动抢下姜子牙。

结果,目标这局拿了杨玉环这个奶妈,和太乙真人这个可以复活的辅助,打团简直就是打不死的小强。

边路英雄拿了苏烈和达摩,打野依旧是最后才选——时越出人意料地选出阿珂。

阿珂这个英雄,在战士被大幅度加强的情况下其实并不适合现在的环境,因为阿珂打团很难入场,也切不死人。

但是这局有杨玉环加血,有太乙真人复活,团战的容错率会非常高,所以,时越也敢出阿珂去突到对面的后排。

天桓这局选了姜子牙,前期的节奏会比较快。但没想到,阿珂在2级的时候突然藏在了中路草丛,陆青羽很有默契地用杨玉环的2技能晕住姜子牙,时越的阿珂突然近身,一套暴击直接秒了姜子牙!

全场观众都惊呆了。

对付姜子牙体系,大部分队伍的做法都是前期尽量避战,拖到后期姜子牙的用处大大减弱了再反击。

时越的做法却不一样——我就在前期秒你姜子牙!

在姜子牙没到4级之前杀了他,这样会大大减缓天桓战队前期升级的节奏。

天桓的中单新人很郁闷,复活后继续来到中路,并且呼叫辅助过来看视野帮忙。

然而天桓有辅助,AIM也有辅助!

这局小源选的辅助是太乙真人,太乙真人的大招能复活队友,1、2技能还可以晕眩敌人,控制非常多。

中路再次展开小规模团战,小源先加速上去一个晕眩把姜子牙晕住,时越的阿珂紧跟上一套输出,姜子牙准备闪现跑路,杨玉环早已伺机而动,又一个晕眩控制住他,阿珂2技能突进,直接收掉姜子牙的人头。

——姜子牙又死了!

AIM的粉丝们高兴得都想鼓掌。

柚子忍不住感叹:"对付姜子牙体系,要么前期抓姜子牙让他多死几次,要么拖后期打团。现在看来,AIM战队采用了第一种方法,天桓的中单也确实太不小心,开局被埋伏强杀一次后,走位就不该那么靠前,结果被对面连控又杀了一次。"

七少冷静地道:"天桓的选手们心态有点崩,加上阿珂装备已经起来了,现在的阿珂切坦克都不怕。"

果然,时越的阿珂迅速做出装备,哪怕遇到皮厚的战士,他也敢去强杀。

天桓边路选手看见阿珂出现,直接吓得交了闪现。看直播的不少观众都笑出声,看来阿珂已经成了大魔王,还没出手就把对面的闪现给吓了出来。

天桓选手心态崩盘,第三局直接在9分钟就被推掉了高地。

柚子激动地道:"恭喜AIM战队3:0战胜天桓!越神在这一场比赛证明了自己!他分别用露娜、玄策和阿珂,三个野核英雄,拿下了三局比赛的MVP!"

一向冷静的七少,声音也难得地有些发颤:"越神,依旧是我们的越神,他从来没有跌落过神坛!"

从时越出道以来就喜欢他的粉丝们,听到这里,大部分都眼眶酸涩,几乎要流下泪来。

曾经,时越用李白、玄策这些英雄打出过无数经典对局,也一直被各大战队的教练所针对。那时候的时越还是个初出茅庐的锋利少年,率领着天桓战队征战沙场。每次记者采访时,那个少年会认真地说,他想完成师父的梦想,他要带着天桓战队夺冠。

可惜,他没能率领天桓夺冠,却被天桓的教练丢去冷板凳,在替补席坐了一整个赛季。那个赛季结束后,他没有说天桓一句坏话,只是平静地离开了天桓。

他沉寂了整整半年,如今的他以王者归来的姿态重新回到这个舞台上,他的露娜依旧很秀,月下无限连直接拿下三杀!他的玄策依旧强势,毫不客气打穿了对手的野区!他的阿珂依旧是那个残血收割机,团战出现的那一刻就让敌人闻风丧胆!

他依旧是我们的越神!他从未从神坛跌落!

3∶0,横扫天桓!

直播间内的粉丝们疯狂地刷起了弹幕——

"赵教练脸疼吗?"

"看看我们越神,赵教练有没有后悔让他坐冷板凳?"

"新老打野交锋,越神完胜!"

"那个小陈还是多练练吧,想取代越神,小朋友真的想多了!"

"越神不愧是我们的越神!"

……

现场不少粉丝眼含热泪,坐在隔音房内的时越却神色平静,只是在屏幕上出现"胜利"两个字时,嘴角扬起了一个微笑的弧度。

他们赢了。

3∶0,碾压性的胜利。

职业选手不需废话,只用实力证明自己。

他从来不想跟赵教练争辩什么,他只想用实际行动告诉所有人——他时越并没有状态下滑,他一直是当初那个锐气十足的时越。

如今的他,已经是目标战队的队长。

这一次,他会率领着这支崭新的队伍,站在KPL最高的领奖台上!

第十一章/第一射手

【1】

时越来到后台时,正好在走廊里看见天桓战队的教练和队员。

赵志成脸色尴尬,立刻扭头避开时越的目光,转身走进休息室,挺直的脊背看上去非常僵硬。而新晋打野陈星海,看见时越也瞬间满脸通红,垂着脑袋灰溜溜地跟教练走了。

符音看着两人的背影,凑到时越的耳边问:"越哥,你觉得,赵教练会不会后悔当初把你丢去冷板凳啊?"

时越道:"不会的,他从来不知道反省自己的错误,他可能觉得我在故意跟他作对,更讨厌我也说不定。"

符音若有所思地摸了摸下巴:"俱乐部那边,看见今天这场3:0的结果难道就没有想法?天桓的老板脑袋也进了水吗?"

时越道:"天桓的老板只是一位商人,根本不懂电竞。赵教练和他有亲戚关系,这也是他请赵教练去天桓战队执教的最关键的原因。"

符音恍然大悟:"原来是这样!"

把俱乐部当成家族企业一样,找亲戚来当教练,也怪不得天桓一直在走下坡路,可以说是"自作孽不可活"的典范。

两人正聊着,肖明轩正好从休息室出来,看见他俩在说悄悄话,不由得戏谑道:"你俩凑在一起聊什么呢?"

符音立刻端正站好,道:"报告教练,我们在讨论这场比赛!"

肖明轩看她机灵地和时越保持一米友好距离,心里有些好笑,这两个人平日里聊天时那亲密的样子,队员们都看得出来他俩之间关系不一般,偏偏两个人都装作若无其事,真是旁人都替他俩着急,也不知道什么时候能吃到徒弟的喜糖。

正想着,就见时颜抱着个"AIM加油"的灯牌跑来后台,兴奋地道:"恭喜大家,这场比赛赢得太漂亮,来现场看比赛的粉丝们都激动得哭了，没来的也在群里替你们加油！"

肖明轩道："颜颜，你这啦啦队的队长真是负责，我要不要给你开一点工资？"

时颜赶忙摆摆手："不用，我这纯属自愿！反正学校的课业最近不是很忙，每周来看一两场比赛对我来说也没什么影响。以后不管目标战队走到哪里，都会有人去给你们加油。"她豪气地拍拍胸口，"我帮不上什么忙，加油助威的任务就包在我身上！"

时越看她这活力四射的样子，心情颇为复杂，记得当年自己刚成为电竞选手的时候，时颜特别反对，还天天跟在屁股后面说什么"哥你别去打游戏了，打游戏能有什么前途"，结果如今却自愿成了电竞啦啦队的队长。

难道是因为符音？闺蜜成了电竞选手让她改变了想法？

时越正疑惑，正好陆青羽从茶水间出来，时颜的双眼蓦地一亮，立刻跑过去，笑眯眯地道："师父，我又来给你们加油了！"

陆青羽也微笑起来，目光温柔地看着徒弟："这次没有喊破喉咙，声音也比较正常，看来是喊加油喊出经验来了？"

时颜点点头，笑弯了眼睛："没错，我带了两瓶水，而且这回有很多群里的粉丝跟我一起喊，我不用像上回那么大声。"

陆青羽道："好样的。可以给你颁发一个联盟最佳啦啦队队长的奖杯。"

看他俩相视微笑，时越的心里突然升起一丝异样。

以前，他在感情方面比较迟钝，喜欢符音还不自知，固执地以为自己把符音当作妹妹。前段时间想明白之后，他才知道喜欢一个人是什么感觉——牵肠挂肚，恨不得每天都能见到对方，每次看见对方时眼睛会不由自主地发亮，目光也会情不自禁地黏在对方的身上。

时颜现在的眼神就是如此，她看向陆青羽的目光，似乎有点儿崇拜和迷恋。怎么看也不像是徒弟看师父。

时越轻轻挑了挑眉，暂时压下心里的疑惑。

正好这时候茹姐从休息室出来，她走到众人面前道："时间不早了，我们先回去吧。"

符音问道："已经十点多了，颜颜要回学校还是？"

秦茹说："可以带她回基地住，反正明后两天正好是周末，颜颜可以待在基地玩两天，周日晚上再回去。"

时颜兴奋得差点跳起来："谢谢茹姐，茹姐太好了！"

她上周在目标战队的基地住了一晚，和秦茹早已混熟，秦茹也挺喜欢这个活泼的女孩，正好可以叫时颜回去做个伴儿。

众人转身来到后门，结果又一次遇见天桓战队的选手们，他们显然也在等车。肖明轩微笑着走到赵志成面前，凑过去道："我的赛前预测是不是很精准？"

想到第一局比赛握手时，肖明轩的那句"3∶0，我们3，你们0"，赵志成的脸色瞬间煞白，碍于队员们在场又不好发作，他只好皮笑肉不笑地道："明神确实有先见之明啊！"

结果下一刻，肖明轩就笑眯眯地说："下个月还要交手一次，到时候我们会去西部赛区挑战你们天桓，你猜，比分会是多少？"他顿了顿，压低声音，"我猜还是3∶0，我们3，你们0。"

肖明轩这气人的功力真是一流！

肖明轩说完这句话便转身走了，留下赵志成在原地脸色一阵红一阵白，气得全身发抖。

符音见两人咬着耳朵说悄悄话，心里好奇得要命，等众人上车后就忍不住问道："教练，你跟天桓的赵教练说什么呢？"

肖明轩笑着将那句话复述了一遍。

时颜竖起大拇指："明神666，赵教练会不会被你气得心绞痛啊！"

肖明轩笑道："谁让他欺负我徒弟来着？"

众人都给明神竖起大拇指。

时越听到这话，心里也涌起一丝暖意。

师父的护短是出了名的，以前在天桓的时候他被网友骂，肖明轩绝对会第一个站出来帮他说话，而不像赵教练那样，当初半决赛天桓输掉，让时越一个人背锅，即便时越被骂得再惨他也一直冷眼旁观。这对比实在太鲜明。

肖明轩平时对其他战队都挺礼貌客气，但对天桓实在是客气不起来，看着现在的天桓，他真是又失望又寒心，曾经的一流强队沦落到如此地步，还不知道自我反省，再这样下去，迟早有一天，天桓会毁在他们自己的手里。

不过，作为前队长，老队友都已经离开了这支队伍，肖明轩对这支队伍已经没有任何感情可言，也不关心他们接下来的前途。

作为目标战队的教练，他更关注的是目标战队在这一届联赛能走多远。

晚上回到战队基地后照例进行赛后复盘。今天的复盘跟往常不一样，以前教练总是挑大家的错处，但今天的三局比赛，所有人都发挥出色，居然挑不出明显的错漏，显然，大家今天也是打了鸡血，非常给力地3∶0横扫对手。

肖明轩微笑着道："希望大家继续保持这样的状态，下周我们有两场比赛，对手分别是RF战队和HUG战队，两支都是新队伍，有没有信心拿下？"

众人齐声喊道："有！"

时颜正在楼上洗脸，听见这齐齐的呐喊声，给吓了一跳，差点把洗面奶揉进眼睛里。等符音开完会回到宿舍，时颜立刻好奇地问："你们刚才喊什么呢？大半夜那么热血的？"

符音笑着说："明神在问我们，有没有信心拿下接下来的比赛。"

"哦。"时颜若有所思地摸了摸下巴，"我看了赛程安排表，你们接下来的对手好像都不太强吧？RF、HUG、血色、JZ、CPA、Dream……好多战队我听都没听过。"

"Dream战队有联盟第一射手，南柯大神，虽然战术单一了些，但他们的自由人体系挺厉害的。HUG和CPA都是这赛季新晋战队，预选赛阶段交过手，都是我们的手下败将。另外几支战队我也不了解，但从他们过去的比赛来看实力确实一般。"

"这么说，接下来或许能打出连胜战绩啊！"时颜兴奋地道。

"连胜不连胜倒是不太重要，关键是接下来我们得努力抢分，我们之前连输三场净胜分特别低，想进季后赛的话还是挺有压力的。"符音冷静地说道。

目前AIM战队以"积分2、净胜分-1"排在东部赛区第五名，形势依旧不容乐观。接下来还有很多比赛，他们不但要多赢，而且还要多拿净胜分，能3∶0赢的就别拖到3∶2，这就要求每一局比赛都得好好把握。

时颜数学一直不好，不太明白净胜分的意思，反正3∶0赢的话积分最高，有助于季后赛排名。她对目标战队还挺有信心的，拍着闺蜜的肩膀鼓励道："你们打天桓都能3∶0，打一些弱队肯定也能3∶0横扫吧！"

正聊着，外面突然传来敲门声，符音道："进来！"

她和时颜都没换睡衣，所以也不介意是谁。没料到进来的居然是时越，符音有些意外，走上前道："越哥，这么晚有事吗？"

时越皱了皱眉，看向妹妹："颜颜，你跟我出来一下。"

时颜满脸茫然："找我啊？"

她见哥哥神色严肃，便乖乖跟着他出门。

兄妹两人一起来到天台，这个小天台面积不大，头顶有遮雨棚，但没装落地玻璃，可以直接呼吸到外面的空气，视野非常好。时越平时不太来这里，倒是符音和秦茹很喜欢过来，尤其是晚上，听说她俩经常会跑来这里吹夜风，坐在躺椅上聊天，十分惬意。

时颜也挺喜欢这里，眯起眼睛看着头顶的夜空道："可惜看不见多少星星！"

时越低声问她："你跟陆青羽怎么回事？"

时颜脊背微微一僵，假装淡定地说："哥你不是知道吗，我认了他当师父啊！"

时越皱眉："仅仅是师父吗？"

时颜嘿嘿笑："不然呢？"

时越道："你该不会想让师父变成男朋友吧？"

被哥哥一针见血地说中心事，时颜立刻移开视线，笑着摸鼻子："开什么玩笑，我真的只把他当师父！他打游戏很厉害，又教了我很多知识，经常带我这个菜鸟打排位，我对他有点崇拜而已，没别的。"

时越看她一眼："你每次说谎的时候，都会习惯性地摸鼻子。"

时颜的手立刻从鼻子上拿下来，脸色尴尬，眼神躲躲闪闪的。时越一看她这模样，就知道自己猜中了。

什么眼光啊？这么多帅哥不去喜欢，偏偏喜欢那个天天一副欠揍的笑脸嘴巴又很贱的陆青羽。想起被陆青羽算计着吃了一整瓶的辣酱，时越就觉得脑仁疼，他用力揉了揉太阳穴，道："陆青羽虽然是我朋友，但他天性爱胡闹，以捉弄人为乐，对感情也不一定会认真，我希望你好好考虑一下。"

时颜见瞒不过去，只好老实交代："哥，我已经考虑过了，我从来没这么喜欢过一个人，其实我每次来现场给你们加油，除了你和小音之外，我最想看到的就是他，哪怕坐在观众席看着他，我都觉得特别满足。他的性格确实不太正经，可我就是喜欢他这种脾气，每次和他单独相处都特别开心，要不是担心影响他训练，我真想每天都和他在微信上聊几个小时。"

时越皱眉："我不喜欢陆青羽当我妹夫。"

时颜小声嘀咕："他是不是得罪过你啊？"

时越心想，他可是让我当着上百万观众的面，直播吃了整整一瓶辣酱。想起当时被辣得差点掉眼泪，时越就一阵胸闷，舌头似乎还在发麻。

自家妹妹一向眼高于顶，怎么会眼拙看上陆青羽这个浑蛋？偏偏时颜的脾气非常固执，从小到大，她决定的事情八匹马都拉不回来。

时越眉头越皱越紧："陆青羽以前说过，他喜欢那种小鸟依人型的女孩。"

时颜道："那可不一定，嘴上说的都没准，我以前还说过我喜欢成熟稳重大叔型，结果还不是见到他之后就改变了主意？"

两人正聊着，突然听到天台的门开了。陆青羽走过来，笑眯眯地道："时越，有件事找你商量，听小音说你在天台跟颜颜聊天呢，我就直接找了过来。"

时越回头瞪他："什么事？！"

陆青羽被锐利的目光瞪得吓一跳，一脸无辜地道："你干吗这副吃人的表情，我又做错什么了吗？"

时越揉了揉眉心，收回锋利的目光："说吧，什么事？"

陆青羽笑道："直播平台那边有一批粉丝在刷屏，请你给大家秀一下露娜，教大家怎么玩月下无限连，正好我跟叶枫待会儿要开一个小时的直播，你要不要一起？"

原来是这件事，时越道："待会儿再说。颜颜你先回去。"

时颜"哦"了一声，站起来往回走。路过陆青羽身旁时，她朝师父笑了笑，陆青羽也回了她一个笑容，柔声问道："你跟小音挤一张床会不会不习惯？其实基地还有一个空房间，你可以住那间房。"

时颜道："没事，我们俩小时候也经常一起睡的，正好跟她聊聊天。"

陆青羽微笑着点头："那就好，回去早点休息。我刚才给小音拿了些糖果过去，现在太晚了，你们明天睡醒再吃。"

时颜开心地说："知道了，谢谢师父！"

直到时颜走后，时越才突然问道："陆青羽，你好像说过，你只喜欢小鸟依人型的温柔女孩，对吧？"

陆青羽点头："对啊。"

时越冷冷地说："记住你今天的话！"他说罢便转身走了。

陆青羽莫名其妙地摸了摸下巴，有些奇怪，时越为什么对自己的敌意突然这么大？吃错药了吗？

【2】

次日早晨，时颜和符音八点左右起床，发现整栋别墅异常安静，其他人居然全在睡觉。时颜只好放轻脚步和符音一起下楼，茹姐正好在厨房准备早餐，见两人下来，也给她们准备了一份。

三个女生在餐桌上大眼瞪小眼，结果正吃饭呢，陆青羽居然破天荒地早起，符音看见他揉着睡眼来到餐厅，不由得微笑着问："羽神，今天是太阳从西边出来了吗？突然起这么早？"

陆青羽打了个呵欠，说："不知道为什么，昨晚一直做噩梦，大清早被噩梦惊醒。"

符音问："你梦见什么？"

陆青羽苦着脸道："梦见我被丢进一个装满辣酱的缸里，必须吃完一整缸辣酱才能出来，咳，我现在感觉嘴里似乎都有辣味。"

陆青羽当初和时越打赌让时越吃辣酱的事她们都知道，没想到羽神会做这种噩梦，果然是现世报。

符音忍着笑说："那毕竟是梦，又不是真的。"

时颜安慰道："就是，师父你别想多了，我哥可不是那种小心眼记仇的人。"

话音刚落，就听身后传来个冷冷的声音："是吗，你很了解你哥?"

居然是时越,他也大清早起床。不同于陆青羽睡眼惺忪、头发凌乱,时越收拾得非常干净整齐,穿着一件短袖衬衫配深咖色长裤,头发也梳得一丝不苟,腰上系着一条皮带,让他的身材显得更加完美。

平时在战队,大家都穿得比较随意,小源和叶枫他们经常穿短袖、短裤,再踩一双人字拖,时越却总是把自己打扮得一丝不苟,没人知道他其实有私心——他想给符音留个好印象,让符音不论何时看到的他都是最帅、最完美的。

符音也不知道他这心思,还以为是时越爱穿衬衫。

时颜看见哥哥下楼,疑惑地挠头:"哥,你不会也做噩梦了吧,怎么八点就起来?"

时越道:"我做的是好梦。"

符音好奇:"什么内容啊?"

时越微微扬了扬嘴角:"梦见陆青羽被辣酱淹死了。"

谁说他不记仇来着?看来时颜并不是很了解自家哥哥嘛!

没过多久,明神也起来了,众人难得地一起吃了顿早饭。

秦茹淡淡地道:"你不会也被噩梦吓醒了吧?"

肖明轩微笑着说:"没有,我梦见我们目标战队拿下了冠军。"

众人恨不得双手给他点赞。

不愧是明神,做个梦都这么靠谱。

既然大家都早起了,于是肖明轩上楼把睡懒觉的叶枫和刘思源也叫了起来。被提前叫醒的两人脚步虚浮、一脸的生无可恋,耷拉着脑袋来到餐厅吃面包,那表情就像在吃毒药。

肖明轩趁他俩不注意,笑眯眯地给他俩的面包里加了一勺芥末。

刺激的辛辣味直冲鼻腔,那感觉无比酸爽,叶枫和刘思源这下是彻底清醒过来,两人一脸委屈地看向教练。

肖明轩道:"你们也试试早起,呼吸一下早晨的新鲜空气。吃过饭后,去小区里走走,半个小时后再回来训练。以后我们还是调整一下作息,经常熬夜确实对身体不好。"

教练的意见大家都不敢反驳,吃过饭后便去小区散了会儿步。

时颜上次来战队基地是坐车过来的,并没有仔细看小区的风景,这会儿跟着符音转了转,才发现小区的环境特别好,绿化就跟公园一样,还有大片的花坛。

时颜吸了口新鲜空气,道:"你们每天宅在基地训练,确实该像明神说的那样多出来活动活动。"

陆青羽微笑着伸了伸懒腰:"颜颜你很喜欢运动?"

时颜点头:"对啊,我会打网球、乒乓球,也会一点篮球。"

陆青羽诧异地看向她:"你还是个运动健将啊?"

时颜耳根一红,道:"没那么夸张,就是业余爱好而已。"

符音笑道:"别谦虚了,我们颜颜以前读中学的时候,可是学校乒乓球队的主力。"

陆青羽眼含赞赏:"不错,有机会可以一起玩几局,我也会一点。"

时颜立刻兴奋起来:"真的吗?那以后周末你们没比赛的时候,我能不能过来和师父一起打球?你也正好纾解一下压力。"

陆青羽点头:"没问题。"

时越听到他俩的对话,不由得皱了皱眉:"颜颜,你想打球,我陪你打。"

时颜立刻摇头:"不要,你那不叫'陪我打',你跟我打球只会想办法虐我。"

符音忍着笑轻咳一声:"越哥也会乒乓球?"

时越道:"会一点。"

符音:"可以教我吗?"

时越当然乐意之至,立刻忽略了自家妹妹,低声说道:"你想学的话,随时。"

符音的心脏怦怦直跳,只觉得和他一起并肩散步真是无比美好。

四人各怀心思,在小区里转了一会儿,直到九点整才回到基地。

今天提前开始训练,时颜也有幸旁听了一次目标战队的会议。

会议室内,经过一系列提神、醒脑运动之后,大家个个精神抖擞,肖明轩打开了投影屏,开始侃侃而谈。

目标战队这个赛季的赛程安排比较奇怪,赛季之初连续遭遇LY、龙族、荆棘、ICE等强队，但打完天桓之后，接下来的对手却是连续的二流战队。比如HUG、CPA、RF、JZ、血色这些队伍，实力不强，相信AIM打他们都不会有太大问题。

剩下的对手中，最关键的还是Dream战队，这支战队有KPL一流射手南柯大神，辅助选手的意识也很强。

可惜当前的版本对射手不太友好，南柯迫不得已从边路转去了野区。Dream战队最大的缺点就是战术单一，他们只打自由人体系，没法打野核，像是玄策、裴擒虎、娜可露露、阿珂这种常见的刺客型打野英雄他们一般都不会选，所以从战术上针对起来会比较容易，只要把李元芳、马可波罗、公孙离等强势的自由人射手给禁掉，再在前期进行针对，Dream战队的实力自然会大打折扣。

虽然理论上是这样，可大家还是不能掉以轻心。

上午的会议上，肖明轩打开提前制作好的PPT，详细分析了接下来可能会面对的队伍以及情况，让大家心里有个底。

好的教练就是如此，并不局限于单场比赛的胜负，而是将眼光放在长远的角度上看。

AIM战队最艰难的时刻已经过去，很快他们就会迎来春天。

肖明轩指着赛程安排表，道："我们由于前三场输的太多，净胜分排位非常低，目前还在东部赛区倒数第二，所以接下来的每一局比赛都不能大意，能3∶0拿下的，尽量不要拖到3∶1。常规赛还有很长时间，我们可以趁机磨合一些阵容，比如……"

时颜听得很认真，有明神这样的教练率领，不愁以后的比赛拿不下对手。

哥哥离开天桓真是明智的选择，天桓的会议室肯定没有这么和谐，赵教练或许在气急败坏地在找队员们的错吧！

周三晚上17∶30分，AIM战队与RF战队比赛打响。时颜又带着助威团来到了现场，比起最初零零散散几个粉丝根本没人给他们喊加油，到现在简直是天壤之别，"AIM加油"的呼声几乎要震破人的耳膜，哪怕坐在隔音房里都能清清楚楚地听见，可见，最近AIM战队的人气增长有多迅速。

粉丝们热情地呐喊，而队员们也没让大家失望。

3∶0，短短一小时内结束三局，全胜战绩，净胜分直接拿下3分！

现场粉丝激动尖叫，不少人举起手里的灯牌，上面写着"越哥我要给你生猴子""羽神我想当你的腿部挂件"，这些都比较正常，但是"音符小姐姐我要给你生猴子""音符娶我"是什么鬼？

解说也注意到这个灯牌，忍着笑说："音符小姐姐的女粉非常多啊！"

柚子开心地说："这也正常，作为KPL唯一的女选手，音符这段时间表现确实很出色，让不少女生都觉得特别长脸！"

这样的助威画面又延续到周六。

跟CPA的比赛中现场再次出现了"音符娶我""音符小姐姐我要给你生猴子"的巨大灯牌，看来粉丝们还挺执着的。而这场比赛符音再次拿到花木兰，并且在花木兰4级的时候，一挑二直接拿下双杀！

这场比赛的结果依旧是3∶0！

这一周AIM战队可以说是大丰收，连续两场3∶0让他们的净胜分从东部赛区的倒数第二，一跃成了赛区前三。

如果能稳住的话，这个分数就可以进季后赛了。

柚子笑道："以目标战队现在的势头，我觉得接下来他们很可能会连胜！"

她当时只是激动之下随口一说，没想到居然会说中。

10月25日17:30，AIM战队东部主场迎战血色，比分3∶0！

10月28日19:00，AIM战队迎战JZ，比分3∶0！

11月第一周的周三对决HUG战队，比分依旧是3∶0！

至此，AIM战队在常规赛创下了本届联赛中连续六场3∶0的纪录！

从局数上来说，那就是18连胜！

整整十八局一局都没输，连拿18点净胜分，直接跳到了东部赛区的第一名。

网友们纷纷感叹：这气势，真不愧是以冠军为目标的"目标战队"！

媒体记者也写了不少分析帖，各大电竞网站开始不断涌现这样的帖子——谁能阻止AIM连胜的脚步？

记者们一改往日对目标战队的质疑，整整齐齐地开始吹捧，什么"史上最强战队""颜值和技术双双在线的战队""男女神混合战队"等等，各种名号叫了一通，就连战队教练肖明轩都被捧成"职业选手改行最成功的范例"。

对于外界的这些吹捧，大家倒是非常淡定。

有记者专门采访了肖明轩，问道："明神，对于目标战队的连胜，你有什么看法？会不会担心连胜被终结，或者说，你更希望队员们能一直连胜到季后赛？"

肖明轩平静地说："连胜不连胜我们并不在意。我只跟队员们说，不要被外界的质疑或者夸赞所干扰，我们要做的，只是尽力去打好每一场比赛，发挥出自己的实力，不管输赢，都不忘初心。"

不忘初心。

喜欢电子竞技，喜欢在赛场上和队友们拼杀的热血，所以才会成为电竞选手。

不论赢，或者输，这片赛场，就是他们最珍贵的舞台。

年轻的时候，能有这样的一次经历，这辈子都不会后悔。

他们能坦然面对赛季开始时的各种质疑，也能平静地面对连胜18局时的各种夸赞，因为，他们的初心从来都没有变过——他们只是喜欢打比赛，享受打比赛的电竞选手而已。

【3】

目标战队在经历18局连胜之后，遇到老牌战队Dream。

说起这支战队，不少网友都会觉得惋惜，曾经在射手强势的版本，Dream战队最好的成绩是进总决赛拿下了亚军，南柯大神也是在那个赛季崛起，被称为KPL第一射手。例如千里之外狙死残血的百里守约，后期灵活翻滚输出爆炸的孙尚香，推塔小能手李元芳，还有大招入场拿下五杀的马可波罗……

那个赛季，联盟其他战队和Dream对决时，甚至出现过连禁三个射手的壮观局面。各队教练的这种做法正是对一位选手最大程度的忌惮和肯定。

可惜随着版本的更替，战士崛起，坦克越来越肉，射手脆皮、自保能力差,加上发育周期长的缺点被渐渐放大,曾经风靡一时的边路射手搭配辅助模式渐渐淡出KPL的舞台,尤其是最近两个赛季,射手被逼进野区,成为新的自由人体系。

Dream战队的南柯是绝对的输出核心,他又特擅长射手,自由人体系的出现虽然给了他施展拳脚的空间,但相应的,他进野区后原来的打野选手就得去边路,Dream战队也因此彻底舍弃了野核模式和蓝领打野模式,变成了纯粹的自由人体系战队。

战术单一,就很容易被对手针对。

不过南柯大神的实力依旧强悍,哪怕被对手想方设法针对,Dream战队在这个赛季西部赛区的排名仅次于龙族和荆棘,位于积分榜第三名,而南柯本人更是以10次单局MVP的成绩,加入了竞争本赛季MVP选手的行列。

转眼就到了周六,AIM这周只安排了一场比赛,所以大家也将全部的精力都放在对战Dream战队上面。

现场人山人海,AIM的粉丝团在时颜的带领下已经初具规模,并且在不断壮大,赛前的助威声依旧气势如虹。

第一局对方教练首禁裴擒虎,显然是忌惮时越裴擒虎的五杀,肖明轩禁掉团战骚扰利器关羽,对方禁中单扁鹊,肖明轩跟着禁了中路杨玉环,将奶爸奶妈全部送进小黑屋。

这样一来,所有的射手都被放出。

解说七少微微皱眉:"打Dream战队第一阶段大部分教练都会禁射手,这还是头一次所有射手全部放出来。"

柚子道:"现在百里玄策也在外面,AIM想打野核的话拿玄策会很稳,但边路强势英雄除了关羽之外其他的全在,就看双方的优先级,先拿边路还是先拿打野。"

Dream战队首抢前期提速最快的英雄:姜子牙。

教练这么选显然是对南柯的英雄池非常自信,既然所有的射手都被放出,那就不急着选射手,反正南柯拿什么射手都能打得很好。

肖明轩紧跟着选边路苏烈、中路嬴政,Dream接下来选出边路老夫子和射手李元芳。肖明轩补了射手马可波罗。

这个选择让柚子非常意外:"玄策在外面居然没人选?双方都用自由人体系吗?"

七少道:"看来,这一局是李元芳和马可波罗的对决。"

最后双方阵容确定,Dream是姜子牙中单、李元芳打野、张飞辅助,达摩、花木兰双边路的速推流体系。AIM这边,时越拿了苏烈,符音拿了刘邦,中路陆青羽拿的嬴政,叶枫拿射手马可波罗,小源的辅助是东皇太一。

双方同时选自由人体系,正面对拼射手。

这样的选择确实让人大为意外,毕竟百里玄策在外面,时越居然没拿,反而拿个苏烈走边路,把打野位置让给叶枫……靠谱吗?大家纷纷疑惑着。

比赛开始,双方前期平稳发育。

叶枫的打野技巧是时越教的,对所有野怪的刷新时间、经验加成都算得很准。

到达4级后,他就来到上路去帮符音,陆青羽从小地图看见叶枫的动向立刻清完兵跟上。

上路三人蹲草丛抓人,但对面张飞非常警觉,主动过来探草丛,看见他们后立刻跳走,保护自家边路花木兰转身撤退。

这一波的抓人没什么收获,这在赛场上非常多见,毕竟职业辅助都会有探草丛去看视野的意识。

叶枫回到野区继续发育,让他疑惑的是,对面的李元芳迟迟没在线上冒头,这让他突然有些不安,他立刻跑去暴君刷新处看了一眼,结果下一秒,屏幕上就弹出一行提示——暴君已被击杀!

原来南柯大神是在偷暴君!

他刚才去上路支援,在上路冒头的那一瞬间南柯就做出了决定,直接单挑刷掉暴君。

Dream战队的粉丝立刻在直播间刷屏:

"南柯大神就是溜!"

"意识没得黑,他对时机把握得特别好!"

身为打野,暴君丢掉的话心情自然不会好,时越安慰道:"没事,对面有姜子牙,等级比我们高,第一条暴君让掉,后面的再说。"

对方姜子牙的存在大大提升了全队升级速度，转眼间李元芳已经到了6级，马可波罗还是5级。

马可波罗的输出靠的是攻速，在做出"末世"这件大量攻速加成的装备时就是他最初的强势期。叶枫知道对面有姜子牙经验加成，升级会比自己快，也就不想再去主动进攻，埋头在野区疯狂发育，想憋出"末世"之后再寻找机会抓人。

但李元芳却不会等他，趁着马可波罗没有冒头，直接召集队友强压下路兵线，抱团推塔。

此时，下路只有苏烈、东皇太一两人，面对四人进攻肯定守不住，张飞开大顶在前面逼塔，姜子牙大招封走位，李元芳疯狂点塔输出，外塔几乎是瞬间告破。

南柯非常聪明，知道追人容易出事，推完塔就立刻撤退。

紧跟着，李元芳带着队友们入侵下路的红Buff野区，刷掉几只野怪，又来到中路，清完兵线，再来上路……

李元芳带着队友三路清兵拆塔，简直就是拆迁小分队！

不杀人，只拆塔，这就是他们这套自由人体系的策略。

比赛进行到6分钟时，上下路外塔全部被拆，中塔也被磨成血皮，对方这样的拆迁模式打得AIM战队极为头疼。

上下路外塔丢掉，对野区的影响非常大，中塔一定不能丢。

对方开始中路逼团的时候，时越藏在草丛里，苏烈一个完美闪现大招，直接将后排的李元芳给捶了起来，但李元芳的反应也极为迅速，2技能迅速逃生藏进另一边的草丛，并在团战的最中心丢了一个大招。

螺旋的飞镖造成范围减速，花木兰跟上输出，将苏烈迅速打残。

小源的东皇太一直接咬住了从旁边跑来帮忙的达摩，可惜队友的输出跟不上，达摩没被他吸死，反手一拳将他定在墙上，反而将东皇太一杀掉。

对面张飞开大顶在前面保护兵线，眼看中塔就要被点掉，还好陆青羽的嬴政在后排开大蛇形走位，配合1技能飞快清兵，兵线一被清，Dream战队的推进就没办法继续，被塔打成残血的张飞迫不得已只好后撤。

就在这时，一道蓝色的身影突然从天而降！

是刘邦!

刘邦的大招是可以全图传送的,并且在传送范围内给队友增加护盾。

符音直接传到了时越的苏烈身上。

苏烈这时候只剩一滴血,眼看花木兰再打两下他就要挂了,就在这时,刘邦突然支援,持续6秒的护盾,让花木兰立刻放弃了打死苏烈的想法,开始后撤。

Dream五人集体残血后撤,就在这时,一个手持双枪的身影突然2技能入场。

——是马可波罗!

这时候的马可波罗是满血满状态,而且在野区埋头发育很久的他已经做出了核心装。

他从很远的地方直接瞬移到团战中心,大招范围扫射,随着砰砰砰的机枪声响,马可波罗一边扫射一边调整走位,直接将技能交完的张飞、达摩、花木兰三个残血前排全部收掉。

——Triple Kill!

一波团战,马可波罗在对面全部残血时抓住机会入场,直接拿下三杀!

李元芳和姜子牙站得太远够不着,但对面前排却全被射死。

时越忍不住道:"漂亮。"

他在夸叶枫,也在夸符音。

两人在最关键的时刻及时支援,反打对面一波1换3,前期的颓势瞬间被拉回来。加上对方李元芳和姜子牙残血后撤,大家顺势反推中路外塔,并入侵一波野区,落后的经济第一次出现了反超。

接下来的比赛,节奏开始渐渐被AIM战队掌握。

时越的苏烈太过强势,总是大招入场捶起对面后排,加上东皇太一总是咬住对面的输出位让达摩或者花木兰进不了场,李元芳手短的缺点渐渐地显露出来,而中单嬴政后期的作用远大于姜子牙,Dream战队根本没人能切到陆青羽的嬴政,结果就让陆青羽在团战时站在很远的地方蛇形走位,射出一排排飞剑,打出成吨的伤害。

苏烈和东皇开团,嬴政远程压血线,刘邦及时传送保护,马可波罗最后再入场收割,AIM战队这一套配合越打越顺畅,一口气将Dream战队给压回了高地!

这一局很快拿下,解说在赛后分析时很冷静地说:"中路的那波团战,刘邦和马可波罗的入场时机卡得太漂亮!刘邦的传送直接让对面前功尽弃,马可波罗的入场打出了爆炸输出,一口气收掉对面三个人头,也是从那一刻开始,AIM战队夺回了主动权。"

柚子点头道:"没错!很多时候,劣势开头想要扳回局面,靠的就是一波精彩的团战!这一波团战疯子也证明了自己的射手并不弱,马可波罗三杀收割,反推对面中塔,帮助AIM战队一举获得胜利!"

本局比赛的MVP给了叶枫的马可波罗。

他和嬴政的输出都在35%左右,但由于他拿的人头更多,所以MVP给到了他。

这是他第一次在KPL的赛场拿到MVP!

叶枫激动得双眼发红:"怎么办,我都想唱首歌了!"

符音微笑道:"第一次拿MVP,你可以跟越哥申请现场来一首你的成名曲。"

时越严肃地说:"我们都戴上耳塞,你再唱吧。"

唱歌很难听的主播依旧被队友们嫌弃着,叶枫却开心极了,或许他的意识和南柯大神还有差距,这局开始的时候暴君都连续丢了两条,前期被压着打,根本不敢出野区去线上支援……

但是,关键时刻,他还是毫不犹豫地站了出来!

越哥吸收了对面的大量技能,羽神打出了成吨伤害,小源为了阻止达摩入场牺牲在草丛里,小音果断传送过来保护,如果他还认怂的话,配当他们的队友吗?

所以,该参团的就要果断参团!

他的射手,在KPL第一射手的面前,毫不畏惧。

因为他有值得信赖的队友,目标战队的每一个人,都是他最强的助力!

【4】

大优势翻车的局在KPL历史上数不胜数,作为老牌战队,Dream的几位队员很快就调整好了心态，准备第二局的比赛。

第二局Dream战队来到了红色方，要后手禁用英雄。

肖明轩先禁掉边路关羽、白起，对方教练禁掉裴擒虎和姜子牙，肖明轩首抢梦奇，这也是符音用得比较好的英雄，对面首抢了程咬金和张飞。

张飞开大之后的护盾厚如城墙，而程咬金到达4级后的回血技能也让人头疼，这两人顶在前面，打团的话就会很难处理。

解说不禁感叹："Dream这两个前排也太肉了吧，两个大汉顶在前面根本打不动啊！"

肖明轩接下来选出边路苏烈、中单貂蝉，貂蝉的技能带真实伤害，可以无视护盾，打张飞会特别好用，这也是针对性的选择。

而对方紧跟着拿出了中路嬴政，嬴政可以站在远处清兵线，打貂蝉并不怕。

双方在第一阶段都没选打野，这让观众们有些不解，但很快，解说就分析道："可能是双方教练对打野位的英雄池都非常自信，先把边路和中路给拿了，打野最后再拿。"

第二阶段针对打野、辅助，对方禁了玄策和太乙真人，肖明轩禁了鬼谷子和东皇太一。

版本强势的辅助几乎都被禁掉，Dream在4楼选出边路刘邦。

这个选择让全场观众齐齐惊呼出声，刘邦在KPL的赛场上出现的次数并不少，这套阵容配上刘邦那是真的恶心，张飞皮厚打不动，程咬金会回血打不动，再加一个刘邦传送之后增加的范围护盾，打团能打到地老天荒就是打不死人。

这阵容应该取个名字叫"打不死的小强"。

换成肖明轩选择，他需要直接选出辅助和打野两个位置。

肖明轩想了想，拿下带群控的辅助夏侯惇，再拿下射手打野马可波罗。

对方补位，最后一手补了打野公孙离。

解说七少冷静地说："这一局的输赢，关键看马可波罗、貂蝉、和嬴政、公孙离哪边能先顺利发育起来。"

理论分析再多也没用，实战时的意外可不是赛前能够预测的。

比赛开始,双方为了保住射手平稳发育,都没有选择贸然入侵,而是各自蓝、红开局,迅速清野到达4级。

第一波暴君处的团战拉扯了片刻也没能打起来。

符音这局用的英雄依旧是梦奇,对上的是程咬金,两人同时到达4级后,互相打了一波伤害,正好叶枫也过来上路包夹,梦奇、马可波罗二打一,好不容易把程咬金打残,结果程咬金开大跳走,迅速回满血,符音真是被恶心到了,她在之前的比赛中也用过这个英雄去恶心对手,深知程咬金的大招有多烦人。

马可波罗无功而返。

但下路的公孙离却配合辅助张飞和中单嬴政,强杀了在暴君处探视野的夏侯惇,拿下一血,顺势拿掉第一条暴君。

丢掉一血和暴君并不致命,接下来只要稳住发育,拖到马可波罗和貂蝉的强势期就好。

然而,Dream战队占据了一些优势后,立刻开始主动寻找进攻的机会。

野区小规模遭遇战,张飞突然从侧面杀出来,一个大招将马可波罗晕住,公孙离紧跟着丢出手中纸伞,瞬移到马可波罗附近,打出爆炸伤害。

叶枫察觉到遭遇埋伏,立刻2技能撤退,然而公孙离也有2技能,手中纸伞在周围迅速飞旋、环绕,盯准马可波罗撤退的方向,瞬移到纸伞位置,一个大招强推将马可波罗推回墙上,几下普攻将他点杀。

——公孙离击杀了马可波罗!

这一波野区两次瞬移的操作实在是精彩至极,现场的观众也毫不吝啬地给南柯大神送上掌声。公孙离这个英雄的灵活性,在南柯大神的手里似乎得到了升华。

中期5V5的团战,AIM战队打得实在头疼,张飞一个肉顶在前面够大家打半天的,刘邦还能随时传送支援,程咬金又仗着皮厚赖在上路不断带线,符音也拿他没办法。更烦人的是,张飞、刘邦带的召唤师技能都是治疗。

往往打团打半天,结果对面居然不掉血的!

叶枫的马可波罗迫不得已,提前做出了"制裁之刃",陆青羽的貂蝉也做出"梦魇之牙",专门对付程咬金。这两件装备可以极大程度地减少回血效果,对面有治疗英雄或技能回血型英雄时必须得做。但这装备一出,前期的伤害就不太够。

中期一波团战,AIM战队1换3,中塔被破。

节奏再次掌握在Dream的手中。

到了后期,别说是符音,就连时越都指挥得恶心起来,皱着眉道:"他们一直带线分推,很难处理。"

符音道:"上回比赛我选程咬金的时候我自己都觉得烦,这个英雄单挑很难杀死,比花木兰、老夫子还要肉。"

他的大招是每秒按百分比回血,往往你把他打残,他一开大又迅速回复血量,1技能到处跳又抓不到他,两个人去强杀他?天真,起码三个人前后堵截才能抓死他。

Dream战队这局的阵容确实有意思,程咬金上路带线、刘邦下路带线,张飞和公孙离、嬴政中路逼团,你想抱团守中路,那上下路的塔就没了;你想守上下路,程咬金跑得快打不死,刘邦又可以全图传送,这样一来中路的塔就没了。

这是从4-1分推体系变形而来的1-3-1分推战术。

这种战术上下路分推的选手必须运营好兵线,而中路的选手也要有3V5不怯场的实力,这局正好张飞可以开大逼退,嬴政远距离扫射,公孙离走位又灵活,三人在中路牵扯,上下路运营推塔,比赛进行到10分钟时,AIM战队上下路的内塔就全被推掉。

防御塔落后导致的经济劣势如同滚雪球一般放大,后期5V5的高地团战根本打不过。

这一局在15分钟时结束战斗,Dream扳回一城。

团战三杀的公孙离毫无疑问地拿下了本局比赛的MVP。

解说间内,柚子忍不住头疼地道:"Dream这套1-3-1分推体系确实让人很无力,更关键的是,南柯大神的公孙离实在太秀了啊!整场比赛一次都没死,6杀0死7助攻,绝对是当之无愧的MVP。"

七少道:"阿离这个英雄其实是射手里面操作最难的一个,她的技能有点像李白,用得好可以来无影去无踪,用不好就是瞬移过去千里送人头。南柯显然已经掌握了这个英雄的精髓,这么秀的阿离,也算是给后辈射手的一场教学。"

叶枫确实学到了，心里也很佩服南柯大神的公孙离，这个英雄他练了一段时间，但玩得远不如南柯大神这么秀，这水平都差不多比得上时越大神的李白了，飘忽不定，瞬移杀人，能把对手给头疼死。

七少道："下一局，我估计AIM战队的教练会直接禁掉公孙离。"

然而，结果却让很多观众出乎意料。

肖明轩没禁公孙离，他依旧没禁任何射手，他只是禁掉了程咬金。

观众们纷纷在弹幕刷屏：

"明神就是头铁！"

"我就不禁你强势英雄，不尿！"

"明神今天要正面对拼自由人体系吗？前面两局1：1战平，再浪的话小心浪输了！"

1：1战平相当于从头开始。

第三局，双方拿了均势阵容，叶枫这局换李元芳打野，对面南柯依旧公孙离，结果又被公孙离教做人。

Dream连扳两局，比分从0：1变成2：1。

粉丝们开始担心起来：

"明神快禁公孙离！"

"南柯的阿离贼强！他玩这种操作难度高的射手真的特别溜，教练再不禁，他的公孙离就要三连胜了！"

"教练不要头铁，还不禁公孙离，要浪输！"

肖明轩依旧没有禁公孙离，这是要"将头铁进行到底"，不撞南墙不回头啊！

粉丝们都无语了。

直播屏幕中，肖明轩面带微笑，AIM战队的选手们也神色平静。

遇到对面某选手特别强势的英雄，禁掉是最简单粗暴的处理方案，但肖明轩却觉得，趁机找出针对的方法才是最重要的。现在只是常规赛，AIM的积分不出意外稳进季后赛，所以，他该珍惜这个和KPL第一射手交锋的机会。

第四局是Dream战队的赛点，如果再拿下的话AIM这场比赛就1：3输了。

让观众意外的是，第四局在南柯选出公孙离、队友们拿了保护型前排的情况下，AIM战队突然在最后补位时选出一个英雄。

——宫本武藏！

这个英雄一出现，全场观众直接爆炸。

《王者荣耀》里有一段流行多年的玩笑：

"诸葛亮太强了，我们削宫本吧！"

"貂蝉太强了，我们削宫本吧！"

一代补丁一代神，只有宫本削不停。

自从游戏诞生以来，宫本武藏这个英雄，被官方修改、削弱的次数居然达到60次！

曾经的宫本武藏横扫全场，得宫本者得天下，但被官方一削、再削、连削60次之后，宫本终于从神坛跌落。

近两年的KPL比赛中宫本武藏很少出现，上赛季难得出现的几次比赛也被对面打成狗。AIM战队这时候选出宫本武藏，观众们的呼喊声中，除了对这位老英雄的怀念之外，更多的还是对AIM的不看好。

直播间又开始刷屏：

"拿宫本出来，送对面超神？"

"目标这局要凉凉！"

"我投了AIM十万竞猜币，心疼地抱住自己！"

解说七少也道："宫本武藏的技能伤害被削得特别狠，现在确实很少有人选他，看AIM这局的阵容，已经选了马可波罗打野，宫本不打野，这是要走边路吗？"

柚子惊讶地道："该不会是音符小姐姐拿宫本吧！"

结果下一刻，队员交换英雄位置，宫本武藏果然被换到1楼，由"AIM-音符"操作。

观众们集体惊掉了下巴。

小姐姐居然还会这么古老的英雄啊？

AIM这局的阵容选得有点"谜"，上路符音的宫本武藏，下路时越老夫子，打野马可波罗，辅助太乙真人，中路依旧是貂蝉。

对面的边路分别是苏烈、达摩，中路嬴政，打野公孙离，辅助张飞。

Dream战队特别肉，AIM却是来势汹汹、目标明确——就要秒你公孙离！

由于这局是Dream的赛点局，对AIM也非常重要，双方都不敢浪，前期暴君一直没开。

直到比赛进行到4分半，第一波炮车兵临塔下。

Dream借着张飞大招逼塔，想强拆下路防御塔，双方4V4在下路展开团战，彼此都有残血。时越瞅准时机，预判好公孙离纸伞的位置，老夫子一个大招接闪现直接瞬移几米绑住后排公孙离，一顿乱棍将公孙离给捶死！

核心输出一死，Dream战队迫不得已立刻撤退。

比赛进行到7分钟，Dream战队再次抱团逼塔，张飞和公孙离想强拆上路外塔，AIM的支援也迅速赶到。

同样的故事，同样的结局。

但这次站出来的是符音，几乎在公孙离进场的那一瞬间，宫本武藏直接大招锁定公孙离——宫本之所以强，就是因为他的大招锁定无法躲避，哪怕你闪现了，他也可以直接大招坐到你的头上。

脆皮都特别怕宫本，即便公孙离这样位移技能多的英雄被宫本大招锁定也是欲哭无泪。

符音的宫本武藏这局出的是纯输出装备，已经做出了暗影战斧，只用了不到3秒，瞬间就切死脆皮公孙离。

上路的推塔再次无功而返。

Dream战队意外地发现，他们的公孙离不好用了。

因为AIM战队找出了针对公孙离这个点的方案。

时越老夫子下路带线，依靠攻速快、逃跑快的优势迅速推塔，上路宫本守线，只要你公孙离敢来，我就盯着公孙离开大，一套秒掉她，就算以命换命，也要秒掉她。

公孙离在短短十分钟内死了三次！

由于Dream战队在上下路根本打不开局面，马可波罗在野区发育得特别安稳，加上马可波罗不需要蓝Buff，貂蝉全程拿蓝，技能冷却大幅度缩减，在中路和嬴政对线时也渐渐地积累了不少经济优势。

AIM战队的团队经济开始超过对方。

后期正面团战时，符音蹲在草丛里专门找对面公孙离，只要公孙离一冒头，立刻瞄准、锁定、飞到她头顶一屁股坐下去，以命换命带走对方核心射手，公孙离根本就进不了场！

宫本和公孙离1换1对AIM战队来说一点都不亏，毕竟我方还有核心输出貂蝉和马可波罗，而对面公孙离一死，就如高手自断一臂，根本就没法打。

一波团战1换4，宫本以命换命秒了对面公孙离，马可波罗和貂蝉完成收割。

AIM战队居然在网友们集体不看好的情况下，用奇葩阵容，硬生生地扳回了赛点局！

2：2平！

公孙离被宫本武藏杀了三次！

这是多大的仇多大的怨？专门盯着阿离杀！

Dream战队在决胜局不敢选公孙离了，拿出速推流李元芳。

结果，AIM最后一局一直顽强拖到后期，拖到李元芳手短劣势的时候，一波强开团翻盘，反倒3：2拿下比赛！

直播间的观众们："真没想到！"

柚子感叹道："现场的粉丝们，请给AIM战队一点掌声！"

全场掌声雷动，几乎能震破电竞中心的屋顶。

时颜坐在观众席，听旁边的几个女生在讨论：

"我特别喜欢AIM战队，他们愿意寻求自我突破，经常拿一些奇怪的、新颖的阵容出来，而不像很多战队那样，来来去去就那几个英雄玩到腻味！"

"没错，我觉得AIM的战术思路特别丰富，比如今天，教练一直跟Dream打自由人体系，被公孙离连虐两局后，很快就找到针对方案，宫本和老夫子选的真是绝了！"

旁边一个妹子激动地说："我以前特别喜欢宫本武藏，可惜这个英雄早已跌落神坛，今天音符女神拿他出来打公孙离，几波换命的打法真的太霸气了！连杀公孙离三次，公孙离肯定被他打得怀疑人生！"

听到这里，时颜心里别提有多自豪了——那个霸气的宫本武藏可是她的闺蜜!

　　看着大舞台上的选手们赢下比赛后的笑容,台下的粉丝们特别激动和骄傲。

　　AIM战队不论面对多大的艰难都能抗住压力,调整好心态并迅速找出针对的方案,教练思路灵活,选手的英雄池深不可测,时不时就拿出奇怪的阵容让对手猝不及防。

　　这样的一支队伍,没道理拿不到好成绩。

　　他们一定会挺进季后赛,拿下冠军!粉丝们都坚信着。

第十二章/告白

【1】

目标战队的单局连胜战绩在19局时被Dream战队终结，但今天这五局比赛每一局都打得相当精彩，是不是连胜已经不再重要，粉丝们看到了这支队伍强大的凝聚力和丰富多样的战术，大家对队员们的表现都非常满意。

赛后采访邀请了用马可波罗拿下MVP的叶枫，这也是叶枫本赛季第一次拿到MVP。

记者微笑着恭喜了两句，问道："今天和Dream的几场比赛你的射手表现非常亮眼，面对KPL一流射手南柯大神，心理压力大吗？"

"压力确实挺大的，单挑的话我不一定打得过南柯大神，好在我有很给力的队友，大家都很支持我。我的打野节奏是越哥亲自教的，音姐和羽神也会经常帮我守野区，小源也一直在帮我看视野，真的要谢谢他们。"

"看来，平时在战队你们感情都很好？"

"那当然，大家就像一家人一样。"

"最近网上有些传言，说越神和音符女神关系最好，因为他俩每次直播都是双排，对此你怎么看？"

网友们可真是火眼金睛，叶枫不敢说实话，只好干笑道："其实是因为，我经常拉着羽神和小源三排，他俩就只好双排了。大家不要想太多，我们每个人和小音的关系都很好，但都是很正常的队友关系。"他一边说一边心想：越哥我就帮你到这儿了，接下来怎么办还得看你自己。

简短的采访结束后，叶枫回到后台，看了采访直播的符音走过来问："最近有我和越哥的传言吗？我怎么不知道？"

叶枫咳嗽一声，道："因为这段时间每次直播都是我和小源、羽神三排，你跟越哥双排，所以很多网友都在八卦，说你俩关系最好。微博上面确实有些关于你俩的猜测，还有人说你是越哥的女朋友，才加入目标战队。"

符音刚想解释两句，就听时越淡淡地道："谣言而已，不用理。"

肖明轩也听到他们的对话，走过来说："小音，你要是介意的话，直播可以换个分组。"

时越挑眉："这时候换分组岂不是心虚？小音要是介意，我可以在直播的时候给大家解释一下。"

符音耳根发烫："不用了。"

由于叶枫接受采访时，记者提到关于越音两人的传言，这天晚上直播的时候，符音的直播间内一大片弹幕，有不少粉丝在问"音姐和越哥真的是一对吗""你俩是不是有情况"。

符音微笑着说："大家不要去听那些不实传言，我经常跟越哥打排位，是因为他是我们队长兼赛场指挥，教练不放心我让他带我而已。"

弹幕继续刷屏：

"解释就是掩饰，你俩肯定有情况！"

"天天一起打排位，说没猫腻谁信呢！羽神大局观也很强，你怎么不跟羽神一起排？"

眼看弹幕越刷越多，就在这时，符音的直播间内突然响起个低沉磁性的男音："不用多解释，谣言止于智者。"

符音被时越的突然出声吓了一跳，回头就见他站在自己的身后。

时越上楼发现卧室门开着，符音正跟粉丝们解释，他便直接进来了，手里端着一杯橙汁，放在符音桌上，道："茹姐榨了好几杯果汁，这杯给你的，我记得你喜欢喝橙汁。"

符音接过杯子，玩笑道："麻烦队长亲自送一趟，谢谢啊！"

时越也微笑起来："不谢。看你直播间刷得厉害，是不是又有人在说你呢？"

时越干脆将脑袋凑到摄像头前，看了看弹幕，皱眉道："别刷了，你们的音符女神目前还没有男朋友。"

他俩这么近距离的同框，不管谣言是真是假，倒是真的很般配……

看着突然出现在符音摄像头后面的时越，大家都呆住了，倒是有不少幸灾乐祸的网友在刷屏：

"越哥别动，给你俩截张图！"

"好的，越哥，你说什么都对！"

"女神还没男朋友？那我可不可以竞争一下？"

弹幕区画风突变，绯闻男主角出现，大家也不好当着两人的面刷他俩是一对。

越音关系亲密的传言，居然就这样被时越一句"谣言止于智者"轻描淡写地揭了过去。

符音知道他是为了维护自己，可想到他只把自己当妹妹，心里总是不太舒服。

接下来的一周，时越意外地发现，符音居然不跟他打排位了，每天他在微信喊她的时候，符音都说："我最近在单排打连胜。"

她又变成了当初刚到钻石段位时"嫌弃"他太厉害而不肯和他组队的"单排勇士"。

只不过，如今的符音已经不是当初那个菜鸟，她从钻石段位开始单排用花木兰打连胜，居然打出五十连胜的可怕战绩。

符音突然不要他了，时越这几天情绪也比较低落，只好拿出玄策去单排打连胜。

音姐的花木兰一路连胜，越哥的玄策也不甘落后，两人就像在比赛一样一局接一局地赢，粉丝们都有些心疼排到这两位大魔王的对手，也有不少粉丝通过看他俩的直播，学会了花木兰、百里玄策这两个高难度英雄的操作方法。

转眼又是一周，AIM战队即将离开东部上海主场，来到西部赛区作战。

这次的对手是龙族。

之前在东部主场0：3输给龙族，今天客场挑战龙族可不能再像上次一样打出0：3的战绩。

但比赛比想象中还要艰难。

第一局放出关羽，当前版本关羽没必要首抢，但龙族还是毫不犹豫地直接拿关羽。

只是，符音这边没拿花木兰，反而拿了老夫子。

开局对线，双方同时到4级，符音的老夫子一个大招接闪现，把关羽拴在原地，一顿乱棍捶死。

解说忍不住笑道："音符女神这是报仇呢！"

直播间刷了满屏的"666"：

"音姐威武！"

"叫你关羽单杀她九次，她可记在心里呢！"

"关羽跑得再快，被老夫子绑住，看你往哪儿跑！"

"赤兔马的腿都要被打断了！"

林毅挺纳闷的，这姑娘真是进步神速，上次在上海主场，他的关羽单杀她好几次，今天却在对线时感到了压力。

只不过，被单杀一次后林毅就吸取了教训，没有给她再次单杀关羽的机会。

中期团战林毅一直躲在侧面草丛，结果在双方残血之际，关羽突然从侧翼入场，几次连续推人打乱阵型并将后排脆皮全部秒掉，AIM战队一波团战翻车，第一局遗憾落败。

第二局AIM改变战术，拿野核体系让时越的百里玄策带动节奏，将比分追平。

第三局，龙族拿出新的套路，中单林洛然的貂蝉在中后期的团战中打出一波收割，比分又变成2：1。

结果第四局又被AIM扳回2：2战平。

这一场比赛异常胶着，最终战到决胜局时，双方甚至拖到了20分钟的大后期。

AIM战队高地全破，龙族也是高地全破，两边都只剩一个孤零零的水晶。

第三条主宰刷新，龙族全员聚集在主宰处迅速打主宰，眼看拿下了主宰，结果就在这时，符音的苏烈突然从远距离的草丛处读条大招接闪现，一个大招捶起来四个人！

主宰坑里的人全部被她击飞，队友们立刻跟上输出，龙族的队员站位太集中，结果被一波团灭。

即便他们拿下主宰，但也无济于事，AIM战队全员直接抱团推中，来到高地将主宰先锋全部击杀，顶着伤害硬拆了水晶。

——胜利！

当屏幕上弹出这行金色大字时，叶枫和刘思源激动得跳了起来。苦战五局，最后一波获胜，这感觉实在太爽。

陆青羽淡定地喝水，时越则回头看向符音，道："最后一波开团开得很漂亮。"

符音微微笑了笑："这要谢谢越哥的指导。"

她的苏烈大闪开团就是跟时越学的。但是，听着她客气的语气，时越却有些不太高兴。裁判拿着赛后确认表让队长签字，时越暂时忽略了心里的不舒服，签下字，然后就带着队友们去对面握手。

林毅跟符音握手的时候，忍不住多说了几句："你真是让我刮目相看，英雄池还挺深。"

符音道："毅哥过奖了。"

林毅道："这一场3：2还没完，说不定总决赛还得打，到时候有本事继续放我关羽。"

符音挑眉："你以为我会怕你的关羽？"

龙族的队员们：毅哥你当面跟一个妹子互怼，是不是不太好？

握手的时间很短，林毅话还没说完呢，符音就跟着队友们走了，于是来到后台时，他又主动找了符音："你们什么时候回基地？"

"接下来的比赛都是成都客场，我们要在成都待到周日晚上才回去。"

"我知道一家特别有名的火锅店，明天一起去吃火锅，我请你。"

符音想了想，问："单独吗？"

林毅坦然说道："当然，难道你想让我请你们全队？"

周围众人都无奈扶额。毅哥是个直肠子，挺欣赏符音，想请她吃个饭交个朋友。但男生单独请女生吃饭毕竟不太好，他根本没想到这一点。符音却不是没心没肺的人，微微笑了笑，礼貌拒绝道："那还是算了，我们在外比赛期间吃饭都是领队安排好的，谢谢毅哥的好意。"

林毅倒也爽快，点点头说："好吧，我把火锅店的地址给你，你们可以去尝尝，味道确实不错。"

他拿出手机跟符音互相加了微信，把地址发给她。

本以为这样就完了，结果当天晚上符音刚回酒店，林毅就给她的微信发来个排位链接："来，一起组排！"

符音疑惑："什么意思？"

林毅："让你见识一下我关羽的实力。"

符音忍着笑说："被我老夫子拴在原地打断腿的关羽吗？"

林毅怒道："那是意外！"

他的粗神经几乎可以跑火车，长得凶，看上去比较唬人，但本质上林毅也就是个不到二十岁的愣头青，符音觉得他这气不过的样子还挺可爱的。

符音点了链接进入排位房间，看见他的小号"社会我毅哥"。

林毅正开着直播，看见符音的小号"渔舟唱晚"进入房间，粉丝们顿时爆炸：

"我的天，这是音符女神吗？"

"女神怎么来了！"

"毅哥你和女神很熟吗？"

林毅得意地道："今天比赛，我的关羽被她绑起来打断腿，所以我决定给她好好秀一下关羽。"

符音平静清朗的声音透过耳麦传来："那我也给你好好秀一下花木兰行吗？"

林毅："行啊，我走上路。"

符音："我走上路。"

林毅："我关羽上路带你躺赢。"

符音："我花木兰上路带你躺赢。"

联盟两大上单就分路问题开始了长达半分钟的争执。

林毅的粉丝们都无语了，怪不得他没女朋友，把女神请过来，让个上路能怎么样啊？

结果最后还是符音妥协："好吧，我去下路。"

林毅道："我今天不拿五个人头不下播。"

比赛开始，联盟两大上单不到6分钟就把对面捶爆。

中期团战的时候，两人抢人头抢得不亦乐乎，粉丝们都快笑死了，毅哥和音姐确实没一点队友爱，往往花木兰把对手劈成血皮只要一个普攻就能收走，关羽突然横插一脚一刀抢走人头，把符音给气得差点摔手机。于是下一波团战，关羽横冲直撞好不容易拿下三杀，再杀两个脆皮就可以五杀，结果符音直接闪现把两个脆皮给收掉，中断了他的五杀计划。

林毅："你抢我的五杀！"

符音："你先抢我的。"

和时越排位，时越各种宠着符音，但和毅哥打排位，就像在打比赛似的，恨不得砍死这个队友。

两人一起排了一个小时，打出四连胜，每人拿了两局MVP，符音便下线了。

在成都比赛期间大家都是住酒店，符音洗完澡刚要休息，结果手机里突然弹出条微信语音。

"你刚才跟林毅一起组队打排位？"时越发来的，语气有些奇怪。

符音坦然道："毅哥叫我去玩一会儿，我正好也从队友的角度见识一下他的关羽。"

时越淡淡地"哦"了一声。

符音也没多说，发了句"晚安"便睡下。

酒店订的是双人间，符音和茹姐住，陆青羽和时越住同一间房。

陆青羽从洗手间出来后就见时越坐在床边脸色极为难看，手里抓着手机一副很郁闷的样子。他不由得疑惑："比赛虽然打满五局，但最后3∶2赢了啊，你这是什么表情？"

瞄了眼他的手机屏幕，陆青羽忍不住笑出声来："哦，原来是吃醋了。"

时越皱眉道："谁吃醋了？"

陆青羽道："你没有吃醋，你只是打翻了一坛醋缸，整个房间里都是酸味。"

时越："……"

陆青羽笑眯眯地摸着下巴："符音跟毅哥打排位，这件事我也知道，刚才我还抱着手机当了会儿观众，他俩在一起特别搞笑，为了抢上路在语音频道吵了半分钟，毅哥根本不肯让小音，小音快气死了，跑去下路，还在打团的时候抢了毅哥的两个人头。"

时越没说话，只是眉头紧皱，若有所思。片刻后，他才低声道："符音会不会喜欢林毅那种类型的？"

陆青羽建议："你可以当面去问她。"

时越直觉他出的是馊主意，立刻否定这种想法："我才不问。"

陆青羽道："你又没跟小音说明白，她不知道你喜欢她，所以就算她看上毅哥，和毅哥在一起也很正常啊。我看他俩在一起互怼就挺开心的，KPL两大上单在一起，共同语言肯定很多，也算是成就了一段美满佳话。"

时越冷冷地说："我不会允许这种事发生。"

陆青羽问："就凭你是队长？队长还有权利管队员跟谁谈恋爱吗？"

这个理由确实站不住脚。

但是，一想到符音和别的男生在一起，时越就无比烦躁。

联盟第一关羽是吗？他现在恨不得打断关羽的马腿。

沉默片刻后，时越才坚定地说："不行，我得先把符音变成我的女朋友，这样就没人敢打她的主意了。"

陆青羽简直感动到流泪——越哥在醋缸里游了半天的泳，总算抓住了关键，真不容易！

默默地喜欢和守护有什么用？不说明白，符音怎么知道你是什么心思？还以为你依旧当她是妹妹呢。

【2】

次日中午，茹姐带大家去附近的火锅店，正是林毅昨天强烈推荐的那家，还把特意跑来成都给大家加油的时颜也叫了过去。秦茹提前订了大包间，由于队里有人不爱吃辣，点锅底的时候就点了一边麻辣一边三鲜的鸳鸯锅底。

这家店菜品新鲜，而且价格实惠，肖明轩做东请客，各种荤菜、素菜摆了满满的一桌，大家一边聊天一边烫火锅，时越和陆青羽都只吃三鲜锅里的菜，符音和秦茹两个女生都挺能吃辣，从红油锅里捞出来的菜上面都带着辣椒，两人吃得面不改色。

热腾腾的火锅结束后，正好附近有一家购物商场，肖明轩看了看手表，说道："我们在成都还要待几天，大家需要买东西的话趁这个机会去买，给你们两个小时，下午三点之前回酒店集训。"

女孩子对于逛街的热衷自然是远超男生的，符音和时颜准备去商场逛逛，时越居然也厚着脸皮跟了上去，为免尴尬还拉上陆青羽，道："我跟青羽正好想买两件衣服，一起去吧。"

陆青羽心里吐槽，我什么时候想买衣服了？但对上时越锐利的眼神，他立刻微笑着配合："没错，我也想买两件衣服穿。"

四人一起走进了商场，符音和时颜直奔化妆品区。见时越要跟着，符音便说："你们逛你们的，我和颜颜去买些精华。"

时越疑惑地想：精华是什么？

但他也不好意思当面问，便说："没事，反正我闲着，陪你去吧。"

时颜道："我们俩要买化妆品，你又搞不懂。哥你知道口红的色号吗？"

符音微笑道："你们还是别跟着了，去买你们的衣服吧。"

被嫌弃的两位男士只好默默地转身去了男装区。

沉默很久后，时越才忍不住问："精华是什么？"

陆青羽猜测道："大概是脸上涂的吧。女生脸上一层又一层的东西，我反正说不出名字，你回头可以研究一下小音的梳妆台，那上面瓶瓶罐罐的一大堆英文，我一个都不认识。"

时越沉默片刻，又问："你说，给女孩子送礼物的话，第一次送什么比较好？"

陆青羽笑眯眯地看着他："想给小音买礼物啊？"

时越挑眉："不行吗？"

陆青羽立刻严肃下来："太行了！这个问题你问我没错，送女生礼物有两大类可以选择，一类是首饰，另一类是口红、香水这种女孩子喜欢的东西。不过，送口红难度太高，男人一般都分不清她们用的那些色号，我觉得你可以考虑送首饰，更保险一些。"

时越冷冷地看着他："你知道得这么清楚，看来你经验很丰富啊。"

陆青羽赶忙澄清："我是理论专家，实践经验并不丰富，你可别冤枉我。"

时越知道陆青羽只是爱贫嘴，至少认识陆青羽的这两年来没听说他和哪个女生走得近，既然颜颜喜欢他，时越当哥哥的肯定要好好把把关。

本来时越就想过给符音买条项链，只是心里不太确定，既然陆青羽也说可以送首饰，他便放下心来，转身往商场的大厅走去。

商场东侧有一片专门卖首饰的区域，种类齐全，时越不太懂翡翠和宝石，干脆去买铂金项链，商场卖的铂金总不会是假的，而且款式简单大方，什么性格的女孩子都可以戴。

导购看见两位大帅哥并肩走来，立刻热情地迎上来："先生想挑些什么？给谁买呢？"

时越平静地说："给女朋友的礼物。"

对上陆青羽戏谑的笑容，时越面不改色地扭头朝导购说："我想买条项链。"

导购问："大概是什么价位的呢？"

时越说道："价格没关系，我先挑几条，你帮我参考参考。"

导购的脸上都快要笑出花来，立刻转身带他去挑链子。

透明的玻璃窗内陈列着各种铂金项链，看上去都差不多，时越挑了一会儿，觉得眼睛疼，就选了一条款式比较简单、粗细中等的链子，但光戴一条链子似乎太单调了。导购也说："您可以给这条项链配个吊坠。"

"嗯。"时越走到旁边，一眼就看中放在托盘上的吊坠。

那枚吊坠是心形的，中间有一颗闪闪发亮的钻石，虽然小巧，但看上去特别精致漂亮。时越觉得这吊坠戴在符音的脖子上一定会很好看。他道："你把我刚才挑的链子配在一起看看。"

导购手脚麻利地将吊坠穿在了铂金链子上，时越满意地点点头："就这个吧。"

刷卡的时候，陆青羽才发现简单的一条项链价格居然好几万，铂金一克三百多块钱，十几克的链子肯定不会这么贵，关键还是那枚小巧的钻石吊坠，钻石哪怕很小的一颗也是价值不菲。

离开柜台的时候，陆青羽忍不住感叹："她还不是你女朋友，第一次送礼物就送这么贵的？"

时越道："因为在我心里，她值得最好的。"

符音还不是他女朋友，他就这么舍得，真成了他的女朋友之后，他说不定会直接上交银行卡吧？陆青羽第一次发现，一向高冷的时越居然很有爱妻男的潜力！

两人一起来到购物中心门口，正好看见时颜和符音提着大包小包欢欢喜喜走了过来。时越看着她俩手里提的一大堆购物袋，忍不住问：“你们买了些什么？”

符音拿起购物袋给他看："我的精华和爽肤水都用完了，买了两瓶新的，今天商场专柜正好搞活动，还买了几支唇膏。"

时越知道符音是个挺会打扮的女孩子，平时在战队是素颜，但每次外出比赛的时候还是会收拾一下，化一点淡妆提升气色。也不知道她涂的口红是什么色号，反正以时越直男的审美来看挺好看就对了。

她似乎刚刚在专柜试过色，嘴唇粉粉嫩嫩的，散发着柔润的光泽……时越心头一跳，立刻移开视线，看向时颜问："你什么时候回去？"

"我下午就回上海，接下来的比赛安排在下周三，我要上课，就不来给你们助威了，你们加油！下周末我再过来！"

陆青羽建议道："颜颜，我们在成都比赛期间你没必要过来，这样来回跑挺辛苦的。"

时颜笑得很灿烂："不辛苦！反正是周末，我也闲着。"

陆青羽无奈："好吧，那你路上注意安全。"

符音也回头叮嘱："你直接打车去机场吧，一个人可别乱跑。"

时颜拍拍胸脯："放心，我一个人没问题的！"

时越对自家妹妹还比较放心，走出购物中心后直接给她拦了辆出租车，然后就带着陆青羽和符音转身回到酒店。

距离下午的训练还有一个小时，大家回去睡了会儿午觉。

下午三点的时候，众人准时在教练的房间集合。本来约好了一起训练，结果符音没来，反倒是秦茹过来给她请假："抱歉，小音暂时没法参加集训，给她请一下午的假。"

时越立刻问道："她怎么了？"

秦茹道："可能是中午吃火锅吃太多，消化不良，回酒店后一直拉肚子，有点脱水。"

肖明轩道："是不是水土不服？我们之前在上海吃的都比较清淡，今天猛吃了那么多麻辣火锅，小音的肠胃可能一时没法适应。这样吧，下午大家自己单排练英雄，集训我们推迟到明天，反正下一场的对手实力不强，大家也没必要太紧张。"

教练给大家放假，众人便各自散了。

不过，从教练房间出来后，大家很默契地跟着秦茹去看望符音。

符音正躺在床上，脸色有些病态的苍白，眼睛紧紧地闭着，显然是睡着了。时越一看她这副模样，就觉得心脏微微泛疼，他还是第一次看见生病的她，不像平时那样坚强冷静，反而透着一丝让人心疼的虚弱。

他恨不得将她拥进自己的怀里。

秦茹在唇边"嘘"了一声，轻声说："她刚睡下，你们先回去吧，有我照顾她，等她醒来后我会跟她说你们来过了。"

众人只好转身离开。时越走到门口，又回头担心地看了符音一眼，朝秦茹说："茹姐，等她醒后，第一时间告诉我。"

秦茹点头："好的。"

下午单排练英雄，拿着小号随便打，时越一直心不在焉，脑子里总是浮现符音脸色苍白的模样。连跪两局后，他也懒得继续打比赛了，干脆下楼去买了些治疗腹泻的药。

直到晚饭时间，时越才看见茹姐在群里发来的消息："小音睡醒了，让我谢谢大家关心。"

肖明轩道："大家下楼到自助餐厅吃晚饭，让小音好好休息。"

众人很快在自助餐厅会合，时越没跟大家一起吃饭，直接打包了一份米粥送去符音的房间，茹姐刚好从房间出来，看见他送粥过来，便说："我还想下楼去拿呢，既然你送过来，那你端进去给小音吃吧，我先下楼去吃饭了。"

时越点点头，走进屋里。

符音的脸色还是很苍白，躺在床上一副虚弱的样子。

看见时越，她微微笑了笑，道："越哥来了。"

对上她虚弱的笑容，时越的心脏瞬间软成一片，走到她床边坐下，将米粥放在床头柜上，柔声问："身体好些了吗？"

符音道："好多了。"

时越伸出手轻轻摸了摸她的额头，发现没有发烧，这才放心了些，低声说："我给你买了些治腹泻的药，晚上睡觉之前再吃两片。"

符音乖乖点头："嗯。"

时越问："现在有胃口吃晚饭吗？"

符音蹙眉："我怕吃了会拉肚子。"

时越道："应该不会，米粥很好消化，而且你不吃东西的话身体也扛不住，睡到半夜很可能会饿醒。"他将米粥端了起来，舀了一勺吹凉了，递到她的唇边，低声说，"来，吃一些东西补充体力。"

有这样喂女生吃饭的吗？

符音脸颊一阵滚烫，吃也不是，不吃也不是。片刻后，她才红着脸道："我自己来吧。"

她又不是双手废了，越哥到底是怎么想的啊，居然喂她喝粥。

时越见符音脸色尴尬，便把粥递给了她，坐在床边目光温柔地看她一勺一勺喝。

符音被看得浑身都不对劲，忍了很久，终于忍不住了，委婉地下达逐客令："越哥，你要不要先去吃晚饭？"

时越道："让我照顾你吧。"

符音道："没这个必要，我只是拉肚子而已。再说，我是个成年人，有手有脚的，不需要别人照顾。"

时越低声说："我想留下来照顾你。"

符音有些疑惑地抬头看他："为什么？"

时越深吸口气，用从小到大最温柔的语气说："因为我喜欢你，我想当你的男朋友。"

符音："……"

符音双手猛地一滑，手里的米粥差点打翻在床上，她慌忙将餐盒拿起来放在一边。时越见她手忙脚乱整理洒在床上的米粥，立刻起身去洗手间拿来一条毛巾，帮她把床单擦干净。

两人的手碰在一起，符音迅速缩了回去，结果时越却突然握住她修长的手指，目光深邃地看着她道："做我女朋友，好吗？"

符音觉得自己好像在做梦。

暗恋了这么多年的男神居然在跟她告白？

符音深吸口气稳了稳激烈的心跳，故作轻松地微笑着道："越哥你别开玩笑，你不是说，你一直当我是妹妹吗？"

一句话将他接下来的台词全部堵在唇边。胸口像是压了一块巨石，压得他呼吸艰难。

时越终于体会到什么叫"自作孽，不可活"。

——我当你是亲妹妹。

这句话他曾经对符音说了很多次，简直愚蠢至极！

沉默片刻后，时越才尴尬地咳嗽一声，厚着脸皮说："那句话我收回。"

符音好笑地看着他："说出去的话还能收回的吗？"

时越耳根发烫，但脸上还是保持着平静："当时不懂事，你就当没听见。"

符音不依："那你过几天，是不是又要说，今天的话收回，当时只是一时冲动。"

时越认真地道："我喜欢你，这句话是真的，不会收回。"

符音摇摇头："我还是不太相信，我觉得你依旧当我是妹妹，是不是因为我生病了，你很关心我，所以误以为这就是喜欢？颜颜生病的时候你也会心疼的。越哥，你还是好好想想吧，想清楚了再说。"

时越皱眉："你不相信？"

符音点头："不太相信。"

时越沉默了片刻，突然俯身凑到她唇边，柔声道："那如果，我想亲你呢？你会相信我喜欢你吗？"

男人英俊的脸蓦地放大在眼前，那双深邃的眼睛认真地注视着自己。他的嘴唇近在咫尺，只有不到五厘米的距离，鼻尖几乎要贴在一起。他温热的呼吸拂在自己的脸上，又暖又痒。那一刻，符音的心跳瞬间停滞，全身的血液直冲脑海，大脑变得一片空白。

见她呆呆地看着自己，时越心头一动，身体前倾，干脆又温柔地吻住了她。

她的嘴唇比想象中还要柔软，时越虽然很想抱着她狠狠亲，但毕竟今天才第一次告白，他不想吓到她，只是蜻蜓点水一般绅士地吻了吻她的嘴唇，便立刻退开。

符音的脑袋"轰"的一声炸了，嘴唇上还停留着男人灼热的温度，几乎要将她烫伤。

时越低声道："现在相信了吗？我确实喜欢你，不是把你当妹妹。所以，以前说过'当你是妹妹'的话我全部收回，从今天开始，我想当你的男朋友。"

这样的告白杀伤力太强大，她根本想不出理由拒绝。

再说，面前的男人是她从年少时代就放在心里的人，他居然跟她告白，还吻了她，这一切对她来说简直像是在做梦。

符音恨不得跑下楼去放鞭炮庆祝，但在男神面前她还是要矜持一点。

对上他深邃的眸，符音心情愉快地弯起嘴角，道："我可以暂时同意你当我的男朋友，不过，由于你之前一直说我是你妹妹，这个男朋友的身份，我还需要考察一段时间。"

时越点头："随便考察。让时间证明吧，我喜欢你，是认真的。"

符音看着他坚定又认真的模样，心里都快乐开了花。

目标战队能不能拿冠军她不知道，但是，她现在就像拿到了冠军一样开心。

时越见她笑，还以为她在笑话自己厚着脸皮收回以前的话。

他完全没想到，面前的女孩儿早在中学时代还是个小丫头的时候，就喜欢他了。

【3】
时越一直留在房间照顾符音，等她把一碗粥全部喝光，然后又给她倒来一杯温水，坐在床边看着她不肯走。

符音无奈地赶他："你快去吃饭吧，茹姐待会儿就要回来了。"

时越沉默片刻，突然想起一件事："你等等，我回房拿个东西给你。"

符音见他高大的背影迅速消失在门口，没过两分钟又回来了，手里拿着一个购物袋。

"这是什么?"符音疑惑地问。

"给你的礼物。"时越微笑着将袋子递给她。

符音接过来,发现里面有个红色的首饰盒。她打开盒子,黑色的绒布上静静地躺着一条钻石项链,心形的钻石小巧精致,在灯光的照射下光彩夺目,钻石吊坠搭配一条粗细正好的铂金项链,看上去简单又大方。

这项链一看就价值不菲。

符音有些受宠若惊:"你买这么贵的钻石项链干什么啊?"

时越低声问:"喜欢吗?"

符音抱着盒子沉默了一会儿,才硬着头皮道:"链子是挺好看的,不过太贵了。"

时越微笑起来:"没事,只要你喜欢,再贵也给你买。"

符音抬头看着他道:"有钱也不能这么任性吧?"

时越道:"你是我女朋友,我的钱当然要给你花。"

他将钻石项链拿了起来,目光温柔地看着她道:"来,我给你戴上。"

符音的心脏怦怦直跳,配合地低下头,时越便俯身将项链戴在了她的脖子上。她的脖子修长白皙,配这条项链特别好看,时越看着她胸前闪闪发亮的钻石,心里突然有种奇怪的满足感。

给喜欢的人花钱,心情居然会这么好,以后再多给她买些衣服鞋子包包化妆品。

符音发现越哥一直盯着自己看,脸颊不由得一阵发热,移开视线道:"你老看我做什么?"

时越道:"我女朋友太好看了。"

符音忍不住笑出声来:"你真觉得我好看吗?"

时越立刻点头:"当然。"

符音心里暖暖的,伸出手摸了摸脖子上的项链:"谢谢越哥。"

以前也常听她叫"越哥",但是这一刻听在耳里,让时越的心里一阵酥麻,忍不住想亲她。可又觉得,自己才刚告白,就亲她两次的话,她会不会觉得遇到了色狼?

咳,还是矜持一点比较好。

时越忍住了吻她的念头,柔声说:"今天晚上不用训练,吃过药早点休息。"

符音点头:"嗯。"

正好门外传来刷房卡的声音,时越知道是茹姐吃完饭回来了,便不再多留,起身道:"我先走了,要是不舒服记得叫我。"

符音道:"放心吧,我已经好多了。"

秦茹走进屋里的时候,就觉得情况不太对。虽然符音手忙脚乱地把首饰盒藏进床头柜,但秦茹还是目光锐利一眼就看到了,她走到床边,平静地问:"藏什么呢?礼物盒子?"

符音无语:"你怎么知道?"

秦茹指着她脖子上的项链:"我刚才下楼吃饭的时候没见你戴,这会儿突然戴上一条项链,你躺在床上还生着病,应该没心情去戴一条项链吧,时越给你戴的?"

茹姐火眼金睛,眼看瞒不过去,符音只好老实交代:"没错,他送我的礼物。"

秦茹微微笑了笑:"时越总算是开窍了。"

符音疑惑:"什么意思?"

秦茹道:"队里所有人都看得出来他喜欢你,就他在那里装若无其事,天天吃干醋。叶枫和小源为什么不敢单独和你打排位啊?青羽也一直避嫌不和你单独相处,就是怕队长大人吃醋。"

符音惊讶:"有那么明显?"为什么她没察觉?大概是被他之前所说的"我当你是亲妹妹"给洗脑,所以对他的一切关心都以为是"来自兄长的关爱"。

想到这里,符音忍不住好笑,摸了摸脖子上的项链,道:"他还真是迟钝。"

秦茹点头赞同:"我也觉得。"顿了顿,她又说,"虽然迟钝了些,但对你倒是挺上心的,出手也够大方,算是个可靠的男朋友。"

符音也觉得越哥很靠谱,不然她也不会弥足深陷,喜欢他那么多年。

如今两人确定关系,他虽然迟钝,倒是知道给女朋友送礼物。

收到礼物的那一刻符音真的很惊喜,而且,心里有种淡淡的幸福感蔓延开来。

不过,越哥如此舍得给自己花钱,自己是不是也该有所表示?符音心里暗暗盘算着,甚至去网上搜了搜给男朋友送什么礼物比较好。

次日上午,众人准时在教练房间集合。

符音的气色好了很多,脸色红润,看上去还挺精神。她本来就不太严重,加上时越耐心照顾,短暂的腹泻来得快,去得也快。时越见她面带笑容,总算是放下心来,看见她脖子上还戴着自己送的项链,心情也瞬间变好。

下一场比赛安排在周三,还有两天时间可以准备。

对手是西部赛区的一支三流战队,但不能因为对手弱就掉以轻心,强队在弱队手里翻车的历史可不少。肖明轩针对他们的常用阵容做了一些布置,然后提出了几种新的套路。

打弱队其实是最方便练兵的时候,平时不怎么敢用的阵容,正好可以拿出来磨刀。

大家聚在一起练了两天,结果自然不出意外地赢下比赛。

周五那天还安排了一场比赛,是AIM在客场对战天桓。比赛开始前不少人在疑惑,当初主场打天桓3:0,客场会不会被复仇?两支战队毕竟有些恩怨,看热闹的网友也非常多。

最让天桓教练难堪的是,比赛开始之前,天桓的粉丝数量居然还不如目标战队,明明天桓才是主场,结果"AIM加油"的呼声响彻了电竞场馆。

现场有很多粉丝举着AIM战队的助威牌——"音符小姐姐我的爱""越哥我要给你生猴子""羽神很帅说什么都对""疯子唱歌吓死对手""小源的猫和小源一样萌"——各种各样精心制作的灯牌、助威标语、横幅,几乎淹没了整个场馆。

这样的画面,让人有种"主客场颠倒"的错觉。

为了今天这一场比赛,赵志成专门研究了一个星期目标战队的套路,结果,第一局肖明轩就直接打了他的脸。

符音居然拿出吕布,针对边路梦奇!

她的吕布是直播时备受粉丝们喜爱的英雄,但在职业联赛的赛场上符音这还是第一次拿出来,结果,吕布一波完美开团,直接秒了梦奇、切死射手、收掉中单,拿下三杀。

现场呼声雷动,天桓的队员们表情尴尬,赵教练更是面如菜色。

第二局,目标战队的时越,居然在对面有三个大肉前排的情况下拿出了脆皮韩信打野。

脆皮刺客打野在战士越来越肉的版本中很难发挥出效果,因为切前排根本切不死,想去秒后排又会被一大堆肉盾挡住,进不了场。本届KPL韩信出场次数不超过五次,胜率也非常低。

但是这局,时越的韩信根本没去切人,就反复在野区抢野怪、控暴君、带兵推塔。

完全打兵线牵制。

动不动带着小兵拆塔的韩信让人烦不胜烦,最终一波团战目标战队4V5,韩信单人偷高地,让人意外的是,目标战队正面四打五居然还打赢了!

4V5少一个人的情况下,直接把天桓打了个团灭你敢信?

直播间内很多粉丝在刷屏:

"天桓已经不行了吧!"

"给大家讲个笑话,天桓五个人打目标四个人,居然能打输。"

"这支战队我们曾经喜欢过,但是教练作死,越神、洛神主力都走光了,从此粉转路人,输赢再与我无关!"

"送天桓一首《凉凉》,教练的脑子怕是进了凉水!"

"东部客场被3:0,西部主场看来又要被3:0,真是丢人。"

这一场比赛果然被3:0。

肖明轩那句"我猜还是3:0"在耳边反复回荡,让赵志成无比烦躁。

赛后分析阶段,资深解说兼评论员七少理智地点评道:"其实,天桓现在最大的问题是阵容经常被对手套路,而且战术太过单一,很容易被对手找到突破口。KPL发展迅速,官方每一次更新就会让比赛场上的英雄出现一次洗牌,教练还是得紧跟着版本走,随时调整思路。一旦禁选阶段出现失误,阵容劣势,真的会很难打。"

曾经每一届联赛都杀入决赛轮的豪门强队天桓战队,在这个赛季,居然排在西部赛区倒数第一名的位置。

净胜分，-28分。

可怕的负值，说明他们赢的局数屈指可数，大部分都在输。

网上开始铺天盖地骂天桓教练：

"当初让越神坐冷板凳的时候，有没有想到他会带新队回来打你的脸？"

"洛神也走了，肯定是受不了这个傻教练才转会的！"

"队员们一批不如一批，天桓已经不再是我们喜欢的天桓！"

"赵教练滚出联盟！"

赵志成从来没感受过被无数网友刷上万条评论骂的待遇。

以前时越还在天桓的时候，每次比赛输掉网友们都会跑去骂时越，说他是提款机、打假赛、实力带崩三路，尤其那一届春季赛天桓在半决赛惜败于龙族之手，时越的阿珂打出0/5的战绩，时越遭遇了最可怕的一轮网络暴力。

现在报应来了，赵志成的微博已经被铺天盖地的谩骂席卷。

就像是当年的时越一样。

当时，身为教练的他本来可以站出来解释，告诉大家那不是时越的责任，而是阵容没选好被对手针对，应该大家一起承担。

但他没有解释。

他冷眼旁观，眼睁睁看着时越被网友们骂成狗，他甚至暗示俱乐部官博的管理不要蹚这浑水，保持沉默。

时越被骂了一个假期，新赛季开始后，他顺理成章地让时越去坐冷板凳，因为时越总是违背他的意见，甚至公开跟他作对，他真的不喜欢这个选手，他想培养一位懂事、听话的打野，他想让时越看看，用什么英雄本就该由教练说了算！

如今血淋淋的事实摆在眼前，这回被骂的是他，让他滚出联盟的话题甚至被顶上热搜。

当教练当到这个地步，也算KPL史上绝无仅有。

丢人丢到家了。

更雪上加霜的是，随着常规赛最后几周的比赛渐渐接近尾声，天桓的成绩很难再有起色。

11月底，常规赛全部结束，KPL官方公布了本赛季的战队排名。

西部赛区天桓战队由于名列积分榜倒数第一，确定被联盟淘汰出局。

曾经的豪门就这样彻底陨落，黯然离开了KPL的舞台。

当天晚上，天桓俱乐部官博发布消息——赵教练主动请辞。

符音看到这条微博消息的时候，目标战队的队员们正在欢天喜地地庆祝，明神做东请大家去海鲜楼大吃了一顿，因为他们以东部赛区第一名的好成绩杀入了季后赛的胜者组！

由于季后赛会先开始败者组的比赛，下一场比赛他们要在半个月之后进行，时间还很充裕。肖明轩难得让大家好好放松一下，吃完饭后去唱歌，听着叶枫将一首经典老歌唱成完全不在调上的原创歌曲，个个无力吐槽。

时越坐在角落里，脸上不时被灯光扫过。

符音走到他身边坐下，凑在他耳边说："不知道对你来说算好消息还是坏消息，我刚看见微博，由于天桓战队被KPL职业联赛淘汰出局，"她顿了顿，放低声音说，"赵教练迫于压力，主动辞职了。"

时越的表情并没有太大的变化，男人原本英俊的眉眼，在灯光的渲染下反而温和了许多。

见他不说话，符音忍不住问："你不高兴吗？"

时越平静地道："赵教练的前途如何，已经与我无关。"

他并不是那种整天想着复仇的人，外界说时越这次回来是为了打赵教练的脸，那也太小看他了。他从来不是为了报复谁，而是为了实现自己夺冠的梦。职业选手对冠军的执着，只有亲自成为职业选手后才能更深刻地理解。

符音微微笑了笑，捏捏他的手心道："本来想安慰你两句的，现在看来并不需要……赵教练什么的，就随他去吧。"

对上她明亮的眼睛，时越不禁微笑起来，回握住她的手："其实我该谢谢赵教练，要不是他把我丢去冷板凳，我也没那么多时间教你，结果教出来一个KPL女战神，还成了我的队友，和我的……女朋友。"

最后三个字，声音蓦然温柔下来。

符音看着时越，时越也看着符音，两人默契微笑。

耳边是叶枫跑调跑了八千里的魔音，闹哄哄的KTV包间内灯光忽明忽暗，彼此的眼中却只有对方，似乎一切喧闹都与他们无关。

片刻后，屋内的灯突然一暗，叶枫总算唱完了，符音趁机凑到时越耳边，轻声说："你送了我那么贵重的钻石项链，我也想给你送个回礼，但我想了很久，还是想不到送什么东西比较合适。"

刚要说不用，结果就听她认真地说道："我能想到的给你最好的礼物，就是陪着你一起，拿下KPL的总冠军。"

刹那间，时越的心脏猛然一阵颤动，那种被心爱的人理解、支持和尊重的感觉，让时越的眼眶一阵发烫。

能找到这样的女朋友，他还有什么不满足的？

冠军奖杯就是他最想要的东西，是他盼了整整三年的梦。而她，愿意成为他最强的助力，和他一起实现这个梦。

这确实是最好的礼物，是无价之宝。

这个女孩真的懂他，也值得他付出最热烈的爱情。

他们还年轻，但时越的心里已经做出了对未来的决定。

——他要把她绑在身边，不仅是女朋友，而是携手一生的爱人。

第十三章/陆青羽

【1】

11月底，KPL秋季赛季后赛全面打响。

东部赛区的AIM目标战队和LY战队分别以积分第一、第二进入胜者组，ICE和Dream进入败者组。

第一周是败者组的对决，两支战队的比赛也异常精彩，居然打满7局，最后ICE惊险地以4∶3获胜。

下周AIM和LY对决的失败方将落入败者组，胜利一方将直接晋级赛区总决赛。

时间过得飞快，转眼到了周五晚上，胜者组比赛打响。

比赛那天，时颜组织了很多粉丝来到现场给AIM战队加油，电竞会场座无虚席，放眼望去全是各种助威的灯牌。

17：30整，在粉丝们热烈的掌声中，胜者组的第一轮比赛正式开始。

第一局目标战队是蓝色方，优先选择英雄。

由于季后赛是七局赛制，没有战队会一开始就拿出撒手锏，尤其第一局，双方都以互相试探为主，禁掉的也是版本强势英雄，选出来的阵容中规中矩。

目标战队第一局打自由人体系，叶枫用射手公孙离进野区，符音的苏烈和时越的达摩上下边路，小源拿东皇太一辅助，中单陆青羽拿的是手长的嬴政。

LY战队第一局同样是自由人体系，射手马可波罗，辅助张飞，边路老夫子和花木兰，中单貂蝉。

前期双方平稳发育，中期第一波团战，对面张飞开大强行逼塔，花木兰从侧面草丛绕后，貂蝉在塔下来回漂移打出爆炸输出，由于AIM战队支援不够及时，中路守塔的三人被全灭，中塔也被推掉，貂蝉拿了三个人头。而拿下三杀的貂蝉直接起飞，后期团战输出爆炸。

15分钟时高地被破,AIM战队遗憾落败。

第二局,LY战队来到蓝色方,阵容和第一局相似,中单LY幻月再次拿到了貂蝉。

当前版本貂蝉并不是中路最强的法师,但貂蝉一直是幻月的本命英雄以及成名英雄,他当年刚接任LY战队的队长之后,就曾经在常规赛用貂蝉在塔下秀操作拿下过五杀,也是从那时候起,他被粉丝们安上了"月下貂蝉"的名号。

幻月的貂蝉那是真的强。

第二局对面选出来的是典型"四保一"阵容,甚至选刘邦专门传送保护貂蝉,幻月大神输出爆炸,AIM战队由于没刺客,团战很难切死貂蝉,结果被对方再次滚起雪球,一波团战翻车丢掉了高地。

比分0:2。

现场的气氛变得凝重起来,尤其是AIM战队的粉丝们,个个神色紧张。

有个女生担心地问时颜:"他们是不是状态不好啊?前面两局都被貂蝉给压制……"

时颜道:"比赛刚开始有点蒙也很正常,我相信他们很快就能调整过来!"

短暂的休息时间,选手们去后台喝水,肖明轩把大家叫到一起,笑道:"你们还没睡醒呢,要不要给你们吃点醒脑的东西?"

他给每人发了一颗糖。众人吃进嘴里,顿时酸得整张脸都皱成了包子。

符音很想吐掉,肖明轩立刻看向她:"都吃了,好好醒醒脑子。"

众人只好硬着头皮把酸梅糖吃下去。

肖明轩道:"已经丢掉两局,再输就说不过去了。都打起精神来!"

叶枫问:"教练,能不能把貂蝉禁了?"

对面的幻月大神走位确实太溜,貂蝉带了净化技能,打团的时候很难强控住她,加上队友都在保貂蝉,一局比赛下来貂蝉能打出40%的输出,实在可怕。

肖明轩却说:"不是貂蝉的原因,我上帝视角观战看得很清楚,是你们节奏有问题，打得太保守。"他看向时越，严肃地说，"阿越，我们在常规赛确实1∶3输给过LY，季后赛想谨慎一些也没错。但谨慎，不代表畏缩，下一局我们打野核，别守了，全面进攻！"

时越很干脆地点头："好。"

肖明轩看向陆青羽道："我不打算禁貂蝉，当前版本貂蝉真的没必要禁，还有很多需要针对的点。我知道你和貂蝉对线的话压力会很大，青羽你有没有信心拿出本命英雄？"

陆青羽微微一笑："当然有。"

虽然他人气一直很高，可毕竟他曾是GT战队的队长，那支在保级赛挣扎了三个赛季的队伍最终还是避免不了被KPL淘汰出局的命运。因此，很多网友并不认可陆青羽的个人实力，总觉得他的人气是因为他这张脸。

跟时越重新组队后，这一届的KPL常规赛阶段AIM发挥最亮眼的是符音和时越，陆青羽的发挥可以说是中规中矩，挑不出多少错，但也没有特别让人印象深刻的对局。

其实，对一个职业选手来说，十几场比赛没有过一次明显的失误，已经很难得了，但网友们更喜欢看三杀、四杀的经典场面，陆青羽打出的输出再高，也依旧有很多人在质疑他，说他是花瓶。

幻月是KPL一流中单，面对这样强大的对手会让人倍感压力，但同样也更有动力。陆青羽很有信心压住对手的貂蝉，这也是他证明自己的最好机会。

肖明轩看着他微笑的模样，轻轻拍了拍陆青羽的肩膀，低声跟大家说道："这一局咱们打中野联动体系，前期就把对面给打爆！"

直播间内有不少粉丝在刷屏：

"对面貂蝉连续两局MVP，教练应该禁掉！"

"季后赛不要倔，月下貂蝉肯定教你们做人。"

第三局比赛开始，目标战队蓝色方先禁先选。

程咬金被送进小黑屋，对面紧跟着禁掉裴擒虎，肖明轩禁关羽，对面禁掉百里玄策。

第一轮连续禁两个前期强势的打野，显然对方教练是觉得AIM的自由人体系对他们没太大威胁，就专门挑着野核来禁。

首选英雄肖明轩拿下边路苏烈，对面连拿刘邦、白起，肖明轩拿下边路花木兰、中单诸葛亮，对方拿下中单貂蝉。

双方的打野都没拿，AIM这边辅助也没拿。

第二轮两边各禁一个射手公孙离和马可波罗，辅助张飞和鬼谷子。

由于射手被禁太多，对方4楼拿下了打野杨戬，轮到AIM的时候，4楼辅助选东皇太一，五楼的打野位，居然出现一位很久没见过的英雄——赵云！

赵云一出来，全场观众哗然。

曾经的赵子龙在打野界风靡一时，官方把他当亲儿子，皮肤都出了好几样，但后来经历过多次削弱后跌落神坛，尤其这一届KPL中根本没人拿出过赵云这样的打野英雄。

LY的教练也愣住了，倒计时快结束才补出最后一个英雄夏侯惇。

双方阵容确定，AIM是苏烈、花木兰双边路，东皇太一辅助，诸葛亮中单，赵云打野。

LY是白起、刘邦双边路，太乙真人辅助，貂蝉中单，百里守约打野。

从阵容上来看，LY的百里守约打野速度特别快，团战时他可以躲在远处瞄准射击，先将对手的血量压残，方便貂蝉入场收割，而且他不怎么缺蓝，蓝Buff完全可以让给貂蝉。

反观AIM这边，赵云、诸葛亮……这都多少年前的套路了！

直播间不少粉丝在刷：

"教练是疯了吧！"

"赵云和诸葛，伤害根本不够啊！"

"赵云前期伤害低入侵难打，后期虽然挺肉，但大招放空就是个笑话，百里躲那么远又切不死人！"

开局30秒，东皇太一、赵云和下路的苏烈集体来到蓝Buff刷新处。

LY战队集结的速度也很快，双方野区3V3全都打成残血。

赵云甚至只剩一丝血皮，1技能穿墙逃跑。苏烈被打出被动，可惜对面也输出不足，苏烈复活逃跑。

AIM反蓝失败集体撤退。

LY百里守约帮貂蝉打蓝，就在蓝Buff被打得只剩最后一丝血皮的时候,由于貂蝉不带惩击技能,诸葛亮突然从侧面草丛丢了个1技能把蓝给抢了!

幻月气得吐血,观众爆笑出声。

柚子忍不住道:"这大概就是本命英雄的护佑!羽神的本命就是诸葛亮,曾经也用诸葛亮拿过五杀,说不定拿到本命英雄后他会有更好的发挥。"

貂蝉这个英雄是特别依赖蓝Buff的,陆青羽就是算准了时间,提前蹲在草里,看对面把蓝打成血皮后一个技能抢掉。

这很影响心情。

不过幻月毕竟是大神选手,这种经历也不少,回到中路继续和诸葛对线。

貂蝉打诸葛,也不能说谁绝对占优,两个法师都有位移技能,都可以秀操作,就看谁的技能放得准。

清掉一波兵后时越发下召集信号,陆青羽立刻前往上路。

符音的花木兰对上白起,此时两人都没到4级,血量也都很健康。

时越让赵云蹲在草丛里,打下信号——发起进攻!

符音上去打了两下,立刻残血往回退,假装打不过想把白起给引过来,但对方显然也很警觉,清完兵后主动后撤,并没有追花木兰。

就在这时,赵云突然一个1技能从草丛穿出来,紧跟着3技能从天而降,一个大招将白起给击飞!

陆青羽和时越默契十足,几乎是赵云动手的瞬间,诸葛亮立刻跟上,连招踩脸直接刷出被动,五颗钻石全部砸在白起的身上,白起瞬间被打残,转身交闪现跑,陆青羽果断接闪现,直接2技能收掉白起的人头!

——First Blood!

第一波上路的围剿成功杀掉白起。

陆青羽拿到经济优势后,在中路对线自然轻松许多,他迅速清完一波兵,然后就跟时越一起游走支援。

这次他们假装去下路,实际上在河道绕了一圈后又蹲在蓝Buff的草丛等貂蝉经过。

貂蝉在辅助太乙真人的保护下从塔侧的路飘过去打蓝,刚走到蓝Buff刷新处,就见赵云从天而降!

时越的连招速度飞快，3技能击飞、2技能范围伤害，一套打下去貂蝉已经没了半血，太乙真人保护着她立刻后撤，结果诸葛亮突然杀出来，两个技能连招刷出被动打死貂蝉，太乙真人开复活让貂蝉原地站了起来，但诸葛亮紧跟着直接开大招，收掉貂蝉的人头！

诸葛亮拿到了本局第二个蓝。

看到这里，柚子忍不住赞道："赵云虽然伤害低，但大招只要能放准，控住貂蝉，诸葛亮就可以立刻跟上输出。"

七少道："赵云和诸葛亮的联动优势在于两个人都非常灵活。"

中野联动体系，这是目标战队最近一直在练习的阵容。

时越和陆青羽意识一流，中野联动配合起来也异常默契。貂蝉被反复针对，比赛进行到6分钟的时候，诸葛亮已经领先了她近500块的经济。

这点钱不算多，可滚雪球效应只会越滚越大。

有蓝的诸葛亮清兵比貂蝉快，支援比貂蝉快，且诸葛亮和赵云的游走能力和配合默契度远超过貂蝉加百里守约的。结果便是上路的白起再次遭殃——花木兰眼明手快一套打出沉默，赵云击飞强控，诸葛亮大招收割。

三人顺便抱团推掉了上路外塔。

下路，叶枫的苏烈被抓死两次，死得怀疑人生。

但同样，对面上路的白起也被抓死两次，双方的团队经济一直处于胶着状态。

直到比赛进行到7分钟时，对面开始抱团偷暴君。

赵云当时正在野区刷野，见三路对手同时从小地图消失，他警觉到对方可能在偷龙，果断放下手上的野怪，在暴君处打了个集合信号。

下路的苏烈、东皇太一，中路诸葛亮迅速赶去支援。

苏烈大招接闪现，一下捶起来三个人，赵云紧跟上大招，一个连控又将他们给击飞！

观众们忍不住刷屏：

"666！这是在天上下不来了！"

"体验一下飞升的感觉吧！"

大家也没想到，苏烈和赵云的这一套连控居然如此默契，对面被砸起来的三个人，飞到空中刚落下，又被砸起来一次，根本没法输出。

而同一时间，东皇太一直接大招闪现，一口咬住了侧面想要进场的貂蝉!

陆青羽一直在草丛里等待时间,貂蝉一被咬,他立刻出来连招被动压血线,大招收掉貂蝉的人头。

太乙真人复活技能冷却,貂蝉直接被杀。

诸葛亮的大招一旦完成收割,身上会立刻出现被动!

这时候,苏烈和赵云的连控已经将对面的白起、刘邦都打残,诸葛亮身上的被动钻石一颗颗砸向残血的两人,又收掉了白起的人头。

诸葛亮大招直接击杀敌人会减少80%冷却,他刚才杀了貂蝉,这时候大招又冷却好了,立刻锁定刘邦。

——Triple Kill! 三杀!

身上的钻石一圈又一圈,解说柚子忍不住道:"诸葛亮是一位收割型的中单,这一波真是打得太漂亮了!羽神就像卖钻石的,身上的被动从来没有断过!"

话音刚落,陆青羽紧跟着一个闪现,大招锁定太乙真人。

——四杀!

对面只剩一个百里守约,远距离蹲在草里,见情况不对立刻后撤。

然而百里守约没想到,远在上路的花木兰居然会赶来支援,从塔后绕过去,一套沉默接重剑1技能直接将他劈成残血。

符音本来可以收掉百里的人头,但见诸葛亮过来,她便停手没打。

诸葛亮用大招锁定了百里。

——五杀!

——团灭!

随着系统音效的响起,现场传来震耳欲聋的掌声!

柚子激动地道:"天哪!这一波简直就是诸葛亮的收割教学!诸葛真不愧是羽神的本命英雄!"

赛场上,围绕诸葛亮的钻石一圈又一圈,看上去极为华丽。

陆青羽微笑着道:"谢谢小音。"

符音道:"客气什么,五杀成就肯定不能抢你的,是你自己厉害。"

其实,这一波并不是诸葛亮的功劳,而是叶枫和时越的配合击飞开团开得太完美,直接捶起来对面站位集中的三个人,让他们没法支援貂蝉，小源的东皇趁机把貂蝉咬住，方便诸葛直接收掉貂蝉。

诸葛亮的收割打法必须有队友的协助，收掉貂蝉后被动刷新，大招冷却减少80%，接下来自然好打很多，一路收割过去，一口气把对面打了个团灭，拿下五杀。

陆青羽很久没打过这么爽的比赛了！

这一波团战彻底为AIM战队确立了优势，诸葛亮装备豪华，其他人拿到不少助攻也都比对面领先了近1000块。

比赛在15分钟时结束，陆青羽当之无愧地拿下MVP，输出超过40%！

直播间内，很多粉丝在刷"羽神666"。

陆青羽从一支挣扎在淘汰边缘的弱队的队长，到如今AIM战队的主力中单，他冒着极大的风险加入了时越和明神建立的队伍，但是他一直都知道，他的选择没有错。

诸葛亮能拿五杀，除了他自己操作厉害之外，更关键的是队友们对他的信任以及配合。

他终于证明了自己KPL一流中单的实力。

他才不是靠脸吸粉的花瓶，他是颜值和技术全都在线的AIM战队中单陆青羽。

【2】

目标战队在0：2落后的情况下，关键的第三局，陆青羽的诸葛亮五杀收割完成逆袭，幻月的貂蝉被打得几乎没了还手之力。

但1：2的局面对目标战队来说依旧十分严峻，肖明轩希望队员们能一鼓作气将1：2扳成2：2，这样一来双方就会再次回到同一起跑线上。

第四局LY战队依旧针对时越的打野，将装擒虎、百里玄策全部禁掉。肖明轩将太乙真人、关羽送上禁选位。

对方毫不犹豫首抢程咬金。这个英雄在KPL的胜率非常高，可以说是万金油边路英雄，搭配各种阵容都很好用。面对程咬金，没什么办法的队伍一般都会把他给禁掉。目标战队没有禁用他，显然是有应对的策略。

肖明轩直接拿下姜子牙和边路苏烈，对方跟着抢了张飞、嬴政。

解说柚子看到这里，不禁头痛："一个张飞加一个程咬金，挡在前排真的太肉了，根本打不死，嬴政躲在后面会有更好的输出环境。"

幻月显然也是因为第三局的貂蝉被无限针对，不想继续拿，想换一个英雄玩玩。

目标战队在3楼继续选诸葛亮，陆青羽玩诸葛亮正手热，上一局发挥很好，这一局继续拿也在情理之中。

第二阶段双方都在针对边路，花木兰、老夫子、达摩、白起全部被关小黑屋。

肖明轩选出边路杨戬，对方选了吕布和马可波罗。

目标战队还剩最后一个打野没选。

众人本以为他们会犹豫片刻，没想到目标战队最后一手直接秒锁娜可露露！

娜可露露这个打野曾经也是热门野核英雄，但经过削弱后登场次数越来越少。然而，搭配目标战队这一套阵容体系，解说七少很敏锐地察觉到了关键："娜可露露的1技能可以标记对手，后续技能命中被标记的对手后，会额外产生最大生命8%的伤害。"

柚子道："没错，这个英雄打肉特别疼。不管坦克的生命值有多高，娜可露露的伤害都是按百分比来计算的，打坦克特别好用。"

虽说理论上娜可露露打坦克能打得动，但前提在于，娜可露露必须快速发育，让装备成型。否则那点伤害根本就不够看。

第四局比赛开始，现场的气氛依旧十分紧张。

这局姜子牙是辅助，他的被动经验加成可以在前期大幅提速，让队友们比对面优先到达4级。娜可露露比对面的马可波罗先到4级。

时越主动去符音的上路围剿程咬金，陆青羽清完兵配合游走。幻月的嬴政也不甘落后，立刻跟了过来。

上路，3级的苏烈和3级的程咬金互相打了一套技能，双双残血。

诸葛亮先上去刷出被动把程咬金打残，程咬金敏锐地察觉到对方打野肯定在附近，立刻逃回塔后。

然而，娜可露露突然从草丛出来，开大招飞到空中，在空中盘旋片刻后，瞄准对方走位，大鸟猛然俯冲而下，一屁股坐在了程咬金的身上！

苏烈紧跟着冲上去，一个2技能将程咬金推出塔外，两人分别抗塔，配合得无比默契。

娜可露露接上后续输出，直接将程咬金给秒了！

现场观众惊叹出声，直播间内也是满屏的"666"：

"越哥的露露真是凶，居然越塔强杀！"

"欺负程咬金没到4级啊！"

时越就是抓住了我方等级比对方高的这点时间，将程咬金一套秒杀。

由于对方少一个人，对第一条暴君的争夺就彻底失去了竞争力，幻月无奈，只好让掉第一条暴君。

经济的雪球开始慢慢地滚了起来。

如果说，第一波成功围剿程咬金是因为程咬金没到4级，但是第二波，娜可露露再次来上路打程咬金的时候，对方已经到了4级，并且开了大招回血，结果还是被收掉了人头。

因为，娜可露露输出不够，还有诸葛亮来补。

这一波时越、符音和陆青羽就打出了完美配合。

先是符音的苏烈开大招将程咬金砸起来，用2技能将程咬金反向推出防御塔外，紧跟着娜可露露开大将程咬金血量压低，诸葛亮再跟上一套爆发，将程咬金打残后开了大招收割。

尖锐的鸟鸣声回响在王者峡谷，程咬金再次被三人围杀。

LY战队玩程咬金的选手都想哭了，忍不住跟队长道："他们这是盯着我杀啊！什么仇什么怨？"

幻月无奈皱眉："复活后换线，你去下路。"

但换线并没有多大用处。

娜可露露发现程咬金换线，就不去上路帮符音，而是跟诸葛亮手拉手跑来下路，联合杨戬，再次强杀程咬金！

被连杀三次的程咬金已经彻底崩了。

七少忍不住道："看来目标战队敢放出程咬金，确实是提前想好了针对的方案。程咬金在上路，打野中单就联合苏烈围剿上路，他换去下路，打野中单又联手杨戬围剿下路！程咬金走到哪儿，娜可露露杀到哪儿，这一定是KPL联赛史上最凄惨的程咬金。"

观众们忍不住替程咬金心酸。

比赛进行到8分钟,程咬金已经死了三次,经济崩得根本不能看。

柚子同情地道:"这一局的'小金金'已经没办法照顾好自己了。"

由于程咬金皮糙肉厚,即便对面两个人来抓他也抓不死,所以网友们就玩笑说"'小金金'可以照顾好自己",意思是哪怕没有队友的支援,程咬金一个人1V2、1V3也丝毫不怕,皮厚死不掉,打不过还可以逃跑。

但是这一局,程咬金真的是无力照顾自己。

他被杀得都不值钱了,经济比对面的打野差了1000,根本就没法打。回血的速度还跟不上娜可露露的爆发速度,大招开起,血量还没来得及回复,就被娜可露露一套秒杀。

程咬金崩盘很快就造成了连锁效应——他在上路被杀,娜可露露入侵上路野区;他在下路被杀,娜可露露入侵下路野区。这就导致打野马可波罗的发育也严重受到了阻碍,每次来到野区时野怪被对面清得空空荡荡,心里拔凉拔凉的。

时越这一局节奏感把握得特别棒,每次都看准时间去边路围杀对手。

等经济的雪球渐渐滚起来,双方团队经济差超过5000时,目标战队在中路主动逼团。

对面张飞正好没大招,姜子牙大招逼迫对方分散走位,娜可露露提前开大在空中盘旋,抓住对面一个走位不慎的时机,一屁股坐到马可波罗身上,一套连招直接将马可波罗给秒了!

娜可露露秒射手,没超过3秒。

几乎是瞬间,马可波罗直接躺平。

现场观众发出"喔"的惊呼声,就连七少都忍不住感叹:"这伤害也太可怕了吧!"

柚子道:"娜可露露这个英雄一旦装备起来,真的是脆皮的克星,瞪谁秒谁!"

马可波罗一死,LY失去战斗力,只好狼狈后撤,目标战队乘胜追击,迅速拆掉外塔,甚至连内塔都被强拆。

这样的团队执行力,实在让人瞠目结舌。

双方的经济差已经拉开到了5000，LY再无翻身之力，除非AIM出现明显的大失误。

事实也证明，时越的指挥不会出现明显失误——优势局浪输？不存在的。

他只会将优势一直保持到最后。

比赛在13分钟结束，娜可露露以"7杀0死5助攻"的华丽战绩被评为本局比赛的MVP。

不愧是被称为"越神"的男人。

直播间内不少粉丝在刷：

"这才是真正厉害的打野！"

"裴擒虎和玄策被禁？没关系，越神拿赵云、娜可露露，这些古老的英雄在他手里依旧能够化腐朽为神奇！"

"越神让我重燃了拿露露打野的信心，不说了，我这就去排位选露露去！"

粉丝们的认可，看的是选手实力。

而时越在这一局表现出来的野核带节奏的实力，即便是黑粉也根本找不到黑点。

目标战队在前两局被对面貂蝉打崩的情况下，迅速调整心态和战术，连扳回两局，将比分扳成2：2。

后台看比赛的肖明轩微微扬起嘴角，对秦茹道："这下总算放心了。"

秦茹淡淡地说："你觉得他们会赢吗？"

肖明轩毫不犹豫道："当然。前面两局时越没找好节奏。但第三局第四局越打越顺，他们的状态已经回暖，找到了最佳手感，只要不出现明显失误，我对他们拿下比赛非常有信心。"

不同于肖明轩的感性，秦茹更加理性——她只以数据说话。

经过她的统计，时越、陆青羽的操作失误率排在KPL选手中的倒数，即便符音这个新人，也没有过明显失误导致团战崩盘的情况。叶枫和小源有过几次走位，以及技能释放上的失误，但那都是常规赛前期，随着常规赛的进行，两人的失误率也一直在下降。

这说明，目标战队整体上越来越谨慎。

很多选手打比赛打得热血上头，一味往前冲，会被对手抓住机会反扑。但目标战队在大优局浪输的次数极少，尤其是经济差超过5000后，目标战队的胜率，目前是100%。

这是个多么可怕的数字？

肖明轩对这支队伍有信心，秦茹作为领队和数据分析师，也同样有信心。

结局果然不出所料。

在让二追二将比分扳平后，目标战队一鼓作气，接下来又连赢两局，将比分定格为4∶2！

这是经典的"让二追四"。

目标战队有惊无险地赢下胜者组的比赛，他们距离冠军，又近了一步！

【3】

胜者组第一轮赢下比赛，并不代表着就能立刻进入总决赛，目标战队还剩最后一场赛区内的决战要打。

目前，东部赛区败者组第一轮ICE淘汰了Dream，胜者组第一轮结束后，LY战队将与ICE再次对决，争夺赛区最终战的资格。

外界都很看好LY战队，毕竟LY的整体实力比ICE强。

但没想到的是，ICE战队顽强抵抗，将比分咬得很近，一路从1∶1变成2∶2再到3∶3，居然一直拖到了最后的决胜局。

在决胜局，ICE的队长冰雨拿出了独特的打法——关羽辅助的多前排阵容。

这应该是ICE的撒手锏。

LY战队有史以来第一次在季后赛翻车，没能进入赛区终战，3∶4遗憾输给ICE。

东部赛区的冠军之争，将在目标战队与ICE战队之间进行。

一周时间过得极快，转眼就到了东部赛区决赛那天。

这几天连续下雨，气温骤降，比赛的这天正好也下着雨，空气潮湿又阴冷，但这样的天气，依旧阻挡不了粉丝们的热情。

整个上海场馆座无虚席，到处都是助威灯牌和横幅标语。

时颜召集了附近几个城市的所有粉丝，买票买在一起，大家做了个巨大的横幅，还统一拿上荧光棒，就像明星开演唱会一样。

目标战队的粉丝们齐心协力喊出的加油声几乎要震破会场的屋顶。

选手们坐在大舞台上，戴着隔音耳机，听到台下的加油声，大家都神色轻松。

因为，经过这一周的训练，他们对今天拿下ICE信心满满。

茹姐和明神经过详细分析后，知道ICE这支战队最擅长辅助开团的体系，比如东皇太一、关羽、苏烈、太乙真人这一类有控制技能的辅助是ICE冰雨大神的最爱，他总能找到合适的时机控住最关键的人，配合队友先杀一个，然后建立五打四的人数优势。

想对付ICE战队，就要针对开团体系，让他们没法顺利打团。

第一局，时越按照教练的安排继续选出娜可露露，延续了对战LY时的风采，天上飞的大鸟威慑力十足，不断入侵对面野区打出优势。

第二局，时越和陆青羽选出云亮支援体系，赵云和诸葛亮这对搭档再次出现在KPL的赛场，依靠位移快、支援迅速的优势，将对方上路直接抓崩。

目前为止，赵云在本届KPL出现了两次，都是时越在使用，胜率100%——观众们都知道，并不是这个英雄有多强，而是使用他的选手，实在太强！

然而，顺利拿下第二局后，第三局起却出现了逆风。

ICE战队主动调整了阵容体系，拿张飞这种保护型辅助，后手反打，死保野区，让射手迅速发育、推塔，到了后期，成型的射手远程输出爆炸，推塔速度又快，ICE依靠死保射手的阵容硬是连扳了两局。

2∶2平！

很多人在猜测：

"会不会ICE像上周的目标战队一样让二追四？"

"上周AIM 0∶2扳成2∶2，这周却是2∶0被对面扳成2∶2，真是因果循环！"

"越神请给力一点，我的竞猜币压的全是AIM战队赢，发家致富就靠你了!"

后台,秦茹微微皱眉:"比分追平,接下来要不要换种策略?"

肖明轩点头:"同样的套路赢两局已是极限,对面想出了解决方法,我们必须换阵容。"

明神很果断地在第五局改变战术,让时越去边路,叶枫的马可波罗打野。

目标战队换成自由人体系,时越和符音联手保上下边路,陆青羽的中单灵活游走,根本不给对方打崩任何一条路的机会。

ICE最终没能让二追四,而是2:4遗憾落败。

目标战队以东部赛区冠军的身份,成功晋级KPL秋季赛的总决赛!

时颜坐在人群里,激动得眼冒泪花,周围不少泪点低的女孩子也都在偷偷抹眼泪。

从赛季最初的三连败备受质疑,到今天气势如虹地一路杀进KPL总决赛,这支队伍的成长和进步,大家都看在眼里——为他们高兴,更为身为目标战队的粉丝而骄傲。

大舞台上,目标战队的众人先礼貌地去和对方握手,紧跟着就并排站在一起,朝观众们深深鞠躬。

现场掌声雷动,大家脸上保持着平静,可一转身回到后台,叶枫就兴奋地跳了起来:"我们进总决赛了,哈哈哈哈!"

听着他魔性的笑声,队友们都忍不住捂耳朵。

陆青羽无奈地揉眉心:"注意形象,后台说不定有你的粉丝,小心被你这笑声给吓跑。"

叶枫嘿嘿笑道:"我太高兴了,我们真的进总决赛了吗?好不真实,感觉像是做梦一样。"

时越倒是表情平静:"进总决赛不是很正常吗?我们的目标一直都是冠军。"

刘思源挠挠头:"别人这么说,我会觉得是心灵鸡汤,但越哥这么说,我怎么就觉得特别靠谱呢?"

符音微笑道:"因为越哥是我们队长,队长说的话自然靠谱。"

刘思源恍然大悟地点点头。

时越看了她一眼,微笑起来:"能打进总决赛是好事,下一场还得加油。"

符音点头："当然，不拿冠军不罢休。"

正好肖明轩和秦茹也过来了，肖明轩拍拍队员们的肩膀，只说了三个字："好样的！"

秦茹道："晚上聚餐的地方我已经订了，大家好好吃一顿吧。"

众人兴高采烈地跟着茹姐去吃夜宵。

回去的路上，符音和时越一起坐在大巴车的最后一排。

队友们在猜测西部赛区的比赛结果，时越没有参与话题讨论，轻轻握住了符音的手。

符音当时正扭头看着窗外的夜景，手指突然被他握住，怔了怔，回头一看，正好对上他温柔的目光。

心跳突然失速，但她并没有挣扎，反而微笑着回握住他的手。

车厢里依旧是队友们热烈讨论的声音，符音没听清他们说什么，只觉得耳边只剩下自己的心跳声。

一路上，两人并没有聊天，但时越一直握着她的手，十指相扣。

直到车子开到基地门口，时越才表情平静地放开了符音。

符音朝他眨眨眼，时越的嘴角微微扬起，两人心照不宣地相视一笑。

晚上照例复盘总结，开会开到十点钟，肖明轩让大家早点休息。

叶枫、小源和陆青羽兴奋得睡不着，干脆组队开直播去打水友赛，符音不想开直播，回卧室准备睡下。她刚拿了睡衣想去洗澡，就听外面响起敲门声。符音开门一看，居然是时越，他手里端着一杯刚刚榨的橙汁。

符音微笑着道："越哥又来给我送果汁？"

时越顺手关上门走进屋里，将果汁放在桌上，回头看向符音说："送果汁只是借口，其实是想见你。"

符音端起果汁喝了两口："你可真够直接的。"

时越伸出手将她抱进怀里，凑到她耳边低声说："打完总决赛，我带你去旅行好不好？"

符音问："就我们两个吗？"

时越蹙眉:"不然呢?你还想再带个人当电灯泡?"

符音犹豫片刻:"可我还从来没和男生单独出去旅行过。"

时越道:"放心,有我在,我会照顾好你的。"

符音的脸颊微微一热,因为她突然想到——两个人一起出去旅行,酒店是分开住呢,还是一起住?一起住的话,要两张床还是一张床?

时越发现她在走神,不禁伸出手摸了摸她的头发,问道:"想什么呢?"

符音干笑:"没想什么。"

时越说:"最近一直忙着训练,队里这么多人在,我们单独相处的机会又很少,所以我才想趁着假期带你出去玩,你有空也好好想想要去哪里,我提前安排。"

符音点头:"嗯,我想好了再告诉你。"

两人安静地拥抱了一会儿,时越终于忍不住,轻轻抬起她的下巴,低声问:"可以吻你吗?"

符音心头一跳,红着脸道:"我是你女朋友,你说可以吗?"

她说完这话也觉得自己脸皮挺厚,干脆闭上了眼睛。

下一刻,嘴唇就被他轻轻含住。

时越感觉到她似乎在害羞,睫毛一直发颤,这让他更加心软,扣紧了符音的后脑勺,加深了亲吻。

也不知过了多久,时越才意犹未尽地放开她。

符音的整张脸都泛起了红色,原本清澈的眼睛水蒙蒙的似乎失去了焦距。

时越目光深邃地看着她,低声说道:"小音,我喜欢你。"

他的声音透着丝沙哑,符音的心跳早已失速,但听见这句话后她还是忍不住扬起嘴角。

都说越神高冷又难接近,但她的男朋友时越为什么这么温柔,亲她的时候还如此热情?

所谓的高冷,不过是表象。其实,这个男人有一颗很温柔的心。

她庆幸自己喜欢上他,发现了他温柔的一面。

她记得自己曾说过,她要给他的最好的礼物,就是陪他一起拿下冠军。她相信,实现梦想的这一天,很快就要到来。

第十四章/决赛

【1】

西部赛区的总决赛很快打响,在龙族与荆棘两支战队之间进行。

去年的秋季赛,荆棘战队的老鬼以诡异多变的偷袭打法让龙族意外翻车,和冠军失之交臂,这一届的秋季赛龙族果然成功复仇,以4:2的比分战胜荆棘战队成为西部赛区的冠军。

目标VS龙族,东西部赛区的最终对决,谁将成为本赛季的王者?

各大论坛纷纷讨论着冠军的归属,两支战队的支持率也呈现五五开的趋势。

总决赛的场地定在深圳,时间正好是12月25日当晚18:00整。

肖明轩带着众人在12月24日提前到达深圳。

临近圣诞节,大街小巷都洋溢着过节的气氛,就连目标战队入住的酒店大堂都摆了一棵巨大的圣诞树。让大家意外的是,在办理入住手续的时候居然在大厅遇见了时颜,原来她早就找茹姐打听好了大家的住址,也提前订票赶了过来。

陆青羽微笑着走到徒弟面前:"颜颜跑这么远来给我们加油?"

时颜满脸兴奋:"这是总决赛,我肯定要亲自过来看,不来根本就睡不着!"

时越问:"你不用复习考试吗?"

时颜自信地说:"一月份才期末考,哥你放心,我回去肯定认真复习!"

符音很开心能见到闺蜜,办完入住后立刻拉着时颜到房间聊天。

时颜很有心地买了暴君和主宰的模型,放在桌上合掌拜了拜,符音好笑地道:"你还信这个啊?"

时颜道:"很多战队的粉丝,赛前都会拜主宰拜暴君,据说挺有用的!拜一拜主宰,打主宰的时候不会被对面抢走。"

符音见她神色认真，也跟着她一起拜了拜，希望明天的比赛能多拿几条主宰和暴君！

12月25日晚饭后，众人一起来到比赛场馆。

总决赛的场馆比东西部赛区的电竞场馆要大很多，据说可以容纳十几万观众。

今天来到现场的除了龙族、目标战队的死忠粉丝之外，还有大量的博爱粉，他们并不喜欢某支特定的战队，只是单纯爱看KPL的比赛。台下黑压压的一片，十几万观众汇聚成人海，这人海中还有大量的灯牌和助威横幅，就像是明星开演唱会一样壮观。

这几天气温骤降，天气寒冷，秦茹在后台给每人倒了杯热咖啡，让大家一边喝一边暖手。手指的状态对他们尤为重要，有时候因为天气太冷、手指僵硬也会影响到比赛时的发挥。

大家喝着热咖啡，身体也渐渐地暖了起来。

肖明轩低声做着最后的叮嘱："龙族战队整体实力很强，在林洛然转会之后更是如虎添翼。林洛然是时越的队友，对时越的节奏非常了解，我们第一局先试探一下对手，再根据他们的阵容进行调整。"

符音问："毅哥的关羽要放吗？"

肖明轩道："保险起见还是禁掉。"

符音说："我觉得没必要太忌惮他，我前段时间跟毅哥排位看他的关羽，确实很强，但我有信心跟他对线不落下风。"

看着她自信的样子，肖明轩微笑着拍拍她的肩："好，那我们先放出关羽试试。"

比赛很快开始，现场观众齐声呐喊。

解说柚子今天很应景地戴了个圣诞帽，微笑着说："大家圣诞快乐！欢迎来到KPL总决赛的现场，跟所有的选手们一起过节，今天，我们将在这里见证KPL秋季赛总冠军的诞生！"

七少道："从赛前竞猜来看，支持龙族和目标的观众各占50%，我个人也觉得两支队伍旗鼓相当，就看谁在今天发挥得更好。"

柚子道："让我们来看一下今天双方战队的首发名单！"

大屏幕上很快打出两支队伍的选手资料，目标这边依旧是主力队的五人，龙族的人员也没有什么变动——上单毅哥，打野高原，中路洛神，辅助清浅，边路烈焰。

根据秦茹提供的数据分析，本赛季龙族打了十九场共计七十六局比赛，关羽被禁高达七十局，只有六局被放出来，可见林毅的关羽在KPL各大战队教练心目中的分量有多重。

打龙族时，裴擒虎、百里玄策这些野核英雄的优先级不高，因为龙族的打野选手高原很少打野核，他更擅长蓝领打野或者自由人打野，刷野的同时保中单林洛然快速发育。林洛然应该算全联盟最幸福的中单，因为他身上的蓝Buff基本不会断，打野全程都让蓝给他。

龙族的辅助清浅大神在KPL的地位仅次于ICE的第一辅助冰雨，他的英雄池极深，张飞这种保护类辅助相当拿手，苏烈、东皇太一、鬼谷子、太乙真人这类强开团的辅助也玩得相当好，他在常规赛甚至拿出过蔡文姬、孙膑等加血流辅助。

龙族另一位边路选手烈焰在KPL的抗压能力排在前五。他们战队分工明确，两条边路毅哥负责进攻、游走和支援，烈焰这边抗住压力守塔，做好兵线运营，一路攻、一路守，再根据场上的形势随时换路调整，节奏相当好。

打龙族，肖明轩并没有必胜的把握。赛前他和秦茹分析研究了很久，也针对性地布置了几套方案，就看今天选手们能不能发挥好。

第一局，对面蓝色方先选。

龙族教练第一个毫不犹豫禁掉裴擒虎，肖明轩紧跟着禁掉姜子牙。龙族第二个禁用位置给到诸葛亮，这个做法倒是让所有观众觉得意外，诸葛亮在当前版本还没强势到需要被禁的程度，即便陆青羽在季后赛用诸葛亮拿过五杀，也没必要怕诸葛吧？

对此，七少的分析是："龙族教练禁诸葛亮是为了破掉目标这边强势的中野联动滚雪球体系。诸葛亮在别的选手的手里或许没有那么可怕，但羽神拿到之后，再配合越神打中野游走，会相当可怕！之前比赛时的五杀收割就是证明，这完全是针对选手禁选。"

龙族教练显然是仔细研究过目标战队的战术体系，禁掉陆青羽最强势的诸葛亮，不想他们中野联动前期就打崩野区。

肖明轩犹豫片刻，最后一手禁掉程咬金。这样一来，关羽居然再次放了出来！

七少道："龙族应该会首抢关羽吧？"

果然，龙族毫不犹豫首抢关羽。林毅的成名英雄，他拿关羽的胜率也非常高。

目标这边连抢苏烈、白起两个带控制的战士，龙族紧跟着拿下中单嬴政、打野马可波罗，目标这边拿下打野百里玄策。

第二阶段由于龙族没拿辅助，肖明轩就针对辅助禁掉了东皇太一和张飞。而目标由于没拿中单，对面开始疯狂禁中单，干将莫邪、武则天全部被关小黑屋。

目标战队的4楼，在思考整整半分钟后，终于锁定英雄——花木兰！

这个选择让全场观众大为惊讶，毕竟目标已经选了苏烈和白起，还选花木兰，那就意味着苏烈打辅助，花木兰才是真正的上单！

柚子激动地道："音姐拿到本命花木兰了！明神首抢苏烈，其实是给对方下套，让对面以为苏烈走边路，但其实苏烈这个英雄是摇摆位，边路、辅助都可以打！"

七少道："看龙族怎么选。他们的阵容现在坦度不够，前排只选了一个关羽。"

果然，龙族紧跟着连补两个前排：带群控的辅助夏侯惇，以及边路梦奇。

梦奇虽然被削弱过，但在KPL拿出来依旧可以当法坦用，大招开团或者消耗都不错，护盾加成又高，可以在打团时吸收大量伤害。

目标还差最后一个中单没选。

观众们都仰起头看着大屏幕，期待羽神今天会拿什么中单。

本命诸葛亮被对方教练尊重性地禁掉，嬴政被对面拿走，干将莫邪和武则天都被禁了，杨玉环、扁鹊最近又被削得很厉害，这局的中单确实不好拿。

直播间不少人刷屏：

"还有貂蝉吧？"

"貂蝉可以拿吗？"

七少看到弹幕，开口道："貂蝉的输出能力确实不错，但一套阵容不能出现两个缺蓝的英雄，百里玄策需要蓝，貂蝉也需要蓝，拿貂蝉的话，野区经济会不好分配。"

柚子道："没错，这一点教练肯定会考虑到，所以中单法师的选择真的不多了。"

在众人的期待中，目标战队终于锁定了最后一个法师位——不知火舞。

这位曾经可以和诸葛亮抗衡的法师一姐，后来伤害被削，KPL出场次数越来越少，本届KPL近千局比赛，不知火舞的出场次数不到十次，除非某些选手对这个英雄青睐有加，否则，很少有人拿她出来打比赛。

七少看见这个选择也愣了："不知火舞打嬴政，对线会比较吃亏。但有个好处是，她的支援速度极快，而且更关键的一点，她对付关羽特别好用！"

柚子恍然大悟："没错！不知火舞的1、3技能可以击飞目标，2技能命中目标后会减少90%的移动速度，关羽是一位靠移动速度的英雄，他的马跑起来才有杀伤力，要是被不知火舞减速、打断几次，关羽根本就跑不起来！"

七少道："而且，花木兰的沉默对关羽也很伤。看来，目标战队敢放关羽，是早就想好了针对关羽的策略。"

这就是一位教练的厉害之处，不是说肖明轩随便瞎放对手强势的英雄——只要他敢放，那他肯定有办法去针对。

当然，这只是理论上成立，具体实战还要看选手的操作，万一不知火舞的扇子丢空了呢？

比赛正式开始。
前期双方稳妥发育，上路，关羽正好对线花木兰。
没到4级的花木兰就是个超级兵，关羽一刀砍过来能砍掉她半管血。
百里玄策、不知火舞埋伏在草丛想强杀关羽，但林毅不愧是打了多年比赛的老选手，嗅觉极为敏锐，看到小地图对方中单消失，立刻警觉地骑着马后撤回塔下。玄策甩出钩子钩中了他，但由于超出距离，没能把他给拉回来。

第一波围杀无功而返，三人清掉兵线，花木兰残血回家。
花木兰重新回到上路之后，关羽和马可波罗居然藏在草丛里埋伏，关羽趁着比花木兰先到4级的优势,开大一套连招直接将花木兰推回塔下,马可波罗迅速跟上输出,两人联手将花木兰给秒了。

毅哥为了杀她在草丛里埋伏半分钟,也是够有耐心的。

符音深吸口气,心想:你给我等着!

花木兰的阵亡让龙族肆无忌惮地抢下第一条暴君,拿到开局优势。

但这点优势还不足以决定比赛胜负,目标战队兵线处理得很好,所以双方的经济差距不到500块,打团胜负难料。

花木兰终于到了4级。

学会大招的花木兰,伤害、位移、灵活性都有了质的提升。

对方嬴政消失在中路,应该是跑去打蓝。关羽正在上路清兵,符音抓住时机,藏在侧面的草丛里,同时叫上自家中单陆青羽。

陆青羽会意,清完中路兵迅速跑来上路支援。

在关羽骑着马冲出来清兵的那一瞬间,不知火舞突然从草丛出来,一个2技能减速——90%的减速让关羽的赤兔马直接变成了乌龟,根本就跑不动。

不知火舞紧跟上一套连招将关羽迅速打残。

花木兰预判关羽走位,切重剑1技能砸下去,直接将残血关羽一剑劈死!

——花木兰击杀了关羽!

看到这条消息,现场观众忍不住激动鼓掌,柚子也感叹道:"毅哥前期趁着花木兰没到4级杀她一回,结果花木兰现在以牙还牙,立刻杀了回来!"

关羽复活后继续到上路清兵线,然而,他刚冲过来一刀劈残兵线,结果藏在草丛里的花木兰又一个轻剑2技能减速打断了关羽的冲锋状态,并迅速连招打出沉默。

关羽此时大招正好冷却,过来支援的百里玄策预判走位一个钩子钩中关羽,同时近身强拉,反手一甩,将关羽直接甩到自己的身后。

花木兰紧跟上输出,大招切重剑,一套爆发将关羽再次秒掉。

——花木兰击杀了关羽!

毅哥的关羽居然被连续强杀两次!

粉丝们都不敢相信,林毅也有些无语,这是什么仇什么怨?叫中单来蹲他,叫打野来蹲他,符音妹子也太关照他了吧!
直播间内不少人在刷屏:
"敢得罪妹子,关羽这局要凉!"
"开局偷袭人家妹子,这就是现世报!"
"关羽的马腿都要被打断了!"
"上单蹲,中单蹲,中单蹲完打野蹲,目标战队对毅哥是真爱啊!"
花木兰连杀关羽两次,但你以为这就完了?
符音那可是"人若犯我,双倍奉还"的性格,她这局干脆盯上了关羽。
曾经在常规赛,关羽三局比赛强杀她整整九次,她可是记忆犹新。那次比赛后,很多网友都说她的花木兰很菜,只能在次级联赛逞威风,到KPL就是个ATM提款机。她还自黑说要改名为ATM-提款机音符。
今天她倒要给大家看看,她并不是放款给对手的ATM,而是从对手的身上提钱的ATM!

比赛进行到7分钟,暴君处团战。
对方梦奇、马可波罗、夏侯惇、嬴政集体在暴君处集结,目标战队苏烈、白起、百里玄策、不知火舞也来到暴君处,双方彼此拉扯,但都没有率先开团。
直到上路的关羽清完兵后,依靠跑速快的优势过来支援。
关羽一到附近,龙族就开始主动打团。
梦奇突然大招入场捶起来两个人,夏侯惇紧跟上强控,关羽从侧翼切入,开启大招冲锋状态横冲直撞,迅速搅乱目标战队阵型。
对方主动开团,目标战队只好被动接团。
苏烈、白起两个团控英雄顶在前面,百里玄策在侧翼普攻输出,不知火舞专门盯着关羽,等他入场就立刻丢扇子减速,让他跑不起来。
双方打半天,局面胶着,关羽的干扰给队友嬴政提供了很好的输出环境,不知火舞和百里玄策两位脆皮被嬴政的大招远距离消耗打残,只能后撤。
目标战队的阵型被彻底切割,血量岌岌可危。

就在这千钧一发之际，草丛里突然杀出一个花木兰！

轻剑2技能减速接1技能迅速打出沉默，紧跟着切大招直接秒掉了残血的关羽！

关羽一死，团战没了干扰，白起趁机一个大招嘲讽，将准备入场收割的马可波罗一口气拉回来。

花木兰重剑1技能读条蓄力，紧跟上闪现，一口气砸死马可波罗！

满血满状态入场的花木兰开始收割残局！

此时，目标战队法师和打野残血撤回野区，对面梦奇还在疯狂追击，只要梦奇拍一爪子，两人肯定会被秒杀。然而陆青羽和时越也是胆大心细，虽然两人都只剩一丝血皮，他俩却利用草丛突然开始反击。

不知火舞一套连招将梦奇控住，百里玄策钩子命中，反向一甩，居然将梦奇甩到从侧翼赶来支援的花木兰面前。

梦奇被两人打残，花木兰果断收下梦奇的人头。

一波团战0换3！

原本目标战队的4人被龙族5人压着打，法师和打野因为关羽的横冲直撞全部残血，无奈撤回野区。只要马可波罗接上大招，追击输出，不知火舞、百里玄策那都是必死的。

结果，花木兰及时赶来救场！

符音心思细腻、预判精准，花木兰从侧后方切入，先秒关羽、再秒马可，然后打死了追杀队友的梦奇，反打一波拿下三杀！

看到这样的操作，谁还敢说符音的花木兰只能在次级联赛虐菜？

即便放在KPL的赛场上，如今的符音，也能毫无疑问地跻身于一流上单之列！

强杀关羽整整三次，谁还敢怀疑她的水平？

她的花木兰，能救队友于水火之中，绝对是当之无愧的女战神！

【2】

第一局赢得毫无疑问。符音的花木兰最终以"7杀0死3助攻"的成绩获得本局比赛的MVP，可以说是一局封神。这样的战绩哪怕黑粉也找不到任何黑点，符音总算为自己正名，也为自己的本命英雄花木兰正名！

第二局肖明轩直接禁了关羽，虽说毅哥的关羽差点被小音打断腿，可他在团战时的干扰能力依旧不容忽视。

目标战队首抢百里玄策，对方连抢中单扁鹊、边路苏烈，肖明轩紧跟着拿下边路白起、中单诸葛亮，对方拿下打野赵云。

这一点让观众们有些看不懂。龙族这个赛季的打野大部分用射手，偶尔用战士杨戬，或者干脆用蓝领打野苏烈，赵云却是第一次拿出来。

不过，龙族的打野选手高原玩赵云玩得很好，在以前的比赛中还用赵云拿过四杀。

第二阶段龙族教练直接禁掉花木兰，显然对上一局符音的表现十分忌惮，针对性地禁掉了她的本命英雄。

由于龙族没选辅助，所以肖明轩连禁两个辅助鬼谷子和东皇太一。

这样一来，龙族剩下可选择的辅助就不多了。

然而让观众们意外的是，龙族4楼依旧没选辅助，选出边路达摩。

目标战队4楼、5楼选了杨戬和张飞，龙族最后在5楼选择辅助位，对方教练几乎没有任何犹豫，直接拿下孙膑。

这一手孙膑让现场观众齐齐惊呼出声。

孙膑辅助，这都已经是好几个赛季之前的打法了。当时杨玉环这位可加血的新英雄还没出现，扁鹊也不够强势，蔡文姬更是很难登上KPL的舞台，而孙膑，是当年唯一的一位可以站在KPL赛场上的治疗。

孙膑的治疗手段比较特殊——范围内友军全体加速持续2秒，2秒后时光倒流，返还期间所受到的40%伤害。

他不是直接加血，而是返还伤害。

也就是说，如果他在对面集火进攻时放一个2技能，不但能让队友群体加速逃跑，还能在2秒后返还血量。但如果他开治疗技能的时间内队友不受到伤害，那就不会产生治疗效果。

这种"时光倒流，返还伤害"的加血模式对选手的意识要求极高，选手必须知道什么时候该放2技能，不能瞎放。

作为曾经的辅助一哥，在近战肉盾崛起的这几个赛季，孙膑已经很久没在KPL出现过。

没想到龙族居然敢拿出辅助孙膑。

解说七少忍不住道："其实，孙膑和苏烈配合可以加速强开团，而扁鹊被削弱后虽然治疗能力大打折扣，可输出依旧很强，苏烈、扁鹊、孙膑这套阵容,虽然输出不太够,可容错率比较高,可以打持久战。"

柚子道:"苏烈、达摩、赵云三个强开团英雄,配孙膑加速打团战会非常好打,而且扁鹊就喜欢多战士体系,三个战士冲在前面,孙膑辅助加速加血,扁鹊跟上叠毒,打得过就往前压,打不过,孙膑一个2技能加速集体撤退,对面也追不上。"

这套阵容表面上看确实很奇怪,可经过解说一分析,观众们却发现,这阵容打团的机动性超强。冲上去要是打不过,还可以撤,这就是加速流辅助的好处。

但相应的,孙膑这种功能型辅助比起坦克要脆皮太多,万一还没打团就被对手秒掉也是有可能的。

在观众们的期待中,比赛正式开始。

前期,赵云的作战能力不如百里玄策,时越自然会把握住这个机会,一到4级就去上路游走支援。

然而时越刚到上路草丛,就被对面辅助孙膑一个1技能给炸了出来。

对面早就有所防备,因为刚才在休息的时候林毅说了一句话:"时越特爱帮他们家妹子,4级必帮上路!下局开始多注意盯着音符的位置,她在哪儿,时越的打野肯定会跟过来。"

辅助清浅微笑着说:"这倒是,越神特别照顾他们家妹子,打野总是光顾上路。"

龙族的打野高原挠挠后脑勺,回头看向林毅:"毅哥,要不我也多光顾一下你的上路?"

林毅一脸嫌弃:"不用,你多去中路蹲,帮洛洛杀了对面的陆青羽。"

林洛然一直安静地低头喝水,听到这里才抬起头来,看了大家一眼,然后说了两个字:"好的。"

洛神是要把"惜字如金"的风格贯彻到底。

时越的百里玄策4级后,果然如毅哥所说,跑去上路帮符音。

龙族的选手们也提前做好了准备,辅助孙膑一直守在侧面草丛,攻击时越就往草丛丢个1技能,结果还真把玄策给炸了出来,苏烈警觉立刻后撤，时越只能无功而返。

过了两分钟，百里玄策又从野区悄悄摸到上路，想出其不意和小音配合前后夹击。结果，龙族的辅助清浅大神嗅觉灵敏，再次往草丛里丢了个1技能，又把玄策给炸了出来。

符音有些头疼地道："越哥，你还是别来上路了，龙族这局专门蹲你。"

时越道："看来他们是猜到我要过来帮你。"

听到这话，队友们在心里疯狂吐槽：这不用猜，明眼人都看得出来好吗？你一有空就去上路溜达一圈看看小音，观众们都不瞎。何况是职业选手们。一旦时越在地图上消失，大家的第一反应就是：越哥肯定又去帮他家女神了。

直播间内观众们都在刷：

"这个打野怎么老是去上路！"

"打野又来上路了！"

"我就猜打野会来上路！"

"音符女神一脸嫌弃：越哥你能别来了吗？对手都知道你要来的。"

时越前期两次包围无功而返。龙族那边的赵云却多次光顾中路，但陆青羽特别警觉，清线从来不过河道，加上诸葛亮位移技能多，赵云想抓死他也没那么容易。

双方一直打到8分钟都没爆发一个人头，暴君一边拿下一条，经济很平均。

直到8分半的时候，蓝Buff野区突然爆发一波遭遇战——

由于玄策带着辅助张飞、下路杨戬一起去对面反蓝，而对方赵云、孙膑和达摩也同样在打蓝，双方6人在野区遭遇，一言不合直接开战！

诸葛亮见状不对立刻跑来支援，对方中单扁鹊也跑来支援，3V3变成4V4。

一波团战从对方蓝Buff野区一直打到己方红Buff野区，打了半张地图。时越的玄策被对面赵云追杀致死，赵云自己也被诸葛亮大招收掉。但杨戬、张飞身上叠了太多毒，目标战队只好撤退，结果孙膑2技能正好冷却完毕，加速追击，扁鹊一路追、一路叠毒，居然一口气拿下三杀！

这一波团战1换3，对龙族战队来说是大优局面，众人立刻抱团推掉中路外塔。

时越皱眉道："应该是林洛然猜到我会反蓝，提前让队友蹲守。"

作为曾经同住两年的最好搭档，林洛然平时很少说话，可这个人心如明镜、聪慧机敏。他很了解时越，知道时越擅长野区进攻，所以在蓝Buff刷新的那个时间，他按下信号让队友们提前埋伏，打了对方一个措手不及。

扁鹊也是林洛然的本命英雄，一波三杀，装备成型，后期打团会更难处理。

比赛进行到10分钟，目标战队中路外塔告破，上、下路外塔全被推掉，而龙族战队却一塔未破。

观众们忍不住心急起来：

"目标这局要凉啊！"

"三路外塔被拆，经济差拉开到4000，想翻盘必须要打出一波完美团战才行！"

"龙族是一支很擅长滚雪球的队伍，想从他们手里翻盘，太难了！"

职业联赛劣势局难翻盘，就是因为职业选手打比赛都很谨慎，想抓对方走位失误的机会可没那么容易。

一旦某一方的外塔全破、野区沦陷，想要翻盘只会变得越来越难。必须尽快找到突破口，否则，野区会被对方一步步蚕食干净。

经济落后，一般战队会选择防守，在防守的同时再找机会反击。但时越知道，一味的防守并不能挽救局面，因为野区沦陷之后经济差只会越拉越大。而龙族也不是优势局随便浪的队伍，想防守反击抓对方失误，几乎不可能。

他想找机会进攻。

因为，进攻才是最好的防守！

时越算准蓝Buff刷新的时间，再次召集队友入侵。

这次他叫上辅助张飞、中单诸葛亮和下路杨戬，蹲在中间河道的草丛里等蓝Buff刷新。对面赵云一个人在快速打蓝，眼看蓝Buff残血，玄策突然丢出长钩，准确地钩中蓝Buff，用力将它甩到背后，一个惩击直接带走。

紧跟着，杨戬、诸葛亮追击，张飞断后路，众人联手将赵云围杀。

赵云气得想吐血。

这感觉就像是，好好的在自己家里吃饭，突然闯进来几个大汉打翻了你的饭碗。

抢下蓝后，四人迅速从草丛撤退，并从中路河道绕回自家野区。

果然如时越所料，孙膑、扁鹊、苏烈三人在我方野区反野，剩下的达摩在下路带线。符音一直在草丛守着，时越打下"发起进攻"的信号，符音的白起果断从草丛出来，一个闪现接大招范围嘲讽，目标直指扁鹊。

扁鹊被绕后嘲讽，没法释放出技能，紧跟着，一道钩子穿过墙壁钩中他的背后，一拉、一甩，扁鹊被一口气甩到百里玄策身后，符音和时越的这一波配合极为默契，埋伏在草丛的队友们立刻一拥而上，瞬间将扁鹊击杀。

直播间内刷出一排的"心疼洛神""可怜的洛神，被这么多人围殴""目标战队这是要报三杀的仇啊"……

——林洛然了解时越，但时越也同样了解林洛然。

他知道龙族在建立优势之后肯定会想办法将经济拉开，而拉开经济的方式除了摧毁防御塔外，最简单的就是入侵野区，抢占资源。

目标战队三路外塔全破，经济比龙族低了4000，龙族没道理不入侵野区。

只要入侵，林洛然绝对会跟团，而对方打野则会清自家野怪。

所以时越才带着队友打了一轮游击战，先去对面野区合力强杀赵云，然后绕路返回自家野区配合符音来了一次前后包夹战术！

在经济劣势的情况下，时越还能打得这么大胆，这也在林毅的意料之外。

趁着对方少人，时越召集队友迅速击杀主宰。

主宰先锋大大缓解了目标战队在兵线上的压力。符音、叶枫分路带线把兵带出去，双方在中路再次展开团战。

这一波团战打得尤为激烈。在孙膑的加速下，对面苏烈、达摩、赵云三个战士连控，首先要击杀的目标就是时越的百里玄策！

目标战队的这套阵容，玄策的存在尤为重要，一旦玄策被杀，输出肯定不够。

众人也知道这点，所以大家都在想办法保护队长。

张飞一个怒吼，将对方给吼开。符音果断上前群体嘲讽，反控住对手。

杨戬和诸葛亮紧跟上疯狂输出。

时越立刻绕到侧面草丛盯准孙膑，趁孙膑加速技能冷却的时机，突然从草丛甩出钩子将孙膑钩回来，一套连招秒掉。

孙膑被猝不及防地甩到草丛，还没反应过来就直接挂了！

没了孙膑，龙族的阵容灵活性大打折扣，更可怕的是，百里玄策在击杀目标时会刷新被动，攻速、移速全部加成，玄策的一个钩子再次甩出，准确地钩中扁鹊。

神乎其神的飞钩，再次将扁鹊一口气甩到了队友的包围圈里。

可怜的扁鹊遭遇一通围殴，不出3秒就被强杀。

玄策带着队友乘胜追击，下一个目标是刚交了闪现的残血达摩。

——三杀！

劣势局的团战三杀，让目标战队士气大涨！

五打二，对面根本守不住。

大家借着主宰先锋连推对方外塔、内塔，顺势推掉中路高地，一口气拆掉水晶！

——胜利！

前期一直被压着打，经济落后，野区沦陷，几乎没有还手之力。结果时越巧妙的野区游击战扳回局面，中路一波完美团战0换3，一波逆袭，推掉基地！

能在这样的劣势局翻盘，时越的心里也特别爽快，可比一路碾压打赢对面还要爽。

符音激动地道："越哥真是胆大心细，指挥得太好了！"

听着她的夸奖，时越的心情几乎飞上了天，但表面上还是保持着平静，淡淡地道："是你们配合得好。"

陆青羽无奈扶额,凑过来在他耳边说:"小音亲口夸你指挥得好,你心里都高兴疯了吧?还装什么装。"

时越压低声音说道:"我确实高兴,但我总不能扔下耳机,到大舞台去跑两圈吧?"

如果越哥真的那么做,现场一大批粉丝估计都会"粉转黑"。

【3】

目标战队连赢两局形势大优,但龙族战队也不会坐以待毙。第三局龙族教练将裴擒虎、百里玄策都给禁掉,首抢直接拿下程咬金。

最终双方确定的阵容,龙族这边是程咬金、梦奇双边路,苏烈辅助,李元芳打野,嬴政中路。目标战队则是老夫子、达摩双边路,张飞辅助,干将莫邪中路,马可波罗打野。

两边都选择了自由人射手体系,时越换去边路使用英雄达摩。

光从阵容来看,双方能打个五五开,但关键在于程咬金这个英雄很难克制,一旦4级有了大招,他开大回血,每秒回8%,皮糙肉厚很难打死,加上他有位移技能可以翻墙逃生,两个人去追他都不一定追得上。

怎么处理程咬金,才是最大的问题。

林毅的关羽曾经五杀封神,被称为KPL第一关羽,没想到他的程咬金也玩得很溜。

到了中期团战的时候,龙族靠苏烈、梦奇两个大肉盾顶在前面,苏烈和梦奇同时开大逼走位,嬴政大招清兵线,李元芳躲在后面快速推塔,四人抱团推中路,程咬金一个人去上路带线,反复带线将防御塔磨成半血。

符音的老夫子一个人去抓程咬金,根本打不死,可如果带上队友两人去抓,就会陷入中塔被破的窘境。

龙族渐渐利用兵线和防御塔滚起了经济优势,比赛进行到8分钟时,双方经济差控制在2000以内,龙族在主宰处逼团,目标战队迅速前往主宰处集结,双方展开第一次全员到齐的团战。

林毅的程咬金顶在前排吸收了一波伤害后,直接跳到马可波罗的身边。

程咬金血量越低,伤害越高,能抗能打的程咬金才是真正会玩的程咬金，林毅不愧是KPL一流上单，程咬金一丝血皮突然冲到后排，抢起斧头，直接秒了马可波罗和干将莫邪！

双C位瞬间爆炸，刘思源惭愧得恨不得摔手机——他的张飞开大只开晚了一秒，没想到程咬金一丝血皮还敢这么凶！

经济进一步拉开。

这一局，龙族吸取了上局被翻盘的经验教训，入侵野区时每次都五个人抱团，没有给时越打游击战分头击破的机会。

等经济拉开到5000以上，正面打团，目标战队的前排已经没法顶住，程咬金分开去带线，龙族带着主宰先锋在15分钟时推掉了基地。

比分变成2∶1。

上半场比赛结束，双方来到后台短暂休息。

肖明轩皱着眉仔细思考，程咬金这个点他们之前打Dream的时候也有放出来过，但那一局比赛时越节奏带得特别好，前期连抓三次直接将程咬金打崩，对方自然就没法用四一分推的战术牵制住兵线。

可龙族不一样，龙族因为有林毅、林洛然这对组合的存在，他们对时越的节奏太过了解，时越想直接抓崩林毅那是不可能的。

一旦程咬金做好装备，后期确实很难处理。

这个英雄最好还是禁掉。

下半场比赛开始，肖明轩直接将程咬金送进小黑屋。

对方教练依旧禁裴擒虎、百里玄策，明着不让时越拿到这两个前期节奏太强的野核。

肖明轩禁了姜子牙，这样一来又放出关羽。

可选择的英雄非常之多，这局目标战队是蓝色方先选，老夫子、苏烈、梦奇、白起、关羽、花木兰等强势边路全部在场，先选的一方其实反而会吃亏，因为先选只能拿一个，而后选就可以连拿两个。

肖明轩犹豫片刻，拿下符音操作比较顺手的梦奇，这也是前期的线霸英雄，至少能稳住边路不被打崩。

龙族毫不犹豫连拿关羽、苏烈。肖明轩拿中单嬴政、边路老夫子，龙族拿下百里守约。

大家都以为百里守约会打野，龙族还差中单和辅助。

所以在第二轮肖明轩禁掉干将莫邪、武则天两个中单时,对方则禁了马可波罗、李元芳两个打野。

龙族在4楼选出白起,目标战队拿下辅助张飞、打野公孙离。

龙族还差最后一个法师没选。

然而,龙族教练居然毫不犹豫地选择了——露娜!

这个选择让观众大吃一惊,就连一向冷静的七少都瞪大眼睛:"露娜?不是吧?"

柚子道:"苏烈打辅助,关羽和白起双边。剩下的百里守约、露娜,守约打野的话,总不能让露娜走中路吧!"

然而下一刻,露娜就修改召唤师技能"惩击",而百里守约却携带召唤师技能"闪现"。

七少恍然大悟:"这是百里守约走中路,露娜打野啊!"

柚子也一脸震撼:"好古老的打法!百里守约是所有射手里攻击距离最远的,曾经在第二赛季的时候,百里守约走中路的打法非常流行,由于他手特别长,打法师也会很好打。"

七少道:"百里守约一旦走中路,他可以在两侧的草丛放下侦查视野,防止自己被抓,这样一来就能解放辅助,让自家辅助多干点别的事情。百里守约的自保能力是非常强的,远距离狙击清兵速度也很快。"

柚子道:"露娜是法术输出,选露娜打野可以在阵容上弥补法术输出的不足,但是,露娜有个缺点,就是特别依赖蓝,而且发育比较慢。这局后期能不能打,关键就看露娜能不能顺利发育。"

比赛开始之前还有一段倒计时,可以让选手交换英雄、调整召唤师技能。

百里守约被交换到了3楼,操作者:洛水。

——居然是林洛然拿射手走中路!

林洛然在十七岁那年第一个打上国服的是"洛水之神"甄姬,这也是他ID叫"洛水",被粉丝们称为"洛神"的原因,但甄姬这个英雄在KPL并不适合上场,他在KPL的成名英雄是扁鹊。在扁鹊大热的那个赛季,林洛然的一手毒奶让无数战队闻风丧胆,再配上时越进攻性极强的刺客打野,两人用默契的中野联动打法成功为天桓战队带进了决赛。

时越很清楚,林洛然玩各种法师都玩得很好,在平时也很喜欢玩射手。但他完全没想到,在总决赛这样重量级的赛事中,林洛然居然敢大胆地拿出百里守约走中路!

随着耳边传来"敌军还有五秒到达战场,请做好准备"的系统音效,时越立刻收敛住心神,低声叮嘱:"青羽,林洛然的百里守约特别强,不输于KPL一流射手南柯,你这局要小心。"

作为老队友,时越见过林洛然在平时训练赛中操作百里守约,那枪法,真可以用"神狙"来形容。陆青羽刚到中路线上,就深刻体会到了这一点。

百里守约藏在草丛里,等兵线过来有了视野,他便瞄准陆青羽的嬴政,预判走位,"砰"的一声枪响,嬴政直接被打掉三分之一的血。这时候百里装备还没成型,攻击力有限,可想而知,要是后期,这一枪下去嬴政估计就要被爆死。

陆青羽心有余悸,立刻调整走位,要是再被百里守约狙个几枪,他就得残血回家了。

前期双方猥琐发育,全体到4级后开始争夺暴君。

目标战队先开的暴君,眼看暴君被打成残血,突然耳边传来"砰"的一声枪响,百里守约躲在远处的草丛里,一枪射来,居然将暴君直接击杀!

现场观众掌声雷动,七少也忍不住激动起来:"抢到了!守约抢龙确实方便,躲在远处直接狙击就行,但前提是血量要算得很精准!洛神的扁鹊特别出名,诸葛、貂蝉这些常用法师都玩得不错,没想到,他的百里守约也这么厉害!"

柚子笑道:"龙族花高价签约费挖洛神过去,确实很值,洛神真是一位全能型选手。"

两位解说惯例夸了几句。

第二条暴君刷新后,双方再次开抢。这一回是龙族在打,打成残血,结果陆青羽的嬴政突然从侧面绕过来,蛇皮走位开大招扫射,居然将暴君直接扫死!

柚子声音激动得发颤:"抢到了!这次是嬴政抢的,双方中路每人抢到一条暴君,真是谁都不服谁啊!"

一人一条暴君,算是扯平。

比赛进行到8分钟，双方在野区互不退让，三路兵线一个小兵都不漏，防御塔一座没破，经济持平，双方谁都没法打开缺口。

就在这时，第一条主宰刷新。

一般来说第一条主宰刷新后没有队伍会傻到直接去开主宰，因为它的范围伤害会让大家集体残血，贸然开主宰，一旦被对方察觉，结果很可能被对手团灭。

不开主宰，但不代表着他们不会借主宰做一些事情。

比如，主宰逼团。

假装打两下，看对方来不来防守。如果不来，就真的打死主宰。如果来，正好开团战。

龙族主动摸了两下主宰，目标战队当然不能置之不理。

辅助张飞先去探视野，其他人立刻跟过来，大战一触即发！

对方苏烈率先开大入场捶起来两个人，白起紧跟上范围嘲讽，露娜开始疯狂秀走位输出。

关羽一直没露面，显然是在找嬴政和公孙离这两个脆皮，找到之后才突然从侧面切入，一刀劈残嬴政，紧跟着，蹲在远处的百里守约瞄准，发射，360度甩狙又快又准，"砰"的一声直接狙死嬴政！

陆青羽十分无语。他躲在草里，结果林毅就像有透视眼，居然冲到草里劈残他，被百里一枪给狙死，真是死得好冤枉！

前排的团战打得异常激烈，躲在远处的百里守约一直很安逸地放冷枪。

又是"砰"的一声枪响，在前排抗下大量伤害的残血张飞，居然也被他一枪狙死！

叶枫的公孙离在侧面疯狂输出，杀掉对方白起，但是下一秒，百里守约又开一枪，瞄准的是早已残血的梦奇。

王者峡谷中再次响起枪声，梦奇应声倒地。

——三杀！

——百里守约三枪三杀，可以说是枪枪毙命！

现场观众掌声雷动，看直播的观众们也纷纷刷屏：

"洛神不愧是转会价超过五百万的男人！"

"这百里守约，可以和南柯大神一战！"

"感觉目标这局要凉，难道龙族要让二追四？"

"2∶0估计要变成2∶2！"

由于目标战队的阵容里没有能切死百里守约的刺客或者战士，加上对面露娜位移太多很难针对，后期的团战百里守约一直躲在超远的地方放冷枪，露娜"月下无限连"打出爆炸输出，目标战队正面团战很难打赢，最终坚持18分钟后水晶被破。

比分变成了2∶2。

这个发展让目标战队的粉丝们心急如焚。

相对于粉丝们的紧张和焦灼，教练和选手们倒显得很平静，陆青羽笑眯眯地喝水，叶枫挠着头思考问题，时越扭头跟符音讨论着上一局的团战，只有刘思源神色惭愧——因为这两局团战我方输出被强杀，就是他保护没做到位，他确实有一些失误。

符音见他耷拉着脑袋，主动开口道："小源，不要沮丧，2∶2打平而已，就当重新开始。"

刘思源道："我今天玩张飞，手感一直不太好，开大招每次都开得不是很及时。"

肖明轩走到他身后，拍拍小家伙的肩膀说："没事，你第一次参加总决赛，表现已经很不错了。放心，龙族不可能让二追四，我们的撒手锏还没拿出来呢。"

陆青羽道："教练的意思是？"

肖明轩微微一笑："他们会百里守约，我们也会。他们会露娜，我们时越更会。下一局，我们就以其人之道，还治其人之身。"

时越挑眉："师父该不会想让叶枫拿百里守约走中路吧？"

陆青羽道："疯子走中路的话，那我去哪儿？我可不太会玩战士啊教练。"

肖明轩道："我不会直接复制龙族的战术。我们还是打自由人，时越拿露娜走上单，小音去下路。"

时越怔了怔："露娜上单？"

众人面面相觑。虽然在平时训练赛的时候也练习过露娜上单，但教练真的在决赛关键局拿出这套阵容，大家还是觉得教练太过胆大。

露娜上单，这可是第二赛季的打法！

这是要"将复古进行到底"吗？

【4】

双方在前四局2∶2战平，第五局成了关键，双方的教练也格外谨慎，考虑的时间明显比之前几局要久。

龙族首抢直接拿下摇摆位苏烈，目标战队选择的是边路老夫子、辅助张飞。龙族紧跟着选了边路白起，中单嬴政。目标战队3楼选出了中单不知火舞。

到此为止双方选英雄还算正常，可第二阶段，在龙族禁掉符音的花木兰和时越的玄策后，目标战队在4楼居然选出了射手虞姬！

叶枫作为一位专注射手的主播，虞姬也是他特别喜欢的射手之一。而且虞姬在4级时的爆发很容易协助队友拿到人头，大招输出非常高。

七少解说道："虞姬的伤害虽然被削过，但技能的特色让她依旧可以在KPL占有一席之地，虽然虞姬打野很慢，不过有张飞在的话可以帮助她一起打野，而且虞姬在远距离用1技能抢野怪非常好抢，保住野区倒不需要太担心。"

柚子道："龙族很可能选马可波罗打野。"

果然，龙族最后两个位置，选出了射手马可波罗，辅助夏侯惇。

目标战队还剩一个边路没选。

七少道："花木兰被禁，如果小音用老夫子的话，越神可以选达摩或者杨戬。"

柚子道："或许越神用老夫子，小音选梦奇？"

两人正讨论着，结果，目标战队最后5楼居然选择了——露娜！

这个选择让现场观众们惊呼出声，直播间内更是被密密麻麻的问号给刷屏。

柚子愣了愣，道："露娜？虞姬应该是确定要打野，还选个露娜出来……难道露娜上单吗？"话音刚落，就见露娜被换到2楼交给时越操作，带的召唤师技能是净化。4楼叶枫的虞姬带了打野用的惩击。

柚子不由得感叹道："这是古老的露娜上单，加上全新的虞姬打野元素，复古和潮流相结合啊！"

比赛开始，双方进入平稳发育期。

露娜在4级之前还不如一只超级兵，所以时越在上路非常猥琐，躲在塔下等兵线快进塔的时候才丢出1技能慢慢清理。

符音的老夫子同样默默清兵。这一局由于我方只有张飞这一个大肉，露娜肯定做输出装备，所以符音决定做肉装，在前排帮小源分担一些压力，她只需要在团战的时候强行绑住关键人物，输出的事情可以交给其他三位队友。

随着比赛时间的推进，众人身上不断冒起升级的光芒。

虞姬到了4级，对方马可波罗同样到4级。

双方辅助在暴君刷新点占位置、探视野，就在这时，虞姬突然一招普攻命中夏侯惇，触发了减速被动，夏侯惇被减速后行动极为缓慢，反手想控虞姬，结果虞姬果断开了大招，后撤的同时射出两支弓弩，晕眩对手并将对方打成残血！

夏侯惇想要逃跑，结果在中路的不知火舞突然绕后，一扇子准确丢中，又是一套连招打下去，将夏侯惇打成一丝血皮。

虞姬趁机在远处射来一支利箭，夏侯惇被一箭毙命！

——First Blood！

这个一血让龙族战队十分意外，没想到虞姬在4级居然这么凶，中野辅三人配合强杀掉对方夏侯惇，顺势拿下暴君。

暴君被击杀的那一瞬间，上路的露娜、下路的老夫子同时到了4级。

时越决定做一点事情。

没到4级的露娜还不如一只超级兵，但到了4级的露娜，只要蓝量足够，那就能在王者峡谷横着走。

他瞄准了中路的嬴政，因为蓝Buff很快就要刷新，对方嬴政肯定会去打蓝。

在职业联赛中，中单在打蓝之前会召唤辅助去看一下视野，夏侯惇看了下中路的草丛没人，就让嬴政放心去打蓝，没想到时越居然会很耐心地蹲在河道的草丛里！

蓝打到一半，露娜、不知火舞两人突然从河道草丛冒出来，不知火舞一套爆发连控将嬴政打成残血，露娜1技能越墙过去接大招再接2技能晕眩，强杀掉嬴政不说，还抢到蓝Buff，大招越墙逃跑！

这一套操作行云流水，短短2秒内观众们只见露娜突然从远处飞越墙壁，杀掉嬴政、抢下蓝Buff，然后全身而退！

林洛然很无奈，他知道时越的露娜有多强，他只是没想到时越玩上单露娜也会像打野露娜一样疯狂入侵野区。

前期这两个人头的优势，让目标战队迅速把经济滚了起来。

中期，暴君处的团战，符音的老夫子绕后去绑住对面射手，配合时越迅速秒掉射手，打出一波1换3，优势再次扩大。

目标战队在优势局从来不浪，打完团战后叶枫的虞姬残血回家，符音和时越两人便结伴在对面野区逛了一圈，符音先将蓝Buff捶成一滴血就停手，让时越过来收。紧跟着又将小野怪打成残血，让时越过来收掉。

观众们：这简直是皇帝待遇吧？

柚子忍不住吐槽："女神真是实力宠自家队长，把野区三只怪全部打残，经济让给露娜，自己居然连经验都不蹭。"

七少道："大概是她很信任越神，相信露娜后期能控制全场吧。"

老夫子不需要太豪华的装备，只要大招开好团就够。但露娜需要装备支撑，做出一套豪华装备的露娜在团战时靠"月下无限连"可以打出爆炸输出。符音让资源，不只是因为她相信时越，更因为她对局面有着清晰的判断。

事实证明，时越也不会辜负符音的厚望。符音给他让人头、让经济，把他养得肥肥的，后期开团的时候，时越也果然成了全场最可怕的Boss。

露娜断大？不存在的。

时越的露娜从不断大，紫霞仙子在团战中心来回穿梭，如入无人之境，哪怕是龙族的前排都顶不住这连续大招的输出。

又是一波"月下无限连"，时越拿对方英雄的身体作为跳板，来回切割，只见紫色的月光标记在对方身上不断出现，转眼间就把前排打残，直接冲到后排嬴政的脸上！

露娜借助小兵刷大，直接跳到嬴政的身边将嬴政活活追死！

一波团战打出了0换3的完美结局，目标战队顺势拿下主宰，一气呵成带兵推掉水晶！

3:2!

关键的一局,教练拿出的奇怪阵容却打出了极好的配合。

这也有赖于队友们对时越的完全信任。

尤其是符音让人头、让经济养肥自家队长的做法,也深受时越粉丝们的好评。

直播间纷纷刷屏:

"音姐好贴心啊!越哥的露娜这局能Carry,老夫子那一波让的经济非常关键,直接让露娜做出了'四件套'!"

"女神太好了,越哥有这样的队友,心里肯定很暖!"

时越此时心里确实很暖,但他并没有多说什么,只是在休息的时候在桌下轻轻握了握符音的手。

符音微微一笑,回头看向他:"加油越哥,还差一局,我们就能拿到冠军了。"

时越目光坚定:"放心,冠军一定会属于我们。"

【5】

比分3:2,目标战队率先拿下赛点。

在担任天桓队长期间,时越曾经有两个赛季率领战队杀入总决赛,最终却遗憾落败,和冠军奖杯失之交臂。

这一次,他绝对不会重蹈覆辙。

他的身边有最强力的队友,他的右手边还坐着懂他、支持他的符音。

赛点,只要拿下这局,目标战队就能获得总冠军!如此好的机会,只有拼尽全力把握住它,才能不辜负队友们的信任,也不辜负自己这些年的努力!

时越深吸口气站起身来,在休息时间转身回到后台。短暂的几分钟并不能交流太多,但肖明轩还是微笑着给队员们打气:"这是我们的赛点局,大家不要有压力,现在有压力的反倒是龙族那边。"

已经走到这一步,大家都想拿下冠军,如果在最后关头丢掉冠军,别说是粉丝们无法接受,他们自己也很难原谅自己。

龙族战队的选手肯定也抱着同样的想法,所以下一局,龙族那边绝对会使出全力。

肖明轩低声叮嘱:"我们下一局尽量求稳,不要打得太冒进,可以抓住龙族想要扳回赛点的心理打防守反击战。"他顿了顿,又道,"在常规赛阶段,龙族曾有两次,在比分落后的情况下连扳几局翻盘,所以赛点局大家也别大意。"

肖明轩没想到,他的乌鸦嘴居然成了真。

目标战队的赛点局前期一直很稳,经济也略占优势,但龙族确实是拼了命地想要扳回这一局,结果,在中期一波团战中,林毅的苏烈眼明手快地抓准机会,一波完美大闪入场,直接揣起来站位集中的三个人,打出一波1换3!

主宰一丢,三路兵线压力让外塔全部被拆,经济立刻被对方反超。

赛点局被扳平,这对队员们的信心其实是很严重的打击。

来到后台时,刘思源一脸懊悔愧疚,叶枫也没了平日的阳光活力,两人同时耷拉着脑袋,如同一对霜打的茄子。

刚才的团战确实有些失误,但关键还是对面的林毅开团开得太好,不能只怪自己的队员。在这个关键时刻,肖明轩作为主教练更不能影响队员们的信心,他将大家叫到一起,低声叮嘱道:"没关系,前面的那些比赛大家现在全部忘掉,接下来的决胜局,就当是一场全新的比赛来打。阵容上,我可以让你们拿最喜欢的英雄,大家放开手脚,什么都别想,就好好地拼这一次!"

为了冠军,必须拼一次!已经丢掉了一局赛点,决胜局绝不能丢!

符音率先伸出手,微笑着说道:"我不紧张,你们也别多想,听教练的,放手一搏!"

时越伸出手,将手轻轻覆在她的手背上,目光平静而坚定:"来,加油。"

众人迅速将手叠在一起,齐声喊道:"加油!"

大家回到舞台上各自坐好。比赛还没开始,裁判正在确认设备,符音的手从桌下伸过去,轻轻握住时越的手心,给他最后的鼓励。

时越回头看她一眼,两人相视一笑。

距离梦想中的冠军只差最后的一步,他们一定会抓住这个机会,并肩而战!

比赛开始。

七少的声音带着一丝激动："观众朋友们晚上好，目标战队和龙族战队在前六局3：3战平，即将进入第七局的决胜局！这一局，将决定双方谁能问鼎总冠军！"

柚子道："我相信现场和直播间的观众朋友们，此刻的心情也和我们一样充满了期待！经过一整个赛季的角逐，这两支综合实力强劲的队伍，在今天的决赛一直打到了最后的决胜局，接下来将是一局定胜负，容不得一丝失误，我相信决胜局一定会非常好看！"

直播屏幕中出现了双方的赛前禁选画面。

第七局按照顺序，是龙族战队先禁先选。

第一阶段对方教练第一个禁掉的依旧是裴擒虎，肖明轩禁程咬金，对方禁掉姜子牙，肖明轩犹豫片刻，禁了苏烈。

柚子道："明神再次放出了关羽，龙族应该会首抢吧！"

毫无疑问，本命英雄被放出来，林毅自然果断拿下。

轮到目标战队选择——老夫子、花木兰，连拿两个边路。

符音的花木兰在决赛第一局发挥出色，后面几局全部在第二阶段被禁，这回倒好，目标战队直接在第一阶段就拿下花木兰，可见明神对符音的信任，花木兰的优先级居然排到了前三位。

龙族战队接着拿下梦奇、太乙真人，将双边路拿齐，辅助太乙真人可以出肉装当坦克用，还能弥补一下控制。

目标战队3楼同样拿了辅助位东皇太一。刘思源在常规赛阶段用张飞的次数最多，胜率也不错，但其实小源最喜欢的辅助还是东皇太一。

第二阶段目标战队在4楼拿下中单诸葛亮，这也是陆青羽的本命英雄。龙族4楼、5楼拿下中单嬴政、打野马可波罗。

这样一来，龙族的阵容就是梦奇、太乙真人前排，关羽负责快速支援和团战骚扰，嬴政、马可波罗两个输出点远距离消耗。

目标战队花木兰、老夫子双边路都有控制，输出能力也不俗，辅助东皇太一有强控，中单诸葛亮收割。最后还差一个打野，如果选射手，那就是叶枫进野区，如果选野核，就是时越进野区。

柚子忍不住道："我个人倾向于他们最后一手会拿射手打野，比如之前一局发挥不错的虞姬，4级有爆发，可以配合诸葛亮打收割。或者是灵活一些的公孙离，推塔快的李元芳，都可以拿。"

七少道："目标战队的这套阵容，射手拿李元芳会更加好打，因为老夫子、东皇太一的大招都可以把对手捆绑在固定的圈子里，李元芳再丢出螺旋飞镖，几乎是绑一个死一个。"

柚子道："就看明神怎么安排，疯子进野区应该是没跑了。"

同一时间，目标战队隔音房。

肖明轩问："疯子你想进野区，还是让阿越打野？"

"越哥来吧。"倒不是叶枫谦虚，而是他确实认为时越的打野节奏比他好很多，打野一旦节奏崩盘，会带崩整支队伍。时越毕竟是打了好几个赛季比赛的老选手，在关键的决胜局，时越带节奏肯定会更稳。

时越也没有推脱，干脆地点头道："没问题。"

肖明轩道："老虎和玄策被禁，还能选的野核不多，你自己看着选，看哪个手感最好。"

时越点头："那我就自己选了。"

话音刚落，目标战队的5楼就出现了一个帅气的头像。

看到这个头像出现，全场观众齐齐惊呼出声。

——李白！

柚子的眼睛瞬间瞪大："不是吧？"

七少也不敢相信："李白？这是在逗大家吗……确认了！"

最后的一楼，目标战队确认选择李白，并携带召唤师技能：惩击。

这个选择彻底点燃了全场观众的怀旧情怀。

直播间内，无数粉丝都开始激动地刷屏：

"李白啊！"

"居然敢选李白，这是总决赛决胜局，越哥要不要这么大胆！"

"我的天，失踪多年的李白居然又被拿到了决赛场上！"

"满满的都是怀念！"

十八岁的时越，曾拿李白在KPL打出过无数经典对局，锋锐无比的少年，在赛场上飘逸潇洒的身影，依旧刻印在很多观众的心里。

当年的李白，手持一把利剑，来无影去无踪，杀敌于千里之外，让对手闻风丧胆!

在常规赛进行到中途时,李白甚至成了所有战队打天桓时必定会禁的英雄。

可见当年时越的李白有多强。

但是,一代版本一代神,官方一直在调整数据,很多曾经风靡一时的英雄都会渐渐跌落神坛,这个赛季的裴擒虎、百里玄策,早已取代了曾经打野之王李白的地位。本赛季近千场比赛,没有任何选手拿出过李白。

所有人都没想到,在总决赛,最关键的决胜局,时越居然顶着压力拿出了李白。

——他的本命英雄。

对于这个选择,很多粉丝都觉得时越太冲动,但是符音却很理解他的想法。

李白,对越哥来说意义特殊,那可是他的信仰!

就像她信仰花木兰一样!

全场观众的尖叫声此起彼伏,时越坐在大舞台上,神色无比平静。

他并不是冲动。

如果前三楼拿李白,那绝对是作死,会被对面针对到哭。

但是最后一楼,对手的阵容已经全部选定。

李白很克制对面的关羽,1技能晕眩和2技能减速都可以打断关羽的冲锋。梦奇读条缓慢的大招对李白并不能造成多大威胁。对面中单嬴政没控,打野马可波罗没控,只有太乙真人的群控,可太乙真人一般是强开团的时候放群控,李白又不会第一时间入场过去被对面控住,所以,太乙真人的控制也可以忽略不计。

没有明显的天敌,对方两个脆皮后排可以切,他在最后一手拿出李白,完全可行!

李白是个很需要经济支撑的英雄,队友需要给他让资源,让他迅速发育带动全场。他选李白,不但是对自己的自信,同样也是对队友们的信任。

果然,他拿出李白后,耳机里就传来符音带着笑的声音:"越哥你真是任性,居然敢拿李白出来。"

她顿了顿,回头看向他,认真地说:"不过,我支持你的任性。野区资源和人头全部给你,后期就靠你了,求李白带飞。"

　　时越点头:"好,看我的。"

　　两人相视一笑。

第十五章/重返巅峰

KPL秋季赛总决赛决胜局，在观众们的期待中正式开始。

东皇太一在1级的时候非常强势，梦奇1级也不弱，双方不约而同入侵对面野区去抢第一个蓝Buff，结果互相换一个蓝，谁也没吃亏，1级团根本没能打起来。

花木兰、老夫子、诸葛亮三人分别在上、下、中路清兵线发育，辅助东皇太一则协助李白迅速刷野。对面的战术也是一样，让辅助太乙真人协助马可波罗迅速到4级。

双方的打野几乎是同一时间到达了4级。

如果换成以前，时越的习惯是4级必帮上路符音，但这一局时越却反其道而行——4级没去上路，反而绕到中路。

时越刚才在野区特意留下中路侧方的小野怪，利用小怪刷新了大招。

陆青羽看见时越在刷大招，便提前用1、2技能的连招将嬴政打成半血，等李白过来。就在这时，李白突然从墙壁瞬移到中路，连续1技能突进晕眩嬴政，2技能减速，再接大招青莲剑歌！

只见无数雪白的剑影突然分裂扑向嬴政，将残血的嬴政瞬间收割。

——First Blood!

李白拿下一血！

这个结果让龙族的指挥也十分意外，林毅本以为时越4级会到上路支援，就让自家辅助提前去上路草丛蹲守，没想到时越突然打了一波中路，配合诸葛亮强杀掉嬴政。

中单死亡，正面打团少人，第一条暴君只能让掉。

时越拿下暴君后再次进野区，清掉一波野怪。

此时自家队友已经集体到了4级。

符音的花木兰在4级之前被对方关羽压着打，到了4级，花木兰从小兵化身为战神,气势汹汹地朝关羽扑了过来。

　　这位女选手在赛场上超凶,林毅领教过她的花木兰有多霸道,却没想到,她居然敢直接冲过来强杀他的关羽?开什么玩笑?KPL第一关羽还能随随便便被你强杀吗?

　　林毅挑了挑眉,果断开大,关羽在冲锋状态一脚踩中花木兰,晕眩住对方,紧跟着横冲直撞将花木兰一路撞回塔下。

　　花木兰瞬间被打成半血,还被防御塔打了两下。这时候一般人可能会交闪现逃命,林毅没想到,符音不但没逃,居然开始反击?还一口气打出了沉默?

　　此时的花木兰只剩最后一丝血皮,关羽随便一刀就能劈死她。

　　但下一秒,就见手持长剑的李白翩然而至!

　　关羽几乎放不出任何技能,直接被李白一套普攻接大招秒杀!

　　而花木兰呢?

　　在李白来的那一刻她就溜了,跑得比兔子还快!

　　李白转眼就拿到两个人头,经济已经遥遥领先于龙族的打野马可波罗。

　　但龙族并不是任人宰割的弱队。

　　中路和上路被李白拿到人头,下路,太乙真人、梦奇和马可波罗联手,强杀掉了叶枫的老夫子。人头比2:1,经济差不到1000,双方依旧势均力敌,谁都不能大意。

　　然而林毅很快就察觉到不妙……

　　团队经济差虽然不到1000,但对方李白一个人的经济居然全场最高!

　　蓝区和红区各三个野怪,李白就算全收也不可能这么有钱。即便加上两个人头带来的收益也不至于比龙族的打野马可波罗高出那么多。唯一的解释就是,目标战队的选手,在故意给李白让资源。

　　刚才被花木兰和李白联手强杀的时候林毅就注意到,李白杀完关羽后顺路收掉了河道的野怪。而花木兰残血回家后,上路一条兵线的经济,居然也让给了李白。

　　符音对时越也太好了吧?上单给打野让经济,这打野简直是皇帝级待遇啊!

林毅察觉到不妙,立刻说道:"大家注意李白的位置,他们全队都在给李白让资源,这才是真正的野核打法!我们必须想办法弄死李白,不能让他这么顺利发育下去!"

打野选手高原也道:"没错,团战可以输,李白必须死!"

龙族这次的阵容里没有李白的克星,这也是时越在最后选出李白的关键。如果让李白继续这样肆无忌惮地享受队友们的爱护,顺利发育下去,后期将成为难以处理的Boss!

林洛然是最有发言权的,作为时越三个赛季的老搭档,他对时越李白的节奏非常了解。听到这里,林洛然便开口道:"蹲蓝,他应该会来反蓝。"

时越特别喜欢进攻,尤其是拿到李白这个身法灵活的英雄后他会习惯性地先把自家野区刷完,再算准时间去对面偷野怪,积少成多,经济就会渐渐超过对方打野。

入侵对面野区时,他会先用1技能蹲草丛,瞬移过去看一眼,要是有人防守就撤回来,没人再安心打。

林洛然知道他有这个习惯,所以提前蹲在中路侧面的草丛观察他的动向。果然,李白从河道走过去,在河道的草丛留下个剑影,瞬移到蓝Buff刷新点,迅速打蓝。

林洛然在地图上按下标记符号:"逼他回去。"

林毅会意,上路的关羽立刻跑来野区,开启大招一刀劈下。时越察觉到不对,果断放弃打蓝,直接回到最初影子的位置。嬴政就是瞄准了他在草丛里的影子,直接在影子的位置放下1技能剑雨,结果李白一回来,便被从天而降的剑雨扫了一脸!

时越知道自己中了林洛然他们的圈套,立刻往自家野区草丛撤去。

嬴政紧追不放,开大招疯狂扫射。眼看李白被扫成一丝血皮,就在这时,上路的花木兰突然开着重剑跑过来,直接挡在李白的身前。

嬴政蛇形走位扫射,花木兰蛇形走位挡剑……

她居然完完全全把嬴政的剑给挡住,让丝血的李白全身而退!

花木兰自己也被扫成残血,迅速撤回自家野区。

如果她晚来一步,李白刚才技能冷却,很可能就被手长的嬴政扫射致死,是花木兰用身体挡住了最后一波伤害,让李白幸免于难。

时越看了眼身旁的女孩，心里一暖："谢谢。"

符音微笑："不客气，等你大杀四方。"

直播间内的观众尤其是时越的粉丝都在激动地刷屏：

"音姐也太好了吧！"

"女神舍不得李白死，直接跑来用身体挡剑雨，这简直是真爱啊！"

"越哥羞不羞，要让妹子帮你挡剑，待会儿不拿个四杀五杀，你对得起这么护着你的妹子吗？"

观众们在调侃，两位解说也不闲着，七少忍不住道："越神今天真是贵宾级待遇，所有野区资源全拿，河道小野怪也全让给他，上单还让了一波兵线给他，甚至主动跑来帮他挡剑……"

什么叫野核？

今天这一局的时越，才是真正的野核。

哪怕以前在天桓战队的时候，他都没享受过队友们这样的爱护。

符音对他的完全信任，让他心里充满暖意，也同样充满斗志。

她为了不让他死，从那么远的地方跑过来救他，给他让人头、让资源，因为她相信他的李白可以掌控全场。

而时越也绝对不想辜负心爱的女生和队友们的信任。

符音还是个小菜鸟的时候，他注册小号在游戏里带她打青铜局，当时那个小号没买多少英雄，就一直用李白，每次都是十几连胜，从没输过。或许从那时候开始，她就一直觉得时越的李白很强，强无敌。

菜鸟时期的符音连很多英雄都认不清，却一直记得越哥的李白残血反杀对手的画面。那样华丽、流畅的操作，也是最初让她觉得这个游戏最吸引人的所在。

如果说，时越对李白有情怀，符音同样也有。

若不是亲眼看见李白飘逸灵动的操作，她不会生起想要变强，甚至成为职业选手的心思。

李白带她入门，她靠花木兰成神。

如今在总决赛的决胜局，她和他都拿到了自己最喜欢、最擅长的英雄，符音相信，他们一定能赢下这一局！

相对于目标战队越打越顺,林毅却越打越头疼。

好不容易蹲到李白来反蓝的机会,提前埋伏想强杀李白,谁能想到花木兰大老远跑去支援救了李白一命。

李白的血量不到200点,如果嬴政的剑再扫到,他就死了。可惜比赛没有如果。这一波没能杀死李白,时越有了警觉心,后面就更难杀他。

果然,接下来李白不再单人跑来反野,而是召集两个保镖一起来——东皇太一走在前面探路,诸葛亮跟在后面保护,还有个花木兰随时准备支援,完全就是一副"皇帝出巡,御前带刀侍卫护驾"的架势,在这样的情况下,想埋伏强杀李白,几乎成了奢望。

众人只好改变策略,去杀叶枫的老夫子。

龙族战队两轮包夹强杀老夫子两次,可这并不能缓解野区正慢慢沦陷的局面。

李白的经济越来越高,在比赛进行到中期时,他的装备已经初步成型。

装备成型的李白拥有极高的爆发力,完全可以一套秒掉嬴政和马可波罗这种脆皮。时越开始主动找机会,先是和辅助一起蹲在对面红Buff处等马可波罗过来的时候一路追击强杀马可波罗。紧跟着又利用对方的野区刷小猪,开大招强杀了中单嬴政!

来无影去无踪的李白,让龙族战队无比头疼。每次团战还没开打,自家的核心输出就被抓死一两个。

叶枫的老夫子经济没起来,他干脆不参团,就趁龙族少人的时候疯狂带线。不知不觉中,下路的兵线被老夫子彻底带穿。而上路,花木兰同样疯狂带线,一旦关羽离开视野去支援,符音就立刻冒出来断掉对方兵线。

两路的兵线牵扯再加上李白在野区的不断骚扰,让龙族战队一直疲于防守。

随着外塔的告破,上下野区很快沦陷。

三路兵线的压力让龙族不得不退守高地,而李白则让队友们继续带线,他一个人去单挑杀死了主宰。

三路主宰逼近,目标战队的进攻终于全面打响!

李白这个英雄逆风会特别难打,但顺风却强无敌。尤其是在高地团战,李白的灵活性能发挥到极致。

一般人推高地,都要抱团在塔下慢慢磨,但李白不同,他可以在超远的野区刷好大招,然后瞬移到高地塔下直接开个大招,大招避免选中的机制会让防御塔打不到他,而对方的人却能被他的一个大招全部打残。

这时候,退还是不退?

不退的话集体残血很可能被团灭,退吧,高地塔就要没了。

李白在野区刷大招,瞬移到高地打一套,然后回去继续刷大招,这种打法能把人烦死。

时越的李白就给大家上演了一次经典的高地团教学。

先是中路,主宰先锋到达塔下,老夫子、花木兰、东皇太一和诸葛亮抱团推中路,李白在野区刷小怪,刷新大招后立刻瞬移过来,一个大招将对方前排的血量全部压低。

龙族没有撤,嬴政开大招清掉了中路的主宰。

紧跟着目标战队转战上路,李白利用刚才那只没杀掉的野怪继续刷大招,再瞬移过来打一套,就算皮糙肉厚的梦奇、太乙真人,也扛不住他两轮大招的伤害!

趁着两人残血,花木兰和老夫子立刻入场!

花木兰轻剑连招打出沉默,老夫子抡起棍子一顿猛捶,将对方前排全部逼退,主宰先锋顺利带到塔下,上路高地塔被拆。

没了防御塔的攻击,众人全体上高地。

东皇太一抓准时机闪现开大招,居然恰到好处地咬住了对方刚交完2技能的马可波罗!

小源在常规赛发挥一般,但是这一咬,却是制胜的关键!

符音见马可波罗被咬,立刻过来一套连招将马可波罗杀死。但对面的辅助太乙真人可以复活队友,马可波罗死后很快复活,然而就在此刻,白衣剑客李白从天而降,手持一把利剑,雪白的剑影分裂、合拢,瞬间打出爆发伤害,将刚复活的马可波罗打死不说,还击杀了附近的残血嬴政。

——双杀!

李白突然入场拿下双杀,而且杀的还是双输出!

这一波团战龙族已经没法再打,他们只能尽力先清掉主宰先锋。

但时越不想再给龙族喘气的机会。

花木兰切轻剑沉默梦奇,李白跟上输出,普攻强杀梦奇。

——三杀!

老夫子一个大招绑住想要绕后的关羽,李白紧跟过去,连续普攻杀掉关羽。

——四杀!

最后一个太乙真人想撤回泉水,结果被李白刚好刷新的大招直接秒杀。

——五杀!

——超神!

——胜利!

随着系统音效的不断响起,数不清的观众激动地从座位上跳了起来。

赢了!目标战队赢了!

时越的粉丝,尤其是当年因为李白而喜欢上他的粉丝们,此时早已泪流满面。

——剑神再临,王者归来!

大家不知道该怎么形容现在的心情。

看着李白在高地配合队友一波五杀,很多人的脑海中都不由自主地想起了当年那个锋锐的少年,曾经的天桓队长,继承师父的理念以夺冠作为最终目标,却始终没能实现心愿,只能带着遗憾离开天桓俱乐部。

他曾站在最辉煌的顶峰接受万众敬仰,也曾坐在冰冷的替补席遭受无数人的唾骂。最终离开天桓时,他并没有多解释什么,他只是带着一支全新的队伍杀回KPL,用他曾经的成名英雄,打出了这漂亮的一战,率领目标战队拿下了KPL的总冠军!

8杀0死3助攻的李白,没有人能够质疑。

队友们让经济给他,他用一波高地五杀、强推水晶给了队友们最好的回报。

放下手机,摘下耳塞,时越第一件要做的事,就是回头拥抱符音。

符音没有挣扎,反手回抱住时越,轻声道:"我们赢了。"

她的眼里闪烁着泪光,时越对上她湿润的眼睛,微微笑了笑:"赢了。"他想说的话有很多,但他一向不善言辞,最终只低声说了三个字,

"谢谢你。"

符音知道他的意思，她其实也想感谢他，是他让她认识了这个游戏，让她成为职业选手，和队友们一起度过了这一段热血难忘的时光。

全场观众的尖叫和呐喊声似乎隔着很远，而他们的眼里却只有对方。

直到旁边很不合时宜地传来陆青羽的声音："咳，你俩差不多得了，观众们都看着呢！"

就在这时，教练肖明轩也来到舞台上。

一向温和的明神，此时眼含热泪，他给了队员们一个激动的拥抱，声音都在微微发颤："好样的！每一个人都打得特别棒！"

身为电竞选手时没有实现的梦想，如今却以教练的身份实现了。

KPL总冠军！

肖明轩真是激动得不知道说什么才好。

冠军奖杯就放在大舞台正中央，五个队员在教练的带领下来到舞台中间，同时捧起了这份象征着最高荣耀的冠军奖杯！

奖杯很大，大家一起抓着它齐齐举过头顶。

舞台上灯光闪烁，全场掌声雷动，刘思源和叶枫都激动哭了；陆青羽虽然没哭，但他的笑容是符音认识他以来最灿烂的一次；明神眼眶泛红，显然强忍着眼泪；时越的表情维持着平静，但眼底的湿润还是出卖了他。

他们站在KPL最高的领奖台上，冠军奖杯就在手中。

这一幕画面，符音相信他们所有人这辈子都不会忘记。

在全场热烈的掌声中，联盟主席亲自给大家颁发了冠军戒指。

大奖杯要带回基地收藏，但冠军戒指是发给每一位队员的私有物品，哪怕将来退役，这枚戒指也可以一直留在身边作纪念。

戒指制作得非常精美，每个人的戒指都是独一无二的。

大家戴上戒指合影留念，接下来还要颁发赛季MVP大奖。

本赛季的MVP选手评定是按照常规赛、季后赛获得MVP的总次数来算，时越原本就在MVP排行榜上处于领先地位，加上决胜局的李白毫无疑问地又拿下MVP，最终，时越以接近30局MVP的获得次数，拿下了本赛季最有价值选手大奖!

MVP奖杯也是对一位选手最大的肯定。

时越拿着MVP奖杯站在舞台最中间,符音看着他高大的背影,脸上忍不住露出了笑容。

那笑容里带着一丝说不出的骄傲。

这就是她喜欢的男人,即便经历过低谷,却从未放弃,最终还是以实力证明了自己。

主持人将话筒递给时越,问道:"作为目标战队的队长,今天拿下冠军,还拿下赛季MVP,越神有什么想对粉丝、队友们说的吗?"

时越的声音低沉平静,透过麦克风的放大传遍了整个会场:"谢谢粉丝们的支持,谢谢教练和队友的信任,我还要特别感谢一下符音,她给了我很多的支持和鼓励,让我能坚定地走到今天。"

全场观众开始尖叫——在这样的场合特别感谢符音,越神这是在撒狗粮吗?

主持人立刻将话筒递给符音,没想到女神还挺冷静的,微笑着说:"能成为电竞选手,对我而言是一种荣幸。明神、茹姐、越哥、青羽、小源还有疯子,这个赛季和大家在一起,我也收获了很多,谢谢大家的关照和信任。"她朝台下鞠了一躬,接着道,"也谢谢所有支持目标战队的粉丝们,每一场比赛都有很多人赶来现场给我们加油,谢谢你们,辛苦了!"

符音确实情商高,立刻将时越的话给圆了回去。

女神对粉丝们的感谢,也让现场的粉丝彻底沸腾,欢呼声几乎要掀翻屋顶。

话筒传过来,陆青羽、叶枫都感谢了一下粉丝和队友,刘思源激动得泣不成声,肖明轩只好跳过他,微笑着说道:"我们当初创建目标战队的时候,就把目标确定为总冠军,今天,我们终于实现了这个愿望,再次感谢所有支持我们的人!谢谢!"

目标战队KPL夺冠,这条消息很快成为各大电竞网站的头版头条。

比赛后台,解说、记者和官方工作人员都来恭喜他们,乱哄哄的一团,还有人嚷着要签名、要采访。

大家一直忙到十点多,才集体去参加秦茹早就订好的庆功宴。

庆功宴进行到一半,时越突然借口去买饮料,把符音也拉了出去。

走廊里光线柔和,符音抬头看着男人英俊的侧脸,玩笑道:"你一个男生提不动饮料,还要我帮忙提吗?"

时越伸出手轻轻揉了揉她的头发,低声说:"我只是找借口把你叫出来。"

符音笑:"叫我出来干吗?"

时越问:"你的冠军戒指呢?"

符音抬起手晃了晃:"戴在手上太大,我想串个项链当坠子戴。"

时越突然将她的戒指摘下来,塞进口袋,然后将自己的戒指递给她:"跟我换一下。"

符音疑惑:"长得差不多,为什么要换?"

时越道:"将来再换回来。"

符音不解地看着他:"什么意思?"

时越的耳根难得地有些发红,目光却无比温柔:"你不是说过,你想给我的最好的礼物,就是陪我一起拿下冠军吗?现在,这个礼物你已经给我了,但我还缺你一份礼物。"

他突然压低了声音,凑到符音的耳边,说:"将来,我会用特别订制的求婚钻戒,换回我的冠军戒指。"

心理防线被他瞬间击溃,符音眼眶发热,不知道该做什么回应。她现在只是他的女朋友,却没想到,他想让她成为他的妻子。

恋爱和结婚是两码事。结婚,那是认定了要跟一个人度过一生的。

他真的认定了吗?

察觉到符音的质疑,时越抬起她的下巴,给了她一个温柔到极致的吻。

符音被他亲得脸颊发烫,抬起头,正好对上他深邃的目光。

男人定定地注视着她,声音低沉而坚定:"你这辈子只能嫁给我,我想要娶的女孩,也只会是你。"

一句话让她的眼眶猛然发红,伸出手紧紧地抱住了他。

她还不到二十岁,却这么早就认定了一生的伴侣,听起来有些疯狂。

但是她知道，她深爱着面前的男人，她这辈子想嫁的人只有时越，只会是时越。

庆幸的是，时越也认定了她。

多好！

他们彼此相知、相爱。

他们携手走过了这段最热烈的青春时光，也会携手走完接下来的人生。

不论风雨，还是阳光。

得此爱人，一生足矣。

【正文完】

番外一 / 度假

【1】

比赛结束后,肖明轩给大家放了长假。符音之前跟时越说好趁着假期一起出去玩,但最近一直忙着比赛,具体去哪儿她还没有头绪。于是,符音主动给时越发了条消息,道:"越哥,假期去哪儿玩,你想好了吗?"

队友们全都回家了,基地只剩下他们两个。时越见符音发微信,便回复道:"来我房间当面说吧,楼上楼下你还非要微信讨论吗?"

符音道:"已经很晚了,直接去男生的房间似乎不太好。"

时越:"别的男生不行,男朋友可以。"

这句话还真是没毛病。

符音只好收起手机,来到楼下敲开了时越的房门。

时越刚洗完澡,穿着一身白色的睡衣,露出胸前一截蜜色的皮肤。他本来身材就好,刚洗完澡的样子更是性感得没法形容,符音心脏怦怦直跳,知道自己不该盯着他看,但奇怪的是,眼睛就好像黏在他身上一样,根本挪不动。

见她双眼发亮地盯着自己,时越不由得挑眉:"一直看我做什么?"

符音直率地说:"我男朋友长得帅,养眼。"

时越的嘴角微微扬起个笑意,伸出手将她拉到床边坐下。他将笔记本电脑放在膝盖上打开,道:"想在国内玩,还是出国?"

符音道:"这次先在国内,我没办护照,出国会比较麻烦。"

时越说:"这个季节在国内玩的话,也就三亚那边会比较暖和。"

符音道:"那就去三亚吧,正好看看海。"

时越点了点头:"好,行程我来安排,你回头收拾一下行李,我们三天后出发。"

他很快就订好了机票酒店，符音什么都不用管，这个男人办事她一向很放心。只不过她没想到，两人来到机场的时候，居然凑巧遇见好几个时越的粉丝。

　　粉丝们看见两人，非常激动地跑过来找他们要签名：

　　"是越神和音姐！"

　　"越神可不可以给我签个名？"

　　"女神也给我签一个！"

　　时越对粉丝的态度一直很友好，当下就拿了笔在她们递来的本子上签名，符音也跟着签了。粉丝们激动求合影，两人也相当配合地跟大家拍了张合照。

　　上了飞机后，符音心里就有种不太好的预感："她们要是把合照发到微博上怎么办？"

　　时越道："我们是队友，一起出现在机场也没什么。很多选手都在机场被粉丝撞见过。"

　　符音暂时放下心来。然而更巧的是，两人在三亚机场出来的时候，又在大厅里遇到了一批符音的粉丝。几个女生激动地跑过来找符音要签名，合影留念，顺便也找时越要了签名。

　　打车去酒店的路上，符音有些无奈："怎么今天这么巧？上海机场和三亚机场都有我们的粉丝？"

　　时越道："我们刚拿下冠军，现在是人气最旺的时候。不过两个地方都遇见粉丝确实挺巧，他们也没恶意，你不用太介意。"

　　符音并不介意在机场巧遇粉丝这种事，说实话，被那么多人喜欢，她其实有点开心。她担心的是，两人在上海机场、三亚机场都被粉丝撞见，只要有心人一联想，很容易想到他俩是去三亚度假吧！

　　事实证明，网友们的智慧不容小觑。

　　起初是有个博主发了在上海和时越、符音的合影，配上评论道："在机场巧遇目标战队两位大神，要到了签名好开心！"

　　然后又有个女生在微博发了他们在三亚的合照，并且还特意提到了符音："音姐，我们都特别喜欢你，你是我们的女神，支持你哦！旁边的那位越神，也顺便支持一下！"

两条路人发的微博原本只会在微博的海洋中默默沉寂，没想到被死忠粉分享到时颜建的目标战队粉丝群里。

这个群可是2000人满额的大群。

"好羡慕，我也想偶遇男神女神！"分享者也是出于羡慕嫉妒恨的心理，想让粉丝群里的大家也跟着羡慕嫉妒一下，结果，立刻有人分享了另一条微博。

两条微博先后出现，群里讨论的内容很快就开始跑偏——

"看日期，是今天中午有人在上海机场遇见他们，下午又在三亚机场遇见他们？"

"两个人一起去三亚干什么？"

"目标战队要在三亚拍宣传片吗？但是没见羽神和疯子他们啊！"

"羽神昨天发微博说他回老家了，他老家不在三亚。"

"疯子刚才还开直播呢，肯定没去三亚！"

"小源在直播间养他的猫，也没去三亚。"

"所以，越哥和音姐单独去三亚干什么？"

这个问题一提出来，众人立刻察觉到情况不对。

微博上的两张粉丝合照很快就被顶到首页，知道两人去了三亚的人越来越多。

不少人在两人的微博下留言，问他们去三亚做什么，也有人大着胆子问："你俩该不会是在一起了吧！"

"孤男寡女跑去三亚别跟我说是去打游戏！"

"三亚风景不错，你们肯定是去度假的。"

"下次出门记得戴口罩、墨镜，你俩也太不把自己的人气当回事了！"

符音回到酒店时，打开微博，上万条留言的提示让她有些茫然，仔细一看，果然是今天在机场巧遇粉丝的事被人爆了出来。

有些时越的脑残粉心里不高兴，跑去符音微博下面闹：

"希望你们只是队友关系，拒绝队内恋情！"

"你还是好好当你的职业选手吧，越神那么高冷不会喜欢你的！"

"时越这样的男神就适合单着让人崇拜，不管他有什么样的女朋友都觉得很奇怪！"

"你如果只是他的队友，我们可以支持你，但如果想当他女朋友，对不起我们没法接受！"

符音看着这些刷屏消息，微微笑了笑，心想，你们管得还真宽，他谈不谈恋爱关你们什么事？又没给你们交单身保证金。

时越打比赛厉害再加上人长得帅，确实吸引了一大批死忠粉，其中大部分是喜欢他打比赛的理智粉丝，但也有一些喜欢他颜值的"女友粉"，就像那些追星族，看见喜欢的男明星谈恋爱就一拥而上骂人家女朋友一样。

这些粉丝们冲动的言论，符音懒得理会，微博上的评论符音也没去回复。

时越订的度假酒店风景很好，还有私人沙滩。符音很快就收拾了心情，换上一身长裙去海边，时越自然陪着她。

傍晚的夕阳将大海渲染成一片金色，海浪拍打在沙滩上传来有节奏的声音，迎面吹来的风夹杂着海水湿润的气息，符音只觉得心旷神怡，刚才看见微博的不快瞬间被她抛去脑后。

符音沿着沙滩慢慢地散着步，心情愉快地欣赏着眼前的风景。

就在这时，时越突然拉住她的手，符音回过头，疑惑地问："怎么了？"

时越微微笑了笑，道："风景这么好，我们拍一张合照。"

"自拍吗？我不太会。"

"稍等一下。"正好远处有个中年女子带着小孩来到海边，时越走过去，礼貌地请求她帮忙给自己和女朋友拍张合影。

女人接过时越的手机，时越回到符音身边，伸出长臂紧紧地搂住符音的肩膀，示意她靠过来一些。符音有些不好意思，时越干脆将她拉进自己怀里，让她靠着自己的肩膀，道："跟男朋友拍照距离一米远，像话吗？"

符音只好顺着他，微笑着靠在他的肩膀上。

女人连着拍了几张，这才将手机递给时越。没想到这位路人姐姐拍照技术这么好，取景角度堪称完美，还正好抓拍到符音微笑的表情。

时越感激地道："谢谢！"

女人笑道："不客气。"

符音本以为他只是一时兴起合影留念，没想到晚上回去之后，时越居然说要把照片发到微博上。符音忙拦住他："这样不好吧？你一发微博，不就直接公开了吗？"

时越看着她道："我不想让我的女朋友承受那些负面言论。小音，我要让所有人知道，我有多喜欢你，你是我的女神，是我主动想跟你在一起的。"

符音心里微微一暖："我知道就好了。有些粉丝年纪小，太冲动，我不会介意的。"

时越低声道："但我介意。"

他轻轻按住符音的肩膀，目光温柔："他们骂我没关系，但不能骂你。"

符音："……"

时越道："就这样决定了。"

符音拗不过他，只好无奈地配合。

当天晚上八点钟，平时很少在微博露面的时越突然发了条惊呆网友的微博。

微博里是一张唯美的照片，傍晚的海滩，一对情侣并肩站在一起，高大的男生紧紧搂着自己的女朋友，两人的脸上都带着微笑，那种幸福的感觉几乎要从照片里溢出来。

仔细一看就能认出，照片里的人正是时越和符音。更何况，时越直接配了文字："我的女神，谢谢你来到我身边。我喜欢你，也一定会好好珍惜你[比心]。"

这条微博一发出来，评论区瞬间爆炸。

高冷的越神什么时候说过这样肉麻直白的话？看来他真是喜欢极了符音，才会在这时候冒出来给符音正名，护短的态度相当明显。

满屏的狗粮，让无数单身狗泪流满面。他俩不管身高、容貌、性格，甚至是打游戏的技术，都特别般配，堪称天造地设的一对。

符音不知道怎么回复，只好转发了时越的微博，道："你们的男神变成我男朋友了，不服气来SOLO（游戏术语：单挑）。"

众人:"……"

想起她的五杀花木兰,SOLO?单挑?还是算了吧!

谁打得过她啊?

男神只能让给她了好吗?

符音的粉丝都在疯狂给小姐姐打气:

"不愧是女神,拿下了全联盟最高冷的那位!"

"你的男朋友谁敢抢啊,不想活了吗?"

"音姐666,秀恩爱都如此霸气!"

"单挑没问题,我就给你送十个人头!"

微博下的留言画风渐渐变了,大部分都是祝福两位,说他俩很般配的。

符音知道,要是时越今天不站出来,她微博下面那些脑残粉还得继续闹腾。她是不介意,但时越维护她的心却很真诚,尤其是时越的那句话"骂我可以,但骂你不行",真是将她宠到了心尖上。

既然两人已经在一起,那公开又有什么关系?他们又不是见不得人。

然而,符音还没开心多久,结果微信就弹出一条来自爸爸的私聊:"小音,你跟时越谈恋爱了?他不是说,当你是亲妹妹吗?"

糟糕!忘记爸妈也关注了她的微博。

越哥以前作死,当着爸妈的面反复强调她是亲妹妹,这下可不好收拾了吧!

【2】

符音的爸爸符常则自从买了智能手机后便紧跟潮流,学会了玩微信、微博,还经常网购。得知女儿要成为电竞选手,符常则第一时间关注了她,每天睡前都要刷一下闺女的微博,眼睁睁看着她的粉丝数量从几千一路飙到上百万,心里一直很为女儿得意,觉得自家闺女都快变成大明星了。

当然,他也顺手关注了时越,谁叫那小子是女儿战队的队长呢?

这天晚上,他正躺在沙发上刷微博,突然看见时越的微博弹出条新消息:"我的女神,谢谢你来到我身边。我喜欢你,也一定会好好珍惜你

[比心]。"

刚刷到微博时，符常则还以为时越新找了个女朋友，但仔细一看却觉得不对——这照片里的女孩怎么那么像自家闺女呢？

他不敢相信地揉了揉眼睛，再把手机拿近了一瞧，这不正是自家女儿吗？符常则脸色一变，立刻把刘欣兰叫了过来："老婆，你快来看时越发的微博！"

刘欣兰正在厨房洗水果，听到老符语气紧张，立刻放下水果一路小跑过来："怎么了？是不是他们战队出事了？"

"你看看，这照片上的人是不是咱女儿？"符常则将照片指给她看。

"当然是啊！你怎么连自家闺女都不认得了！"刘欣兰白了他一眼，仔细一看微博，立刻瞪大眼睛，"旁边这男的是时越吗？"

"没错。"符常则黑着脸道，"这就是时越微博发出来的照片！"

刘欣兰神色凝重，沉默片刻后才道："从微博的意思看，这是他女朋友？会不会是这女孩正好跟小音长得比较像？这张照片背对着光，脸上也不是看得特别清楚。"

"有可能。"符常则赞同地点点头。

结果，下一刻，两人就被自家闺女打脸。符音亲自转发了时越的这条微博，干脆地写道："你们的男神变成我男朋友了，不服气来SOLO。"

符常则和刘欣兰对视一眼，面面相觑。

良久之后，两个人才回过神来，符常则立刻怒气冲冲拿起手机给符音发微信："小音，你跟时越谈恋爱了？他不是说，当你是亲妹妹吗？"

刘欣兰也拿过手机给女儿发了条微信："你跟时越到底怎么回事？什么时候在一起的！！[怒火]"

坐在床上发微博的符音双手一抖，手机直接掉在了床上。

她一时忘记了爸妈都关注了她的微博，这下倒好，父母全知道了。

时越见她愁眉苦脸，便走过来帮她捡起手机，关心地问道："怎么回事？"

符音指着微信给他看："我爸妈知道了。"

时越想起自己曾信誓旦旦地在符音父母面前保证，当她是亲妹妹,一定会照顾好她。这下倒好,照顾成了女朋友。符音的父母肯定对他很不满意,肯定会觉得,他是个言而无信、吃窝边草的浑蛋。

时越头疼地揉了揉太阳穴,低声安慰道:"没关系,反正迟早要知道。"他轻轻握住符音的手,将符音抱进怀里,声音越发温柔,"你要相信我,我对你是认真的。"

符音微笑着靠在他的怀里:"我当然相信。不过我爸妈那边可能会比较难办,我现在还不到二十岁,他们肯定会觉得是你骗了我,把我拐走,谁叫你当初一直说我是亲妹妹,我爸可不会轻饶你!"

亲妹妹?他那时候是不是脑子进了水?怎么会说出这样不过大脑的话?时越尴尬地咳嗽一声,深深体会到"自作孽,不可活"的真理。

两人拥抱了片刻,时越终于想出个办法,低声问符音:"不如等这次旅行结束后,我去你家正式拜访一下你父母?"

符音立刻摇头:"这太早了吧?"

一般来说双方在确定要结婚的情况下才会正式登门拜访父母。谈恋爱阶段很少有人把对方带回家,万一谈到一半分手了那多尴尬!符音虽然认定了时越,可她还不确定两人到底能走多远。倒是时越一脸严肃地说:"反正我们已经确定了关系,你父母既然都知道了,我也该去解释清楚。"

符音正纠结,结果下一刻,他就低头亲了亲她的嘴唇,柔声说道:"怎么?你对我不够放心?还是觉得我们走不到最后?"

两人刚在一起,她的心里没底也很正常。况且她暗恋男神这么久,终于得到他的垂青,总会有种"做梦"一样的不真实感。

时越看出了她的顾虑,低声道:"你要是觉得不够放心,不如我们更进一步?"

符音怔了怔:"什么意思?"

时越轻咳一声,不好意思地移开视线,摸摸鼻子道:"我把自己交给你?"

符音想了半天才明白他的意思,差点笑出声来。

越神这话说得也够有技巧的,一般男人会说"把你交给我",他这倒好,居然反过来要把自己交给符音。

虽然做这么亲密的事让符音有些羞耻,但更多的还是期待,毕竟这是她喜欢了很久的男神。而且海边的度假酒店环境这么好，他订的还是情侣套房，不做点什么，似乎太浪费这里浪漫的气氛。

时越去洗澡，符音心里打定主意，拿起手机给爸妈发条消息："我跟越哥确实在一起了，过几天带他回来拜见爸妈！"

符常则怒道："你别犯傻，他当你是妹妹，根本不喜欢你。"

刘欣兰也开始苦口婆心地劝说："不要勉强一个不爱你的男人，这样的感情不会幸福的，女儿你可别冲动啊！还单独跟他去旅行，谁知道他安的什么心！"

符常则："他是不是觉得你好骗，在玩弄你？"

刘欣兰："你赶紧回来，年纪轻轻的不要做傻事！"

想到父母心里把时越和"欺骗感情的王八蛋"画上了等号，符音就忍不住想笑。

她看上的男人才不是那种玩弄感情的家伙。时越的性格很坚决，不喜欢的女生就算追他追得再狠也无法打动他一分一毫，他肯和她在一起，自然是喜欢她的。平时他对她的关心和照顾，每次亲吻她时的温柔，都不是能装出来的。

她很确定这就是她要找的人。至于父母那边，她相信总能理解。

符音果断发消息道："我是那种会被人骗的笨蛋吗？爸妈放心吧，我心里有数！"

放下手机后，听到浴室里传来哗哗的水声，符音想到接下来可能会发生的事，心跳突然有些加速。她踩着拖鞋放轻脚步来到浴室门口，隔着磨砂玻璃，依稀可以看见在洗澡的男人修长健硕的身材。

正瞧着，门突然打开了，洗完澡的时越轻轻将她拉进了怀里。

听着他胸口剧烈的心跳声，符音知道男神其实也有些紧张，但她心里更确定的是，他是她从年少时就认定的那个人，跟他更亲密一些，她一点都不反感。

在时越的吻落下来的那一刻，符音的睫毛微微一颤，最终红着脸闭上了眼睛。

【3】

次日，符音一直睡到中午才醒，昨晚被折腾得太狠，起来的时候还浑身酸痛。

时越倒是一脸的神清气爽，叫了客房服务，买来她爱吃的芝士大虾和各种精致糕点。

美味的食物让符音恢复了一些力气，但她还是懒洋洋地不想出门，两人决定窝在房间看电影。时越一直抱着她，轻轻地给她按摩，符音舒服极了，眯着眼睛靠在男神怀里。

正看到精彩处，时越的手机突然响了，是时颜的电话："哥，你发的那条微博被转发了十几万，爸妈都知道啦！他们夸你眼光真好，小音小时候来我家，妈还说过想认她当干女儿呢，结果这下倒好，变儿媳妇了！"

符音窝在他怀里，把时颜的话听了个清清楚楚。

她记得时越的妈妈是个很有气质的女人，小时候她经常跟时颜一起练琴，时妈妈每次给时颜买礼物也会给她买一份，当然，她也常给他们家送一些水果，两家人的关系一直很要好，这么看来，以后的婆媳关系应该不用发愁。

符音脑袋里在想什么，时越大概能猜到，轻轻吻了吻她的额头，道："放心，我爸妈都很喜欢你。"

符音皱着眉："那我爸妈不喜欢你怎么办？你想好对策了吗？"

时越道："兵来将挡，水来土掩。"

拿着手机听到他俩对话的时颜用力地咳嗽一声，道："哥，好歹我给你打电话通风报信，你别急着给小音汇报情况，理我一句行吗？"

时越淡淡道："嗯，知道了，跟爸妈说，时机成熟的时候我会带小音回去。"

时颜兴奋地说："好！那以后我是不是要叫小音'嫂子'？"

符音接过手机道："你别这么叫，我不习惯，还是叫名字吧。"

时颜仗义道："以后我就是你的后盾，我哥要是敢欺负你我绝对站你这边，帮你出气！"

符音微笑着道："他对我很好，你还是多操心自己的事。"

时颜立刻心虚起来："我八字还没一撇呢。咳，就这样，你俩好好旅游，我先挂了！"

等时颜挂掉电话，时越才疑惑地道："颜颜她有情况？"

符音语气平静地道:"没,我说的是她申请奖学金的事。"

时越也没怀疑,淡淡道:"这个疯丫头,真该有人来收了她。"

符音轻笑:"恐怕到时候她真的找了男朋友,你会对妹夫各种不满意。"

时越挑眉:"那当然,颜颜脑子一根筋,没什么心眼,容易被骗,我肯定要帮她好好把把关。"

远在上海的陆青羽突然打了个大大的喷嚏。

度假结束后,时越和符音一起回到南京,正式去拜访她的父母。时越特意从网上查好攻略,买了一大堆礼物上门。

符常则和刘欣兰见两人一起出现,脸色都不太好看,但表面上还是客气地将他请进屋。

符音将行李箱放回卧室,来到客厅时就听时越很直接地道:"叔叔阿姨,我跟小音已经在一起了,请放心,我一定会好好照顾她。"

越哥说话从来不爱拐弯抹角,但也不用这么直接的吧?符音顿时头痛欲裂,立刻躲回房间开着门缝仔细听外面的动静,准备随时冲出去救人。

果然,符常则一听这话就暴跳如雷:"什么叫已经在一起了?你的话到底有多少可信度?之前还说把我们家小音当妹妹,这还不到一年,又变成女朋友了,你到底怎么想的?"

刘欣兰紧跟着道:"你们俩从小一起长大,我放心让小音跟着你去打比赛就是因为你说你当她是妹妹,会好好照顾她!我以为你们是单纯的兄妹情,你会把她跟颜颜一样看待。结果呢?你现在又说她是你女朋友,还带她单独去旅行,你这样让我们怎么相信你的诚意?"

刘欣兰顿了顿,又语重心长地劝道:"时越,我也是看着你长大的,你如果只想随便交个女朋友试试谈恋爱的感觉,我劝你还是别招惹我女儿。我家小音她就是个死脑筋,万一将来有一天,你不想跟她继续了,她会很难过的。"

符常则严肃地道:"时越你听着,你要是敢欺负我闺女,我第一个不放过你!别以为我跟你爸是老朋友,我就要给你留面子!"

眼看父母的怒火快要收不住,符音立刻从卧室出来,想上前去帮忙解围。

　　结果下一刻，她就听见了时越低沉、认真的声音，一字一句地说道："叔叔，阿姨，让你们误会是我的错。我以为她是颜颜的好朋友，我就该把她当成妹妹看待。但后来，我们一起打比赛，经历了那么多事，我才发现，其实我很喜欢她，除了她，别的女生我都看不上眼。我认定了小音，她就是我要找的女孩，她就是我想一辈子珍惜、爱护的人。"

　　符音停下脚步，眼眶突然间有些发热。

　　时越朝着两位长辈深深地鞠了一躬，用坚定的语气道："我可以保证，我绝对不会让她受一丝委屈，请叔叔阿姨同意我们交往。"

　　符常则和刘欣兰面面相觑。

　　两人本来一肚子火气，想好好训一顿时越。尤其是符常则，总觉得时越这浑蛋小子是在忽悠自家女儿。但是今天，时越的态度真的无可挑剔，他眼神中的坚定，让符常则很难再怀疑他的决心。

　　刘欣兰见他一直弯腰鞠躬，心也渐渐软了。她想起时越年少时一直是一个品学兼优的好孩子，她还经常拿时越给符常做榜样说"你看看隔壁家的时越成绩多好"，她看着时越长大，自然也知道时越为人正直，不是那种花花公子，再加上时越的保证，她也不好继续反对。

　　夫妻两个对视了一眼，态度终于缓和不少。

　　符常则道："既然你这么说，我再反对的话倒成了我蛮不讲理。"

　　刘欣兰也道："你们年轻人感情的事，我们做父母的也不好干涉太多，但我还是提醒你一句，不要把恋爱当成儿戏，你俩现在好歹也是微博粉丝上百万的公众人物了，做事要好好考虑一下后果。"

　　符常则点头："没错。小音才二十岁，你对她到底是不是认真的现在还不好说，想得到我们的认可，还要看你今后的表现。"

　　时越立刻说道："叔叔放心，我一定好好表现。"

　　在旁边听完全部对话的符音心里又酸又暖。她知道父母是太疼爱她，担心她找的男朋友靠不住，才会对时越如此挑剔严苛。但时越的坚定，还是让她的心里泛起一丝暖意，因为她很确定，她选他，没有选错。

　　见客厅内气氛缓和，符音整理好表情出来，微笑着道："这是干什么呢？爸、妈，就让客人一直站着给你们鞠躬啊？"

　　女儿一提醒，两人这才发现，时越居然一直保持着"鞠躬"的姿势,以及"向上级汇报情况"的端正态度。

这模样倒是把刘欣兰给逗笑了,忙招招手道:"快坐吧,刚才气得头疼,茶都忘了倒。"

时越不敢坐,回头看符音,似乎是在请示她的意见。

符音点了点头,指指沙发,他这才走过去坐下,只不过,坐的姿势非常端正挺拔,就跟听领导讲话一样目不斜视。

符常则都有些看不过去了——这时越是有多怕他们两口子啊?他俩又不会动手揍人。

符音走到他旁边,趁着父母去端水果,轻轻伸手捏了捏他的掌心,时越紧绷的神经这才放松了些。符音凑到他耳边,玩笑道:"堂堂越神居然这么怕我爸妈?看你紧张得额头都冒汗了。"

时越轻咳一声,凑在她耳边道:"不是怕,这是对未来岳父岳母的敬畏。"

"谁是你岳父岳母了!"符音脸颊发烫,心虚地移开视线。

时越严肃地看着她:"我不是把自己交给你了吗?难道你想不负责任?"

符音无语:"你这是赖上我的意思啊?"

时越的嘴角微微扬起,压低声音在她耳边说:"没错,我只要你,你可不能变心。"

符音忍着笑道:"那要看你的表现。"

父母端着果盘出来,两人立刻正襟危坐,摆出一副学生听课的严肃姿态。

刘欣兰其实在厨房看见了他们说悄悄话的场景,符音笑得很开心,时越一向冷漠的脸上也难得露出了温柔的神色,两个人相视微笑的默契似乎没有任何人能够插足。刘欣兰的心瞬间放下大半,别的可以骗人,但时越看向符音时那种不由自主流露出的温柔、爱慕的眼神,绝对骗不了人。

晚饭由时越做东,请符音一家人吃了顿海鲜大餐,然后他就坐当晚的高铁回了上海的家。

【4】

两人分隔两地,休假期变得格外漫长。好在现在网络方便,每天都可以视频,而且晚上还能一起开黑直播。

时越和符音一起开直播的那天,鲸鱼平台的直播间在线人数创下了历史纪录,很多粉丝和看热闹的路人涌入直播间,纷纷八卦两人是不是情侣关系,还有粉丝不断刷屏问时越:"越神你的微博什么意思?你跟音符女神真的在一起了?"

"你是队长,和队员谈恋爱这不会影响战队的成绩吗?"

"就这么公开,你们教练没意见?"

时越淡淡地道:"我跟小音确实在一起,我们都是很有主见的人,私人感情并不会影响到比赛。相反,我们互相了解,以后的配合只会更加默契。"

符音的直播间却是另一种画风:

"音姐说她拿下了男神,谁不服来和她SOLO,不知道你们服不服,反正我是服气的!"

"女神就是威武霸气!"

"偷偷问一句,越哥在你面前还是那么高冷臭屁吗?"

"他肯定不会说甜言蜜语,不会哄女生欢心!"

符音笑着说:"你们别好奇了,其实我俩除开电竞选手的身份,也不过是很普通的一对情侣而已!越哥是有一些小毛病,但他在我眼里,就是最好的男朋友。"

被狗粮塞得胃疼是什么感觉?

这还不够,接下来,时越和符音双排打游戏那才叫狗粮满天飞。

符音的上单本来就能吊打对面,时越的打野又动不动跑去帮上路,基本上每一局都是不到6分钟对面上路直接被打爆,两人还互相让人头、让资源,粉丝们纷纷表示:谁来给我一个这样的男/女朋友一起双排啊?

排位的过程中,一旦遇到熟悉的职业选手,大家都会很默契地在公屏打字:"对面的夫妻档,求放过!"

时越和符音在一起的消息,成了整个休假期最热门的话题,大部分人觉得他俩郎才女貌十分般配,哪怕是时越的脑残粉也不得不服,甚至觉得,除了符音,也没别的女生能配得上男神。只不过,偶尔也有些极端分子冷眼看好戏,甚至四处嘲讽"秀恩爱死得快""看他俩能坚持多久""为了名气炒作而已,真情还是假意谁知道呢"。

在各种祝福和非议中，新的赛季开幕了。

开赛前的采访，记者们对战队的阵容调整、战术准备并不关心，反倒是集中火力开始炮轰时越和符音：

"越神，你和队员确定恋爱关系，会不会影响到打比赛时的心态？"

"比赛场上，作为男朋友，你会不会优先去保护符音？"

"符音，有一些网友说你是为了吸引越神才来打比赛，对此你有什么想解释的吗？"

时越对此早有心理准备，回答很坚定："恋爱是恋爱，比赛是比赛。比赛阶段我首先是AIM的队长和指挥，其次才是她男朋友，我的决定很可能影响整场比赛的结果，这一点我很清楚。比赛场上，我绝对不会感情用事。"

符音也很坦然："成为职业选手，是因为我喜欢打比赛，我觉得跟队友一起打比赛的感觉特别热血。我认识这款游戏是因为越哥，但我来打比赛却不是为了他，而是为了自己，为了整个目标战队。"

两人的回答虽然安抚了大部分担心战队成绩的粉丝，但也有很多人觉得这些都只是官方话。旁边坐着喜欢的人，打比赛的时候偏心一点让资源很正常，而且一般的男人看自己女朋友被杀，热血上头去报仇也很正常。他俩真的能做到完全理智对待吗？很多人心中存疑，就连队友们其实也有些担心。

原本大家以为时越和符音既然是情侣，在战队秀恩爱的画面会很常见，陆青羽、刘思源、叶枫等人都做好了被闪瞎眼的准备。但没想到，新的赛季一开始，两人就跟以前一样立刻进入了备战状态。

平时在战队，时越和符音都很默契地不提一句私事，也没有暧昧的眼神交流，坦坦荡荡得就像是一对很普通的队友。

显然，两人都拎得清私人感情和战队大局，这让教练肖明轩放心不少。

AIM战队作为上赛季的冠军，这个赛季自然遭到了全联盟的针对。很多战队都在研究他们的战术和思路，好在有肖明轩这个"老狐狸"的存在，AIM的战术永远摸不透。

刘思源、叶枫和符音在上个赛季还处于转型期。经过一个赛季的磨炼，三位新人的技术水平和心理素质都提升不少，这对AIM战队来说绝对是如虎添翼。

上个赛季，越神、羽神两个一流高手带着三个有天赋的队友，历经波折，有惊无险地拿下了冠军。

这个赛季的AIM则更加可怕——那可是五个一流高手组成的梦之队！

常规赛开赛之初，AIM战队饱受争议。

结果，第一场比赛就狠狠打了那些质疑者的脸。

符音和时越不但没有掉链子，反而用无比默契的配合在野区2V2打死了对面两人。

时越根本没有粉丝们所担心的"特意去关照符音"的表现，他的全局把握能力依旧很强，上路、中路、下路灵活游走带节奏，羽神和疯子、小源的支援速度也是极快，后期对面抱团盯着符音打，时越也不会单独去帮符音，而是直接放掉上路，打崩中下两路。

男朋友不来帮，符音也毫不介意，自己玩自己的。她的战士还是那么溜，被对面三个人追着打都能坚持好久，也正是符音吸引了对面的注意，结果中路、下路打通关，AIM战队在第15分钟就快速拿下比赛。

经此一役，粉丝们的心彻底放下了。

比赛结束后，时越在微博上说了一句话："在赛场上，她不是需要我去关照的女朋友，而是我最强力的队友。"

一句话，足以看出他对符音的信任。

在赛场上，他并不需要关照符音，因为，如今的符音已经足够强大。

强大到可以和他并肩而战。

即便外界诸多质疑，AIM战队还是以东部赛区总积分第一的成绩进入到季后赛。

季后赛阶段，AIM战队在教练的率领下很快就适应了版本，调整好阵容。五位默契的队友势不可当地一路杀进总决赛，再次拿下总冠军！

粉丝们的呐喊声早已将他们淹没，时越和符音这对公开的情侣也并没有太多暧昧的动作，只是一个对视，相视微笑，然后就和队友们一起，共同举起了冠军奖杯。

这是AIM战队的第二个冠军。

从那以后，AIM战队成了KPL的传奇性队伍，在时越担任队长的两年时间里，一次秋季赛的冠军，一次春季赛冠军，再加一次秋季赛亚军和一次春季赛的季军，可以说是把冠、亚、季军都拿了个遍，成了真正的人生赢家。

率领队友连续征战四个赛季后，时越宣布退役，符音也同时退役，队长交给了陆青羽。

两人似乎有意回归到平淡的生活，网上关于他们的消息渐渐地减少。

有人说，符音退役后回校读书，校园里，经常能看见她背着书包骑着单车去图书馆上自习的身影，素净的一张脸上总是洋溢着自信的笑容。

周末的时候会有个帅气的男生来接她，两人手牵手在校园里散步，甜蜜得让人嫉妒——那人正是曾经的AIM队长时越。

两人渐渐淡出KPL，联盟又涌现了无数表现突出的选手。

可是，很多人依然无法忘记，在那个赛季，有一个叫时越的人，以王者归来的姿态，打出一局又一局经典的对决，将无数强势打野英雄送上Ban位。还有个叫符音的女选手，打法果断凌厉，性格坚定冷静，他们是一对默契十足的情侣。

后来他们一起退役回到学校，但关于他们的故事，一直在联盟流传，经久不息。

番外二/重返校园

符音退役后便回到了学校,当时跟她同级的同学们都已经大三了,她要从大一下学期开始重新上课,辅导老师担心她不适应,还把她叫过去做心理辅导。

然而一见到符音,老师就知道自己的担心是多余的。

这个女孩还是跟记忆中一样,面带微笑,明亮的眼中满是自信。

记得当初她办理休学手续时也是这样自信地看着老师,认真地说,她要去打比赛,不想错过这个难得的机会。学校经过仔细讨论和调查,同意了她的休学申请。这两年,辅导老师闲下来也会关注符音的情况,据说她现在已经是个粉丝破百万的小红人,还拿了冠军。

休学期一满,她就按时回学校报到。比起当初那个青涩的女孩,面前的符音看上去成熟了许多,经历过大赛的洗礼,如今的她显得更加冷静从容。

老师欣慰地道:"符音,你还挺厉害的,听说你拿了联赛冠军?"

符音微微一笑,说:"是我的队友都很强。比赛已经全部打完了,老师放心吧,我既然回学校读书,以后就会以学生的身份,做好自己该做的事,把重心放在学业上。"

老师见她神色坦然,总算放下心来,把"复学通知"递给她,道:"我相信你一定能做好。接下来的三年就好好加油吧,以你的聪明,顺利毕业肯定不成问题。你的宿舍学校也重新分配了,跟新舍友们要尽快熟悉起来,遇到任何困难欢迎随时找我。"

符音接过通知,礼貌地鞠躬:"谢谢老师!"

正式复学的那天,时越亲自过来帮符音搬东西。

符音的几个新舍友看见他眼睛几乎要冒光,纷纷表示:"音姐的男朋友真帅啊!"

"听说音姐是休学打比赛去了？这位就是越神吗？"

"越神你好，我弟弟是你的死忠粉！"

时越对三位舍友也很客气："你们好。"

收拾完东西，晚上时越还特意请符音和三位舍友一起出去吃饭，对几位女生道："小音刚复学可能不太习惯，大家多多关照。"

他给三个女生每人送了个蓝Buff毛绒玩偶，让大家多照顾符音。

舍友们都觉得这样的男朋友太贴心了，非常羡慕符音。

符音比她们早入学两年，算是师姐，所以几个新舍友对符音的态度都挺敬重的，毕竟她现在可是法语学院的传奇人物。

吃过饭后，三位舍友先回了宿舍，时越则牵着符音在学校外面的街上散步，他的手指握得特别紧。符音回头看着他说："你也要回去上学，还没做好心理建设呢？"

时越皱眉："以前住在基地每天都能看见你，现在要分开了，能习惯吗？"

符音拍拍他的肩："慢慢就能习惯。"

"我不想习惯。"时越转身抱住她不肯放手。

符音无奈："刚刚退役，你就抛弃了高冷男神的人设啊？"

时越淡淡道："在你面前我高冷不起来。"

符音轻笑出声，最后还是心软了，踮起脚主动亲了他一下，柔声道："暂时分开而已，你也在上海，我们周末有空了随时可以见面。"

时越心里这才舒服了些，轻轻揉揉她的头发："那我走了，你好好照顾自己。"

以前每天都能见到对方，并肩坐在一起打比赛，如今各自回校，刚分开确实会很想他，但符音很快就转移了注意力，把心思放在学业上。

她当初休学之前基础打得好，大一上半年还以年级前三的成绩拿了奖学金，如今复学后，跟着大一的同学继续上课，学过的知识她没有忘记，复习一下很快就跟上了进度。

班里的同学知道她的情况，都挺佩服她。

女生们觉得音姐帅爆了，居然拿过KPL的总冠军，还连拿两届。

男生们私下更是把符音师姐叫"女神"，对她的男朋友羡慕嫉妒恨。

符音脾气好，情商又高，很快就和新的同学们打成一片，平时一起背单词、练法语，她也结交了不少新的朋友。有时候闲下来，班里的男生还会厚着脸皮找她：

"音姐求带排位啊！"

"女神带我上王者好不好？改天请你吃饭！"

符音要是闲着有时间，也不介意带带他们。班里男生们的平均水平在符音的指导下明显提高，和其他班的人打友谊赛，赢得很漂亮，特有面子。

符音在学校的王者圈成了小红人。

只不过，她很少再开游戏直播。

对她来说，打着游戏、为冠军拼搏的时光已经过去了，现在的她，不再是KPL用花木兰霸气拿五杀的符音女神，而是学校里一个很普通的学生。她不想再被游戏圈所干扰，她更想远离那些喧嚣安心地读书，努力完成学业，实现自己的另一个梦想。

——她要当一名出色的翻译，这是她从小就埋在心里的愿望。

有人问符音，为什么不改行当主播呢，当女主播也挺赚钱的不是吗？

符音说，一个游戏不能玩一辈子。在最好的年华，她和喜欢的人有过这样一段荡气回肠的经历，就已经足够了。她想回归平淡，和心爱的人在一起，不受外界的纷扰，安安稳稳地享受一段自在、平静的生活。

这样的想法，正好和时越不谋而合。

于是每次到了周末，同学们都会看见一个熟悉的帅哥出现在校园里。

时越周六到符音的学校报到已经成了习惯，没过几周，符音的同班同学都认识时越了，不少女生还开玩笑说："要是能转学，我估计越哥会直接转到我们学校。"男生们也跟他混熟了，还和越哥打过几场篮球。

回归学生的身份后，时越没有再开自己的那辆路虎越野车，而是入乡随俗地买了辆自行车，停放在符音的宿舍楼下，每到周末，他就骑自行车载着符音去教室上自习。

符音坐在他的单车后面，抱着他的腰，开心地笑弯了眼睛。

还记得年少时第一次坐在他单车后排,她第一次尝到心动的滋味。如今长大成年,再次坐在他单车后面,两人却已经心意相通,成了同学们眼里最恩爱的情侣。

大学校园这样单纯的环境,让两人的心也跟着静了下来。

平时各顾各的上课,周末时越过来和符音一起上自习,讨论的话题再和游戏无关,反而是学业、考试,以及对将来的规划。

电竞选手不能当一辈子,他们对自己的未来也都有清晰的认识。

时越家里的生意做得很大,但他对经商没太多兴趣,他当初考的是理工科,从小就喜欢数理化,他打算毕业后先考研,争取留校,将来往科研的方向发展。符音从小就梦想着将来当个翻译,最好能做同声传译,她也一直在为学好外语而努力。

两个人美好的爱情看上去特别让人羡慕,每次在学校看见他们,时越总是牵着符音的手,两个人凑在一起聊天,偶尔相视微笑,外人根本就无法插足。

他们从以前的每天一起打排位,变成了现在的每周末一起上自习。

虽然时越的一大堆物理公式符音根本看不懂,符音的法语单词时越也不认识,可两个人坐在一起看书,光是有对方在身边,感觉到对方的气息,心里就会很安宁。

当初的他们,一起为了拿下KPL的总冠军并肩奋战。

如今,他们也会继续为自己的将来一起努力。

时越从小就是个学霸,时隔多年返校后,期末考试直接拿下年级第一名的好成绩,越哥依旧是她从小就佩服的越哥,不管做什么都比别人优秀。

符音虽然不是学霸,但她特别勤奋,以前制定的学习计划表如今又派上了用场,每天早上七点起床背单词,晚上就多看一些文章培养自己的语感,一个学期结束后,她再次凭借自身的努力考进年级前三。

两人在学业上也给自己交了一份满意的答卷。

放假那天,时越过来接她,想趁着假期带她出去旅行。结果这丫头居然报了个培训班,时越简直无奈:"好不容易放假,你还跑去学什么?"

符音认真地说:"我们外语专业都得学第二语种,我基础不好,所以要笨鸟先飞,趁假期多补补课。越哥,这次我就不陪你了,对不起,以后一定补偿你。"

时越挑眉:"怎么补偿?"

符音挠着头想了想,道:"要不等我毕业了,我请你去旅行?"

时越把这句话记在心里,想着,不如干脆让她多欠一些债,到时候再好好地讨回来,让她陪自己来一次浪漫的新婚旅行?

打定主意的时越开始了精心的准备。

符音大学毕业的那天,做好准备的时越准时来到学校。

符音正在宿舍楼下和同学们一起合影留念,就在这时,一辆熟悉的黑色越野车开了过来。

一个穿着西裤和衬衫的男人,推开车门走下来。

男人身材修长,容貌英俊得就像是电影明星,他的手里捧着一束鲜艳的玫瑰,在众目睽睽之下款步走到符音的面前,单膝下跪。

符音班里的同学都认识他,看见这一幕场景,大家立刻哄尖叫。

看着单膝跪在面前的男人熟悉的脸,符音只觉得大脑一片空白。

时越抬头看向穿着学士服的她,目光格外温柔。他将手中的鲜花递到她面前,低声道:"小音,终于等到你毕业了,你愿意,嫁给我吗?"

鲜花的中间簇拥着一个精致的首饰盒,盒子被打开,硕大的钻戒在阳光的照射下闪闪发光。

那是他按照她的尺寸专门订制的一枚戒指,全世界独一无二。

早就想给她了,只是最开始忙着比赛,后来她又回校上学,一直找不到合适的机会。如今,她顺利毕业,在毕业的这天,最有纪念意义的时刻,他当着她所有同学的面公开求婚,只是想告诉她,他的心里早已认定了她,以后的人生,他希望能陪着她一起过。

周围同学们的尖叫声、掌声,还有起哄声,让符音的脸颊微微发烫,她本就皮肤白,脸颊泛起一丝淡淡的红晕,看上去格外漂亮。

但她的目光很坦然坚定,毫不犹豫地从他手中接过了玫瑰。

她和时越之间,不需要多么盛大的仪式,也不需要什么浪漫的场面。其实,不管在哪里,只要他问"你愿不愿意嫁给我",她一定会毫不犹豫地回答："我愿意"。

她的心里早就认定了他,她知道时越也是同样。

他们之间的默契无人能及,往往一个眼神、一个动作,就能知道对方在想什么。

符音单手将时越扶了起来。

时越立刻把戒指戴在她手上,在周围同学的掌声中,紧紧地拥抱住她。

大学时代结束,属于他们的新生活,才真正开始。

番外三/婚礼

这天晚上,时越的微博突然晒出一张照片,是两个人分别戴着情侣对戒手指轻轻握在一起的照片,照片配了段文字:"我最爱的女神,以后就让我陪在你身边,好好地守护你。"

符音转发了微博,道:"我的男神,余生请多关照。"

两人的微博立刻炸出无数粉丝,大家都纷纷表示恭喜。留言也瞬间刷了上万条,他们虽然退役了,可影响力依旧惊人。

"越哥你行动真慢,早该求婚了好吗?"

"你俩恩爱这么多年,我都盼着你俩生宝宝呢!"

"男神女神要结婚,突然有些感动!能遇到这样懂自己的爱人,你们一定会很幸福的!"

联盟的很多好友转发祝福,当然,符音的爸爸也第一时间打来了电话,道:"那小子跟你求婚,你这么快就答应了啊?"

符音道:"爸爸放心,这几年他从来没欺负过我,相信有您在,以后他也不敢!"

想起当年时越来家里拜访时端正的坐姿,刘欣兰就忍不住想笑:"我觉得女儿这话说得对,时越这几年表现还不错,逢年过节每次都来拜访,比上班还准时。对你又特别尊敬,你也别这么苛刻!既然小音喜欢,我们做长辈的就不要干涉了。"

丈母娘看女婿越看越顺眼,刘欣兰看时越就是如此——长得帅,对小音体贴温柔,而且很有担当,一看就靠谱。

符常则虽然很不乐意,但女儿都接了求婚戒指,他现在反对都来不及了。

婚礼定在联盟休假期,因为很多当年打比赛的老朋友要来参加。

明神、茹姐、陆青羽、叶枫、小源这些老队友自然不会缺席,每人都包了个大红包给两位新人；毅哥、林洛然，还有幻月、老鬼、南柯、冰雨等等KPL的大神选手们居然也全来了，大家表示要给符音妹子撑腰，以后时越敢欺负她，全联盟联手揍他。

婚礼的现场布置得很有特色，两人都是职业选手，因为游戏而走在了一起，所以在布置宴会大厅时有不少游戏相关的元素，比如门口和人一样高的红Buff、蓝Buff布偶娃娃，以及两人的本命英雄李白、花木兰的手办等等，这些熟悉的游戏元素，让前来参加婚宴的老朋友们都觉得格外亲切。

中午十二点整，随着音乐响起，穿着洁白婚纱的符音，顺着铺满鲜花的走廊走了过来。

符常则挽着女儿，十分不舍。

可最终，在时越单膝跪在符音面前时，他还是忍耐着不舍将女儿的手交给了这个男人："小音是我的宝贝，她嫁给你，希望你善待她。"

时越很坚定地保证："爸爸放心，我会让小音幸福。"

符音转身拥抱了父亲，然后就挽着时越的手臂，转身走向了主舞台。

她今天穿的是大拖尾婚纱，走起路来气场十足，头发盘起来，头顶还戴着一个水晶王冠，完全就是女王风范。时越今天穿一身剪裁合适的西装，身材挺拔修长，雪白的衬衫将他的一张脸衬托得越发英俊，两人手牵着手站在舞台上时，真是郎才女貌，格外般配。

符音的妈妈坐在台下笑得很开心，凑到符常则耳边道："你看他俩多配，女儿能找个喜欢的人嫁了，你也别难过。"

符常则揉揉酸涩的眼睛："我才不难过。"

养了这么大的闺女嫁给别的男人，身为父亲舍不得很正常，他只希望时越能够照顾好女儿，别让女儿受委屈。

舞台上，主持人严肃地问："时越先生，你愿意娶符音女士为妻，从此爱护她、珍惜她、尊重她，不论贫穷富有、健康疾病，都对她不离不弃，相伴到老吗？"

时越接过话筒，朗声道："我愿意！"

他的声音平静而坚定，响彻了整个婚礼现场，像是在表达自己的决心。

主持人又问符音:"符音女士,你愿意嫁给时越先生,从此爱护他、珍惜他、尊重他,不论贫穷富有、健康疾病,都对他不离不弃,相伴到老吗?"

符音微笑着说:"我愿意。"

她的声音清脆,掷地有声,毫不犹豫。

年少时的她,曾经做过很多次梦,梦见越哥牵着她的手走进结婚的礼堂,梦醒之后觉得自己不知羞耻,红了脸的同时,又心跳如鼓,想着,万一哪天能实现呢?

如今,真的实现了。

她偷偷喜欢很多年的男人,牵着她的手,在亲朋好友的面前说:我愿意娶她为妻。

或许,这就是人生中最幸福的时刻吧?

符音笑弯了眼睛,就连一向冷静的时越,也难得全程保持着微笑。

主婚人道:"请两位交换结婚戒指!"

两人曾经并肩拿下过两次KPL职业联赛的冠军戒指,时越当初也曾和符音交换冠军戒指,如今拿起婚戒,套在彼此的手指上,就像是把对方永远地绑在了身边。

主持人道:"下面我宣布,符音女士和时越先生,正式结为合法夫妻!"

台下掌声雷动,不少老朋友激动地站起来为他们鼓掌。

主持人道:"两位还有什么想对彼此说的吗?"

时越接过话筒,用温柔又低沉的声音说:"小音,从今天开始你就是我的妻子,以后我绝对不会欺负你,我会用尽全力爱你、守护你,请在场的所有亲友做证。"

符音微笑着从他手里接过话筒:"我也不会欺负你的,我们以后就彼此敬重,最好不要吵架。万一不小心吵起来,中路直接单挑,谁输谁洗碗,怎么样?"

时越轻笑:"我单挑肯定打不过你,以后要是吵架,直接判你赢。"

全场哄堂大笑。

很难想象这对夫妻真的吵架单挑,会是什么样的画面,估计越哥会认尿,站在原地不动让符音砍个七八回消气吧?
  台下很多人趁机起哄:"亲一个!亲一个!"
  主婚人也道:"新郎可以亲吻新娘,别漏了这个重要的环节啊!"
  时越低头看向符音,符音仰起头也看着时越。
  绚丽的灯光下,他们目光相对,眼中只有彼此。
  时越凑过来,轻轻吻住符音,符音也很大方地回抱住他。
  坐在台下的单身狗们,纷纷表示,待会儿不用吃酒席,狗粮已经吃饱。

  由于大学期间,符音欠了时越很多次旅行,所以这次的新婚旅行,时越直接抽出来整整一个月的时间,带着符音四处游玩。
  两人的足迹遍布大江南北,偶尔有粉丝认出他们,请求合影,两人也欣然同意,只是希望粉丝别把照片发到网上,他们更想低调地过二人世界。
  关于孩子的问题两人也都达成共识,符音现在还很年轻,时越也没有做好当父亲的准备,他们打算享受二人世界,先以事业为重,等过两年做好准备后再迎接一个小生命。

  多年以后,很多老玩家都会跟刚入电竞圈的新人提起,曾经有个叫AIM目标的战队,队长是个高冷男神,天赋突出,玩刺客英雄特别厉害;战队还有一位玩战士的女选手,不但人长得漂亮,打比赛也很强,曾经还用花木兰拿过五杀。
  那段热血洋溢的时光,两个人一起并肩作战,创下过多次连胜的奇迹和数不清的经典对局。后来,男神和女神携手退役,并且结为了夫妻,成了电竞圈的传奇性人物。
  ——真是让人羡慕的一对神仙眷侣啊!
  生活终将归于平淡。
  但时越和符音携手度过的那段时光,依旧是很多人心里,最珍贵的回忆。

番外四/师徒情深

【1】

联盟一放假，陆青羽就回了老家。以前担任GT战队队长的时候，每年的休假期他都要召集队友抓紧时间训练，力求下个赛季不再为保级发愁，但这次不一样，拿着冠军戒指回到家里，他肩上的压力明显小了许多，每天可以睡到自然醒，想做什么就做什么。

这天晚上躺在床上正无聊，他突然收到时颜发来的消息："师父在干什么呢？"

陆青羽："在床上躺着。"

时颜："别躺了，来游戏带带我啊！"

陆青羽："你不是已经升到钻石，实现梦想了吗？"

时颜："不，我有了一个更大的梦想——我要打上王者！"

陆青羽差点笑出声来，他想起当初那个不断给对手送人头的小乔，还有瞎开传送阵坑死队友的大乔……时颜别说是打上王者，就目前的钻石也是陆青羽带上来的。她自己的水平估计还停留在铂金段位。

陆青羽不客气地发去一句话："徒弟你醒醒，王者什么的，做做梦就好了，乖。"

时颜不甘心："我也想体验一下名字后面有印记的感觉，师父带带我呗！"

每个赛季能打上最强王者的玩家会有一个王者印记，会一直保留，不过，时颜说的这些都只是借口，她最终的目标不是打上王者，而是拿下师父。

接近陆青羽的最好借口就是让他带她玩游戏。

对陆青羽来说，带一个菜鸟徒弟上王者是很容易的事，既然他是时颜的师父，也该尽一点当师父的责任。自从职业联赛开赛以来，他已经很久没教过时颜了，对这徒弟完全就是"放养"的态度，倒是时颜几乎每一次比赛都会亲自来到现场加油,还经常发微信鼓励他。想到这里,陆青羽的心里不禁涌出一丝愧疚,当下便答应下来,开了小号和时颜一起双排。

让陆青羽意外的是,他好长时间没带时颜,这丫头居然进步不少。

在选英雄阶段,她没有拿出以前爱玩的"草丛三美"妲己、王昭君和安琪拉,反而拿出了操作难度较高的诸葛亮——这可是陆青羽的本命英雄,没一点技术的玩家很难发挥出诸葛亮真正的实力。

陆青羽见她秒选诸葛亮,忍不住开口问:"颜颜你会玩诸葛吗?"

耳边很快传来女孩爽朗的声音:"我看了很多师父的比赛视频,自己也练了练,我的诸葛虽然比不上你,但也能拿得出手!"

陆青羽笑道:"好,让我看看你的实力。"

其他队友分别选了上单白起,下路铠,辅助钟无艳,5楼的陆青羽便补位选马可波罗打野。

第一波暴君处的团战,时颜的诸葛亮走位非常地灵活,1、2技能配合刷出被动,将对面法师打残,陆青羽的马可波罗趁机切入拿下一血。

开局太顺利,马可波罗很快就做出核心装备。时颜见师父过来中路,立刻机智地一套爆发把对面藏在草丛里的辅助打成残血,陆青羽果断跟上输出,两人联手强杀掉对面辅助和中单,诸葛亮居然拿下双杀。

陆青羽赞道:"反应很快啊!"

时颜骄傲地说:"那是。我哥是联盟最强打野,我闺蜜是联盟最强上单,我师父是联盟最强中路,我本来就不笨,加上你们的耳濡目染,水平当然会越来越高了!"

听着她得意扬扬的语气,陆青羽不禁扬起嘴角:"不错,孺子可教。"

两人一边聊天,一边打排位,非常轻松地拿下比赛。

有陆青羽这样的职业大神带着,时颜的排位赛打得相当顺利,一路连胜从钻石Ⅵ升到星耀Ⅵ,直到快十二点的时候两人才结束。

从那天开始,每晚时颜都会准时在微信喊师父带她,陆青羽也相当配合,每天带着徒弟打打排位,休假期的日子过得很是轻松惬意。

这天晚上,两人依旧一起打排位,遇到个ID叫"XXT"的队友,在1

楼直接抢了中单诸葛亮,时颜只好选了个辅助张飞,陆青羽依旧拿射手打野。

星耀局的玩家只要是自己打上来的水平一般都不弱,这位"XXT"显然是个大神,诸葛玩得相当厉害,一波团战中刷新大招直接拿了四杀,当然陆青羽也不甘落后,用公孙离打野在后期团战一口气拿下五杀。

10分钟内推掉高地,完全是碾压局。

比赛结束后,陆青羽收到对方发来的好友验证,简单干脆的一句话:"今晚冲王者,一起排吗?"

陆青羽通过了好友验证,朝时颜道:"刚才那位法师水平很强,应该是个高手,他想和我们一起组排,要不要把他加进来?"

时颜毫不犹豫:"不要!"

陆青羽疑惑:"为什么?"

时颜心想,我俩好好的一起排位聊天,加个灯泡进来当然不方便了。但表面上她还是一本正经地道:"师父你毕竟是职业选手,万一被人认出来,岂不是很麻烦?"

陆青羽觉得有道理,便拒绝了对方的组队邀请。

结果下一局,两人又遇到一个强力的队友,是个玩射手的女生,对方开着语音,在玩游戏的过程中一直在团队语音频道吐槽:"对面怎么又来抓我!""打野快来支援啊!"

听到这熟悉的声音,再看看对方的ID"天边一朵云",陆青羽不禁笑道:"来了来了,我来救你。"

对方明显愣住,片刻后才试探性地问:"你是阿羽?"

陆青羽道:"没错。"

对方的声音立刻激动起来:"真巧!你这开着小号干吗呢?"

陆青羽道:"带徒弟。"

对方很惊奇地问:"你还有徒弟呢?是哪个?"

陆青羽道:"玩辅助的这位,叫醉红颜的。"

对方道:"醉红颜你好啊。"

时颜开口:"你好。"

陆青羽介绍道:"这位云姐以前是官方解说。"

时颜淡淡地"哦"了一声

云姐的语气很是爽朗："那都是两年前的事了，当解说的时候被黑得太惨，我的玻璃心受不了。"

陆青羽轻笑："他们天天骂你是花瓶，我也被骂花瓶，咱们也算同病相怜吧。"

云姐叹口气道："别提了，我当时直接在微博怼网友，一气之下甩袖子走人，倒是你，一直坚持到现在。我听说你和时越组了个AIM战队，这个赛季还拿下冠军？"

陆青羽点头："运气比较好，拿了个冠军。"

云姐道："别谦虚，我看了很多你们的比赛，实力是真的强！明神也回来了，你们这支队伍简直就是梦之队啊！如果我估计得没错，下个赛季你们还能拿冠军。"

"过奖过奖，其实我也这么觉得。"陆青羽微微笑了笑，转移话题问，"好久没见，你现在做什么呢？"

"我在一家游戏公司当策划，今天上线是想冲一下王者。"

"正好我今晚带徒弟冲王者，组队一起吧。"

"好，让我顺便抱抱你的大腿！"

听陆青羽的语气显然和对方很熟络，两人聊的那些话题时颜根本插不上嘴，这种被"隔离"的感觉让她的心里突然有些难受。

接下来的排位，陆青羽和云姐开始叙旧，聊了很多"当年的往事"。

插不上话的时颜一直沉默不语，心里总憋着一股气。

之前那个叫XXT的网友要和他们一起排位，时颜没同意，理由是担心陆青羽职业选手的身份曝光会引来麻烦，但对这位云姐她根本找不到拒绝的理由，毕竟云姐是陆青羽的老朋友，也知道他的身份背景，既然今晚都要冲王者，和她一起组队，听起来再正常不过。

可时颜的心里还是别扭。

自从这位官方解说一出现，陆青羽的注意力就全部转移到了对方的身上，不再像以前那样开时颜的玩笑或者耐心地指导时颜打游戏的技巧，他完全忽略时颜，只顾和云姐叙旧聊天。

云姐是曾经当过官方解说的人，意识一流，三人组排打得相当顺利，在连胜十局之后，终于在晚上十一点钟渡劫成功，一口气冲上了最强王者。

原本是值得高兴的一刻，但时颜却根本高兴不起来。

云姐笑道："谢谢两位，我先下线了，拜拜！"

陆青羽跟她说了声"晚安"，这才发现，队伍里的时颜似乎很久没说话了。他有些疑惑地问："怎么了颜颜？升了王者不高兴啊？"

"没什么，我想先睡了，师父晚安。"她说罢也立刻下线。

看着好友里暗下来的头像，陆青羽真是一头雾水。原本他以为升到王者之后时颜会很激动地叽叽喳喳说半天，结果却是直接下线了？

陆青羽无奈地耸了耸肩，只好关掉游戏睡觉。

时颜下线后根本没有睡意，她的脑子里非常乱。云姐不叫陆青羽"羽神"，而是叫"阿羽"，这个亲昵的称呼让她听着很不舒服，再加上陆青羽跟云姐说话时语气特别温柔，时颜总觉得他们俩之间有情况。

强烈的危机感让时颜坐立难安，她去网上搜了搜关于这位"云姐"的资料。此人以前果然是官方解说，名气挺大，连续解说了两个赛季的总决赛，从照片来看云姐长得很漂亮，身材好，颜值超高，也正是这个原因，她在网上的评价褒贬不一，黑粉特别多，每次她站在解说席的时候就有人说她坏话，嘲笑她打游戏太菜、靠潜规则上位。后来，她主动辞职离开联盟，网上关于她的消息也越来越少。

在一大堆关于云姐的资料当中，时颜眼尖地发现了一条两年前的论坛八卦贴，标题为"羽神和云姐真的是一对吗"。时颜心头一跳，迅速点开帖子，里面果然有不少网友在讨论陆青羽和云姐的关系，说云姐的小号"天边一朵云"和羽神小号"风过无痕"经常一起组队打排位，而且羽神的生日云姐还送了礼物……

网友们讨论得很热烈，只不过大部分都是猜测，没什么"实锤"（证据）。

虽然如此，可时颜心里还是很介意，她喜欢陆青羽，但对陆青羽的了解其实很少，她根本不知道陆青羽心里有没有喜欢的女生，如果真如网友们所说，陆青羽喜欢这位官方解说，那她岂不是还没出手就输了一半？

不行，她难得看上一个人，可不能随便认输！

想到这里，时颜立刻给自己打了打气，发消息给符音："小音，帮我个忙好不好？"

符音很快回复："和陆青羽有关？"

时颜给她发去个大拇指："你真是机智！"

符音轻笑："我实在想不出来你还有什么忙可以让我帮的，你跟陆青羽进展怎么样啊？"

时颜有些沮丧，快速打字道："还是老样子，他只当我是徒弟，我也没好意思说破，而且现在疑似有情敌出现。你能不能旁敲侧击地从我哥那里打听一下，问问陆青羽和云姐是什么关系，网上有很多人说他俩是一对。"

她自己可没胆子去找时越打听，符音就不一样了，两个人的合影在微博公开后，时越和符音在一起已经不是秘密，一向高冷的哥哥对符音那是百依百顺，宠到了极致，符音不管问什么，时越肯定会老老实实回答。

符音也知道自己出面的优势，立刻答应下来："放心，包在我身上。"

时颜发去一排拥抱表情："谢谢嫂子！"

符音的脸颊一热："你别这么叫，我真不习惯。"

时颜捂嘴笑："嘿嘿，我哥都在微博说你是他最想珍惜的女神，离你正式变成我嫂子也不远了！"

符音正在打字，身后突然伸出一只手，轻轻将她抱进怀里。

符音抓住他的手道："你干吗？"

时越挑眉："跟谁聊天呢，聊得这么投入。"

他刚洗完澡，身上还冒着热气，符音被他抱在怀里，身体也开始发热，忙咳嗽一声掩饰失速的心跳，故作轻松地道："我正跟颜颜聊呢，她说最近一直打排位，水平提升不少。"

时越疑惑道："这丫头，怎么突然对游戏这么上心？"

"亲哥和闺蜜都是职业选手，她大概也被影响了吧。"符音顿了顿，假装不经意地问，"对了，你知道云姐这个人吗？"

"怎么突然问起她？"时越收了收怀抱，将下巴搁在符音的肩膀上，低声说，"我出道那年她已经是很有名气的官方解说，不过，我和她并不熟。"

"我看见网上有人说,她和青羽是一对?"符音好奇地道,"你跟青羽是最好的哥们,你知道情况吗?"

"没那回事。"时越很果断地道,"陆青羽喜欢温柔淑女,云姐性格豪爽,不是他喜欢的类型。陆青羽当年是GT战队的队长,战队成绩不景气,他被网友们骂得特别狠,云姐在解说的时候经常帮他说话,一来二去的两个人就成了朋友。而且,云姐骨子里有一点和你倒是挺像的。"

"是吗?"符音疑惑地回过头,"哪里像?"

"她打游戏很有天赋,水平也很强,只不过她当了解说,没去当职业选手。后来又因为被网友骂得太狠,承受不住心理压力离开了联盟,挺可惜的。"

听时越这么一说,符音的心里倒是对那位云姐颇有好感,给时颜发了条消息:"不用担心,羽神和云姐只是单纯的朋友。"

时颜悬着的一颗心总算放回肚子里,激动地道:"知道了,谢谢,我会抓紧的,等我的好消息!"

【2】

次日,时颜上线的时候陆青羽正在等她,见她来了,他便玩笑道:"你昨晚怎么回事,好不容易冲上王者,居然直接下线了!"

时颜随便找了个借口:"爸妈回来查房,不敢睡太晚!"

陆青羽表示理解:"怪不得。今晚还继续打游戏吗?"

"不打了,冲上王者,我的目标已经实现。"时颜顿了顿,问道,"师父你在哪儿?"

"在杭州。"陆青羽说道。

"杭州我还没去过呢!我一直想去,看看传说中的西湖和雷峰塔。"时颜一副很向往的语气。

"你可以过来,我这几天正好闲着,给你当导游。"陆青羽微笑道。

"真的?正好我也想出门透透气。"其实时颜只是找借口,她早就知道陆青羽在杭州,"我现在就订车票和酒店。"

"不介意的话你可以住我这儿,我在杭州也是一个人住,客房空着。"陆青羽当时并没有多想,他只是把时颜当徒弟看,而且时颜又是好哥们时越的亲妹妹，他本着"照顾徒弟"的想法给时颜提供方便。

时颜当然巴不得抓住这个机会，立刻答应下来。

上海到杭州坐高铁非常方便，次日大清早，时颜就买好车票前往杭州，陆青羽亲自来车站接她。他提着时颜的行李箱来到自己家安顿好，午饭请她吃了顿地道的杭州菜，下午又带她去逛了逛西湖，以尽地主之谊。

在他看来，徒弟来杭州玩，他当师父的请客做东、当导游，那都是理所应当的。

至于住在一起，反正他没有非分之想，让颜颜住在客房也没什么不方便。

直到当天晚上深夜的时候，陆青羽才改变了这种"单纯"的想法。

时颜大概是逛累了，晚上十一点就上床睡觉，陆青羽在休假期经常熬夜，干脆和同样熬夜的叶枫一起开黑打排位打到了凌晨一点。他正出门准备洗个澡，突然，洗手间的门开了，时颜走了出来。

如果是白天，就算在洗手间门口遇见也不会尴尬，笑着打声招呼就完了。可现在是深夜，时颜又穿着一件很漂亮的吊带睡裙，修长的双腿若隐若现，加上睡觉弄乱了头发，这副青涩又性感的模样，让陆青羽的心脏瞬间漏跳了半拍，呼吸也是猛然一窒。

时颜倒是完全没察觉到哪里不对，坦然问道："师父你还没睡啊？"

陆青羽回过神来，立刻从她身上移开视线："我跟叶枫打了几局排位，正打算睡。"

时颜点点头："哦，师父晚安。"

她说罢便迷迷糊糊往前走，由于光线昏暗，没看清脚下，她的脚被凳子给绊住，时颜"啊"地叫了一声眼看就要摔倒，陆青羽眼明手快想扶住她，结果由于惯性，反倒被时颜给拖着双双跌倒在地上。

"砰"的一声巨响，显然是时颜的后脑勺磕到地砖，光听声音都很疼。

陆青羽吓了一跳，关心地问："颜颜你没事吧？撞到哪儿了？"

后脑勺这一撞，时颜疼得眼冒金星，倒是把瞌睡全给吓没了。她伸手揉了揉脑袋，总算缓过劲儿来，这才发现陆青羽正压在她的身上，两人的姿势极为暧昧。

换成别人，说不定她会直接给对方一拳，可如今，近在咫尺的是自己喜欢的人……

时颜顿时心跳失速，怔怔地看着他，不知道说什么才好。

昏暗的光线下，女孩儿的眼睛漆黑如墨，就这么怔怔地看着自己，陆青羽也察觉到两人姿势的暧昧，立刻撑着地面想要起身，结果下一刻，时颜突然伸手抱住了他。

女生柔软的手臂就这么缠住他的腰部，陆青羽的脊背猛然一僵，不敢置信地看着时颜。

时颜的脸颊红得吓人，目光却格外清亮，她看着陆青羽，小声说道："师父，其实我……"

陆青羽赶忙打断她："你先别说话，起来看看脑袋是不是撞破了。"

时颜固执地道："不行，我要说出来，再不说我快要憋出内伤了。"

陆青羽想要起身，结果时颜抱着他不肯放，他压在她身上，这姿势格外尴尬，陆青羽整个身体都僵住了。

时颜认真地看着他，一字一句地说："师父，我根本没把你当师父，我喜欢你，从第一次听见你的声音、第一次在比赛现场看见你的时候，就喜欢上你了。"

陆青羽这才意识到，自己招惹到了不该招惹的人。

怀里的女孩告白的语气很认真，脑袋埋在他的胸口，一头短发有些凌乱，安静的夜里她的声音就像是柔软的丝线一样，将他的心脏慢慢地包裹、缠绕，然后勒紧。

陆青羽几乎无法呼吸。

时颜的身上散发着沐浴露的香味，半夜起床穿得又少，就这样紧紧地抱着他，这还是陆青羽第一次跟一个女孩子如此亲密，不管怎样，他都是个血气方刚的男人，再这样下去，说不定会发生无法挽回的事。

陆青羽深吸口气让自己迅速冷静下来，单臂一伸将时颜整个抱了起来，低声道："颜颜，别胡思乱想，让我看看你的头有没有撞伤。"

刚才那声巨响听着都吓人，陆青羽真怕时颜被撞成脑震荡。

将她抱回卧室，开了灯，陆青羽仔细看了看她的后脑勺，没有血迹，只是肿起来一个包。陆青羽道："我还是送你去医院检查一下吧。"

时颜摇头："不用，我现在已经不疼了。"

陆青羽皱眉："听话，万一有颅内出血这可不能大意，你穿上衣服，我在外面等你。"

时颜拗不过他，只好换了衣服。

陆青羽很聪明地没有再提告白的事，也没说接不接受，时颜知道他是在故意转移话题，只好垂着头跟上他，大半夜地来到医院检查。

医生给她做了急诊CT，表示只是头部软组织肿胀，颅内并没有出血，休息两天就会消肿，陆青羽这才放心地带着她回家。

深夜的路上，车辆并不多，陆青羽在开车，时颜坐在副驾沉默不语。

平时的陆青羽总是笑眯眯的不正经，经常开她的玩笑，说她是小菜鸟，但是此刻，男人的侧脸格外严肃，时颜通过后视镜看见他目不斜视的模样，心里突然有些难过。她紧紧地攥住了手指，低声道："我也是第一次跟一个男生告白，你不给我明确的答复，这就是拒绝的意思，对吗？"

陆青羽微微一僵，将车停在路边，柔声道："颜颜，你对我的感情或许不是你所以为的那样，我经常带你玩游戏，又教了你很多东西，你可能对我有些依赖和好感，但那并不是喜欢，其实我根本没有你想的那么好。"

时颜回头看他："我喜不喜欢你，不是你说了算，是我说了算。我虽然没那么聪明，但也不是笨蛋，是不是喜欢一个人我分得很清楚。我就是喜欢你，陆青羽，你听着，我根本不想当你徒弟，我只想当你女朋友。"

这直接又爽快的告白让陆青羽的大脑一时有些转不过来。

他一直认为自己会找一个小鸟依人型的女朋友，守护她、宠爱她，时颜的性格和他的理想型完全是两种极端，爽快、利落，还有点儿男孩子气，说告白就告白，都不给他缓冲的机会。

仔细一看，时颜这丫头其实挺漂亮，有时家的遗传基因在，五官相当精致。只不过时颜就算再漂亮，性格也不是陆青羽喜欢的类型，而且她是时越的亲妹妹,他知道"兔子不吃窝边草"的道理,如果他对时越的亲妹妹下手,估计时越会把他剁成肉酱。

时颜见他不说话,猜出了他的顾忌,便很直接地说:"我哥那边你不用太担心,喜欢谁是我的事,我哥也管不了我。你能不能给我个机会,别直接拒绝?"

对上她认真的眸,陆青羽一时也说不出拒绝的话。

正犹豫着该说些什么,结果下一刻,时颜突然大着胆子亲了亲他。

柔软的嘴唇贴上来的那一刻,陆青羽只觉得脑袋"轰"的一声,顿时一片空白,等回过神时,时颜已经放开了他,脸颊绯红,语气却很坦率:"早就想亲你了,我偷偷喜欢你都快一年了,不管最后能不能和你在一起,我的初吻,只想留给我的初恋。"

陆青羽呼吸急促,声音也变得有些沙哑:"颜颜,你……"

时颜用手指堵住他的嘴唇:"别说什么我只当你是徒弟,我只当你是好哥们的妹妹,我也是女人,从现在开始把我当成你的追求者看,多找找我的优点,说不定你能喜欢上我呢!"

陆青羽哭笑不得:"你从哪里学的这些?"

时颜红着脸道:"我查了不少追男神的攻略,都说男追女隔座山,女追男隔层纱,我就想试试看,追你会不会特别难。"

陆青羽看着她认真讲道理的模样,心里无奈地叹了口气。

女追男隔层纱的前提是男方本来就对那个女孩子有点好感,如果男方讨厌那个女孩儿,女孩儿的努力追求只会引来更大的反感。然而,陆青羽很清楚,他并不讨厌时颜,他一直都挺宠这个徒弟的,基本上时颜的要求他都会满足,时颜的问题即便再忙他也会抽空回复。

以前一直以为他对菜鸟徒弟如此关照,是因为这个徒弟是好哥们时越的亲妹妹,是队友符音的闺蜜。但是现在,他不得不改观了,尤其是刚才被时颜主动亲吻的那一刻,急促的呼吸和失速的心跳,都在告诉他,他对时颜并不是完全没感觉的。

或许……他要完了。

陆青羽头痛地揉了揉太阳穴,一边启动车子,一边低声说道:"好了,先回去睡吧。"

时颜也没多话,安静地跟着他回了家。

那天晚上，陆青羽难得失眠，辗转反侧，一直到凌晨三点多才迷迷糊糊地睡过去，结果在梦里，反复出现一些让人心跳加速的片段，女主角的脸一开始看不清楚，最后却变成了时颜。

陆青羽被奇怪的梦给吓醒，狠狠地跑去浴室冲冷水澡。偏偏，从浴室出来的时候正好撞上时颜，她穿的还是昨晚的那件睡衣，不过多了件保暖的披肩。

两人对视一眼，气氛立刻变得暧昧起来。

时颜问道："你有黑眼圈，是不是昨晚失眠了？"

陆青羽尴尬地移开视线："你突然跟我告白，我哪有心情睡觉？"

时颜笑得很灿烂："不突然吧？我从认识你开始就喜欢你啊，难道你一点都没感觉吗？"

陆青羽怔了怔，仔细一想，立刻恍然大悟。

AIM战队的每一次比赛她都亲临现场给他加油，还制作了很多写着他ID的荧光牌；每次比完赛不论输赢，她都会第一时间给他发微信，或是鼓励或是恭喜，从来没有迟到过。听时越说，以前时颜对游戏并不感冒，也很少去天桓战队的主场加油。而如今她之所以这么热衷于一款游戏，正因为这里有她喜欢的人。

她一直都在默默地守护着他，只是出于师徒的名义，他没有察觉。

对上那双清澈明亮的眸子，陆青羽的心脏猛然一阵颤动。

被一个女孩认真地放在心里喜欢着、崇拜着，这种感觉真的很奇妙。

两人对视了片刻，时颜再次踮起脚。

陆青羽立刻僵住不动，原本以为她又要主动亲上来，结果，她只是帮他整理了一下头发，笑着说："一头乱发犹如鸟窝，这很影响羽神的形象啊！"

陆青羽哭笑不得："我还以为……"

时颜红着脸道："还以为我又要亲你吗？我也是要脸的，昨天晚上大概是脑袋被撞蒙了，胆子变得有点大。现在清醒了，我可不敢强吻……"

陆青羽微微一笑，道："我敢。"

时颜还没回过神来，下一刻，陆青羽就突然伸手抱住她的腰，抬起她的下巴，温柔地吻了上去。

他已经想清楚了，管她是不是时越的妹妹，既然他对她有好感，而她又认真地喜欢着他，他也没必要顾虑太多，他愿意尝试着和颜颜在一起，好好保护这个直率的傻丫头。

吻到她嘴唇的那一刻，陆青羽就知道自己的决定没有做错。

昨晚的梦境也在告诉他，他确实对颜颜有着超越师徒的情感，陆青羽本就是个很随性的人，喜欢了，那就在一起吧，别的事情以后再说。

时颜完全没想到师父大清早这么主动。她整个人都蒙了，僵在原地不知道怎么办。

陆青羽看着她青涩的反应，忍不住想逗逗她："昨晚不是很热情的吗？"

时颜脸红道："都说是脑袋撞坏了……"

陆青羽轻笑出声："接吻这种事，还是师父来教你吧。"

说罢，他便再次抬起她的下巴，给了时颜一个温柔又绵长的深吻。

一吻结束后，时颜双眼发亮，看着他认真地问："你这是接受我的意思吗？"

陆青羽亲昵地弹弹她的额头："你说呢？"

时颜兴奋地抱紧他："太好了，'攻略'师父居然这么容易！"

陆青羽微笑着抱住她，心道：要不是我对你也有感觉，你还能"攻略"我吗？那可比你单排打上荣耀王者都难！

【3】

两人在杭州过了几天甜蜜的日子，时颜的性格大方主动，陆青羽也是随和的人，师徒两个天天卿卿我我，甜蜜无比。

休假期很快过去，时颜开学，陆青羽也回了上海的战队基地报到。

见到时越的那一刻，陆青羽有些心虚，但他还是没敢说破，假装什么都没发生。

时颜每个周末都会来基地找他，当然借口是"找符音"。由于基地有时越这位大Boss在，陆青羽和时颜别说是卿卿我我，就连多余的眼神对视都不敢有，生怕被时越发现。可毕竟是男女朋友的关系，这样的状态两个人都忍得很难受。

这天正好是周末，时颜跑来AIM战队基地的时候居然见到了一个熟悉的人——云姐。

她和云姐并没有见过面，但之前查资料的时候她看过云姐的照片，所以第一时间认出了对方。云姐来AIM战队是来探望陆青羽的，因为今天是陆青羽的生日。

时越也给陆青羽好好办了场生日宴会，订了大蛋糕，队友们都给他准备了生日礼物，时颜也准备了礼物，是一条名牌皮带，价格不菲。

时越看见后忍不住疑惑："你不会是把我给你的零花钱，拿去给陆青羽买礼物了吧？"

时颜解释道："没，这是我自己赚的，上学期的奖学金！"

时越的心里这才舒服了些，要不然，妹妹拿他的钱给陆青羽这浑蛋买礼物，他可不干。

陆青羽微笑着收下，目光温柔地看着时颜道："谢谢颜颜，我很喜欢。"

晚餐结束后，云姐提前回去，倒是时颜说要留下和小音一起住。

她在基地住下也不是第一次，时越并没有多想，就让她去了符音的房间。

然而事实上，等队员们各自回房后，时颜就偷偷摸摸溜进了陆青羽的房间，陆青羽伸手就要抱她，时颜立刻推开他，闷闷不乐地道："你跟云姐一直都有来往吗？"

陆青羽怔了怔，明白她是来兴师问罪了，立刻解释："没有，云姐只是路过上海，知道今天是我生日才来战队基地看看，我和她只是普通朋友。"

时颜很不高兴，扭头看向窗外："很多人说你俩是一对。"

陆青羽轻笑出声："这是在吃醋吗？"

时颜怒道："是啊，我都快在醋缸里淹死了！"

陆青羽轻轻摸了摸她的头发，柔声道："好了好了，云姐她有男朋友的，也是以前的官方解说，都快结婚了，她这次来也是给我送请帖的。你不要多想，我平时忙着训练，哪有时间在外面拈花惹草。"

时颜愣了愣，回头看他："真的？"

陆青羽立刻举起手："天地可鉴。"

时颜这才高兴了，踮起脚亲了亲他的脸颊。

陆青羽被这丫头撩得忍无可忍，立刻抱住她热情地吻了上去。

两人正吻得难舍难分，突然响起敲门声，时颜立刻往后躲，结果下一刻门就被推开，走进屋的时越一脸疑惑地看着他们，皱眉道："颜颜？你在这儿干吗？"

时颜结结巴巴地解释："我……我找师父问点事情。"

陆青羽微笑道："时越你怎么直接进来了？"

时越挑眉："我敲过门了，再说以前不也是直接进你房间？难道你还有什么秘密？"

陆青羽尴尬地摸鼻子："没什么，找我有事？"

时越道："在微信群叫你半天了，你没反应，今晚安排了直播，你忘了吗？"

陆青羽立刻记起来，今晚他要开直播和粉丝们过生日的，结果刚才和颜颜亲热把这事给忘了，时颜机智地转身闪人："师父你忙，我先回去了！"

时越和时颜一起出门，时颜本想迅速跑上楼逃离哥哥质疑的目光，但时越并没有给她这个机会，一把揪住她的衣服后领，淡淡地道："颜颜，你跟我过来。"

时颜只好硬着头皮和他一起进屋，结果房门一关上，时越就沉下脸："说实话，你大半夜的在陆青羽房间干什么？"

时颜道："没什么，就是找他问一些问题。上赛季师父带我冲上王者，这个赛季我想自己冲一下星耀的。"

时越挑眉看她："只是这样？"

时颜点头如捣蒜："对啊！"

时越没再多问，叮嘱道："你是女生，不要三更半夜去男人房间，被其他人看见了不好。"

时颜干笑："知道了哥，我先回去了！"

直到她走后，时越的眉头还紧紧皱着。

换成以前，或许他会相信她的解释，可现在，他也是有女朋友的人了，时颜刚才脸红的样子绝对不简单，而且他推门进去的时候，陆青羽和时颜神色都有些慌张。

一想到陆青羽和时颜可能背着自己暧昧，时越就气得脑仁疼。

他干脆给符音发了条消息："小音，颜颜和陆青羽什么情况，你知道吗？"

符音当然不会出卖闺蜜，只能说道："不知道，怎么了？"

时越："我怀疑他们两个在一起了。"

符音心想越哥的第六感还挺准的，但表面上她还是装不知情："不会吧？没听颜颜说啊。"

时越收起手机，低着头沉思片刻，很快就打定了主意。

如果他俩真在一起，总会露出马脚。下周就是时颜生日，颜颜今天给陆青羽送了礼物，陆青羽不可能没表示。正好颜颜生日那天AIM战队有一场比赛，晚上十点才结束，就看陆青羽会怎么办。

时越不动声色地忍了一周。

比赛那天，他也没表现出任何的异常，带着队友们3∶0顺利拿下对手。

赛后原本大家要坐车回基地，但陆青羽突然跟教练请假，说有点急事晚一些再回去，教练也没有多问，直接给他批了假。陆青羽很快打车离开，时越紧跟着和教练请假，说是有事晚归，明神很疑惑："今天这是怎么了？你也有私事？去吧，明天按时训练就行。"

时越走到路口打了一辆车，朝司机道："跟上前面的那辆出租车。"

司机见坐在后排的男人表情冷若冰霜，吓了一跳，立刻加快速度跟上去。

陆青羽完全没想到时越会跟着他，他心情很好地给时颜发了条消息，他买了一块款式很漂亮的手表，不会太昂贵引人注意，适合学生戴，时颜肯定会喜欢。

来到学校后，时颜果然在校门口等他，一见面就扑过来抱住他，激动地道："还以为你不来了呢！"

陆青羽轻轻吻了吻她的额头，道："怎么会呢？你的生日，再忙都要抽时间来陪你过。"他拿出生日礼物戴在她的手上，柔声道，"送手表的意思是什么，你知道吗？"

时颜摇头："不知道。"

陆青羽轻笑着揉揉她的头，道："意思就是，喜欢你直到时间的尽头。"

时颜红了脸，踮起脚主动亲他，陆青羽当然不会客气，立刻热情地吻了上去。

两人完全没有察觉，就在不远处的一辆出租车里，某个男人的脸色黑如锅底，手指紧紧地攥了起来。

绵长的亲吻过后，时颜才心虚地道："你们刚打完比赛吧？你是请假过来的吗？"

陆青羽点头："嗯，明神很好说话的，我就说有点私事，他立刻给我批了假。"

时颜道："我哥有没有怀疑啊？"

陆青羽道："应该没有吧，他这段时间天天忙着准备战术，也没问过关于你的事，看上去并没有怀疑。"

"是吗？"身后突然响起的低沉声音吓了两人一跳，陆青羽回过头，就见一个身材高大的男子站在路灯下，脸色冰冷，目光锐利地瞪着他——不是时越还有谁？

陆青羽的头皮一阵发麻，刚要解释，结果时越干脆一拳过来结结实实地揍在他的肚子上！

被揍的陆青羽根本不敢还手，他抱着肚子缓过气来，这才干笑着道："时越，你跟踪我？"

时越皱眉："不然呢？你们当我是傻子？还瞒着我？"

时颜赶忙拦住他："哥，哥你别动手！这事不怪师父，是我先追的他！"

时越快气炸了，回头冷冷地看着妹妹："你脑子坏掉了吗？"

时颜固执地道："我就是喜欢他！"

颜颜的维护让陆青羽心头一暖，立刻拉住时越，解释道："时越，你别生气，我和颜颜是两情相悦，我很喜欢颜颜。我发誓，我跟她在一起绝对是认真的。"

倒不是时越不信陆青羽,而是陆青羽一向没个正经,整天嬉皮笑脸,时越也没见他和哪个女生交往过,真怕自己这个傻妹妹会吃亏。

陆青羽知道他这当哥的心情,继续保证道:"我就算再不好,也不可能去玩弄好哥们的妹妹。你放心,我一定会好好对颜颜,不让她受一点儿委屈,如果她在我这里受了委屈,你尽管揍我,我绝不还手。"

话音刚落,时越又一拳用力地揍在他肚子上。

陆青羽苦着脸道:"你还真揍啊!"

时越冷冷地道:"让你长长记性,颜颜再怎么笨也是我亲妹妹,你敢欺负她,别怪我对你不客气。"

哥哥的维护让时颜很是感动,但"再怎么笨"这句话她听着不太顺耳,忍不住道:"哥,我已经长大了,你还要干涉我和谁在一起啊?"

时越锐利的目光扫过来,时颜立刻改口:"我的意思是,你跟小音在一起的事我特别赞成,你们俩那么般配,我以后绝对在爸妈面前说你们好话,你就对我网开一面,好不好?"

提起符音,时越这才消了气,冷冷地看了她一眼:"你自求多福,被欺负了别来找我!"

时越转身离开,又回头看陆青羽:"你还不走,难道要在学校过夜?"

陆青羽只好和时颜道别,硬着头皮跟他回了基地。

路上,两人坐在出租车的后排,气氛十分尴尬。

陆青羽玩笑道:"没想到你还挺有当侦探的天赋。"

时越皱眉道:"你不是说,你喜欢温柔淑女?我妹妹一点都不温柔淑女吧!"

陆青羽轻咳一声:"那只是嘴上说说,真遇到喜欢的,原则什么的完全可以抛去脑后。你不也说你当符音是妹妹吗,结果还不是把人追到手。"

好吧,两个人互相伤害,谁也没占到便宜。

【4】

自那以后,陆青羽和时颜在一起的事,时越便采取睁一只眼闭一只眼的态度。

他以为妹妹只是三分钟热度，陆青羽也不是长情的人，估计也就图个新鲜在一起玩玩，过一年便分手，他当哥哥的没必要插手太多。

但他没想到，一年过去，又一年过去，转眼时颜就要毕业了，两个人居然还没分手？

不但没有分手，两人的感情越来越好，陆青羽参加的每场比赛时颜都会亲临现场，每年的生日两人都一起过，休假期还一起去旅行？

陆青羽对时颜倒是很体贴温柔，很宠她，闲下来带她打游戏不说，还为她学会烘焙，天天在朋友圈发他亲自做的各种面包糕点，时颜都快被他给养胖了。

渐渐地，时越有些看不下去，心里疑惑：他俩怎么还不分手？

符音倒是乐见其成，微笑着劝道："我觉得他俩在一起挺合适，颜颜没心没肺、大大咧咧，青羽正好细心温柔，在生活上可以照顾好颜颜。而颜颜的开朗活泼也能让青羽觉得轻松，两个人在一起开开心心的，不是挺好的吗？"

时越冷哼一声："我就不信他们可以走到最后。"

但很快，他就被打脸了。

时越婚后不久，陆青羽提着贵重的礼物登门拜访。

居然说是来提亲的？

陆青羽一向会说话，温文尔雅，又有礼貌，父母很喜欢他，但时越却拉长了脸，道："你真想娶我妹妹？"

陆青羽回答得很坚定："当然是真的，我想照顾颜颜一辈子。"

时越皱眉："我不答应。"

陆青羽知道自己当初坑了时越，还让他当着百万观众的面直播吃辣酱，早知道将来要成为他的妹夫，当初就不该那么作死。

当天晚上，陆青羽主动请时越吃饭，笑眯眯地道："大哥，你就把颜颜交给我吧，我真的特别喜欢颜颜，和她在一起我每天都很开心。"

时越挑眉看他："谁是你大哥？"

陆青羽叫得特别甜："哥，你是我亲哥行吗？"

时越抱着胳膊冷冷地道："我不记得有你这么个弟弟。"

陆青羽微笑着举起酒杯："以后我是你妹夫，我跟着颜颜叫你哥，来，先敬哥一杯。"

时越并没有接他的酒："我并不想承认你这样的妹夫。"

陆青羽苦着脸："那你要我怎么做？"

时越没说话，用"王之蔑视"的眼神看他。

陆青羽硬着头皮，主动说道："我知道，当初我跟你打赌说你会喜欢符音，逼着你在百万观众的面前直播吃辣酱，是我错了，我真的错了，越哥你大人有大量，就原谅我这次，实在不行的话，我……我也直播吃一次辣酱？"

时越继续"王之蔑视"。

陆青羽轻咳一声："那我直播吃两瓶辣酱？"

时越不说话。

陆青羽豁出去了："三瓶！"

时越沉默不语。

陆青羽："五瓶！"

陆青羽："要不……十瓶？十瓶总行了吧！"

看着他一脸痛苦的样子，时越的心情总算稍微好转了些，轻轻扬起嘴角，道："等你吃完了再说吧。"

当天晚上，微博刷出一条热门新闻——电竞大神陆青羽在直播间吃辣酱！

刚开始，陆青羽吃辣酱的时候还面不改色，后来实在是辣得不行了，就拿了馒头就着吃。直播间的群众都惊呆了，吃一瓶还好，他居然连续吃十瓶？虽然是小瓶的那种，分量不太多，但也不至于一次性吃十瓶吧！

陆青羽吃饭口味偏淡，死忠粉都知道他平时最爱粤式甜点，结果今天突然重口味连吃十瓶辣酱，大家都怀疑羽神是不是受了什么刺激？

陆青羽硬着头皮吃光辣酱，一边辣得流眼泪，一边意味深长地说："大家要记住一句话，千万别作死，不是不报，时候未到，今天作的死，说不定将来会十倍还到你身上。"

联系他说的话，再加上以前时越也直播吃过辣酱，粉丝们大概推测出,这或许是两位大神之间的赌约。

不过具体赌的是什么,没有人知道。

时越一直不放心陆青羽,总觉得青羽有风流公子哥的特性,不会对颜颜太认真,怕妹妹嫁给他会吃亏。

但看完他直播吃辣酱吃得那么坚定,完全不顾偶像形象,在镜头面前几乎要流眼泪,也坚持吃光了十瓶超辣的辣酱,时越这才意识到,或许,陆青羽这次认真了。

时越原本铁了心反对这门婚事,可符音站在时颜这边,老是劝他,一来二去的,他就心软了。加上时颜特别固执地要嫁给陆青羽,时越只好顺水推舟,勉强答应下来。

但聘礼绝对不能含糊,陆青羽也是下了血本,直接把名下的房产在婚前全部过户给时颜,还给时颜买了辆车,他这些年存的钱不少,为了娶到时颜他连银行卡都交给时颜保管。

按陆青羽的说法是:"我的颜颜我自然要宠着她。"

时越这才放下心,让时颜风风光光地嫁了出去。

婚礼上,陆青羽举起酒杯给时越和符音敬酒,笑眯眯地叫他们:"哥,嫂子。"

时越突然觉得,以后的日子,陆青羽都要叫他哥——这感觉,似乎还不错?

于是在符音接过酒杯后,时越也接了酒,淡淡地道:"以后好好过,不许欺负颜颜。"

陆青羽立刻保证:"不敢不敢!"

心里忍不住想,光是当初让他吃一瓶辣酱,我就吃了十瓶,要是以后欺负颜颜,他还不把我剁成肉酱?这样的大舅哥真的惹不起,以后得加倍对颜颜好才行。

陆青羽笑眯眯地喝了酒,牵着时颜的手入了洞房。

洞房花烛夜,两人终于有了更亲密的关系,陆青羽抱着怀里的时颜,感叹道:"以前从没想过会娶一个像你这样的女孩,被徒弟拿下,真是意料之外啊。"

时颜笑嘻嘻地抱住他："那你后悔吗？"

　　陆青羽轻轻吻了吻她的额头："当然不后悔，高兴还来不及。"

　　他以前一直觉得自己应该娶一个温柔、贤惠的妻子，可是和时颜在一起后，他才发现，以前的那些所谓原则、条件，都比不过两个字：喜欢。

　　喜欢一个人，哪怕她并不是自己原本预想的样子，也总是对她割舍不下。

　　所以，千万不要给自己制定一些原则，说我一定要找什么样的人，最后很可能会被打脸。缘分到了，真是挡都挡不住，陆青羽很庆幸自己当初开了个小号去新区玩周瑜，遇到了那个反复给他送人头的小乔。

　　这样巧妙的缘分，或许就是上天最好的安排。

　　他在游戏里收她为徒，教了她很多技巧。

　　而她却在生活中，教会了他，如何去爱一个人。